U0134202

陈勇临证随笔录

——漫步杏林六十载

陈勇　程燕＼主编

华夏出版社
HUAXIA PUBLISHING HOUSE

《陈勇临证随笔录》
编委会

主　编

陈　勇　程　燕

副主编

张盼盼　宋　磊

策划审阅

张永和　陈咏梅　王学谦　张　婧　陈　露

参加编写人员　（按姓氏笔画排序）

万　勇　王学谦　王新霞　卢晓峰　朴有为　刘　波　苏新生

李　杰　吴江烽　何　洲　张记朋　张　娜　陈西林　宗亚力

姜延威　聂　鑫　梁世杰　遆宝忠

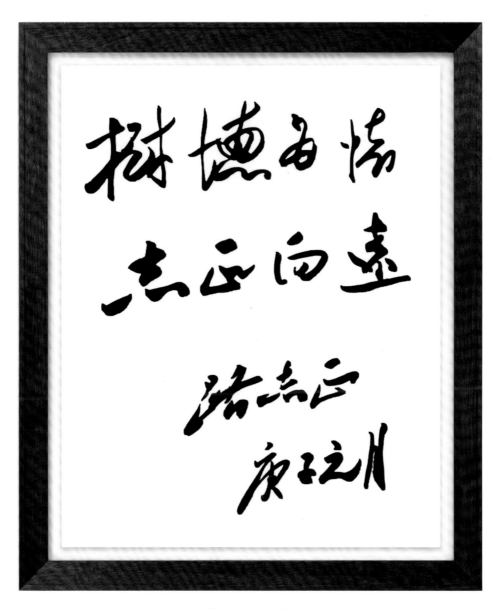

树博万情
志正向远

路志正
庚子之月

国医大师路志正题字

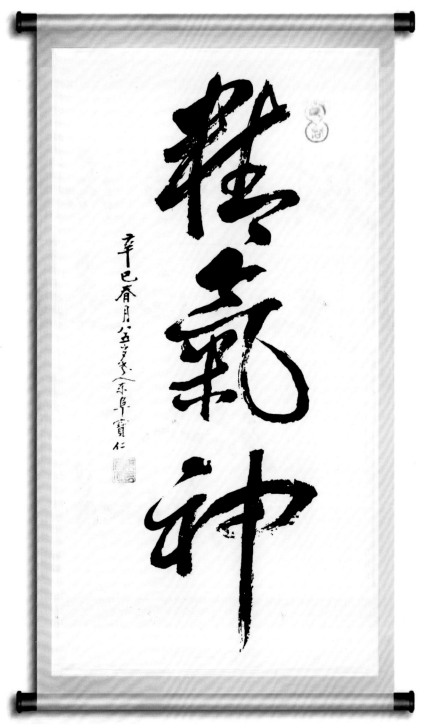

父亲陈宝仁书法作品

恩师关幼波为岳父焦树德八十大寿作画

岳父焦树德书法作品

陈宝仁　焦树德　关幼波　陈勇

我与京城三儒医

我与京城三儒医

北京市中医学校专科一班毕业合影1961.1.24

北京市中医学校专科一班毕业照（一排左六为时任教务主任陈彤云、二排右十为陈勇）

拜师后和恩师关幼波合影（1961年）

下乡劳动到山村

父亲陈宝仁作画《漓江一曲千峰秀》

恩师关幼波为陈勇作画

岳父焦树德为陈勇喜收开山大弟子王学谦题词寄语

江西省中西医结合学会肝病专业委员会成立大会，第一排右七为陈勇

与岳父、岳母合影

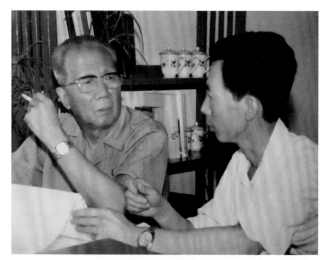

聆听恩师关幼波教导

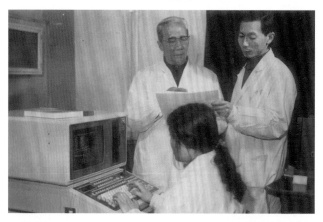

与恩师关幼波研讨计算机诊疗程序曾获北京市科技进步二等奖

父亲陈宝仁题字

和北京中医医院副院长徐春军主任录制北京电视台《养生堂》节目

和著名编剧张永和在树德堂国医馆合影

和关西平（关老之子）讲关老的故事荣获
北京中医医院建院 55 周年主题故事会特等奖

和著名清史学家阎崇年录制中央电视台《健康之路》节目

首都中医药"杏林耕耘50年"纪念章

赴新加坡讲学获奖

京东健康"名医之星"纪念奖

微电影《永远在一起》荣获
第二届全国中医微电影大赛"最佳摄影"奖

全国各地新老弟子合影（江西：宗亚力、万勇主任，沈阳王学谦主任，河南卢晓峰主任，云南何洲教授等等）

薪火相传收新徒（从左至右：伍祎、陈西林、程燕）

薪火相传收新徒（从左至右：苏新生、宋磊、马立华、张盼盼、聂鑫）

薪火相传收新徒（北京中医医院肝病科副主任李杰）

入驻京东健康中医院签约仪式

本书主编程燕与恩师陈勇合影

北京九洲书画艺术研究会副会长兼书艺委员会主任张鸿林先生题字

序　言

前不久，肝病泰斗关幼波大弟子陈勇老大夫给我发来消息，说他的新书《陈勇临证随笔录：漫步杏林六十载》即将出版。得悉此消息，心情颇为激动，不仅为陈勇老大夫耄耋之年著书立说而兴奋，更为中医事业有此幸事而拍案击节。

说起我与陈勇老大夫之间的中医渊源，可谓同宗同源。他不仅是我的同门师兄，更是我的先生。为什么这么讲呢？ 1981～1986 年，我就读于山东中医学院（现山东中医药大学）中医系，1986 年获得医学学士学位，同年考入北京市中医研究所，攻读国家级名老中医关幼波教授中医内科学肝病专业研究生。如果按照中医师承传统，陈老作为关幼波先生的开山大弟子，我理应尊称他为大师兄。但因为他早入师门，年高德劭，更在我入师门之时，经常替关老师授课传讲，在学习、工作等方面给予我诸多的鼓励、支持和提点。所以在我和许多同门心中，不但视他为老兄长，更视他如老师一般。因此，我在私下便尊称他为先生。有了这段师出同门、亦师亦兄的关系，我与陈勇先生在中医学术道路上走得更近，聊得更多，想得更远。

令我记忆犹新的是，陈勇先生时常向我谈起他当年拜师关老的情景，并为自己有幸拜在明师之下而感恩一生，陈老说："没有师父关幼波，就没有我今天的一切。"这种对师恩的感怀令我深受感动。陈勇先生心无旁骛，精于岐黄，几十年临床实践中救治了数不清的顽固性肝病及内科疑难杂症患者，是关氏中医学术杰出的传承者，堪称一流的临床名家。由此我想到，关氏的学术思想作为独树一帜治疗肝病的中医学术理念之一，理应得到发扬与传承，而一个学术思想从诞生、发展壮大到枝繁叶茂、代代相传，必须通过不断地摸索、总结、实践，博学之，慎思之，笃行之，使其一代代传承有序，造福病患。从这个意义来讲，《陈勇临证随笔录》的出版可谓恰逢其时。作为打开中华传统文化宝库的钥匙，中医理应受到全社会层面的广泛重视与关注。中医人为探索学术思想笔耕不辍、著书立说，不断总结前辈的思想精华，本身就是中医事业臻于成熟、走向未来的标志。因此，《陈勇临证随笔录》的出版，在中医学术传承、发展等方面做出了有益的推动与促进，更应引起中医人关于中医如何继承发展的深度思考。

最后，衷心祝贺《陈勇临证随笔录》付梓出版，再次向关氏明医陈勇先生表示祝贺，愿陈勇先生福寿康健、松鹤延年，为关氏中医事业后继有人，老骥伏枥，再谱新篇。

2022 年 9 月 14 日

三幅字画三儒医

因为犯腰病，我找到高中的老同学、北京中医医院退休名老中医陈勇先生，求医问药。在他家里，我看到墙上挂着的三幅字画，一幅是89岁的关幼波所作的鲜艳的牡丹花；一幅是焦树德先生所书的字条幅；再一幅是题款为"漓江一曲千峰秀"的山水画，落款"写于首都东皋"。

诊病之后闲说话，我问起这三幅字画有什么讲究，老同学笑着告诉我："这三幅字画，和我都有最近的关系，说来话就长了。"

画牡丹花的关幼波，曾任北京中医医院内科主任，是一位声望很高的老中医，也是治疗肝病的大专家。而我的老同学陈勇，1961年便拜关幼波大夫为师，成为关老的大弟子。关老将治疗肝病的经验，倾囊授予这个弟子，所以陈勇也成了治疗肝病的专家。焦树德是陈勇的岳父、国内治疗风湿病的专家，撰写了7部医学专籍。他对治疗尪痹、强直性脊柱炎这些疑难大病，留下了很多宝贵的经验。

这幅牡丹画如何得来的呢？原来，那年焦老80大寿，卫生部为焦老举行了隆重的祝寿会，焦老欲请好友也是女婿陈勇恩师关幼波老大夫参加寿筵，特派陈勇到关老家中去请，关老虽然很想参加，但老大夫已经高龄89，行动有些迟缓。考虑再三，还是不太敢去参加那么隆重的大会。关老虽然未能亲自参加，但还是为寿星佬画了祝寿的牡丹花，题款"牡丹国色富贵花"，"辛巳春月，树德老弟，八旬大寿，北京八十九岁关幼波作"。祝寿会那天，许许多多名医前来道贺，焦老大夫十分激动，心存感恩，连说："我焦树德何德何能，惊动这么多的同行和前辈！卫生部主办这样一次祝寿会，不仅仅为了我个人，也是对整个祖国医学的重视和关怀。"

三幅字画中那幅字，就是这位国家级名老中医焦树德所书。焦老有很深的传统文化底蕴。他的这幅字就很有学问，比如开头二句，上联是"杏林新叶接陈叶"，下联为"橘井涌泉继后波"。杏林、橘井指的都是中国古代名医，一个叫董奉，一个叫苏耽。董奉治好病人，只要求病人给他栽一株杏树；苏耽治好病人，只用井水一升、橘叶一片。这两个传奇人物，不仅成为医林佳话，也是中医界很有趣味的典故。焦老在字幅里还巧妙地把爱婿陈勇的名字和其收徒传承中医这件事都"嵌"了进去，嵌得非常奇俊，非常合乎逻辑——下面的文字是：右录陈勇贤婿为收徒喜拟联语，书祝贤婿陈勇喜收王吹俊先生为徒，传授中医学术。再下面是年月日，落款"焦树德"。

另一幅青绿山水画"漓江一曲千峰秀"，是陈勇大夫的父亲陈东阜所绘，他也是一位名老中医。这其中也有故事。是在20世纪90年代，老同学借一次到桂林出差机会带老父亲一同前往，其间乘船游览漓江，不由为秀丽甲天下的桂林山水所深深感染。爱习绘画的陈老大夫将那山那水默默记在脑海之中，日夜不敢忘。"当时没有条件。如果父亲是现在去漓江，可以用手机、照相机，哪还只凭脑子死记？何况，再好的脑子，也不能记得清楚呀！"陈勇说。

返回北京后，陈东阜老大夫马上凭记忆绘就了这样一幅山水画。那已经是六十多年前的事情了。陈勇大夫说："这画其实并不是画得多么好，为什么我家历经变迁而能保存下来？因为我们这个医学之家，既有对祖国山水的热爱，也充满对中医、对国画的一片情怀。"

谈及这三幅字画的时候，老同学陈勇神态庄重，心情激动，他说："每当我面对这三幅字画，我对三位老人的怀念便油然而生。他们是我从事医学之路的关键之人。今天我能够有一点小小的成绩，与这三位长辈的传帮带分不开，我怎能不怀念他们！"

陈勇的父亲和师父都是高龄谢世，寿享92岁；岳父焦老也活了将近90岁。为什么他们都如此长寿？他们的养生之道是什么？我便径直问了我这老同学。陈勇想都没想就爽快地回答道——

其实也没什么特别的养生之道，但他们仨有几个共同点。首先，他们都非常乐观，任何事拿得起放得下。**关老常说的一句话，"我是没心没肺"；父亲常说的一句话，"我是傻吃闷睡"；焦老常说的一句话，"我是无忧少虑"。**这些话看似很平常，听着很幽默，就像老百姓的口头语。其实，这几句话包含了一个共同的哲理，就是每天活得要愉快，心胸开阔，吃得饱睡得香。胸中坦荡，所以不得病，少得病。三位老人还有一个共同的爱好。什么呢？他们都热爱国粹京剧，都爱好拉京胡。关老有时还能跟着胡琴唱两句。另外，他们都爱好书法绘画、诗词歌赋，祖国的民族艺术绚烂多彩，开阔了他们的胸怀，陶冶了他们的情操。所以他们没有时间斤斤计较一些零碎小事，他们都活得愉快，真正是愉快度过每一天。当然他们也做适当的锻炼。关老和我父亲，快80岁还骑自行车上街。关老晚年行动不便，还自编了一套床上八段锦，搓手、搓脸、搓脚、扩胸、晃腰，对血液流畅、通经活络很有好处。岳父不但能拉二胡，还会拉小提琴，中外乐曲一起操作，既是娱乐也是锻炼身体……

三幅字画，三位名医，他们的故事，让人感受到了他们对生活的热爱、对所从事的祖国医学的热爱……

张永和

2019 年 6 月 23 日发表于《北京晚报》

自 序

本书是我六十余年行医路的总结。书名想了很久，最终选择"漫步杏林"几个字，因为中华杏林太博大、太深邃了，我们终其一生也研究、学习不尽，而"漫步杏林"是说我在中医这条道路上慢慢地走，缓缓地前行，边学习，边临床，边积累，不知不觉地，就走了半个多世纪……所谓临证，即临床辨证论治，这本书是我几十年临床经验的积累；随笔，就是随时、随地思考、记录；录，其中既有文字的总结，也有我这些年上电视台录节目、抖音的视频、音频资料，可视，可听。

2022 年 8 月，我整满 85 岁，回望这条来时路，心中感慨很多。我曾多次说过，我的从医路，得益于我的三位父辈，而今，三位老人先后离我而去，我也已是弟子满门，终日被他们喊着"师父"。听到"师父"这两个字，我心里沉甸甸的，更感到时不我待。在我 83 岁生日当天，举行了一次收徒仪式，收了五位弟子，拜师会简单而热烈，新弟子们行了中国传统的最高礼节——叩首大礼。一个简单的行礼无形中把彼此的关系拉近了，从一般的师生关系提升到了父子关系，俗话说得好，"师徒如父子"，"一日为师，终生为父"。无形中增强了双方的责任感和使命感，同时也增进了彼此之间的感情。进而要求一个要好好地教，一个要好好地学，为继承发扬祖国医学共同奋斗。我经常对他们说："你们拜的不是我个人，而是伟大的祖国医学事业，表的是愿为祖国医学奋斗终生的决心。"作为我，"俯首甘为孺子牛"，愿做一头永不歇息的老黄牛。

之所以要在耄耋之年不遗余力地出版这本书，还有以下几个原因：其一，我年轻时在北京中医医院跟随关幼波老师学习时，院方要求我们"抢救继承老中医的学术思想和临床经验"。"抢救"啊！这是多么紧迫的两个字，中医老前辈们珍贵的临床经验、学术思想、特效验方，如果没有人系统地整理、继承，就将随他们的逝去而消逝在岁月的长河中，对后学者是遗憾，对中医事业是损失。而我要努力做的，就是把自己六十余年的临床实践经验，毫无保留地传给后人，把中医养生知识普及给老百姓。我时常对徒弟们说，我今天取得的一点点成绩，都是党和人民给的，是家父的引领，师父、岳父的教诲，让我有了今天的一切。我把自己的所知所学奉献出来，整理成书，只要能对大众、对社会有一些积极意义，就不虚此生。

本书的编写，得到了中医同道和各界人士的鼎力支持，尤其深感荣幸的是，几位德高望重、学养深厚的名家、学者为本书作序、题跋，更是为本书平添光彩。我的老同学当代著名戏曲剧作家、戏曲评论家张永和先生，他写了一篇关于我父亲、师父、岳父的文章《三幅字画三儒医》，曾刊登在《北京晚报》上，就作为他为本书写的序言吧！此外还有中华中医药学会副会长兼秘书长、博士生导师李俊德教授，以及曾与我一起跟随关老同门受教的首都医科大学附属北京中医医院副院长、博士生导师徐春军教授。在此对以上为本书编写做出贡献和支持的所有人致以衷心的感谢和诚挚的敬意！

最后，我想引用家父陈宝仁在《中医临床蹄涔集》序言中的一段话与读者朋友们共勉：

"夫为医之道，重在存德，为德首重于仁，可谓医乃仁术是也。既为仁非博爱不能称之为仁也，吾人为医，心无博爱何可以为医乎。"

家父名字中的"仁"字，正好应了仁心仁术之意，为医者应以仁心济世，希望本书的出版，能够给广大读者带来积极的启迪与思考，为患者解决实际问题，对中医传承能起到一点积极的作用。本书为随笔录，由于水平有限，错谬之处在所难免，敬请批评指正！

陈勇

2022 年仲春

前　言

弹指一挥间，跟随师父已近十年。回想自己当年初出茅庐时满怀对中医事业的一腔热血，经过十年磨砺，如今才渐入杏林之门，不由再次庆幸遇见我的师父——陈勇先生。先生师出名门，幼时在父亲启蒙下诵习医典，渐染芝兰；弱冠之年参加当代著名中医教育家、伤寒大家陈慎吾先生创办的汇通中医讲习所；拜一代明医、肝病圣手关幼波先生为师，随师侍诊三十一载，尽得真传；且执半子之礼，随国医泰斗、风湿病大家、"尪痹"克星焦树德先生修习内科疑难病诊治，深得堂奥。先生传承古训，师古不泥，转益多师，融百家之长，上自《内经》《伤寒》，下及各学派著述，无不博览，形成自己独特的学术思想，用于临床效如桴鼓。

时光荏苒，岁月流逝。先生虽已近耄耋之年，始终恪守初心，仍然坚守在中医临证的第一线，常对我们说"我这一身的中医知识不能带走，一定要传承下去"，临床上更是口传心授，谆谆教导。先生不仅教我们医术，更教我们医德，想病人之所想，急病人之所急，时常敦促我们追访患者情况。何其有幸能遇见这么好的师父，我们能做的就是更努力地传承中医，使之薪火相传。

为圆先生多年来传承中医之夙愿，此次有幸与先生一起主编这本书。此书分上篇（传记篇）和下篇（学术篇）两部分，上篇为先生生平小传，下篇汇集了先生的学术理念及宝贵的临床验案、验方。另外，还附录了先生珍藏多年的他老父亲，也就是我的师祖陈宝仁老前辈的遗著——《中医临床题澪集》。本书的学术部分凝聚了先生从医六十余载的经验总结和学术精华，内容夯实，毫无保留。书中所录皆是经过数十年打磨的临证验方，对症用之，屡见奇效，希望能对业界同仁有所助益，对中医的传承与发展略尽绵薄之力。

编写本书过程当中，深感中医人的拳拳之心难以言表，中医之博大精深更是只可蠡测，无法尽述，书中不足之处还望中医同道不吝赐教，予以斧正！

程燕

2022 年 5 月 1 日于北京

上 篇 传记篇

附录　中医临床蹄涔集

上篇

传记篇

第一章

悠悠岁月话当年

岁月悠悠，白驹过隙。六十年从医路，何其短暂，何其漫漫。我常常回忆起自己的童年，那些不堪回首却又不得不追忆的往事，因为，那是我习医之路的开端。我从苦难的童年走来，艰辛的岁月让我深切懂得民生疾苦，同时也锻造了我坚韧的意志品质。

这一章讲述了我习医之前童年的坎坷经历。我出生的地方，是河北省三河县（市）一个贫苦农村，那里不是缺医少药，而是根本无医无药。我目睹了老百姓苦难的生活，有病不能医治，只能等死（我家就死了好几口）！我在爷爷奶奶、父母的抚育下，幸运地活了下来，我经历了"吃人"的旧社会，童年的苦难经历，让我埋下了立志学医的种子，也为我今后走上中医之路打下了基础。

一、奶奶捡回我一条命

一九三七年八月三十（阴历七月二十五），我出生在河北省三河县（现三河市）一个名叫"老辛庄"的小村子里。母亲十九岁结婚，二十岁多一点生下了我。那个年代大多都是包办婚姻，母亲在家做姑娘时也是娇生惯养的，来到一个陌生的家庭，不习惯，思念家，想自己的母亲，整天吃不好，睡不着，身体渐渐衰弱下来。我出生后因奶水少，不够吃，又没有任何可替代的婴儿食品，导致营养不良，身体越来越差，骨瘦如柴。一天夜里，母亲伸手一摸我，不出气儿了，年轻的母亲以为我已经死了。那时父亲在县里读师范，我家住的是一明两暗的大北房，母亲住在自己的小西屋，爷爷、奶奶带着比我大两岁的姑姑住在面积较大的东屋。当时母亲非常害怕，这深更半夜的，要是死在屋里咋办？刚进门的新媳妇不敢惊动对面东屋的公婆，就把我用小被包好，轻轻地放到院子里，扣上一个筐，还在上面压了一块砖头，怕被野狗叼走。回到屋里，母亲落下了眼泪，毕竟是自己身上掉下来的肉啊！怎么舍得！这时，对面东屋的奶奶一直没睡，听到动静儿，知道有事儿，起身来到院里移开筐，一摸我还有点气儿，就把我抱到自己屋里。那时候，奶奶刚生完我一个小叔叔，可孩子没几天就死了，奶奶还正在月子里。回到屋，奶奶把我紧紧地搂在怀中，给我喂奶，我狼吞虎咽地吸吮着奶奶那甘甜的乳汁，我活了。"这孩子是饿的呀"，事后奶奶说道。母亲有些内疚，奶奶没有过多埋怨她。婆媳俩关系非常好，互敬互爱，一辈子没红过脸。我长大后，身体还算壮实，我的父母，爷爷，奶奶，还有老太爷，姑姑，全家都疼爱我，我成了奶奶的掌上明珠。在重男轻女的旧社会，我更显得弥足珍贵，那真是"千顷地一棵苗"。他们生怕有一天失掉我这个全家未来的希望。父亲给我起了个学名（大名）叫陈庸，意思是让我做一个"与世无争"的平常人。爷爷又给我起了个乳名，叫"存"，意思是存活，存住，存下来，不会早早死掉。还不放心，母亲还在灶坑前烧了一个小布人儿，我看着，不明白啥意思，母亲说，长大了你就知道了。后来才听奶奶讲："这叫烧替身。"就是这小布人儿替你先死了。就这样仍旧不放心，又给我认了两个干妈，一个是道边的马莲堆，是一种长条状的草，叶子非常结实，包粽子时常用它来捆绑，让我像它一样结结实实地成长；另一个是当时村长的老伴，他家儿女齐全，家人认为我要是成为她的干儿子，肯定好养活。

到了上小学的时候，我常依偎在母亲身边让她给我讲小时候的那些事儿。每次母亲都动情地讲给我听，并嘱咐道："别忘了，你是吃你奶奶的奶长大的，今后一定要好好念书，挣了钱先孝敬爷爷奶奶。"我点头答应道："妈，我记住了。等我挣钱了，一定买许多他们最爱吃的点心——京八件。"（因为农村没有像样的点心，奶奶觉得最好吃的是北京的糕点。奶奶晚年时非常知足地说道："这辈子没白活，好点心没少吃。"）

二、无医无药的旧社会

解放前的广大农村，不是缺医少药，而是根本没医没药。农村有三婆，女人生孩子找接生婆，也叫老娘婆；有病了找巫婆，也叫跳大神儿的；想娶媳妇要找媒婆。那个时代，农村女人生孩子如过鬼门关，接生很不卫生，消毒观念极差。因生孩子而死的产妇不在少数，叫"月子病"，婴儿成活率更低。妇幼保健没人管，婴幼儿营养食品匮乏，如何喂养也没人问。孩子多死于惊风、肠胃病、外感病，遇到瘟疫流行，死的就更多了。野外有专埋死孩子的地方，叫"乱葬岗"，有的胳膊腿儿露在外面，小时候我曾亲眼见过，好吓人啊！

母亲说，她一共生了八个孩子，活下来的只有我和两个妹妹，死了五个，记得我后面的一个弟弟死于蛔虫病，蛔虫多得从口鼻往外爬。据母亲说，几个孩子都没活过一周岁。奶奶一共生了十二个孩子，只活了父亲和姑姑俩人，其余十个都没活下来。父亲后面的一个叔叔十六岁时游泳淹死了。最后一个小叔叔比我小两岁，叫陈宝义，我常哄他玩儿，得肾病死了，当时我哭了好几天。母亲生我那年，全村共出生了九个孩子，一个女孩，八个男孩。其中有一叫"锁头"的男孩被狗咬伤后，得狂犬病死了，剩下我们这"八头牛"（属牛）。这在当时成了全村的一件大事，从来没有过这么高的存活率。全村人奔走相告，高兴地说，今年收"小子"（男孩），真不容易！在那个无医无药的年代，仅仅我们一家就死了十五口人，全村该有多少？全国又该有多少？医疗卫生落后，有了病得不到及时治疗，只能是两个字——"等死"。后来，我学医读到张仲景《伤寒论》的序中"感往昔之沦丧，伤横夭之莫救"这两句话时，感触非常深。

三、我家有一棵大枣树

我家有一棵大枣树，在场院的南头。每年都结很多很多的枣，打下来晒干，全家可以吃很长时间。皮薄肉厚，非常甜，常用来包粽子、蒸枣糕、熬腊八粥，也常送给街坊邻居品尝，这在当时就算是好东西啦。我三岁那年，秋收时节枣又熟了，红的绿的，挂满了枝头，煞是好看。该打枣了，爷爷拿一根长长的竹竿，上了树，用力挥打，不一会儿树底下就掉了一大片枣儿。

听母亲说，我从小身体就不太好，抵抗力很差，老闹毛病。那年夏天我身上起了好多"痱毒"，一化脓就特别疼，老哭闹。其中两个大脓包有核桃大小，一个长在左侧肩背部，一个长在脑袋右边发际间。母亲说当时我正在哭闹，磨人，一听说爷爷在打枣儿，立刻不哭了，嚷着要去捡枣儿。母亲就领着我和姑姑提着小筐来到场院。我跑着，跳着，笑着，把红的、个儿大的枣儿往筐里捡，好开心。一时间忘了疼，母亲乐了，太爷爷在一旁看着重孙子那高兴劲儿，也乐得合不拢嘴。正在这时，突然一颗大青枣不偏不倚正好打在我头上的大脓包上，只见连脓带血，白的，红的，绿的，一股脑儿地往外涌，顺着脖颈子流，满肩膀子全是，全家都吓坏了，我哇哇大哭。当时母亲不顾一切地把我用胳膊一夹，迅速往院子里跑，弄了一大盆凉水，连冲带洗，脓水洗净后，找了点干净的布包上，过几天脓没了，渐渐地就完全好了。从始至终也没用一点药，也没打一针，肩上的那个脓包慢慢也好了，结了两个大疤瘌。

四、苦难的童年

勿忘历史，讲历史故事，以激励后人。

翻开历史的一页，那是 1937 年 7 月 7 日，"七七"事变震惊世界，抗日战争全面爆发。这一年的 8 月 30 日，我降生到这个世界上，同年 12 月至来年 1 月，日本帝国主义制造了灭绝人性的南京大屠杀，30 万同胞惨死在日本鬼子的屠刀下，中华民族要世世代代永远铭记这段悲惨而耻辱的历史。

1945 年 8 月 15 日，日本宣布无条件投降，抗日战争以人民的胜利和日本帝国主义的失败宣告结束，那一年，我整八岁。在日本侵略者的铁蹄下度过了我"苦难"的童年。

时间回到 1942 年的冬季，我五岁。我清楚地记得，当时三河县（今三河市）城里驻满了日本兵，经常"清乡""扫荡"，追剿八路军，人们到处逃难、跑反。加上连年的饥荒、天灾，中国老百姓在水深火热中挣扎，苦不堪言。那年冬天，父母住在三河县城里，我和太爷爷、奶奶、姑姑住在农村的家中。因为怕抓劳工、抓壮丁，爷爷跑了，年轻力壮的男人全跑了。

日本鬼子进村了，端着上了刺刀的大枪，枪上挂着日本的"膏药旗"，头上戴着"屁股帘"的帽子。一个个凶神恶煞，活像一群狼。老乡们吓得不敢出门。当时，太爷爷在小西屋，奶奶带着姑姑和我在东屋坐在炕上，隔着玻璃窗看着院子里，听动静，连大气都不敢出。忽然，几个日本鬼子五花大绑着一个老乡，闯进了我家。奶奶一看，是村里的伪保长，日本人说他通八路，让他说出谁家挖了藏八路的地道。他说："不知道，我真不知道。"小鬼子就用皮带狠狠地抽他，他还是不说，就把他倒着身子，头朝下绑在梯子上，把梯子斜立在房檐下，往鼻子里灌凉水。"说不说？不说还灌。"大冬天的，不一会就结了冰。

　　我偎依在奶奶胸前，只觉得奶奶的心"咚、咚、咚"跳得非常厉害，全身哆嗦，两手冒冷汗。事后听奶奶说才知道，当时我们家就挖了一个地道，就在东厢房外屋地下，上面扣了一个柴禾筐，进门挪开就能看见。其实，说是地道，根本哪儿都不通，就是一个能藏两个人的蹲坑。奶奶说："他真的不知道啊，要是知道，说出来，咱四口子当时就都没命啦，真悬啊！想起来就后怕，老天爷保佑，咱四口子命大呀。"

　　来年开春儿，一天，有个老乡从村外一边跑一边大声喊："快跑，快回家，小日本又来了！"只见一群如狼似虎的日本兵，嚎叫着，追赶着人群，让所有村民全到村西头儿大槐树旁坐下，不许乱动，扬言要烧全村的房子。一个翻译官高喊着："现在皇军给大家训话。"只见一个日本军官把一个背捆着双手，满身、满脸是血的中年农民推搡到人们面前，手里高举着一个八路军的袖标和一排子弹，高声吼道："你们认识这个人吗？如果有人认识他，是你们村的，就不杀他。如果没人认识，那他就是八路，就杀死他！"他晃着手中的袖标和子弹，又道："看，这就是在你们村边路捡的，你们村肯定来过八路。不说，你们就统统的，死啦！死啦地有。"谁也不能认，也不敢认，满身、满脸是血，根本认不出来是谁。小鬼子当即就把这个人推到一边，只听"呼、呼"两声枪响，人就这样被枪杀了。这是小鬼子欠下中国人民的又一笔血债。母亲紧紧搂着我，捂上我的眼，把头按下，怕吓着我。全村人都吓傻了。正在这时，只见几个日本鬼子从村里又推出一个人来，这人头上流着血。走近一看，啊！是太爷爷！……

　　太爷爷事后对我们讲："当时听说鬼子要烧房子，心想，我这房子是祖辈留下的，一百多年了，怎能让你们这群狗日的说烧就烧了呢？来，烧吧，就连我一起烧吧。"他决心要与自己的祖产同归于尽。"鬼子急了，照着我脑袋上就是一刺刀。"鬼子走了，我抱着太爷爷哇哇大哭。回到家里，上点药吧，可哪有什么药呀？我清楚地记得，母亲只是往太爷爷的伤口处撒了点儿刷牙用的牙粉。可怜的太爷爷，就这样忍着疼，养着，慢慢地总算好了。当时我还小，不懂得抗日救国的大道理，只知道问："这是为什么？为什么他们杀人？打人？还打伤了我太爷爷？为什么呀？"他们不是人，他们是魔鬼，是野兽！

第二章

三脉岐黄习医路

我的行医之路，得益于我的三位父辈——家父陈宝仁，师父关幼波，岳父焦树德。三脉岐黄，高山仰止，我是何等幸运，能够得到三位父辈的耳提面命、口传心授，家父引我学中医，师父教我当明医，岳父辅我上讲台。当三脉汇于一流，我感到时光不待人，我要抓紧一切时间，整理他们的学术思想，将三脉岐黄之学术血脉传承下去。

这一章讲述了我在三位父辈的引领下，正式走上中医这条路，这里收录了他们的零金碎玉，我不仅学到了他们的学术思想，更从他们身上学到了做人的道理，处事的法度，人生的大智慧。三位父辈，是我行医路上取之不尽、用之不竭的精神财富源泉，我永远深切地怀念他们！

一、立志当医生

1947 年，我十岁，从三河县来到北京。1949 年 10 月 1 日，新中国成立。苦难深重的中国人民终于拨开云雾见到了太阳。中国解放了，北京沸腾了，全国沸腾了，世界震动了。我十三岁那年，也就是 1950 年的 10 月，抗美援朝战争拉开了序幕。全国人民同仇敌忾，掀起了一股保家卫国的爱国主义高潮，中国人民志愿军是我们最可爱的人，黄继光、邱少云等英雄人物就是我们学习的榜样。

我在西城区一所小学读五年级，第一批加入了中国少先队，知道脖子上围的红领巾是红旗的一角儿。一个出生在旧社会的孩子，终于呼吸到了新鲜空气，高兴地活蹦乱跳。

当时，父亲在西单安福胡同家中开了一个中医诊所——"陈东阜医寓"，来看病的人越来越多。我常看到许多重病的人几经父亲诊治，通过吃中药、针灸，转危为安。当时我就想，如果我小时候生长的农村多一些像父亲这样的好医生，我的弟弟，小叔，锁头就不会死了，许多病人都能有救了，"乱葬岗"也就不会埋那么多孩子了！但是历史没有"如果"。今天在党的领导下大力发展医药卫生事业，才改变了广大农村缺医少药的落后面貌。

当时我决心要学医，走从医之路，将来像父亲一样当个能治病、治好病、能救人命的好大夫。父亲知道了我的心思，对我说："好啊，将来就接我的班儿吧，今后可以看点中医药书，先背些汤头歌、药性赋吧，但不能耽误学习。"还语重心长地说道："想当大夫给别人治病，自己先要有个好身体，你小时候身体不好，老闹病，今后一定要锻炼好身体，只有自己健康了，才能给别人带来健康。"

我小学毕业后，考上了师大附中，条件好了，尤其是体育课，有一个大足球场，各种体育设备齐全。什么体育项目我都喜欢，各种球类运动中，我最喜欢足球，经常参加班级比赛。当时的口号是："锻炼身体，保卫祖国。"我弹跳力很好，跳高还不错，仰卧起坐、俯卧撑、练单双杠都可以，能在双杠上、在椅子上倒立，我最拿手的是倒立行走，也叫"蝎子爬"。曾经和班里几个同学一起从篮球场这边爬到那边，引得全校同学围观，为我们鼓掌，叫好。

渐渐地，我身体健壮了，很少生病。每年春节要回农村老家看爷爷、奶奶，拜年，送年货。为了锻炼身体，我经常骑自行车回去，要骑一百多里路，全是石头子儿路，路旁边有一条窄窄的自行车道，特别不好骑。有一次刮大西北风，根本骑不动车，只能骑一段，走一段，就这样走走停停，足足走了十二个小时才到家。

上班工作后，我曾和几个同事骑自行车去过天津。跟医疗队下乡时，曾骑车去过怀柔，最远的一次是骑车去延庆。走原来的旧路，要过八达岭，上坡太陡骑不动，下坡更陡不敢骑，只能推着自行车走过那座最高的大山梁。到了目的地，自行车的滚珠、轴全碎了。

这些强度大的体力活动，一方面锻炼了我的体魄，另一方面也考验了我的毅力。长途骑行不但挑战体力的极限，还要克服孤独与寂寞。正是有了这样的身体基础，才使得如今八十多岁的我仍然精足、气充、神爽，照常上班工作。

二、家父引我学中医

我于 1957 年 7 月在北京六中高中毕业，高考落榜，准备次年再考。当时父亲对我说："别考了，学中医吧。"就这样，我来到一个"中医讲习所"学习，接受中医的启蒙教育。这个讲习所由著名的"伤寒大家"中医教育学家陈慎吾先生创办，全名为"私立汇通中医讲习所"，共办了十期。毕业生数百人，大多从事中医的医、教、研工作。陈慎吾老先生在继承发扬祖国医学方面做出了卓越的贡献，培养出一支中医骨干力量，可以说是桃李满天下。我们要缅怀先生的功绩，继承老前辈的中医学术思想，使其发扬光大。

1959 年 1 月，根据北京市卫生局指示，"汇通讲习所"由北京中医医院接管。从全班 150 名学员中挑选了 57 名，到北京中医医院半工半读，上午上中医专业课，下午到中药房跟药工师傅们边劳动边认识中药。

同年 9 月，原"北京市中医进修学校"改名为"北京市中医学校"。按市卫生局指示，我们班就到这所学校上课，班名为"中医专科一班"。校长是哈玉民，教务主任是陈彤云，任课老师多由中医医院有经验的临床医生担任。

父亲指引我走上了这条中医路，使我从完全不懂中医，到认识并逐渐热爱中医，直至今天，我在中医这条路上风风雨雨走过了六十个春秋，可以说献身中医事业了。学习期间，上课听老师讲中医基本理论和各科临床课，回到家中，茶余饭后还可以同父亲探讨一些有关中医学的问题。父亲常说将来毕业了走上临床，为病人诊病一定要认真负责，要把病人视为自己的亲人。一次聊天中他说道："过去有句老话儿说，'孝心的厨子，善心的大夫'，就是说，好的厨师，要像孝敬老家（儿）一样对待你的食客，你就不会用有害健康的食材给客人做饭菜啦。当大夫要有善心，我们从事的是积德行善的事业。只有这样，才能得到广大患者的认可与爱戴。"最后父亲为我诵读了他自己写的一段医训：

夫为医之道，重在立德，为德者首重于仁，所谓医乃仁术也。夫大医治病，无欲无求，不问贫富贵贱，勿论长幼妍蚩，时存恻隐之心。视患者如至亲，投同门以赞美，皆因德于艺先，艺承德满。吾之为医，视患者之病如吾之病，视病家亲属之病苦如吾父母子女之病苦，设身处境如自身临之。从而生吾对病之仁爱也，但愿为医者行之。夫为医者，抬手动笔皆系性命，一针一药关乎生死。故医者，业不可不精，业欲精则心必定，心欲定则勤不倦。窥天地之奥而达造化之功。然艺无止境，技恒有差，断不可骄逸他谋，自逞忘形。汝当潜心尽力，俱得真传，青出于蓝而胜于蓝。所谓大医精诚，乃吾医者存世之本，未敢一日或忘。

这是父亲给我上的第一堂"医德修养"课。

三、师父教我当"明"医

1961 年 1 月，在中医学校毕业后，我们 12 名同学被分配到北京中医医院，我任组长。当时，由院党委书记葛英武同志亲自把我们接到医院，当天就举行了一个拜师会。我的师父就是当时的内科主任，京城知名的关幼波老师。从此，我就走上了中医传统师带徒的"师承之路"。

我暗下决心，一定要当好这个徒弟，为继承发扬祖国医学而努力。回到家里，当我把拜关老为师的事告诉父亲时，没想到父亲喜出望外，高兴地说道："这太好了，你成了他的徒弟，好事啊！他的父亲关月波在北京很有名，他也是家传。"父亲又说道："我和关大夫是中医进修学校时的同班同学，毕业后就没再联系过，今天你成了他的徒弟，而且是医院党委书记亲自主持的拜师会，这真是缘分啊！"

师父给我讲授的第一堂课，是从他的一则家训开始的，这则家训是这样八个字：

儒乃达儒

医是明医

特别需要说明的是，这则家训正念、反念、竖念，都可以讲得通。

正念：儒乃达儒，医是明医。反念：儒达乃儒，医明是医。竖念：从左往右，儒医乃是达明儒医。从右往左，儒医达明乃是儒医。

我来解读一下这则家训的意义："儒乃达儒"，中国传统文化重视儒家思想，讲究医儒不分家，师父关幼波是一代通达的儒医，具有儒家风范；"医是明医"，师父不仅是儒医，还是一位通达医理、事理、情理、病人心理的"明"医。这里就需要注意了，这个"明"，不是名利的"名"，而是明白的"明"，师父教导我们，当医生不要争名夺利，尤其是讲到"名"这个字，是"出名""名气""名利"，这个"名"，可以通过自己的努力奋斗取得，但也不排除用其他手段获得。我们要"淡泊名利""不为名利所惑"；而这个"明"，是明达、明白的意思，是一个人与生俱来的素质，造不出，抢不来，靠的是勤奋、学习和修炼，是一个人的聪明才智和道德品质的综合体现。

"明医",首先是要求一个医生,在做好医生之前,先要学会做人,做一个明白事理的善良人,懂得人情世故的明白人。当医生不仅应该明白医理,还要明白病人的心理,病人把健康乃至生命交给了我们,我们就要处处为病人着想。除此之外,更要明白医患之间的情理。

俗话说:"严师出高徒。"明师更应该出明徒。我在心里激励自己,一定要做一个明明白白的徒弟,接好中医传承这个班。

四、师父恩情重如山

学校课程结束后,回到医院内科继续当"实习大夫"。这"实习"不知何时能结束,何时算个头儿。我心里没底,暗自想,我要求救于谁呢?谁又能管得了人事调动的事儿呢?百般无奈之下,我找到了恩师关幼波,以汇报工作的口吻说道:"老师,我回来了,教学任务完成了,现在内科上班。不过,我以后还是想回肝病组,跟您继续学习,您看行吗?"师父说道:"行,你别管啦,我想办法和他们联系解决。"没过两天,科主任就通知我:"明天到肝病组上班。"哇!好快,这就是老师的威望,院方和科里都会尊重他老人家要人的要求。从此,我就如愿以偿地继续当关老的徒弟,在中医"师承"这条路上砥砺前行。

1987年,我的主治医师职称满五年,该晋升副主任医师了。可是,我没有大学本科学历,只能走师承这条路,而师承的基本条件是从师要满十五年。当时,恩师关幼波是高级职称评委会主任委员,评委会委员们对我晋升副主任医师提出质疑,说我有长达十年的时间没在医院,师承不够年限。眼看晋升副高要泡汤,在此关键时刻,恩师又一次站出来为我说话了。在评委会上,他说道:"陈勇虽然离开医院十年,但我们一直保持师徒关系。"恩师一席话,字字值千金。在场的评委们一致同意我晋升为副主任医师。从此,我就进入了"中医专家"行列。

五年后,我被医院内部聘为主任医师,这为我以后所从事的中医工作铺平了道路。可以说,没有恩师的那句话,就没有我今天的成绩。什么专家门诊、外院会诊、讲课、学术交流、收徒弟、办医馆、电视台、抖音做节目以及入驻京东健康,等等,这一切的一切,都是不敢想的。我取得的这些成绩,都应归功于恩师关幼波先生,在最关键的时刻向我伸出援手,师父对我真是"恩重如山"!

五、师父是榜样，是楷模

师父关幼波先生把毕生精力毫无保留地献给了中医事业。先生常讲，不要单纯地把我们从事的中医工作只看作是一种挣钱吃饭的职业，而应该把它看成是一个"事业"。在这方面先生为我们做出了榜样。我简单地总结了以下几点。

（一）对工作呕心沥血，鞠躬尽瘁

师父无论在何种场合都不忘为中医说话，他把维护中医，宣传中医，看作是一种责任。无论是向弟子们传授经验，还是带进修医生，或者是外出讲学，总是耐心地讲解，从不保留，就怕学生们听不明白，学得慢。他非常关心中医队伍的发展，关怀中青年中医大夫的成长。在继承发扬祖国医学方面，先生做出了很大的贡献。

（二）对同志一视同仁，关心团结

在医院师父的群众关系非常好，从不摆架子，特别平易近人。在为人处事方面，不管职位高低，贫富贵贱，都能友好相处，尤其是在有人求他看病时，总是有求必应，永远是那么和蔼可亲。

（三）对病人认真负责，急病人所急，想病人所想

师父问诊十分仔细，常教导我们："在问诊时，你的语声永远要比病人低，语言要通俗易懂，语气要有一种同情心，与病人同悲喜，要做到眼神的交流，心灵的沟通，使病人有一种如见亲人的感觉。"

每天与师父朝夕相处，他的言行、医德、人品无时无刻不在影响着我，下面我讲三个故事。

1. 下跪求医者

1987年的某一天上午，师父带着众多弟子在门诊看病，这时只见四个人用担架抬着一个病人进了诊室。突然，一个家属跪在了关老面前，泪流满面，抽泣着说道："关老，您快救救他吧，他才42岁，是家里的顶梁柱，全家的生活全指着他呢！"担架上的病人一动不动，无任何反应。当时诊室里有人说道："你快起来吧，这是肝病科，关老不看这（类）病，快到急诊科去看吧。"关老看了看说话的人，起身走到跪在地上的家属面前，说："快起来，快起来，你先说说病人的情况。"边说边把病人

家属扶了起来。

原来，患者是煤气中毒后遗症，从保定来的。患者煤气中毒很严重，经过多方抢救治疗，数次住进高压氧舱，命是保住了，但人一直神志不清，不能说话，四肢不能动，成了植物人。看着病人家属着急的样子，师父走到担架旁，看了看病人的面色，号了脉，又翻开眼皮看了看瞳孔，用压舌板看了看舌苔，便说道："别着急，我曾经治过这样的病人，有些经验，试试看吧，我会尽力的。"师父回到座位上，沉思片刻，便开了处方。这时，关老对在座的学生们讲解道："这个病，相当于中医所描述的'脑瘫'病。我们用补气、活血、化痰、息风、醒神、开窍等法。"开完方，师父又对家属讲述了药的煎服法，并嘱咐道："如有效果，可服一个月左右再联系治疗。"

半年后，患者完全康复，专程来京向关老表示感谢。

2. 我只想见关老一面

1987年的一天，我和师父正在门诊，这时进来一个20多岁的小伙子，问："请问哪位是关幼波大夫？"师父抬头看了看来者，说道："我就是，你有什么事吗？"只见小伙子眼含泪花，深深地鞠了一个躬，"您就是著名的肝病专家关幼波大夫？终于见到您了，我这次总算没白来北京，我满足了，回家后我可以告诉乡亲们了，祝您老人家健康长寿。"说完就倒退着转身，正要走出诊室。关老深感莫名其妙，问道："你有什么事吗？无缘无故为何行此大礼？"小伙子这才道出缘由："我从内蒙古来，您在我们那里很有名气，许多肝病病人都是您给治好的，我得肝病好几年了，经多方治疗也不见好转，早想找您诊治，可家里穷，没钱来北京。"小伙子说着说着，眼圈里泪珠快掉出来了，喘了口气，接着说："这次终于能来到北京，本想找您给我诊治一下，我已来好几天了，可一直挂不上您的号。我不能再等了，今天我只好先挂了其他医生的号，开了药方，我先回家吃一段时间再说吧。可这次好不容易来北京一趟，没能见到大名鼎鼎的关老您，这将是我一生的遗憾。我知道您非常忙，我和门口护士同志说明情况，她们让我进来了，对不起，打扰您了。我走了，等以后有机会我再来看您老人家。"小伙子说着就要走。这时，关老深情地说道："你先别走，坐下来我再给你看看吧。"小伙子坐下来，激动得不知说什么好，含在眼中的泪水已经控制不住地掉了下来。关老边安慰病人，边认真地看了看前面医生开的方子，号了脉，看看舌苔，又问了些有关的病情，说道："这个方子开得很好，我再加上两味药，回去吃上一个月左右，下次再来北京找我，如果挂不上号，我给你加号。"就这样，小伙子千恩万谢，面带笑容，满意地走了。这时诊室里鸦雀无声，在座的人陷入一片沉思，无不为之动容，同时也受到了教育。这就是一代名医关幼波在广大人民群众心中的威望、医德和医风。

3. 一张骨刺方

师父常讲："敏而好学，不耻下问。"师父的这种好学精神，永远值得我们学习。

师父年轻时在中药店坐堂看病，当没有病人的时候，他常到抓药的柜台前，一来学习抓中药，认中药，二来遇到来买药的人，就问人家，"给谁抓药啊？得的什么病啊？吃这个方子效果怎么样………"遇到有效的好药方，他就暗自记在心里。日子久了，他能学到很多临床上好的经验方。他说："这叫偷学，不丢人，而且长本事。"所谓学问，就要勤学好问。孔子曰："三人行，必有我师焉！择其善者而从之，其不善者而改之。"师父说："我们要活到老学到老，生活处处皆学问，要向同行学，向西医学，如看 B 超报告单，肝功化验单及一些其他的现代医学知识，要边干边学，有时也向病人学。"

有一年，师父颈椎病犯了，看一会儿病就起身活动活动胳膊，病人非常关心师父的身体，就问道："关老您怎么了？"师父就说："我颈椎有骨刺，最近天气凉又犯了。脖子和右上肢到手都发麻，没事，活动一下就缓解了。"说者无心，听者有意，没过几天，有几位患者，送来好几个治疗骨刺的验方。师父看了看，觉得其中一个方子有点特殊，又符合自己的用药观点，方子组成就三味药，杭白芍 60g、木瓜 15g、生甘草 10g。

这个方子是芍药甘草汤加木瓜，其突出特点是杭白芍的用量很大，达 60g。这是临床上很少见到的，芍药甘草汤为临床常用方，其方义为：甘酸化阴，缓急止痛。常用于止腹痛、胁痛。在此方的基础上，师父进行了加味。方中芍药酸苦微寒，量大可能引起便溏，故加苍术，再加威灵仙、葛根、羌活、桑枝、丝瓜络、血藤、桃仁、红花等，在治疗颈椎病过程中虽不能消除骨刺病变，但有较好的止痛作用。

师父的这三个故事，我曾经在北京中医医院庆祝建院 55 周年纪念会上进行过宣讲，感动了全院同志，会后被评为特等奖。

六、岳父辅我上讲台

1963 年结婚后我才知道，我的岳父大人焦树德先生是当代著名中医大家和中医教育家。当时，他是北京中医学院（现北京中医药大学）中医内科教研组的教授，并在学院附属医院（现东直门医院）内科出门诊，后调到中日友好医院任国际部中医内科主任。

我们虽然不在一起生活，但来往非常密切，经常一起外出吃饭、遛弯、逛公园。知道我和他女儿都在北京中医医院工作，并得知我是全国名医关幼波大夫的徒弟后，岳父非常高兴，茶余饭后，彼此就有了共同语言，谈中医，讲临床……记得在一次等车的时候，岳父把他祖父传给他的治胃病验方——"三合汤"讲述给我，他徐徐讲道："痛在心口窝，三合共四合。"让我牢记心间。

我虽没能有机会随岳父临床佐诊，但遇到疑难问题时经常请教他。我曾多次邀请岳父帮我会诊重病病人，多年来受益匪浅。岳父对我人生最大的帮助，是他辅助我走上了中医教学的讲台。当知道我要到大学讲课时，岳父非常关心地问道："课，准备得怎么样啦？"他多次审阅我的讲稿，一遍遍认真地听我试讲。一天晚饭后，岳父让我把要讲的课程讲给他听听，好吧。我开始讲了。只见他，手托下颌，边听边走遛，认真地听着、思索着。然后一一指出不足和需要修改之处。回忆起这段感人的往事，仍历历在目。

除此之外，岳父还教导我如何抓住学生的心理，如何突出授课重点。他说道："上讲台教课是一门艺术。一定要充分备好课，多查阅有关资料，俗话说，要给学生一桶水，你就得准备十桶水。"同时还鼓励我，讲课不能紧张，要放松，要自然，可以讲点小插曲，小故事，以活跃课堂气氛。要不怎么说讲课既有专业性又有艺术性呢。

经老人家的指点，我信心满满地登上了大学讲台。教学一年后得到学校认可，受到学生的好评，就这样又被留任一年。岳父的教诲令我终生难忘。岳父辅我上讲台，这个辅，不是扶着，搀着，而是精神上的辅助、支撑！

岳父没有架子，平易近人，曾几次应邀到我任教的班级作中医专题学术报告，受到广大师生的热烈欢迎。任教两年是我中医理论提高的两年，时至今日，他的几部中医著作仍是我临床中必读的参考书。

第三章

十年痴心志不改

刘欢有一首歌《少年壮志不言愁》，"几度风雨几度春秋，风霜雪雨搏激流，历尽苦难痴心不改……"这句歌词用来形容我从医路上那十年特殊的人生经历，真是再贴切不过。

这一章记录了我人生中最宝贵、青春的十年光阴，经历了事业上的跌宕起伏，但我对中医事业的一片痴心始终未改，我在广阔天地中，与人民群众朝夕相处，积极学习民间丰富的治病经验，在"风霜雪雨"的历练中，我愈加坚定了自己的志向，在中医事业的道路上"勇"往直前……

一、下乡劳动到山村

回忆起那一年，我来到延庆县的一个小山村。这个小山村，从县城以北的京张公路再往北，走过一里多的平坦路段，就开始翻大山、过大岭，再过几条小河，走搭石，搭石没有了就淌水。这条路有40多里，一般体力的人要走三四个小时。从来没有人修过这条路，全是由人和牲口走出来的羊肠小道，如果想抄近道，只能手脚并用连走带爬，因为根本没有路。说到车，从这个村村民的祖辈到如今，连一个车轮子都没有见过。上山下山，不管运送分量多重、体积多大的物件，都是肩背、人抬、驴驮。小孩子到了六七岁能自己走山路了，或是在大人保护下能骑毛驴，才有可能下山看看外面的世界，才知道马路上来回跑的"小房子"叫汽车。这个极为偏僻而落后的小山村，说它小，是因为过去只有五户人家（后来多了几户），所以村名就叫"五间房"（现全村已整体搬迁）。再往北，过一道山梁就是河北省了。这里是抗日战争时期八路军平北军分区司令部所在地，是一个革命根据地。这里的老乡非常朴实，我们把山外面的、北京城里的新鲜事儿讲给他们听，他们听得眉开眼笑。他们把好吃的留给我们吃，我们休假回家了，他们也舍不得吃，等我们回来一起吃。真是不是亲人胜似亲人，老乡太可爱了。

两年多时间，我们四个同志为当地农民做了一点有益的事，那就是通过我们的建议与有关部门沟通，为他们购买了一台手扶拖拉机。拆卸后背上山，只能在一块平坦的场地使用。村里终于有了带轮子的机器了。另外，还协助县和公社有关部门为全村安上了电灯，各家各户都亮起来了，从此全村人告别了黑暗。大家高兴得欢呼雀跃，从心里感谢党和政府，同时也感谢我们这些下乡参加农业劳动的同志。

二、因为我是医生

救死扶伤，是医生的天职。

"五间房"是一个山穷人穷、耕地少的山间小村庄，都是山坡地，粮食产量很少。老百姓的口粮靠政府救济。至于医疗卫生，就更别提了，全村只有一名经过短期培训的赤脚医生，老乡有了急病只能由七八个壮汉往山下抬，到县医院诊治。刚来到这里就听说，村里曾有个产妇，臀位，难产，胎儿的一条腿都伸出了，就是生不下来，必须立刻剖腹产才能有救。当时由八个壮小伙子急速把产妇往山下抬。等抬到山下，母子都停止了呼吸，让人痛心。这个产妇就是我所在生产队队长的媳妇。

一天，我们正在开会，忽然县医院给公社打来电话说："医院来了一位妇科大出血的病人，是你们公社的，马上要进行手术，你们公社谁能去给献点血？"我听后，不假思索地举起手说道："我去！"当时没车接送，只能自己坐班车前去，临走前，我到供销社买了半斤红糖、半斤蛋糕备用。我知道，肯定没人管饭。来到县医院，经配血化验，确定可以献血，因为我是 O 型血，是"万能血型"。抽完血，自己在护士站冲了一杯红糖水，吃了几块蛋糕，就回公社了。公社领导让我在公社休息几天后，我就上山了。事后有人问我，为什么主动去献血？我坦然地回答："因为我是医生。"对于一个职业医生来说，这事儿太平常了，真的没什么。只要注意休息，补充好营养，对身体健康基本不会产生影响。这已是我第二次献血了，我一直没有告诉过家里人。还记得第一次献血是我在中医学校上学时，当时医院内科病房一位病人需要输血，我二话没说就去了，当时单位给了一点营养补助费，我用这个钱买了一本《中医学概论》。

三、我当上了赤脚医生

我是一个中医大夫，我的岗位应该在中医医疗单位，我的工作应该是给病人治病。我的家庭条件也有优势，家父、岳父、师父都是有名的中医，我立志做一名中医，为病人治病是我的追求和心愿。

村里的赤脚医生姓张，40多岁，人淳朴老实，挺好学。知道我是学中医的，时常问些治病方面的问题，我耐心讲给他，渐渐地我们成了好朋友，他向我学习，我也向他学习一些民间疗法。山上到处都是草药，老乡们说"少说也有上百种"，简直就是一个天然大中药库。从此，我就一边干活一边采药，不知道的就向赤脚医生和老乡请教。我把采来的草药晒干，抖掉土，切碎，用废报纸包好写上药名，放在我睡觉的炕头上。老乡有点小毛病我就配成药方让他们熬水喝，缺少的药，有时下山自己掏钱买几味带回来，配齐药方。再配合针灸，还真治好了几个病人，如一些上火的，肿痛的，肠胃病，腰腿痛的，一般小感冒，效果都不错。哈！我当上"土大夫"了。我们这一对赤脚医生，受到了乡亲们的欢迎和好评。他们不叫我陈大夫，陈医生，而是亲切地叫我"老陈同志"。我终于找到了感觉，重新找回了我挚爱的工作，还受到公社领导的认可与好评。

四、回到了北京中医医院

1964年，我调离北京中医医院，1974年，在外漂泊10年的我，终于又回来了，心情当然激动，有一种流浪儿回家的感觉，最主要的是，又回到敬爱的关幼波老师身边，回归到了我日思夜盼的中医队伍中。

人的一生充其量最多也就10个10年。所以说10年的时间，对一个人来说是漫长的，对一个年轻人来说，那更是宝贵而值得珍惜的。这个时间段，我的年龄是27岁到37岁，是人一生中的黄金时期，年轻力壮，精力充沛，风华正茂，业务上正在奋发向上，是出成绩的最佳时期。可我就在这时脱离了中医队伍，在中医专业方面没有精进，甚至有些荒废了。经历了生活中的酸、甜、苦、辣，离开了中医，离开了师兄弟，听不到恩师的教诲，陪伴我的只有苦闷、孤独和无助。何时才能回到中医临床工作岗位？何时才能圆我想当中医大夫的梦？还好，有幸和天坛医院的大夫一起参加了一年的下乡医疗队，还算接触到一些中医临床。

下乡劳动结束了，留在延庆县卫生局一年后，调回北京。到市卫生局报到时人事部门和原中医学会负责人找我谈话，让我留在学会工作，我沉思片刻，说道："我的专业是中医，我的工作岗位应该在中医医疗单位。"就这样，局领导同意把我的档案送回北京中医医院，我终于如愿以偿。

五、从医路上勇向前

我的名字原来叫陈庸，后改为陈勇，就是鼓励自己在以后的中医路上奋勇前行。

1974 年 8 月，我到北京中医医院报到，医院人事科通知我，被安排在肿瘤科。由于我对治疗肿瘤并不熟悉，临床经验少，我要求回内科。他们说内科人员已满，不能再安排任何临床医生。一周后回答："先暂时到内科实习一段时间再说吧。"就这样我就以一个"实习"医生的身份回到了内科。先安排在肾病组，本想先看两天，熟悉一下工作，毕竟离开临床工作 10 年啦。谁知，科主任坚定地说："明天上班就正常接诊病人。"对我最起码的简单的要求根本不予理睬，我明白她的意思，让我知难而退（不是内科不接收你，而是你不行，去别的科吧），想把我挤走。第二天上班了，从接诊第一个病人开始，我就满头冒汗。沉住气，别紧张，我在心里暗暗地鼓励着自己，好在这 10 年也没完全断了诊治病人，好在中医的基本知识没丢掉。从容应对，边干边学，顺利地闯过三天后，一切正常。从肾病组又到血液组，科领导认可我了，还让我管全科的考勤工作，还当选了全院工会的文体委员。没过多久，问题又来了，科领导让我去北京第二医学院（现首都医科大学）讲课，不知何意，是信任？是肯定？我说，这个工作我恐怕难以胜任，我没搞过教学没有一点经验，主任说："你能行，锻炼锻炼嘛。"我不能再挑了，就这样我走上了大学的讲台，努力干吧，功夫不负有心人，一年的教学，得到学生的认可，校方领导也很满意，原计划是一个学年的任务，被挽留下来，又延长了一年。两届学生的中医课，讲了中医基础、内科、中药、伤寒论等课。任务完成了，不由得有一种成就感。回到医院，院领导、科主任也很满意，于是我顺利地晋升为主治医生，因为医院是教学单位，要组建一支教学队伍。由于我两年的教学，课时达到了要求，所以顺利地被聘为"高等医学院校讲师"。

第四章

三次病险警后人

我是一名中医大夫，也是一个有着喜、怒、哀、乐等七情六欲的普通人，面对亲人的病痛，面对生死离别，面对人生的劫难，我和每个人一样，经历过精神深处的挣扎、纠结、痛苦、期待……这些，让我对生命、对生活、对亲情，有了更加深刻的体悟。

这一章讲述了我老伴亲身经历的三次病险，可谓次次惊心，次次凶险，我想用我身边亲人的真实病例警示后人：珍惜生命，热爱生活，一定要重视健康，及时发现自己和亲人的健康隐患，尽快就近就医。

一、左耳致残的"中耳炎"

我老伴患中耳炎（左耳）和美尼尔氏综合征 * 多年，曾几次晕倒。1963 年夏天，她在农村医疗队时因劳累和天气炎热而犯病。当时左耳流脓水不止，浸湿了几块毛巾。单位速派车直接送往北大医院急诊，确诊为"胆脂瘤"，左耳内听骨、砧骨完全腐蚀变黑，已失去功能，必须手术敲掉，取出。术后，左耳腔则成了一个大黑洞，随即将本人左大腿内侧一块半个手掌大小的真皮割下，植于耳内，手术很成功，但落下左耳完全失聪的终身残疾。医生告知：若再耽误，将造成细菌性脑膜炎，可危及生命！

作为一名职业医生，这个教训是十分沉重的，也给我敲响了警钟。中耳炎是一种常见病，初起病轻，乃小毛病，中西医都能治。若不及时治疗，小病将变成大病、重病甚至危及生命。这正应了那句老话："千里之堤，溃于蚁穴。"

---

* 编者注：即梅尼埃病。

二、几乎丧命的"脑出血"

我曾写过一篇日记,名为《生命的赞歌》:

世间最宝贵的莫过于生命。生命对每个人只有一次,丢掉了就不会再复生。在这宇宙的长河中,人的一生是那么的短暂,因而显得特别珍贵。我们要热爱生活,珍惜生命。在人生这个有限的时间里,我们要为家庭、为社会发挥出点滴的光和热。

"人生自古谁无死",生、老、病、死,这是不以人的意志为转移的,是一个不可抗拒的自然规律。人最终总是要与世长辞的,就像一支点燃的蜡烛,总有熄灭的那一刻。爱惜生命不等于贪生怕死,每个人的死不一定都重于泰山,但起码不能轻如鸿毛。有些人不珍惜自己的生命,对个人、对家庭、对社会没有负起责任。除了不可避免的自然灾害和可恶的战争之外,各种责任事故及违章、违规的操作等,每年不知夺去了多少人的性命。

说到疾病,有些是现在医学还解决不了的绝症,最终无法医治。但也有一些是因为缺乏医学知识、粗心大意或讳疾忌医,从而失去了救治的时机,造成不可挽回的遗憾,这是多么的可惜啊!真可谓"生命诚可贵,时间价更高"。对患了急症的病人来说,"时间就是生命"……

我之所以写下这篇日记,之所以有这样沉甸甸的感悟,是缘于我老伴一次险重的疾病,那一次经历真可谓惊心动魄,我不能忘记,是999急救人员为一个脑出血的病人赢得了时间,是急诊科医生在第一时间止住了出血,控制住了血压,使病情不再恶化。通过神经内科医护人员的精心治疗和护理,在亲人们的呵护和关怀下,最终使病情稳定下来,为进一步确诊和治疗创造了有利条件。是人间的"爱"把一个即将消逝的生命从死神那里夺了回来。是"爱"把一个昏睡十多天的灵魂呼唤了回来。这是"爱"的力量,是西医的及时抢救和中医中药的神效,共同创造了医学史上的又一个"奇迹"。不但挽救了一个生命,也成全了一个四世同堂的大家庭,共同谱写了一曲《生命的赞歌》。

那是2004年1月12日的下午,我正在出门诊,突然接到二女儿从家打来的电话,非常紧张而急促地说道:"我妈头疼得厉害,还吐了,赶快回家!"回到家中,立刻用轮椅将病人推至本院急诊科。经CT检查确诊为"蛛网膜下腔出血"。急呼999

急救车，转到天坛医院神经内科抢救。经过一夜的治疗后血压平稳，出血已止，神志尚清。

1月21日（大年三十），病人昏迷，大小便失禁，院方下了病危通知。初一早晨，岳父焦树德急至医院开中药汤剂强行灌服。处方如下：生石决明30g，生龙牡各30g，生白芍12g，生荆芥9g，防风10g，红花6g，桃仁6g，丹参12g，怀牛膝12g，半夏10g，化橘红10g，枳实10g，生地黄15g，酒大黄3g。1付。中午、晚间各服一次。

次日（大年初二），病人神清，能语，奇迹出现了，岳父大人真乃妙手回春，开出的惊世之方，一剂中的，令人叹服。连续服中药一周后，病情平稳，经做脑血管造影确诊为"脑动脉瘤"。遂转至神经外科，决定开颅进行手术切除。因年岁大，风险较高，全家决定放弃外科手术，回家继续服中药保守治疗。院方一友人提醒我说："你可是带回家一颗定时炸弹，随时可能再发脑出血。"他还说道："此病第一次发病其死亡率大概为30%，可如果第二次发病其死亡率可高达60%以上，基本上来不及上医院，一定要有心理准备并做好防护！"很可怕！就这样，全家心惊胆战地熬过了一年又一年。

五年后，老伴因双膝关节骨质增生严重，日夜疼痛不止，严重影响了生活，且无药可医。遂于2009年12月做"人工关节置换"手术，手术前为了安全，脑动脉瘤进行了介入治疗（栓塞）。经过一年多的康复锻炼，完全恢复正常功能。膝关节置换术后，双腿弯曲能和原来一样达到90度，无任何疼痛，麻胀之感。我们开始外出逛街，遛公园，到远近郊区游玩。一年后身体恢复非常好，就到全国各地以及国外旅游。看看祖国的大好河山和国外的风土人情，享受到了大病后的欢乐，很开心！

三、有惊无险的"脑梗死"

本以为老伴经历了这两次劫后余生，可以安度晚年了，可好景不长，又出新问题啦。

2021年3月，老伴已83岁高龄，旧病病情平稳。但记忆力减退，两腿膝关节人工置换术后已13年，扶助步器能缓慢行走，生活半自理。吃、喝、睡都很好，各项化验指标基本正常，精神气色如常人。3月10号中午，突然右半身上下肢活动失灵，几乎瘫痪。速用轮椅推至本院急诊科，经CT检查确诊为"脑梗死"。右半身已完全瘫痪，下肢寸步难行，上肢臂不能抬，手不能握。经输液 10 次（醒脑静）配以中药汤剂（补阳还五汤化裁）加服安宫牛黄丸，以及针灸、按摩等综合治疗，一个月后病情好转，两个月后右半身功能完全恢复。至今未留下任何后遗症，实属罕见。

不算人工关节置换，老伴这一辈子共遭遇过三次大的病魔劫难，目前状况良好，在室内扶助步器每天能走五百多步，在户外能推轮椅活动。吃、喝、睡都正常，每天半片降血压的西药，保持血压平稳，三粒麻仁软胶囊，保证每天下午六点钟准时大便一次……

这算不算医学史上的一个奇迹，不敢妄言，但应当算中西医互相配合的一个成功案例。有西医又有中医应该说这是中国人的福分，要珍惜。

老伴的三次病险，让我思考良多，写下了几点体会警示后人：

老年血压要平稳，心胸开阔少气怒。便秘用力勿过猛，中医西医巧配合。

争分夺秒抢时间，先防早治当切记。勿让轻病变危候，年迈缺钙别摔跤。

此后，根据我的两篇日记，一篇名为《警笛尖叫心肝裂》，一篇名为《病妻床前度除夕》，我们自编、自导、自演了一部微电影，参加第二届全国中医微电影大赛，并获奖。我和女儿一起去深圳参加了颁奖大会，领回奖杯一座，上面刻有片名《永远在一起》，就让这段不平凡的经历永远留在我们心中吧。

第五章

退而不休献余热

有句话说得好:"老骥伏枥,志在千里。"退而不休的我,乐此不疲地为患者诊病服务,真正成为了一名"全科医生",也使我和广大患者有了更近距离的接触。我还与女儿一起创办了"树德堂国医馆",并且多次走进电视台,为大众普及中医健康知识,举行隆重的收徒仪式,为"陈门弟子"培育后辈人才。为了中医事业能够根深叶茂地传承下去,我愿化作"春泥"更护"花"……

这一章讲述了我退休之后坐堂、诊病,创办"树德堂国医馆",走进电视台、在抖音平台普及中医知识,以及广收徒弟的种种经历。为了心中热爱的中医事业,我这头"老黄牛"俯首甘为孺子牛,有一分光,发一分热,希望把我所知所学的有限知识,传递给大众,为大众健康服务。

一、自由执业养身心

退休后,脱开了正规单位的束缚。工作地点随便换,上下班时间自己定。先后去过多家私人诊所,在中药店当过几年坐堂大夫(过去称"坐堂先生"),最后固定在自己开的医馆和一家中医门诊部两个地方出门诊。不管到什么单位,合适就待下去,不合适就走。病假不须病假条,事假不扣工资,迟到早退不扣奖金,只要和工作单位协调好。为病人服务好,尽到责,出诊时间安排好,遵守所在单位的规章制度和社会公德就行啦。

刚退休的头几年,体力好,精神足,上下班骑着自行车,穿大街走小巷,口中哼着小曲,心情愉悦精神爽。没有任何工作方面的压力,生活不再那么紧张了,成为一个真正的"自由人"。

退休20多年来，身体很健康，没得过病，更没住过院。一周三个半天门诊，既活动了筋骨又锻炼了脑子，还积累了临床经验。利用退休的时间多次到国内各地及国外旅游，开阔了眼界，增强了体魄。有时还和弟子或亲朋好友们到歌厅唱唱歌，放松了心情，增进了友谊，和年轻人一起欢乐，自己也觉得越活越年轻。退休后，不但生活丰富多彩，也是修身养性的好时机。

二、全科医生利病人

退休了，不再受大医院分科过细的限制，成为一名内、外、妇、儿、针灸各科都看的"全科医生"。上班期间，到各科轮转，和多位经验丰富的老师临床学习。到肝病科后跟关幼波老师学习多年，关老是一位德高望重的名中医，临床上除了肝胆病、脾胃病之外，对其他各科疾病也有丰富的经验，如头痛、发热、咳喘、皮肤病等，都有非常好的治疗效果。并且不受分科所限，大部分病人都是慕名而来。这些宝贵经验只有自己通过临证亲身治疗并取得效果后才是自己的，否则只能是别人的或是老师的，中医讲："熟读王叔和，不如临证多。"实践才能出真知。

退休后的医疗工作是检验所学临床知识的好机会，也是再学习，不断总结，不断提高的最佳时机。只有这样再传授给学生时，讲起来心里更有底气，更生动。因此只有当一名全科医生才能更好地服务病人。有时一位病人兼有几个科的病症，开方时在不影响治疗主症的前提下，尽量兼顾其他症状，有时还扎上两针。这样不但丰富了自己的临床经验，也为病人解除了病苦。

三、树德为怀谱新篇

为纪念岳父焦树德先生，我和女儿陈咏梅于2013年3月在北京创办了"树德堂国医馆"，至今已9年多。

走进医馆，抬头便看到"树德为怀"四个醒目的大字，那是先生教导我们医务工作者要树立良好的医德医风。

候诊大厅立有焦老认真思考诊病形象的铜像，铜像基座上刻有"精研岐黄，济世活人"八个字，以鼓励后人继承和精研祖国医学，发扬救死扶伤精神。许多就诊病人和到访者都会驻足瞻仰合影留念。

岳父焦树德先生把毕生精力都献给了中医事业，几十年来先生孜孜不倦地著书立说，把自己多年临床经验总结成书，先后编写了《焦树德中医内科》《用药心得十讲》《方剂心得十讲》等 7 部专著，为我们留下了一份宝贵的遗产，是我们学习和研究中医的重要参考书。我每次收徒时都会赠送弟子们一套焦老的著作，鼓励年轻医生认真向老前辈学习。几年来我们在医馆掀起了阅读焦老著作的热潮，不断研究焦老中医学术理论和临床经验。

医馆设有多种中医科室，为北京市及全国各地乃至国外的患者服务。几年来聘请了数十位各科医生，共同研究中医的传承、教学、养生。

此外，我还多次在电视台做中医养生节目，其中有"健康之路""养生堂""中华医药"等。录制抖音科普视频数百次，受到广大群众的欢迎，粉丝达四百多万。做了几次线上中医养生专题直播，弟子们开通了线上接诊并回答有关健康养生问题的咨询。

为传承中医，几年来共收来自全国各地的徒弟 20 多位，几次将个人生日会开成拜师大会及中医学术研讨会，得到弟子们的支持。

2020 年 8 月，我正式入驻京东健康中医院并举行了签约仪式，被聘为肝胆病中心带头人。

第六章

漫步杏林六十载（1961 年 ~ 2021 年）

1961 年 1 月，中医学校毕业后，被分配到北京中医医院，在医院党委书记主持下，举行了简单的拜师仪式，拜关幼波先生为师。

1964 年，调往北京中医学会工作，在此期间参加农村医疗队一年，后又被分配到延庆县卫生局工作。

1974 年，调回北京中医医院。在内科血液病组、肾病组门诊工作。

1975 年，到内科肝病组，继续跟随关幼波老师学习，参加编写《关幼波临床经验选》一书（20 万字，于 1979 年 1 月由人民卫生出版社出版）。

1978 年 ~ 1981 年，在北京市第二医学院（现首都医科大学）中医系担任中医教学工作，曾施教 74、76 级两个年级的中医基础、中医内科、方剂学、伤寒、金匮要略选读等课程，负责带两个班的见习和实习，曾受中医系的委托为宣武区卫生局开办的西医学习中医班讲授中医基础和方剂学。

1980 年，晋升为主治医师并聘为讲师。教学完成后，回到北京中医医院在肝病组（后改为肝病科，现为感染科）门诊工作，继续跟随关幼波老师临床学习，先后发表了关老治疗食道外良性肿瘤验案（1975 年发表）和治疗顽固性头痛经验（广西中医药杂志 1981 年第 4 期）的论文。在关老不出门诊时承担部分高干和外宾的门诊医疗工作和部分外院邀请的疑难病会诊，如北京第一传染病医院（现为北京地坛医院）、七一一医院（现为北京航天总医院）、七二一医院（现为航天中心医院）、北京大学第一医院、北京积水潭医院等。

在任主治医师和讲师期间参加内科教学工作，曾在北京中医学院中医内科任教部分课程。几年来一直担负着带全国各地来我科学习的中医和西学中医生的进修任务，包括医师、主治医师和主任医师等数十人。

1979年参加关幼波治疗肝病电子计算机诊疗程序的科研工作，1980年获得北京市科研成果一等奖。

1980年10月，跟随关老和原院党委书记兼院长张敬发同志赴深圳为港澳中医界人士讲学，关老作了专题学术报告，我进行了电子计算机诊病的现场操作演示并为部分病人治病和解答有关问题。

1980年12月，在北京市房地产管理局医士学习班讲授中医内科学、中药学、方剂学等共60余课时。

1984年10月，出席了在大连市举行的全国肝病攻关第一次学术会议。报告本人所撰写的《关幼波治疗肝炎电子计算机第二诊疗程序临床应用总结》，做了大会发言，后被刊登在《辽宁中医杂志》1985年第2期上。

1985年1月，在地质矿产部开办的西学中班讲授中医内科学，参加对象为本系统的西医高年资主治医师和正、副主任医师。

1985年4月~7月，在北京中医医院内科门诊带北京中医学院毕业班临床见习3个月，并为该班同学做了《肝炎的中医辨证论治》专题学术报告。

1985年4月19日，应山东省中医学会的邀请代替关老赴山东省胶县（现胶州市）讲学，主讲"中医治疗肝炎的体会"，并为当地群众治病。

1985年5月，应山东省荷泽市卫生局的邀请，随同关老前往讲学，本人做了"肝炎的中医辨证论治"和"学习关幼波老大夫治头痛的体会"的学术报告。

1985年10月，应沈阳市医学会的邀请赴沈，在市科协参加了"关幼波电脑诊疗程序的学术交流会"，在会上介绍了关老的临床经验，并进行实际应用演示。后又应沈阳市中医研究所的邀请，为该所介绍了电子计算机在继承整理老中医临床经验方面的体会，并做操作演示。参加人员为该所的十几位老中医和主要领导同志。

1985年11月，赴任丘市参加华北油田举行的医学学术年会，为与会代表做了电子计算机临床应用演示。

1986年3月，为中医学校大专班讲授中医内科学，共9个病，32学时，并负责该班的内科结业考试及审卷工作。

1986年5月，为关幼波老师招考的本科生、研究生进行辅导。

1986年8月，受北京市中医学会邀请，为全市中医自学考试班辅导讲课，讲授了中医内科学。

1986 年 9 月，随同关老赴新疆乌鲁木齐市讲学，并参加计算机中医诊疗程序鉴定会。

1986 年 10 月，出席了在厦门举行的全国中医学会内科分会第二次肝病攻关学术会议，正式成立了全国肝病学组，本人任学组秘书。

1986 年 11 月，赴厦门参加全国肝病学组会议，返京途中受福建省漳州市卫生局的邀请为当地中医界人士讲学，主讲了"学习关幼波治疗慢性肝炎的体会"。

1987 年初，在国家科委下达的"七五"科研招标中，"75—64—01—11 著名中医诊治经验的研究"一项中标，本人为课题带头人。

1987 年 8 月，晋升副主任医师，在肝病科门诊工作，并负责带教进修生及外院会诊工作。

1987 年 1 月 ~ 1989 年 12 月，为北京联合大学中医药学院 85 级大专班讲授中医内科学，共 8 个病，22 学时。

此后几年参加各地科研成果鉴定会如下：

在哈尔滨参加了黑龙江中医学院韩百灵教授的治疗不孕症的电子计算机中医诊疗程序的鉴定会，本人为鉴定委员会委员。

在北京市西城区中医医院参加了李敬之老医生治疗胸痹的电子计算机诊疗程序鉴定会，本人为鉴定委员会委员。

在合肥参加了安徽省中医学院陈可望教授的中医治疗冠心病电子计算机诊疗程序的鉴定会，本人为鉴定委员会委员。

1992 年 3 月，"七五"攻关课题完成，并获得北京市科技进步二等奖。

1992 年 8 月，受国家中医药管理局委派，代表北京市会同上海肝病专家赴江苏省扬州地区进行水灾后的防病治病工作，并为当地医务人员讲授了中医在防治急性肝炎方面的临床经验。回医院后，副院长亲自到家慰问并听取汇报。

1993 年 5 月，应新加坡中医学院毕业医师协会邀请，进行讲学、学术交流和中医治疗工作，为期约 3 个月。

1994 年 9 月，参与撰写《关幼波肝病杂病论》一书，任副主编，由世界图书出版公司出版发行，全书共 36 万字。

1998 年退休，在药店、私人诊所应诊 5 年余。

2008 年 1 月，应邀赴香港为香港佛教联合会名誉会长释永惺大师会诊治病。

2010 年 1 月，应邀赴菲律宾为华人企业家看病，并在首都马尼拉同仁堂应诊 1 周。

2012 年 5 月，赴美国探亲时，应邀为纽约市华人中医界讲学，进行学术交流。

2013 年 3 月，创办"树德堂国医馆"至今。

2014 年 10 月，赴台湾旅游，应台北中医师学会邀请，与部分学会领导座谈进行学术交流。

2018 年 2 月，应邀赴新西兰为中新友好协会主席会诊。

下篇

学术篇

第一章

主要学术观点

一、处理好"正邪"关系

"正",中医称正气,是人体的抵抗力,是发病与否的内在因素,对疾病的发生、发展和预后起决定性作用,《黄帝内经》(简称《内经》)云:"正气存内邪不可干。""邪",中医称邪气,泛指一切致病因素,是发病与否的外在条件。"虚",指正气虚,"实",指邪气实,经云"精气夺则虚""邪气盛则实""因虚而病者,当扶正以祛邪;因病而虚者,当祛邪以扶正""驱邪勿伤正,扶正勿碍邪"。治病的最终目的:保存正气,驱逐邪气。既不能"两败俱伤",也不能"闭门留寇",宗旨是:以人为本,治病留人。

二、辨证、辨病与对症相结合

辨证论治是中医认识疾病和治疗疾病的基本原则。

辨证:是认识疾病的过程。通过辨别表现出来的一个个具体"症状",以认清证候。用中医学的"八纲"进行分析归纳找出病性和病位。是"论治"的依据。"论治",是治疗疾病的过程中检验辨证正确与否的基本手段,是理论与实践相结合的具体体现。

辨病:一是中医的病,如感冒、痢疾、疟疾、哮喘、中风等,都要通过"辨证论治"才能取得疗效。二是西医的病,如肠炎、肺炎、肝炎、心脑血管病、肾病等,既需要通过各种理化检查确诊"病名",也要运用中医的"辨证"进行治疗。

对症:是一种治标的手段,也离不开辨证,进行加减用药。

三者是宏观、微观和局部的关系。

三、重视"气血"辨证

气病包括气虚、气脱、气陷、气滞等，血病包括血虚、血瘀、血热、血寒等；气血互生密不可分，治气勿忘血，治血勿忘气。血分药的运用有：活血、凉血、养血。例如，活血散风可治痒疹；活血解毒可退黄疸；凉血清热可治高热；养血平肝可治头痛。

关幼波老师倡导十纲辨证，认为八纲辨证是其他辨证方法的基础，但较笼统和抽象。临床治病，只有确定"病性""病位"方可准确地进行论治。八纲辨证中"阴阳"是总纲，"寒热"是病性，为正邪双方温度之变化；"虚实"为正邪双方盛衰之表现，中医认为，"不明虚实寒热者，抬手动笔便错"；"表里"是病位，在表在里（深浅），应补以气、血，即：在气在血，方为全面。五脏六腑皆有气血，"痛无定处者为气痛，多以胀痛或窜痛为主；痛有定处者为血痛，多以刺痛或绞痛为主。"准确辨明病性与病位以定治法，进而选方用药，理、法、方、药，一环套一环，丝丝入扣。

四、善于抓"主症"

中医治病是运用"望、闻、问、切"四诊，搜集临床表现，即症候群。所谓主症即病人最痛苦之自觉（或他觉）症状，主诉就是主症加时间。一个症候群除主症外，还有兼症，而兼症又分主要兼症和次要兼症。其中主症和主要兼症是整个疾病过程中辨证的依据，以确定病性与病位，选择治则（治法），进而选方用药。这就是中医的"理、法、方、药"。

病人与医生要配合好，主症、兼症，医生要问清楚，病人要叙述明白，从而有利于疾病的治疗。中医在问诊方面是有规律的，如：十问歌，目的是全面系统地收集症状，以确保辨证的准确性。打仗，有"集中优势兵力打歼灭战"之说，治病，要集中主要药力消除主要症状为病人解除痛苦，我们称之"投其所苦"，所谓"苦"就是病人最痛苦之处。

五、"化痰法"的运用

痰是人体内的病理产物，有狭义和广义之分。狭义的痰为咳吐出来的痰涎，看得见，摸得着，可化验；广义的痰为水液代谢产物，看不见，摸不着，如无明肿物、梅核气、肝脾肿大、眩晕、胸痹、胁痛、呕恶及中风痰蒙清窍等，均与痰有关。人体内由于脏腑、气血失调而产生的某些异常产物就是痰（脾为生痰之源），如血脂、胆固醇等。痰生百病，怪病多由痰作祟，痰与血互相凝结，可发生各种病变。

六、"培补脾土"是关键

先天之本在于肾，后天之本在于脾，先天精血秉父母，后天精血水谷生。脾为中土，也称中州，是气血生化之源，主肌肉，主四肢。脾统血，喜燥恶湿，脾虚生湿，为生痰之源。脾胃一家，共为仓廪之官，是人体消化系统之关键，万物皆从土中生，万物皆从土中灭。

治疗时见肝之病知其传脾，当先实脾。关老亦曾强调"调理脾肾肝，中州要当先"，保护好脾胃是治病的前提、是原则，能吃能喝，大便正常，此乃治病之首要，药补不如食补之理也。

七、"调理"是特点

中医治病有"汗、吐、下、和、温、清、补、消"八个法则。其中，补法有温法与补法；泻法有汗、吐、下、清、消；而和法，在补泻两大法中起到协调作用。中、西医都有补法和泻法，各有优势。唯独和法为中医之特有，和法有和解，调和之意，如和解少阳、调和气血、调和阴阳、调和脏腑、调和营卫，等等。调和之法，以辨证论治为基础，离不开其他七个法则，以虚则补之，实则泻之，热者寒之，寒者热之为原则，尤其是对一些不能明确诊断，只是自觉不适的患者往往能收到意想不到的效果。

八、谈用药如用兵

用药如用兵，看病如打仗，诊室（病房）是战场，敌我双方是正（我方）邪（敌方），四诊（望、闻、问、切）就是侦察兵。

望：打仗要观察敌情，古代用肉眼观望，发展到今天有了望远镜、雷达、侦察机、无人机、卫星，等等。看病要望病情，中医有"望而知之谓之神"之说。而传统用眼望，如望舌象、面色、排泄物、月经颜色等，科学发展到今天，有了显微镜、X线透视、B超、CT、核磁、肠镜、胃镜等，从而丰富了中医望诊内容，是望诊的延伸，使望诊显微化、透视化。古代望诊看不到的东西，如今都能了如指掌，对临床治疗起了很大作用。

闻：包括耳闻声音、鼻嗅气味。打仗要闻，如海军的声呐；由于人的嗅觉有局限，有时借助动物，如军犬。

打仗用兵需排兵布阵；看病组方有"君、臣、佐、使"。其中的君药，就是处方中的主药，针对主要症状的药，写在处方的最前边，可一味，也可以多味，如同打仗时的主力部队；臣药是辅助君药的，如同友军、侧翼部队、后勤保障部队；佐药，有反佐，起纠偏作用，如同部队中的预备军；使药，在方子中有引经报使的作用，引主方、主药到某一经、某一络，或某脏、某腑、某个部位，如同部队中的侦察兵，可把部队引到最佳攻击点。

中医治疗疾病有"理、法、方、药"四个过程。理，作战有军事理论做指导，中医的四大经典以及中医基础，中医诊断学等都是中医的基本理论。法，作战有战法，古代有孙子兵法，中医治病有八法"汗、吐、下、和、温、清、补、消"，中医的八纲辨证等都是"战法"的一种。

当出现大的病情时，就是一场无硝烟的战争。医务人员冲在最前面，他们就是战士，是英雄。无论中医还是西医每天都战斗在和疾病做斗争的第一线，为保卫人民的健康和生命在奋斗。用好每一味药，就像当好战斗指挥官，把每一场战争打好。扶助正气，驱逐邪气（保存自己，消灭敌人）争取最好的临床疗效，直至病愈。

第二章

验方精选

一、养阴清肺止咳汤

组成：生石膏30g，桑白皮10g，地骨皮10g，杏仁10g，前胡10g，生地黄15g，玄参10g，知母10g，桔梗6g，百部10g，浙贝母10g，炒栀子10g，黄芩10g，炙紫菀10g，炙款冬花10g，生甘草6g，炙麻黄6g。

功效：养阴清热，润肺止咳。

适应证：干咳，或无痰或痰少而黏不易咯出，咽痒，口干，舌苔薄白或黄、欠津，脉细数。

化裁：口干渴加麦冬、天花粉；便干加瓜蒌。

方药分析：本方以麻杏石甘汤合泻白散化裁而成。有声无痰谓之咳，有痰无声谓之嗽。临床上纯无痰者较少，分而论之。外来之邪入肺化热，热盛伤津，或无痰、或痰少难以咳出，故以养阴清热之法立方。麻杏石甘汤解表清里，通过清泻肺热以达到止咳平喘的目的。生地黄、玄参甘寒以清热凉血，养阴生津；配知母以清热泻火，滋阴润燥；配黄芩、栀子则加强清热解毒之力；配桑白皮、地骨皮源于《小儿药证直诀》中的泻白散，用以泻肺清热，止咳平喘，桑白皮为甘寒之品，可泻肺除痰，使肺中之热从水道而解，地骨皮甘寒，可清肺降火，能入阴分凉血，故有生津养阴之效。百部、紫菀、款冬花长于润肺化痰止咳，无论新久、寒热咳嗽皆可使用；配浙贝母以清热化痰止咳；甘草桔梗汤可宣肺祛痰利咽以缓咳嗽伤咽之弊。

验案一　刘某，男，2岁3个月，2015年11月18日初诊。

主诉：咳喘2月余，加重1星期。

现病史：家属述患儿于 2 个月前感冒发热，自行于当地卫生所治疗，热退，咳喘严重，于 11 月 14 日至某医院急诊，服用抗生素及采取相关抢救措施后咳喘略缓，西医诊断为：左侧肺炎，左肺片状密度影；右肺透光度增强，右肺代偿性肺气肿。现症：咳嗽气喘，喉中痰声噜噜，呼吸急促，张口抬肩，精神萎靡，神情呆滞，纳食欠佳，夜寐不安，大便干燥二日一行。苔白略厚，指纹青紫。

诊断：咳嗽。

辨证：阴虚肺热，痰湿内阻，肺失宣降。

治法：养阴清肺，宣降化痰，止咳平喘。

方药：养阴清肺止咳汤加减。生石膏 30g，桑白皮 6g，杏仁 6g，前胡 6g，川贝母 10g，桔梗 5g，知母 6g，紫菀 6g，款冬花 6g，苏子 5g，炙麻黄 3g，瓜蒌 10g，海浮石 15g，黛蛤散 6g，生甘草 5g，百合 10g，麦冬 10g，炒莱菔子 6g，地骨皮 6g。7 付，水煎服。

治疗经过：患儿服用上方 7 剂后前症减轻，仍有咳喘，继续服用 15 剂，经电话随访：患儿咳喘消，无痰，现已与常人无异，可自行活动玩耍。1 月 3 日肺 CT 与前次比较左上肺密度增高影较前减少。继以玉屏风散保肺养肺，佐以养阴化痰之法，处方如下：生黄芪 30g，白术 10g，防风 10g，桑白皮 10g，知母 10g，川贝母 10g，桔梗 6g，紫菀 10g，款冬花 10g，百部 6g，瓜蒌 10g，海浮石 15g，黛蛤散 10g，百合 20g，麦冬 10g，生地黄 10g，玄参 10g，苏子 5g，黄芩 10g，焦三仙各 10g。7 付，一付药服用两天，水煎服。

此患儿临床基本治愈，一年后随访肺部 CT 正常。

【按语】患儿家长代述，其病史源于感冒，初始高热一周不退，致阴虚肺热而咳喘不止，肺络严重损害出现肺气肿、肺不张之状，家长四处奔波求医，虽经西药及物理疗法等治疗病情仍不见转机，遂来门诊治疗。患儿由于阴虚肺热，痰阻肺络，宣降失司，故喉中痰鸣，喘咳不息；肺主气，当肺气受损，其供氧必然不足，故患儿出现神情疲惫、萎靡、呆滞，不愿玩耍，纳食极差；肺与大肠相表里，肺阴不足，故大便干燥。

治疗当以养阴清肺，宣降化痰，止咳平喘为法，诸药共奏止咳平喘、养阴之功。二诊虽临床基本治愈，但仍需保肺养肺以防感冒，上方合玉屏风散加减固护肺气，养阴清肺以增强体质，使患儿不再反复感冒，巩固疗效。

验案二　周某某，男，56岁，2020年3月6日初诊。

主诉：咳嗽1年。

现病史：自述1年前感冒后引发咳嗽未愈至今，西医各种理化检查均无异常。现干咳间断发作并伴有气短、喘气，咳嗽后咽喉有憋闷感，时有咳吐白色气泡样痰，痰黏难以咳出；口干口黏，体温正常，纳眠、二便正常。舌红苔黄略厚，脉滑略数。

诊断：咳嗽。

辨证：阴虚肺热，痰浊内阻。

治法：养阴清肺，止咳化痰。

方药：养阴清肺止咳汤加减。生石膏30g，桑白皮10g，杏仁10g，知母10g，前胡10g，生地黄10g，玄参10g，百部10g，浙贝母10g，海浮石30g，炒栀子10g，金银花10g，黄芩10g，拳参9g，射干10g，炙紫菀10g，炙款冬花10g，生甘草6g，炙麻黄6g。7付，水煎服，日二次。

治疗经过：3月12日来电，自述上药吃完第6付后咳嗽、气短、气喘明显好转，口干口黏略有减轻，舌红苔略黄，嘱原方去生石膏，继续服用一周后复诊。

3月19日三诊，咳嗽症状基本消失，现已无痰，仍略有气短，口干口黏，咽部有憋闷感，大便欠成形。上方去知母、百部，加白果10g，天花粉20g，苏梗10g。

3月26来电，上药再服6付后，现咳嗽、咽喉憋闷已完全消失，气短气喘感也大有缓解，嘱原方服用一周巩固治疗。4月3日以他病来诊，自述现咳喘病已痊愈。

【按语】本例患者为阴虚内热，肺失宣降，痰浊内阻之证，临证辨别是否为阴虚内热时，可紧扣是否有口干，有口干且痰黏难咯者使用本方屡用屡效。至于生石膏的用法，不必拘泥于其大寒之性而不敢用，孔老（孔伯华）认为"其性凉而微寒，凡内伤外感，病确属热者，投无不宜"，在呼吸系统疾病中凡是有舌苔厚属热者，皆可使用。

二、宣肺化痰止嗽汤

组成：桑白皮10g，杏仁10g，前胡10g，白前10g，法半夏9g，茯苓20g，橘红20g，苏子10g，白芥子6g，炒莱菔子15g，炙紫菀10g，炙款冬花10g，海浮石30g，青礞石10g，天竺黄10g，炙麻黄6g。

功效：燥湿化痰，宣肺止咳。

适应证：咳嗽痰多，咳之易出，舌苔白腻，脉濡滑。

方药分析：本方以焦老（焦树德）经验方麻杏二三汤加味而成，二三汤即二陈汤、三子养亲汤。"肺气动则咳，脾湿动则嗽""脾为生痰之源，肺为贮痰之器"，故咳嗽痰多，应从脾肺论治。辨痰需辨痰之黏稠度，黏者为热，清者为热少，吐之如水者为寒为饮，尤其年老体弱者脾胃虚弱，食则产痰，故更应健脾以化痰。二陈汤中半夏、橘红、茯苓、甘草燥湿化痰，理气和中；半夏、橘红既能燥湿，又能行气，加茯苓可健脾渗湿益气。三子养亲汤中苏子降气化痰，莱菔子下气祛痰，消食化积，白芥子可豁痰利气，善去皮里膜外之痰，三子合用可理气畅膈，化痰消食；配前胡、白前、海浮石、青礞石、天竺黄以加强化痰之力；其中海浮石、青礞石为化顽痰常用对药，其效如沸汤泼雪，疗效甚佳。

验案一　袁某某，男，81 岁，2014 年 5 月 30 日初诊。

主诉：咳嗽 1 周。

现病史：感冒后引发咳嗽未愈，夜甚，痰多，色白，质黏，纳食不香，大便干燥 4 ~ 5 日一行。舌苔白厚腻，脉沉滑。

既往史：慢性支气管炎。

诊断：咳嗽。

辨证：痰湿蕴肺，宣降失常。

治法：燥湿化痰，宣肺止咳。

方药：宣肺化痰止嗽汤加减。桑白皮 10g，杏仁 10g，前胡 10g，白术 10g，清半夏 9g，茯苓 20g，橘红 20g，苏子 10g，百部 9g，炒莱菔子 15g，炙紫菀 10g，炙款冬花 10g，海浮石 30g，青礞石 10g，制胆星 6g，天竺黄 10g，浙贝母 10g，瓜蒌 30g，炙麻黄 6g，生甘草 6g。7 付，水煎服，日二次。

治疗经过：6 月 6 日复诊自述服前药咳嗽减轻，痰较前大减，纳食增加，大便仍干 2 日一行，嘱前方去白术，加酒大黄 6 g 继续服用一周。6 月 13 日复诊，前症基本消失，因其有慢性支气管炎病史，嘱其在冬季咳嗽发作前服上方加减 1 个月。次年随访时咳嗽未再发作。

验案二 张某某，男，33 岁，2019 年 8 月 14 日初诊。

主诉： 咳嗽 1 个月。

现病史： 1 个月前因着凉发热，体温 39℃，流涕，打喷嚏，咳嗽。于西医院诊治，口服阿莫西林克拉维酸钾等药物治疗后体温正常，期间做雾化、洗鼻等治疗，咳嗽未止。持续阵发性咳嗽，流涕夜甚。7 月 20 日又寻西医治疗，口服可待因、复方甲氧那明胶囊（阿斯美）、氨溴索等药物治疗，咳嗽略减。7 月 26 日，前症伴有鼻腔后疼痛，口服激素 8 天治疗，咳嗽加重，于 8 月 14 日前来就诊。现症：咳嗽剧烈，呈阵发性，每日数十次，每次持续约两分钟，伴有胸痛，夜间严重；咳痰黏，色白，痰多，口不渴，二便正常。舌苔白厚，脉沉滑。

诊断： 咳嗽。

辨证： 痰热内蕴，肺失肃降。

治法： 清热化痰，肃肺止咳。

方药： 宣肺化痰止嗽汤加减。桑白皮 10g，炒杏仁 10g，白前 10g，瓜蒌 20g，浙贝母 10g，炙紫菀 10g，款冬花 10g，黄芩 10g，炒栀子 10g，炒知母 10g，海浮石 30g，青礞石 10g，炙百部 10g，桔梗 6g，炙麻黄 6g，生甘草 6g，茯苓 20g，化橘红 20g，炒白术 10g，法半夏 9g。7 付，水煎服，日二次。

治疗经过： 8 月 28 日二诊，服前药 7 付后咳嗽大减，咳嗽时间及频率减少，胸痛亦轻。上周因出国游玩未服中药，扁桃体化脓。现扁桃体仍有红肿，体温正常，咳痰白黏，无咽痛。舌红，苔黄略厚，脉滑细略数。处方如下：上药去茯苓、白术、化橘红、法半夏，加射干、牛蒡子、草河车各 10g，败酱草 30g。继续服用 7 付。随访，服用 14 付后诸症尽除，病已痊愈。

【按语】 此两例患者皆因受风感冒后引发咳嗽，案例一有慢性支气管炎病史且年纪较大，素体肺脾皆虚，治疗时应以健脾燥湿化痰为要，其痰黏难咯，盖因热久煎熬津液致其黏腻难咳，临证见痰黏者皆可使用清肺之法。案例二患者素体虚，且肺为娇脏，不耐寒热，风寒、湿燥之邪皆会入里化热，损伤肺金。故方用宣肺化痰止嗽汤加减，加黄芩、炒栀子、炒知母以清肺热；后因患者游玩劳累，宿热未尽，新热又起，引发扁桃体化脓，故前方去二陈汤加射干、牛蒡子、草河车、败酱草以清热利咽，解毒排脓，诸症皆除。

三、清热解毒利咽汤

组成：生石膏30g，生地黄15～30g，玄参20g，麦冬10g，桔梗6g，板蓝根10g，牛蒡子10g，射干10g，金银花15g，连翘15g，野菊花10g，蒲公英15g，生甘草6g，锦灯笼5g，炒僵蚕6g，青果10g，胖大海6g，蝉衣6g。

功效：清热解毒，养阴生津，利咽开音。

适应证：咽喉疼痛，口干喑哑，舌质红欠津，苔白或黄，脉滑稍数。

化裁：咽肿化脓加紫花地丁、败酱草、天花粉，咽干加北沙参、天冬。

方药分析：咽喉是饮食、呼吸的通道，乃最紧要之处，若外感火热之邪或寒邪入里化热上冲咽喉，则或肿痛，或喑哑，甚则影响呼吸，饮食难入，故此方以养阴清热，泻火利咽之法立方。方中以生石膏为君，清热泻火，除烦止渴，临证见舌苔厚，口干者皆可辨证使用；生地黄、玄参、麦冬养阴生津，合用甘桔射干汤以疏风清热，利咽解毒；金银花、野菊花、蒲公英加强清热解毒之力，锦灯笼、僵蚕、青果、胖大海、蝉衣以祛风化痰，解毒利咽；桔梗载药上行保肺，使药直达病所。

验案一 张某，女，54岁，2021年9月18日初诊。

主诉：咽痛音哑半年。

现病史：平素说话较多，经常感冒上犯至咽喉，半年前因感冒发烧后引发咽痛咽干、声音嘶哑至今，现纳食一般，大便正常，舌苔薄黄，脉沉细。

诊断：咽痛。

辨证：阴虚内热。

治法：养阴生津，利咽开音。

方药：清热解毒利咽汤加减。生石膏30g，生地黄15g，玄参20g，麦冬10g，桔梗6g，板蓝根10g，牛蒡子10g，射干10g，金银花15g，连翘10g，蒲公英15g，锦灯笼5g，蝉衣6g，炒僵蚕6g，青果10g，生甘草6g，胖大海6g。7付，水煎服，日二次。

治疗经过：9月25日复诊，咽痛减轻，仍有声音嘶哑，口干，觉咽部如有物梗阻，上方去青果、蒲公英，加清半夏9g，苏梗10g，继续服用7付后随访诸症消失。

【按语】此患者因常年伤津耗气致肺气受损，又因感冒失治遗留肺热灼伤咽喉，既有实热之象，又有阴虚之征，故采用清热解毒利咽汤加减效佳。

四、宣肺通窍汤

组成：生黄芪 30g，炒白术 10g，防风 10g，桑叶 10g，菊花 10g，连翘 10g，白芷 15g，辛夷 10g，苍耳子 6g，桔梗 6g，杏仁 10g，黄芩 10g，炒栀子 10g，金银花 10g，生甘草 6g，炙麻黄 6g。

功效：宣肺固卫，散风通（鼻）窍。

适应证：以阵发性鼻痒、喷嚏频作、流清涕或浊涕为特点，伴有鼻塞、目痒等，舌苔白或黄，脉滑数。

化裁：口鼻干去生黄芪、白术，加生地黄、玄参、麦冬；流稠涕去生黄芪、白术、防风，加生石膏、炒知母、炒黄柏。

方药分析：本方以玉屏风散、桑菊饮、银翘散合苍耳子散化裁而成。鼻鼽包括西医的过敏性鼻炎，其病因为正虚，风邪乘虚入侵伤肺，或失治、误治入里化热，"肺热则气盛化水成清涕，其不为稠浊者，火性急速，随化随流，不及浊也"。故此方以玉屏风散益气固表，使得腠理固密，有防感冒之功；桑菊饮、银翘散以透泄散邪，清热解毒；苍耳子散为通窍止涕之专方。

验案一　薛某某，男，24 岁，2017 年 5 月 30 日初诊。

主诉：鼻炎 2 年。

现病史：平素常打喷嚏，流鼻涕，从 4 月至今一直流如水清涕，饮酒后变黄，偶伴有前额痛，平素易感冒，纳可，二便正常。西医诊断为过敏性鼻炎，口服西替利嗪等抗过敏药可减轻，旋又发作，遂寻求中医治疗。舌苔黄厚腻，脉滑。

诊断：鼻鼽。

辨证：肺虚不固，风痰阻窍。

治法：益气固表，疏风通窍。

方药：宣肺通窍汤加减。生黄芪 30g，白术 10g，防风 10g，生薏苡仁 20g，野菊花 10g，金银花 30g，连翘 10g，桔梗 6g，白芷 15g，苍耳子 10g，辛夷 10g，荆芥穗 10g，半夏 9g，败酱草 15g，细辛 3g，生甘草 6g。7 付，水煎服，日二次。

治疗经过：6 月 6 日二诊，打喷嚏、流鼻涕较前减轻，前额痛此周未发作，舌苔白略厚，脉滑。以前方继服一周。6 月 13 日三诊，前症未再发作，为巩固疗效特来复诊，其纳食正常，二便正常，偶打喷嚏，舌苔薄白，脉沉滑。嘱服玉屏风颗粒 1 个月。后随访未再发作，感冒频次减少。

验案二　陈某，女，26 岁，2019 年 4 月 20 日初诊。

主诉：鼻炎反复发作 7 年，加重 2 周。

现病史：鼻炎反复发作，平素易感冒，平均每周感冒一次，咽部有痰，鼻塞，流清涕多，时有黄浊涕，打喷嚏，口干，纳食正常，二便正常。舌苔白略厚，脉沉滑。

诊断：鼻鼽。

辨证：肺虚不固，风痰阻窍。

治法：益气固表，疏风通窍。

方药：宣肺通窍汤加减。生黄芪 30g，炒白术 10g，防风 10g，金银花 10g，败酱草 15g，连翘 10g，白芷 15g，辛夷 10g，苍耳子 6g，细辛 3g，杏仁 10g，生薏苡仁 30g，清半夏 9g，海浮石 30g，生甘草 6g，炙麻黄 6g。7 付，水煎服，日二次。

治疗经过：4 月 27 二诊，流涕，打喷嚏等皆有所好转，上方加减间断服用 1 年后随访，未再发作。以玉屏风颗粒服用 3 个月巩固疗效。

【按语】鼻炎为临床常见病和多发病，春秋季易发，此两例患者是由于长期肺虚不固，风邪内侵导致痰阻清窍，日久化热，故见舌苔厚腻，治以宣肺通窍汤加减化裁。玉屏风颗粒临床常用以防感冒，卫表得固，外邪不侵。

五、固金止血汤

组成：百合 30g，熟地黄 15g，生地黄炭 30g，当归 10g，牡丹皮 10g，玄参 20g，浙贝母 10g，桔梗 6g，白芍 15g，麦冬 10g，仙鹤草 20g，藕节炭 10g，诃子 10g，瓜蒌 15g，海浮石 20g，焦栀子 10g，黄芩 10g，白及 10g。

功效：养阴清肺，止咳化痰，凉血止血。

适应证：咳嗽气喘，咽喉燥痛，痰中带血或咯血，手足心热，舌红少苔，脉细数。

化裁：咯血多去海浮石、瓜蒌，加三七粉、阿胶珠、血余炭；咳喘加紫菀、款冬花；热盛口渴加生石膏、知母、天冬。

方药分析：本方以百合固金汤合咳血方化裁而成。肺为至清之脏，纤芥不容，外感伤肺，肺肾阴虚，虚火上炎，引发咳血者均可使用此方。临床常表现为痰或气泡咳吐而出，不混杂食物，或痰中带血，或纯血无痰，以阴虚血热为多见。本着急则治标之原则首先以止血为要。方中以百合固金汤养阴润肺，化痰止咳，其中生地黄改为生地黄炭加强止血，地黄生可养阴凉血，炭可止血；以咳血方清火化痰，敛肺止咳；再加仙鹤草、藕节炭、白及等止血药以治其标；牡丹皮祛瘀生新，止血而不留瘀；加黄芩以加强清肺之力，诸药共用止血之力迅速。

验案一 钱某某，男，85岁，2013年3月27日初诊。

主诉：咳嗽，痰中带血1月。

现病史：平素有慢性支气管炎史，咳嗽，痰多，难咯，1月前突然发现痰中带血，家属随即带去医院检查，诊断为肺癌，因年岁较大，不愿手术治疗，遂前来门诊治疗。现症：每日晨起痰中带血，色鲜红，痰色白偶黄，黏稠难咯，胸闷痛，喉中哮鸣音，乏力，口干，纳差，消瘦，盗汗，手足心灼热夜甚，大便偏干，二日一行。舌苔白厚浮黄，脉沉滑。

诊断：肺癌。

辨证：痰浊内盛，阴虚血热，迫血妄行。

治法：养阴清热，润肺化痰，凉血止血。

方药：固金止血汤加减。百合30g，生石膏30g，生地黄炭30g，当归10g，牡丹皮10g，玄参20g，浙贝母10g，苏梗6g，地骨皮10g，麦冬10g，炙紫菀10g，白及9g，仙鹤草20g，藕节炭10g，诃子10g，瓜蒌15g，海浮石20g，焦栀子10g，黄芩10g，怀牛膝10g。7付，水煎服，日二次。

治疗经过：4月3日二诊，家属代述药后仍痰中带血，血较前减少，咳嗽减轻，痰易咯出，胸闷略有，口干减轻，仍有盗汗，纳差，舌苔黄欠津。上方去生石膏、诃子，加白茅根30g，焦槟榔15g，14付。4月24三诊，家属代述现咳嗽痰中带血丝，偶咳嗽带血点，喉鸣音减轻，纳食有所增加，大便正常，日1行，盗汗、口干缓解，舌苔白略厚。上方继续服用7天后已无咯血，后期以养阴益气保肺为要继续治疗，提高生存质量，以观远期疗效。

【按语】本例患者咳嗽日久且年岁较大，肺肾阴虚，虚火上炎灼伤肺络而致咯血，治疗上除上述治则外，还应注意降气行血，使血归其经，不可单一止血，防血凝致瘀。此患者虽西医诊断为肺癌，治疗上要审证求因，当以辨证施治为要。

六、健脾益气汤

组成：党参 20g，炒白术 15g，茯苓 15g，陈皮 10g，砂仁 6g，木香 10g，炒枳壳 10g，法半夏 9g，香橼 10g，佛手 10g，炒苍术 10g，厚朴 10g，生甘草 6g。

功效：健脾祛湿，行气和胃。

适应证：脘腹胀满，四肢倦怠，纳食欠佳，大便溏软，舌大苔白或厚，脉滑细。

化裁：便溏，加莲子、炒薏苡仁；四肢酸软，党参改生晒参；纳少者，加焦三仙、炒鸡内金、半夏曲等。

方药分析：本方由香砂六君子汤合平胃散化裁而成。四君子汤为健脾益气代表方，由参、术、苓、草组成，其甘温益气却温而不燥，如君子之风度。脾主四肢、主肌肉，脾虚则四肢酸软无力，食少纳呆，湿盛则濡泄。原方中人参常以党参代替，党参甘平健脾之力强，而人参大补元气，若四肢酸软较重者可使用人参加强其补气之力；"四君子"加陈皮、半夏燥湿化痰即为"六君子"，脾虚湿蕴则痰生，脾旺则湿自除；六君子汤中加木香通达三焦之气，振奋脾气，加砂仁健脾温胃，名为香砂六君子汤；脾喜燥而恶湿，平胃散为治里湿的主方，湿为阴邪易阻遏气机，故需温燥化湿，理气健脾；苍术苦温燥烈，可燥湿健脾，祛风散寒；厚朴燥湿消痰，下气除满；陈皮芳香，可理气健脾，化痰；香橼、佛手疏肝解郁，理气健脾；枳壳宽中行滞消胀；甘草调和诸药。

验案一 孙某某，男，41 岁，2021 年 7 月 14 日初诊。

主诉：胃脘及后背疼痛 2 年。

现病史：胃脘胀痛，烧心，口苦，呃逆，口服西药半年无效，纳食可；血压高；畏食凉；大便先干后稀，舌暗苔白厚，脉沉。查心脏、肝胆无异常；2021 年 5 月 15 日于某市中心医院查胃镜示：慢性非萎缩性胃炎（胃窦），部分腺体增生肠化，疣状胃炎。双肾多发囊肿，左肾结石。

诊断：胃痛。

辨证：肝郁脾虚，气滞湿阻。

治法：健脾疏肝，行气化湿。

方药：健脾益气汤加减。党参 15g，炒白术 10g，茯苓 15g，旋覆花 10g，生代赭石 10g，橘红 15g，法半夏 9g，干姜 6g，肉桂 6g，乌药 15g，黄连 5g，酒黄芩 10g，炒枳壳 10g，厚朴 10g，木香 10g，佛手 10g，莪术 6g，延胡索 10g，炒苍术 10g。14 付，水煎服，日二次。

治疗经过：7 月 29 日复诊，后背不适减轻，烧心消失，胃脘疼痛消失；仍有胃胀；大便先干后稀，舌暗苔白厚，脉沉。上方去肉桂、乌药，加白芍 15g，生甘草 6g，继续服用 14 付。8 月 13 日三诊，药后后背疼痛消失，现肚脐以下胀，大便不成形，日行 2 ～ 3 次；血压 160/110mmHg；纳食尚可；舌暗苔白，脉沉。上方去白芍、莪术，加诃子肉 10g，莲子肉 10g，继服 14 付。随访症状消失，嘱以香砂平胃丸服用 1 月善后。

验案二　刘某某，女，58 岁，2022 年 2 月 23 日初诊。

主诉：食后呃逆，胃脘按之疼痛 1 年。

现病史：平素胃脘按之疼痛，进食生冷后加重，每次饭后呃逆近 1 小时，呃声低，口服奥美拉唑等无效，乏力，食欲尚可，食后胃脘痞闷，大便不成形，日行 3 ～ 4 次。舌苔白略厚，脉沉细。经胃镜检查，诊断为浅表性胃炎。

诊断：呃逆，胃痛。

辨证：脾胃虚寒，肝胃不和。

治法：健脾益气，疏肝和胃。

方药：健脾益气汤加减。党参 15g，炒白术 15g，茯苓 15g，炒苍术 10g，厚朴 10g，陈皮 10g，旋覆花 10g，生代赭石 10g，香附 10g，莱菔子 30g，砂仁 6g（后下），枳实 10g，香橼 10g，佛手 10g，干姜 6g，乌药 15g，木香 10g，诃子 10g，丁香 6g，柿蒂 10g，法半夏 9g。7 付，水煎服，日二次。

治疗经过：3 月 9 日二诊，药后呃逆大减，食后仍有少许呃逆，时间由 1 小时减为 10 分钟左右，胃痛好转，按之稍有痛感，大便日行 2 ～ 3 次，欠成形，黏。舌苔白略厚，脉沉细。上方去旋覆花、生代赭石，加苏子 10g、白头翁 10g、生薏苡仁 30g、莲子 10g，继服 7 付。3 月 23 日三诊，二诊方服用 2 周，现呃逆基本消失，可进食少量水果，胃脘按痛已消失，大便日2次，欠成形，体力仍欠佳。舌苔薄白，脉沉细。上方去枳实、法半夏、生薏苡仁，加生黄芪30g、炒薏苡仁30g。

【按语】此两例患者皆以脾胃虚弱为本源，案一后背为脾胃之投影，其痛点为脾胃反应点，脾胃得复背痛自除，病久见气滞血瘀，治疗时应以活血化瘀，促进气血循环，有助于脾胃健运。案二以气滞寒凝为主，治疗时应酌配行气散寒之药，方能取效。

七、补气养血汤

组成： 生黄芪30~50g，生晒参10g，炒白术15g，茯苓30g，生甘草6g，防风10g，当归10g，白芍15g，川芎10g，熟地黄30g，丹参30g，陈皮10g。

功效： 补气养血。

适应证： 面色苍白或萎黄，头晕目眩，四肢倦怠，气短懒言，心悸怔忡，食欲不振，舌淡苔薄白，脉细弱或虚大无力。

化裁： 畏寒者，加肉桂（取十全大补汤之意）；肢冷者，加桂枝；手麻者，加鸡血藤、豨莶草；体虚甚者，黄芪改为炙黄芪，生晒参改用红参；气不接续者，加升麻、柴胡（取补中益气汤之意）；腰酸腿软肾虚者，加女贞子、枸杞子、黄精、山萸肉等。

方药分析： 脾为气血生化之源，有形之血生于无形之气，如当归补血汤中使用黄芪相当于当归五倍的用量以达到气血互生的目的。本方由八珍汤合玉屏风散加减化裁而成。八珍汤为补气的四君子汤合补血的四物汤组成，有补益气血的功效，若阳气不足则加黄芪、肉桂构成十全大补汤以使阳生阴长，补血之力加强。《妇人明理论》云："一味丹参散，功同四物汤。"丹参可入血分，善祛瘀生新从而加强养血之力；气血不足则卫气不固，易感冒，故玉屏风散可防外邪侵袭；陈皮可理气健脾，用在此处可防群药过于壅滞。

验案一 张某某，男，47岁，2020年7月15日初诊。

主诉： 腰背疼痛半年。

现病史： 肾结石2年，自幼患乙型病毒性肝炎（简称乙肝），近3年未做肝脏检查。现症：腰背部疼痛，肝区牵及后背不适，纳食尚可，睡眠较差，易醒，醒后难以入睡。舌苔薄白，脉沉滑。辨证为肝郁气滞，肝肾不足，以疏肝理气，补肝益肾，通淋化石为治法，开药1周，嘱查肝脏B超、肝功、血常规。

治疗经过：8月29日二诊，于7月25日在当地查B超发现肝占位；8月17日，在某人民医院以"发现肝占位3周"收住院。于8月21日在全麻下行腹腔镜肝部分切除术，8月28日出院，出院诊断：1、肝细胞癌（中分化S5、6段）；2、肝血管瘤S8段；3、慢性乙型病毒性肝炎；4、乙肝后肝硬化（代偿期）；5、肝硬化所致的胆汁淤积；6、门脉高压；7、中晚期肿瘤，严重肝病；8、胆囊结石伴胆囊炎；9、肾结石（左侧术后），肾囊肿右侧；10、高血压病。现症：纳差，乏力，精神略差，睡眠欠佳，腰痛好转，手术切口部位疼痛，二便正常。舌苔薄白，脉沉滑。

西医诊断：肝癌术后，肝硬化。

中医诊断：肝积。

辨证：肝肾不足。

治则：补气养血，补肝益肾。

方药：补气养血汤加减。生黄芪30g，党参15g，炒白术10g，茯苓15g，当归10g，生甘草10g，炒白芍10g，熟地黄15g，丹参15g，枸杞子10g，女贞子10g，续断15g，怀牛膝15g，砂仁6g（后下），盐杜仲10g，仙灵脾10g，黄精20g，焦三仙各10g，炒酸枣仁15g，炙远志15g。

9月25日三诊，体力好转，纳食正常，下肢出汗，夜尿多，睡眠好转，舌苔薄白，脉沉滑。于9月20日查γ-谷氨酰转肽酶（γ-GT）102U/L，血常规、甲胎蛋白（AFP）正常。上方去砂仁、焦三仙，加覆盆子10g、金樱子15g、芡实15g、煅牡蛎30g。14付，水煎服。10月28日四诊，基本无不适。10月21日查γ-GT 99U/L，血常规正常，CT显示：肝癌部分切除术后，胆囊切除术后，肝硬化门脉高压，双肾囊肿。嘱继续以三诊方巩固治疗。

【按语】本病患者是以腰痛（肾结石）来诊，因患者有乙肝病史，且有肝病症状，未予重视，多年未复查，恐生他病，嘱患者做肝脏系列检查发现肝癌，因发现较早，手术比较顺利；出院后十分感谢当时让做的检查。癌症早发现早治疗，中西医结合治疗各自发挥优势。术后处方考虑患者因手术损伤气血，用药以益气养血、滋补肝肾为主，扶助正气，促进身体恢复，遂以补气养血汤为主方，续断、怀牛膝、盐杜仲、仙灵脾、黄精助主方增强滋补肝肾之力，砂仁、焦三仙醒脾开胃，炒酸枣仁、远志宁心安神。虽患者确诊肝癌但本方未予清热解毒散结之药治疗，而以扶正固本为主，此为"保存自己，消灭敌人，扶正祛邪"之"战法"。

八、健脾止泻汤

组成： 党参20g，炒白术10～15g，茯苓15～30g，砂仁6g，莲子10g，炒薏苡仁30g，炒山药30g，炒白扁豆10g，大枣10g，桔梗10g，陈皮10g，炒苍术10g，诃子10g，生甘草6g。

功效： 健脾益气，渗湿止泻。

适应证： 脾胃虚弱，食少便溏，肢倦乏力，气短胸闷，舌苔白，脉细滑。

化裁： 泄泻日久兼见五更泻，加肉豆蔻、吴茱萸、五味子、补骨脂；腹凉痛，喜温喜按等虚寒症状，加肉桂、干姜、附子；腹痛则泻，泻后痛止，多为肝郁脾虚，可加防风、白芍。

方药分析： 泄泻与脾关系最为密切，脾气亏虚，食物不能正常消化，不能运送至周身供给营养，下注于肠道，大便稀溏或次数增多。湿邪中阻是泄泻的重要病机。湿邪重浊黏腻，阻碍气机，小肠不能分清泌浊，大肠传导失司，水液、水谷精华与糟粕共同由肠道排出，即"清气在下，则生飧泄"。本方由参苓白术散加减化裁而成，其中四君子汤健脾补气，莲子、山药、白扁豆收涩实脾，陈皮、砂仁理气，薏苡仁利湿；桔梗载药上行，使脾气上归于肺，升降相合，利于祛湿。临床运用时遇大便次数增多，如水泻如注，小便量少，应在原方基础上增强分清泌浊、燥湿、化湿的力量，一为分利，如车前子、滑石之类；二为温热燥湿，中焦寒湿加苍术、白豆蔻之类；三为芳香化湿，多用于暑湿季节，如藿香、佩兰之属。若病人泻利无度，耗伤津液，应在原方基础上加强收涩之力，如诃子、赤石脂、灶心土等药；出现大便黏可加入白头翁。

验案一 赵某某，女，16岁，2009年4月13日初诊。

主诉： 腹泻5年。

现病史： 5年来经常腹泻腹痛，经中西医多方医治不愈，前来求治。现症：大便日行5～6次，甚则10余次，或水样便或便中带黏液。便前腹痛难忍，便后缓解。自感腹部发凉，经常需用暖水袋热敷。有时凌晨五六点钟即急于如厕。已严重影响生活和学习，纳眠基本正常，月经期时有腹痛。舌苔薄白，脉弦紧。

诊断：泄泻。

辨证：脾肾阳虚，肝郁气滞。

治法：温补脾肾，疏肝理气。

方药：健脾止泻汤加减。党参 15g，炒白术 10g，苍术 10g，茯苓 15g，莲子 10g，生薏苡仁 30g，山药 10g，诃子 10g，白芍 30g，生甘草 10g，防风 10g，陈皮 10g，延胡索 10g，木香 10g，乌药 10g，肉桂 6g。

治疗经过：以基础方为主随症加减化裁，连续服药三个多月后，病程五年之久的慢性腹泻治愈。

验案二　彭某，男，39 岁，2019 年 4 月 1 日初诊。

主诉：腹泻 20 年。

现病史：晨起饮水进食后即腹泻，服用止泻药可止，反复发作。近 2 月加重，不能吃凉性食物，无腹痛，自觉乏力，大便不黏，纳食尚可，舌苔薄白，脉沉滑。

诊断：泄泻。

辨证：脾虚泄泻，肝郁乘脾。

治法：健脾止泻，培土抑木。

方药：健脾止泻汤加减。生黄芪 30g，党参 20g，炒苍术 10g，肉豆蔻 10g，莲子 10g，陈皮 10g，茯苓 15g，炒山药 10g，炒薏苡仁 30g，诃子 10g，补骨脂 10g，吴茱萸 5g，干姜 6g，五味子 10g，制附子 5g，肉桂 5g，生甘草 6g。14 付，水煎服，日二次。

治疗经过：4 月 22 日二诊，上方服用期间感冒一次，8 日、15 日仍有水样便，近 2 个月大便日行 1 次，午后肠鸣。胃脘有灼热感，腹凉，食后欲如厕，便意频繁，先干后成形或便溏，排气多，舌苔薄白，脉沉滑。上方去陈皮，加黄芩 10g，厚朴 10g，黄连 5g，乌药 10g，葛根 15g，木香 10g，生甘草 5g，20 付，水煎服。5 月 21 日三诊，服药后大便日行二次，成形，5 月 8 日开始腹痛，与大便无关，纳食正常，体力尚可，苔白，脉沉滑细。处方如下：党参 15g，炒白术 10g，茯苓 15g，砂仁 6g，葛根 15g，白头翁 10g，木香 6g，白芍 15g，生甘草 6g，陈皮 10g，炒枳壳 10g，厚朴 10g，乌药 10g，炒苍术 10g，莲子肉 10g，生薏苡仁 10g，炒山药 15g，藿香 10g，干姜 6g。14 付，水煎服，后持续半年随访大便正常未再发作。

【按语】腹泻有虚实之分，实证多因伤食或感受时令之邪，来势急，病程短，若能及时对证医治可速愈。而虚证则属慢性，多因急性期失治、误治造成，初始多在脾，久则累及肾，而致脾肾两虚。

此两例患者病情较为复杂。治以脾虚为主，以健脾止泻汤为基础方，症见腹部发凉乃脾阳已受损，方中加干姜、附子（取附子理中汤之意）。大便时腹痛难忍且便后痛缓解，为肝脾不和之典型表现，是痛泻要方的适应证。当出现晨起即泻时，此为病久导致肾阳已虚，则加入四神丸，以温肾固本。大便黏滞不爽时，适时加上白头翁、葛根等。当大便次数过多，每天达十余次，难以控制之时，必当加上燥湿作用较好的苍术和灶心土，同时还可加上有收涩功能的诃子和赤石脂或禹余粮等。只有这样严格按中医辨证论治，随症加减化裁，标本兼顾才能收到满意的效果。

九、理气止痛汤

组成：柴胡 10g，香附 10g，木香 10g，砂仁 6g，枳壳 10g，陈皮 10g，厚朴 10g，乌药 10g，香橼 10g，佛手 10g，檀香 10g，青皮 10g。

功效：疏肝和胃，理气止痛。

适应证：脘腹胀满疼痛，纳呆不思饮食，胃凉喜温，舌苔白或厚，脉弦细。

化裁：体虚，去青皮加党参、炒白术；胃脘受凉痛甚，喜温就暖，加干姜、肉桂；胃痛甚，加延胡索、川楝子；心下痞满，加枳实；吞酸，加乌贼骨、黄连、吴茱萸；呕恶，加半夏、黄芩、竹茹。

方药分析：胃脘痛多是由于不通则痛，不荣则痛，无外乎气滞、血瘀、寒凝、痰阻、食积、脾胃虚弱等使得肝胃气滞，络脉瘀阻，胃失和降而引发胃脘疼痛。临床上气滞多为胀痛，伴有呃逆、胁肋不舒等症，肝气犯胃多见，此方以疏肝理气为法立方，以柴胡疏肝散为基础加减化裁，柴胡解肝郁；香附、枳壳、陈皮、青皮、厚朴以理气滞；木香、砂仁、檀香、乌药行气温中，开胃止痛；佛手、香橼疏肝理气，和胃宽中；甘草和中以缓急止痛。若兼食积可见打嗝酸腐，舌苔厚腻，可加焦三仙、鸡内金、半夏曲等消食化积；气滞痛久可致瘀阻胃络，由气到血，可表现为刺痛，痛有定处，或可伴有舌质暗，脉涩，用药时于行气药中酌加活血药，如莪术、丹参，或选用焦老的三合汤、四合汤。

验案一　魏某某，女，60岁，2014年5月30日初诊。

主诉：胃脘疼痛2月余。

现病史：2月前因老伴去世，心情抑郁，胃脘部刺痛连及胁肋，后有钝痛感，现胸胁胀，胃痛，呃逆频频，偶有反酸，气短，严重时冷汗出，素有胃病，吃凉药后胃胀，寐差易醒，大便偏干。既往有脂肪肝，胆囊息肉，肝囊肿，糖尿病病史。舌苔薄白，质干，脉沉弦。

诊断：胃痛。

辨证：脾胃虚寒，肝胃不和。

治法：健脾疏肝，和胃止痛。

方药：理气止痛汤加减。党参15g，炒白术10g，茯苓15g，砂仁6g，木香10g，柴胡10g，香附10g，枳壳10g，陈皮10g，乌药15g，乌贼骨10g，香橼10g，佛手10g，延胡索10g，川楝子6g，瓜蒌15g，玄参10g，麦冬10g，莪术6g。14付，水煎服，日二次。

治疗经过：6月13日复诊，药后两天大便稀软，日一次，眠好转，疼痛好转，第二周服药后觉胃反酸、呃逆、胁痛好转，舌苔薄白，脉沉弦。上方去玄参、麦冬、瓜蒌，继服14付后，随访症状消失。

验案二　赵某某，女，63岁，2011年5月26日初诊。

主诉：胃脘疼痛3年。

现病史：3年来胃脘痛不断，经多方医治未见效。现症：胃脘胀痛，胸胁堵闷，呃逆吞酸，后背困乏，畏寒怕冷，时感烧心，进冷食则胃脘不适，纳食不香，二便正常。2010年9月19日胃镜检查提示：慢性萎缩性胃炎伴糜烂，反流性食管炎。舌苔白腻，脉弦。

诊断：胃痛。

辨证：胃失和降，寒热互结。

治法：和胃降逆，散结除痞。

方药：理气止痛汤加减。党参15g，白术10g，茯苓15g，砂仁6g，旋覆花10g，生代赭石10g，焦三仙各10g，枳壳10g，半夏10g，川黄连6g，黄芩10g，柴胡10g，干姜6g，厚朴10g，佛手10g，香橼10g，延胡索10g，丹参15g。7付，水煎服，日二次。

治疗经过： 2011 年 6 月 2 日复诊：上方服 7 付后症状好转，呃逆已少，纳食增加。现仍感胃脘堵闷不舒，时有烧心，不能进凉食，二便正常。舌苔根腻，脉沉滑。上方去焦三仙、柴胡、丹参；加射干、蚕沙、百合，14 付，水煎服。6 月 16 日三诊：症状基本消失，近无不适感，嘱服香砂和胃丸巩固治疗，后随访无不适症状，2011 年 09 月 11 日胃镜检查提示：慢性浅表性胃炎。

【按语】 多种情况可导致胃脘疼痛，临证时需要仔细鉴别，此两例患者均因肝郁不舒，气滞血瘀而致疼痛，治疗时应以疏肝理气为要，因日久脾胃虚损，故以香砂和胃丸健运中焦，气机得通，疼痛得止。

十、和胃止呕汤

组成： 党参 15g，炒白术 10g，茯苓 15g，砂仁 6g，木香 10g，旋覆花 10g，生代赭石 10g，法半夏 9g，竹茹 10g，陈皮 10g，炒苍术 10g，厚朴 10g，柴胡 10g，黄芩 10g。

功效： 健脾和胃，降逆止呕。

适应证： 饮食稍有不慎，或稍有劳倦，即易呕吐，时作时止，纳食不佳，脘腹痞闷，舌质淡，苔薄白，脉濡弱或滑。

化裁： 伴有呃逆者，加丁香、柿蒂。

方药分析： 本方由香砂六君子汤合平胃散、小柴胡汤、旋覆代赭汤、橘皮竹茹汤组成。《景岳全书·呕吐》云："呕吐一证，最当详辨虚实。实者有邪，去其邪则愈；虚者无邪，则全由胃气之虚也……所谓虚者，或其本无内伤，又无外感，而常为呕吐者，此即无邪，必胃虚也。"本方主治脾胃虚弱致胃失和降、胃气上逆的呕吐，方中用香砂六君子汤、平胃散健脾和胃，脾胃虚弱则痰湿内生，用旋覆代赭汤下气涤痰、降逆止呕；小柴胡汤和解少阳、除烦止呕，再加橘皮竹茹汤增强止呕之力。

验案一 李某，男，57 岁，2014 年 8 月 22 日初诊。

主诉： 萎缩性胃炎 2 年，呕吐 7 月。

现病史： 7 月前因生气引发呕吐至今，间断发作呕吐吞酸，夹杂食物残渣，经中药治疗后略减轻，未治愈，遂前来求治。现症：食后即吐，吐涎如蛋清样，每遇情志不畅呕吐加剧，呃逆，略有烧心，偶伴有胃痛，畏凉食，食欲尚可，大便量少。舌苔白厚，脉沉迟。

诊断：呕吐。

辨证：肝气犯胃，胃失和降。

治法：疏肝理气，和胃降逆。

方药：和胃止呕汤加减。党参15g，炒白术10g，茯苓15g，砂仁6g，旋覆花10g，生代赭石10g，法半夏9g，黄芩10g，竹茹10g，橘红10g，炒苍术10g，厚朴10g，柴胡10g，生枇杷叶10g，丁香6g，柿蒂10g，延胡索10g，生瓦楞子30g，黄连6g，干姜6g。14付，水煎服，日二次。

治疗经过：9月5日复诊，食后呕吐减轻，仅余晚饭后呕恶，呃逆减轻，胃痛近未发作，烧心未作，舌苔白厚，脉沉滑。上方去黄连、生枇杷叶，加刀豆30g、佛手10g，继续服用14付，随访前症未再发作。

验案二　秦某，男，2岁，2015年3月9日初诊。

主诉：呕吐3天

现病史：患儿近3天来，每于进食、饮水后即呕吐不止，一天多达七八次，呕吐物或清水、痰涎，或夹杂食物。体温不高，无恶寒，无咳嗽、流涕，食欲及精神较差，眼窝略凹陷。遂至某儿童医院急诊，诊为胃肠型感冒，服胃复安、感冒药等未奏效，来门诊治疗。现呕吐不止，精神萎靡，俯卧在母亲怀中，痛苦面容，不思饮食，二便调。其母述，今日已吐六次，夜间睡不安稳，不愿见生人，啼哭不止，近两天来未进食，食欲差。触腹部平软，无压痛。舌苔白厚，脉滑稍弦，指纹紫滞。

诊断：呕吐。

辨证：饮食停滞，感受风寒，脾胃失和。

治法：调和脾胃，消食导滞，降逆止呕。

方药：和胃止呕汤加减。党参10g，炒白术6g，茯苓6g，砂仁5g，半夏曲6g，竹茹6g，陈皮6g，生枇杷叶6g，佛手6g，香橼6g，焦三仙各10g，炒鸡内金6g，炒莱菔子6g。3付，水煎服。

治疗经过：当晚10时煎服上方，服约30mL，次日凌晨家属来电告知，患儿安睡一宿，仅吐一小口。晚间再回电随访，一切复常，呕吐未作，已能正常进食和玩耍。一周后恰遇母子，告知近日精神良好，纳食极佳，未再呕吐。

【按语】验案一中呕吐是因情志不畅导致肝胃不和，胃气上逆致呕，且呕吐时间较长已损伤脾胃之气，故治疗以疏肝和胃降逆为主，同时要兼顾健脾益气。验案二中幼儿体质稚嫩，脾胃脆弱，《内经》云："饮食自倍，肠胃乃伤。"胃气以下行为顺，此时如恰逢感受风寒之邪，极易造成脾胃升降功能失常，引起呕恶、纳呆等一系列症状。风寒伤人有直接侵袭肠胃，出现呕恶、纳呆、腹泻等症状者；亦有伤及肌表而见脉浮、头项强痛、恶寒、发热、咳嗽、流涕、咽痛等感冒症状者，此患儿始终未见感冒症状，故无所谓肠胃型感冒。中医治疗当以健脾和胃、降逆止呕、消食导滞为法。方用和胃止呕汤加减化裁，方中减去四君子汤味甘甜可令人中满的甘草，用党参、炒白术、茯苓健脾养胃助其运化功能；用半夏曲、竹茹、生枇杷叶降逆止呕，用陈皮、砂仁、香橼、佛手理气和中，芳香化浊。再佐以焦三仙、鸡内金、炒莱菔子以化停积宿食，开胃助消化，此案选方用药精准得当，取效迅速。

十一、舒肝止痛汤

组成：醋柴胡 10g，香附 10g，木瓜 10g，当归 10g，炒白芍 30g，延胡索 10g，川楝子 6g，郁金 10g，姜黄 6g，生甘草 6g，丹参 20g，炒枳壳 10g。

功效：疏肝解郁，理气止痛。

适应证：两胁疼痛，胸闷不舒，情绪低落，易怒，纳呆，舌苔薄白，脉弦。

化裁：烦躁不宁，加炒栀子、淡豆豉；喜悲欲哭，加浮小麦、大枣；胸闷重，加苏梗、瓜蒌仁、青皮。

方药分析：本方为临床常用治疗肝郁气滞引起胁痛的经验方，由柴胡疏肝散合金铃子散化裁而成。柴胡、芍药、郁金疏肝解郁，醋柴胡可直入肝经增强疏肝之力，合金铃子散可疏肝泄热，行气止痛；香附、枳壳、姜黄以理气滞，方中姜黄为郁金的根茎，行气破血之力强于郁金，以治疗气滞日久，瘀血阻滞肝络之疼痛；当归、丹参养血活血；甘草和中缓痛，木瓜入足太阴、阳明、厥阴经，敛肺和胃，理脾伐肝，可抑偏盛之肝气。全方合用使得肝气条达，气机升降得复，血脉通畅，痛止而诸症除。

验案一　陈某，男，48 岁，2020 年 3 月 4 日初诊。

主诉：胁肋间断疼痛 3 年，加重 4 个月。

现病史：乙肝"小三阳"20 余年，3 年前因生气导致胁肋间断性疼痛，期间服用肝胆舒康胶囊及熊去氧胆酸后症状略有减轻，后未再治疗；近 3 月来胁肋下阵痛，约 2～3 天发作一次，每次疼痛约 1 分钟后可缓解，时有半夜痛醒，甚至牵及右侧后背窜痛；急躁易怒，每因情绪不畅疼痛加重；周身瘙痒，两胁肋严重；睡眠尚可；食后略有腹胀；小便色深黄，略频；大便黏滞不爽，日行一次。舌苔黄厚，边有齿痕，脉弦滑。

诊断：胁痛。

辨证：肝郁气滞，肝胆湿热。

治法：疏肝解郁，理气止痛，祛湿止痒。

方药：舒肝止痛汤加减。醋柴胡 10g，木瓜 10g，香附 10g，当归 10g，炒白芍 30g，丹参 15g，醋延胡索 10g，川楝子 6g，炒枳壳 10g，青皮 10g，茵陈 30g，蒲公英 30g，败酱草 30g，土茯苓 15g，白鲜皮 15g，地肤子 10g。7 付，水煎服，日二次。

治疗经过：3 月 11 日二诊，症状较前好转，胁肋疼痛逐渐减轻，后背部窜痛也较前减轻，身痒消失，腹胀除，小便黄，次数较前减少，大便日行一次。上方去白鲜皮、地肤子、土茯苓，加莲子 10g，苍术 15g，白头翁 10g。14 付，水煎服。3 月 25 日三诊，药后胁肋疼痛消失，后背疼痛消失，小便色黄渐减，大便软。前方加泽兰 15g，生薏苡仁 15g，再服 10 付，随访前症均已消失。

验案二　关某某，男，60 岁，2020 年 3 月 1 日初诊。

主诉：肝区不适数天。

现病史：现肝区不适，按揉得舒，寐差，每晚服用半片安定才能入睡，乏力，纳可，大便偏干，小便黄，近半年体重约减 5 公斤，时有头晕，手心及下肢有湿疹。舌苔黄厚，脉沉滑。既往史：中度脂肪肝 10 年，糖尿病 5 年。

诊断：胁痛。

辨证：肝郁气滞，肝胆湿热。

治法：疏肝理气，清利湿热。

方药：舒肝止痛汤加减。醋柴胡 10g，木瓜 10g，香附 10g，郁金 10g，当归 10g，白芍 20g，延胡索 10g，川楝子 6g，青皮 10g，佛手 10g，炒枳壳 10g，香橼 10g，藿香 10g，茵陈 30g，车前子 10g，白豆蔻 6g，炒栀子 10g，酒大黄 6g（单包），滑石块 10g，白鲜皮 10g，木香 10g，炒莱菔子 30g。7 付，水煎服，日二次。

治疗经过：患者电话自述服 2 付后症状大减，肝区不适基本消除，精神状态改善。2021 年 4 月 8 日以他症来诊，随访服药 14 天症状消失，未再复发。

【按语】验案一患者为慢性肝炎，西医认为肝炎病毒感染人体后可进入肝脏并在肝脏内复制和释放病毒，肝细胞受到破坏，肝脏的功能受到损害，引起身体一系列不适症状。中医认为该病与肝、脾、肾密切相关，患者由于生气引发胁肋疼痛；肝经走两胁，肝主疏泄喜条达；情志不遂后肝郁气结，气机阻络而致胁痛，久病瘀血阻络，入夜尤甚；加之日久失治脾气受损，气郁而化热，湿热内结引发小便深黄，身痒，大便黏滞不爽等症状，治疗以疏肝解郁，理气止痛，祛湿止痒为法，方用舒肝止痛汤加祛湿止痒之品。验案二患者为脂肪肝，结合其病史分析亦是由于肝郁气滞，湿热内阻引发此症，故而谨守病机，辨证施治，疗效显著。

十二、平肝和胃汤

组成：旋覆花 10g，生代赭石 10g，杏仁 10g，橘红 10g，焦白术 10g，酒黄芩 10g，当归 10g，炒白芍 15g，香附 10g，砂仁 6g，厚朴 10g，香橼 10g，佛手 10g。

功效：平肝和胃，降逆化痰。

适应证：呃逆，胁肋胀痛，头晕，脘腹胀气，呕恶纳呆，舌苔厚腻，脉弦滑。

化裁：肝阳上亢之头晕、头痛，加生石决明、生牡蛎；肝区痛，加延胡索、川楝子；呃逆，加丁香、柿蒂；胃胀，加枳壳、木香；呕恶，加半夏。

方药分析：本方为关幼波老师临床常用验方。诸花皆升，旋覆花独降，其行气，尤善降气，入厥阴肝经，和中畅利气机，气降则浊降，可消痰行水，降气止呕；生代赭石苦寒，善走心、肝血分，可镇逆降气止呕，降气平喘。二药相合可坠一切上冲之气，如肺气上逆之咳喘，胃气上逆之呃逆，肝气上逆之头痛等。杏仁、橘红二者皆为气分药。橘红味辛苦，辛能开结，苦能下降，为利气之要药，燥湿化痰，理气消食；杏仁苦温，有下气平喘止咳之力，且润肠通便；《本草备要》言："半夏辛温有毒，体滑性燥，能走能散，能燥能润。和胃健脾（去湿），补肝（辛散）润肾，除湿化痰，发表开郁，下逆气。"杏仁、橘红二药相合既有半夏之燥性，又有半夏之润性，能开胃、化痰、降气，故言其有半夏之功，但不完全等同，当辨证用之。白术、黄芩性平和，白术炒焦存性，可开胃，燥性减少更缓和；黄芩酒制后苦寒之性减弱，二者相配清热燥湿，健脾益气之效更佳，为安胎要药。当归为血中气药，可补血行血，白芍养血敛阴，柔肝止痛，二药相合可养血柔肝；旋覆花、香附合用能疏肝解郁散结；香橼、佛手疏肝理气，宽胸化痰；厚朴燥湿下气除满；砂仁调中和胃醒脾。

验案一 程某，女，37 岁，2013 年 10 月 18 日初诊。

主诉： 呃逆反复发作已 10 余年，近 1 个多月来日渐加重。

现病史： 2003 年秋因家庭琐事生气恼怒，遂频发呃逆。经食管动力学、胃镜等检查，报告示幽门螺杆菌（HP）阳性（++），西医确诊为：膈肌痉挛、浅表性胃炎。于 2005 年至 2006 年，间断服用中药，因疗效欠佳而搁置。2007 年秋，经针灸治疗而愈，后因生气复发，进服中药后病情有所减轻。近 1 个多月来日渐加重，经各种治疗均无明显效果，已严重影响正常生活，经人推荐前来门诊求治。现症：近来每遇生气、着凉、紧张，则呃逆不止，且声高次频。自述家住 5 层楼，其呃声之响亮可直传于楼上邻居家，尤其是夜深人静之时更是明显，影响了邻居休息。由于患者对自己的病症用尽各种治疗方法均得不到有效控制，感到异常烦恼和痛苦。另外兼有胃脘疼痛、反酸烧心、腹胀矢气，畏寒肢冷，疲乏无力等全身症状。精神尚可，纳眠、二便均正常，月经正常。舌苔白厚，脉沉迟。

诊断： 呃逆。

辨证： 肝郁不舒，胃失和降。

治法： 疏肝理气，和胃降逆。

方药： 平肝和胃汤加减。旋覆花 10g，生代赭石 10g，炒杏仁 10g，橘红 10g，焦白术 10g，酒黄芩 10g，当归 10g，白芍 15g，砂仁 6g，枳壳 10g，丁香 10g，柿蒂 10g，佛手 10g，延胡索 10g，法半夏 9g，厚朴 10g，香附 10g，甘松 10g，生瓦楞子 30g，吴茱萸 5g，黄连 6g。14 付，水煎服，日二次。

治疗经过： 2013 年 11 月 1 日二诊，服上方后，呃逆大为减轻，纳眠正常。月经量较前减少，偶见血块，月经周期正常，行经时乳房胀痛明显。脉沉滑，舌苔薄白。上方去杏仁、酒黄芩、丁香、柿蒂、砂仁、甘松、吴茱萸、黄连，加郁金 10g，干姜

10g，肉桂 10g，刀豆 30g，木香 10g，14 付，水煎服，日二次。2013 年 12 月 23 日三诊，药后呃逆未作，偶有矢气，乳房胀痛明显减轻。舌苔薄白，脉沉弦。于 12 月 15 日行胃镜检查示：慢性浅表性胃炎。方药：旋覆花 10g，生代赭石 10g，橘红 10g，焦白术 10g，当归 10g，白芍 30g，香附 10g，佛手 10g，法半夏 9g，丁香 10g，厚朴 10g，苏梗 10g，干姜 10g，肉桂 10g，生瓦楞子 10g，刀豆 10g，柿蒂 15g，木香 10g，降香 6g，青皮 10g。14 付，水煎服，日二次。后改为隔日 1 付以巩固疗效。1 年后随访未再发病。

【按语】 呃逆的主要表现是喉间呃呃连声，声音短促，频频发出，不能自止，又称"哕""哕逆"。此病例因着急、生气恼怒伤肝，气机不利，肝木克脾土，胃失和降，上逆动膈引发此病，因此治疗上以行气降逆，宽胸利膈为法，故而以平肝和胃汤加减可获良效。

十三、滋补肝肾汤

组成： 北沙参 30g，生地黄 30g，炒山药 15g，牡丹皮 10g，山萸肉 10g，茯苓 30g，麦冬 10g，女贞子 20g，枸杞子 10g，当归 10g，白芍 15g，川楝子 6g。

功效： 滋补肝肾。

适应证： 肝肾阴虚之胸脘胁痛，腰痛，咽干口燥，舌红少津，脉沉细弱。

化裁： 肝区疼痛，加延胡索、香附；腰痛，加续断、牛膝；口干，加天冬、玄参。

方药分析： 本方为六味地黄丸合一贯煎化裁而成。方中重用生地黄滋阴养血生津以补肝肾，辅以沙参、麦冬、当归、枸杞子益阴而柔肝。配以少量川楝子，该药虽苦燥，但配入大量甘寒养阴药中则不至于伤津，反能疏泄肝气。白芍养血柔肝，牡丹皮以清血分之热，茯苓健脾渗湿，山药、女贞子、山萸肉补益肝肾。诸药合用使肝肾之阴得养，肝气条达，共奏滋阴柔肝益肾之功。本方可用于慢性活动性肝炎、肝硬化和重症肝炎的恢复期属肝肾阴虚证者。

验案一 王某某，男，55 岁，2016 年 4 月 22 日初诊。

主诉： 肝区疼痛 3 月。

现病史： 乙肝"小三阳"20 余年，曾查腹部 B 超示：肝右叶囊肿，肝结节。现症：乏力，口干，肝区不适，时有疼痛，睡眠差，腰酸困，大便不畅，舌质红，苔薄白欠津，边有瘀斑，脉弦细。

诊断：胁痛。

辨证：肝肾不足，气阴两虚。

治法：益气养阴，补肝益肾。

方药：生黄芪 30g，北沙参 30g，麦冬 10g，生地黄 30g，石斛 10g，炒山药 15g，牡丹皮 10g，丹参 15g，山萸肉 10g，茯苓 15g，制鳖甲 10g，生牡蛎 10g，刘寄奴 10g，泽兰 10g，当归 10g，白芍 15g，川楝子 6g，延胡索 10g，炒酸枣仁 15g，远志 10g。7 付，水煎服，日二次。

治疗经过：4 月 29 日二诊，体力有所增加，仍有口干，肝区不适、腰酸困、睡眠尚可，舌苔薄白欠津。上方去茯苓，加玄参 15g，7 付，水煎服，日二次。5 月 6 日三诊，前症基本消失，后续以补肝益肾，活血化瘀为法，加强保肝，调理肝囊肿、肝结节。

【按语】本例患者为慢性肝炎，日久正气虚损，观其症状结合病史，判断其为肝肾不足，气阴两虚，方用滋补肝肾汤化裁，酌配鳖甲、牡蛎、泽兰、刘寄奴等软肝散结，以及炒酸枣仁、远志以治其兼证。

十四、补气利水消肿汤

组成：生黄芪 30 ~ 80g，党参 10 ~ 20g，白术 15g，茯苓 30g，当归 10g，大腹皮 10g，生槟榔 10g，滑石 10g，车前子 20g，猪苓 20g，泽泻 10g，水红花子 20g，抽葫芦 20g，肉桂 6g，生甘草 6g，通草 6g。

功效：健脾化湿，温阳利水。

适应证：腹部膨隆（水臌），或伴有下肢浮肿，畏寒肢冷，小便短少，困重乏力，舌苔白腻，脉沉缓或无力。

化裁：手足心热，去肉桂，党参、黄芪减量，加黄柏、炒栀子、鳖甲；四肢冷、畏寒，加干姜、附子；尿黄，加茵陈；尿少、便秘不畅，加炒二丑。

方药分析：本方为治疗肝硬化失代偿期出现腹水者，本着急则治其标的原则，方以健脾利水为主，故以四君子汤合五苓散加减。方中重用生黄芪补气利水消肿，配当归以养血；四君子汤健脾益气利于运化水湿，使其利水而不伤正，邪去正自安；五苓散以温阳化气，利湿行水；生槟榔、大腹皮行气，利水，消肿；车前子为利水专药，滑石利六腑之涩结，利水而不伤阴；水红花子消瘀破积，健脾利湿；抽葫芦利尿，消肿散结；通草通行经络，清热利水。

验案一 齐某某，男，58岁，2014年6月13日初诊。

主诉：肝硬化腹水1月，腹胀2年。

现病史：腹胀，纳可，神疲，尿黄，尿量正常，日2～3次，大便不成形，日5～6次。有饮酒史，每日约4两。无乙肝病史。自服"护肝片"腹胀未消，特前来就诊。查体：腹壁青筋，脾区、肝区触之较硬，腹大如鼓。舌暗，苔水滑，舌体大，脉弦滑。辅助检查：于2014年5月27日在某医院查B超示：肝大；肝弥漫性病变；门静脉内径增宽；胆囊壁增厚，不光滑；腹水5.1cm；胆囊腔内偏强回声（结石或胆汁淤积）。查腹部CT示：腹腔积液，门静脉1.5cm。查血生化显示：转氨酶升高，白球比（A/G）0.9。查血常规示：血小板（PLT）112×10^9/L。

诊断：积聚、水臌。

辨证：气虚水停，肝胆湿热。

治则：健脾利水，清利湿热。

方药：补气利水消肿汤加减。生黄芪60g，炒白术30g，茯苓皮30g，大腹皮10g，生槟榔10g，猪苓30g，泽泻15g，通草6g，滑石粉20g，车前子20g，马鞭草30g，党参30g，茵陈30g，金钱草30g，黄柏10g，炒苍术10g，莲子肉10g，生薏苡仁30g，炒山药30g，泽兰15g。14付，水煎服，日二次。另嘱戒酒，查腹部磁共振成像（MRI），甲胎蛋白。

治疗经过：6月27日二诊，服药后自觉舒服，腹部缩小较常人微大。现仍觉腹部窜痛，纳可，寐差，大便次数减少，日行2～3次，无腿肿。舌红苔薄微黄，舌体大，脉弦。辅助检查示：甲胎蛋白正常，MRI示：肝纤维化或早期肝硬化可能，胆囊小，脾大，肝门间隙增宽。因其家较远苦其来之不易，以健脾利水，清利湿热立论有效。再诊因久病气虚血瘀，故以补气活血组方，处方如下：生黄芪60g，党参15g，炒白术10g，茯苓15g，当归10g，白芍15g，丹参15g，泽兰15g，鳖甲10g，生牡蛎30g，川芎10g，刘寄奴15g，赤芍10g，红花10g，茵陈30g，莲子10g，苍术10g，炒酸枣仁30g，远志15g，诃子10g。10付，嘱药后复查腹部B超。

7月11日三诊，于7月10日复查B超示：肝胆胰脾肾未见明显异常，腹水消失；转氨酶正常。纳可，神疲，睡眠较以前好转，仍尿黄，口不干。舌黯苔薄白，脉弦滑。继以前法清利肝胆湿热，兼补肾强腰壮骨。处方如下：茵陈30g，蒲公英30g，草河车10g，板蓝根10g，赤芍30g，牡丹皮10g，车前子10g，六一散10g，金钱草20g，黄柏10g，炒栀子10g，败酱草30g，金银花20g，土茯苓30g，怀牛膝30g，骨碎补15g，白芍30g，木瓜10g，生杜仲10g，桑寄生10g。7付，嘱复查肝功能。

8月12日四诊，前方继续服用1月，药后尿色好转，腹部膨隆消失。肝功正常。昨日感冒腹泻4～5次，大便不黏。寐差，舌苔白厚，中间有裂痕，脉沉滑。以前法随症加减继续治疗。后随访，尿色变浅，余症消。

【按语】酒精性肝病是由于长期大量饮酒导致的肝脏受损，可发展至肝硬化腹水，大多数患者经历数年至数十年，正气皆虚。该患者辨证为气虚水停，肝胆湿热，治以健脾利水，清利湿热。又因患病日久，久病则瘀，健脾行气利水，佐以活血化瘀，软坚散结。以补气利水消肿汤加减，再合茵陈蒿汤、栀子柏皮汤以清肝胆湿热，湿去热除，黄疸退。方中鳖甲、生牡蛎、赤芍、红花等软坚散结，活血化瘀以善后。

验案二　翟某某，男，76岁，2005年10月10日初诊。

主诉：肝硬化腹水11年，反复发作加重1月。

现病史：乙肝"大三阳"50余年，11年前因突发腹部膨隆入院检查发现肝硬化腹水，遂住院抽腹水治疗，此后腹水反复发作。近1月腹水又作，10月3日后抽水3次，抽水后下肢不浮肿，现症：腹部膨隆，按之略硬，精神差，腹胀，纳差，手足凉，身痒，尿少，大便不成形，日行2次。高血压史，口服降压药血压稳定。舌红苔白厚，脉沉。B超示：肝硬化，门静脉增宽，脾大4.7cm，腹盆腔积液。血常规示：血小板81×10^9/L。

诊断：积聚，水臌。

辨证：气虚水停。

治法：健脾化湿，温阳利水。

方药：生黄芪60g，党参15g，炒白术15g，炒苍术10g，茯苓30g，茯苓皮30g，猪苓15g，当归10g，炒白芍15g，炒二丑各5g，大腹皮10g，生槟榔10g，桂枝10g，车前子20g，滑石10g，丹参15g，砂仁6g（后下），木香10g，地肤子10g，白鲜皮

10g。14 付，水煎服，日二次。

治疗经过： 10 月 24 日二诊，腹胀减轻，纳食增加，体力渐好，大便仍日行 1～2 次，欠成形，身痒已轻，舌苔白厚，脉沉滑。上方去地肤子、白鲜皮，加厚朴 10g，泽泻 10g，14 付。

11 月 7 日三诊，无明显不适，腹部平软，尿量正常，身已不痒，纳可，大便日行 1 次，成形，精神可。改方如下：生黄芪 60g，党参 15g，炒白术 15g，茯苓 30g，生薏苡仁 15g，炒山药 15g，当归 10g，炒白芍 15g，丹参 15g，泽泻 10g，续断 15g，女贞子 10g，黄精 10g，砂仁 6g（后下），佛手 10g，三七粉 3g（冲），阿胶珠 10g，地榆炭 10g，大枣 10g。14 付，水煎服。后加减服用中药。

2006 年 7 月 12 日复诊，腹部 B 超示：肝硬化，门静脉增宽，脾大 4.2cm，未再报腹水。血小板 97×10^9/L，带病生存数年，后未再随访。

【按语】 此患者为长期慢性肝炎者，其病情属正虚邪恋，反复抽腹水虽可消一时之水，然而稍作又起，盖因其气虚。水属阴，主静，气属阳，主动，气能行水利水，正气不足，无力推动水行，故气在肝硬化腹水发病及治疗当中起到主导作用，肝硬化腹水后期主要以保脾胃、益气血、补肾为主，故而以大量生黄芪为君组方用药，此案以补气利水消肿汤化裁。注意临床上如遇脾大患者需关注其血小板，血小板减低时慎用活血化瘀药，酌加养血止血药以防出血。

十五、养血平肝汤

组成： 旋覆花 10g，生代赭石 15g，生石决明 30g，生石膏 30g（先煎），当归 10g，白芍 30g，川芎 10g，生地黄 20g，木瓜 10g，香附 10g，菊花 10g，白蒺藜 10g，天麻 10g，钩藤 10g，全蝎 6g，生甘草 6g。

功效： 养肝血，镇肝阳，清肝热，息肝风，通血脉。

适应证： 各种头痛（神经性头痛、慢性头痛、三叉神经痛、无明确诊断的头痛等），舌苔薄白或厚，脉弦细。

化裁： 头痛较重，加蜈蚣，僵蚕；胸胁胀满，加郁金；兼有呕恶，去生地黄、甘草，加茯苓、半夏、橘红、枳实、竹茹（温胆汤）；头顶痛，加藁本；头两侧痛，加柴胡；前额疼痛，加白芷；后头痛，加羌活；遇风痛甚，加防风。

方药分析： 养血平肝汤在临床可治疗西医未能明确诊断的头痛，该方来自关幼波老师的验方，方中使用旋覆花利气下行消痰，生代赭石能凉血，其质重坠，善镇逆气，降痰涎；且气为血之帅，气行则血行，二者合用可降上冲之气血，调畅中上焦气机。生石决明为足厥阴经之药，平肝潜阳；生石膏解肌清热，对于头痛有良好的镇痛效果；四物汤养肝血，肝藏血，久病多肝木失养，肝血得养则肝火得敛，头目得充而痛减；木瓜、香附平肝和胃，开郁行滞，香附为肝经气郁之要药；菊花、白蒺藜、天麻、钩藤合用可平肝熄风，通络止痛；再配全蝎专入肝祛风，善走窜，外风内客，皆可用之。

验案一 薄某某，男，61岁，2019年9月20日初诊。

主诉：后头痛30余年。

现病史：自述30年前生气后感冒引起后头部疼痛至今，曾查心电图及头部检查未见异常，期间中西医治疗效果均不明显，慕名前来诊治。现症：后头部左侧枕部至肩部持续性胀痛，时作时休，生气时加重，无恶心呕吐，纳眠正常，二便调，血压正常。舌苔黄略厚，脉弦细。

诊断：头痛。

辨证：血虚肝旺，气滞血瘀。

治法：养血平肝，活血化瘀。

方药：养血平肝汤加减。旋覆花10g，生代赭石10g，生石膏30g（先煎），石决明30g，木瓜10g，生甘草6g，当归10g，白芍30g，炙水蛭3g，炒蒺藜10g，桃仁10g，红花10g，全蝎6g，蜈蚣2条，天麻10g，川芎10g，片姜黄10g，鸡血藤30g，延胡索10g，钩藤10g。14付，水煎服，日二次。

治疗经过：10月18日二诊，服药后头痛减轻，发作频率及次数较前减少，由原来每天发作减少为每周发作2～3次，纳眠正常，二便正常。舌苔薄白，脉弦细。上方去旋覆花、生代赭石、生石膏，加杭菊花10g，羌活10g，继服14付。11月3日三诊，头痛大减，日间偶有发作，疼痛较轻。二诊方继续加减服用30付，嘱隔日1付，随访半年，头痛未作。

【按语】此患者头痛已达30余年，且其诱因是感冒后生气引发，每因生气而加重，其证系血虚受风，肝阳上亢，气滞血瘀，故用养血平肝汤加桃仁、红花、片姜黄、鸡血藤、延胡索以通络止痛；水蛭、全蝎、蜈蚣以息欲动之内风。全方以养、清、镇、通外加活血化瘀，息风止痛，使气血得复，肝阳得平，头痛之顽疾得除。

验案二 李某某，女，60岁，1987年2月13日初诊。

主诉：头痛10年，加重4个月。

现病史：患者曾于11岁时受脑外伤，23岁始作头痛，后自愈。50岁左右头疼又作，时好时坏，服止痛药可暂缓解，近4个月来，头痛逐渐加重，经当地医院查脑电图等未见异常，曾服谷维素、天麻片、安定片及中药汤剂均无明显效果。现症：阵发性头痛、头晕、每日数次，每次持续8～9小时，伴心中烦乱，夜寐不安，每于劳累、生气或受风寒后加重，纳食正常，二便调。既往有高血压病病史，近期自查血压150/110mmHg。舌苔薄白，脉弦细。

诊断：头痛。

辨证：血虚肝旺，肝阳上亢。

治法：养血平肝，潜阳通络。

方药：养血平肝汤加减。旋覆花10g，生代赭石10g，生石膏30g（先煎），当归10g，生地10g，木瓜10g，白芍30g，甘草10g，珍珠母30g，生石决明30g，钩藤15g，炒酸枣仁10g，远志10g，菊花10g。7付，水煎服，日二次。

治疗经过：2月20日二诊，药后头晕减轻，头痛如故，有时仍较重，甚时有刺痛感。睡眠正常，舌苔薄白，脉沉弦。前方去珍珠母、炒酸枣仁、远志，加红花10g，全蝎6g，蜈蚣2条。7付，水煎服，日二次。

2月27日三诊，头痛已轻，7天内发作3次，每次持续1天，仍感眼眶发胀，苔薄白，脉沉弦。二诊方加白蒺藜10g、夏枯草10g。7付，水煎服，日二次。

3月6日四诊，疼痛大减，又连服20余付（隔日一付），头痛一直未作，血压基本正常。

【按语】此患者头痛且伴有高血压病，头晕、心中烦乱、夜寐不安，每遇气恼加重，其证系肝阳上亢，阴血暗耗，故于养血平肝汤中加珍珠母、生石决明、钩藤以平肝潜阳，佐以首乌藤、炒酸枣仁、远志以养心安神，再加红花活血通络，全蝎、蜈蚣熄风止痛。

十六、益气养血稳心汤

组成： 生黄芪 30g，生晒参 10g，麦冬 10g，五味子 10g，当归 10g，杭白芍 30g，川芎 10g，生地黄 15g，丹参 30g，远志 15g，柏子仁 10g，炙甘草 6g。

功效： 补气养血，稳心安神。

适应证： 心慌，心悸怔忡，失眠健忘，周身乏力，舌淡苔薄白，脉沉细。

化裁： 睡眠欠佳，加炒酸枣仁、合欢花、龙眼肉；心慌甚，加珍珠母、生龙齿；乏力，加炒白术、茯苓、女贞子、枸杞子；肢冷，加桂枝；手麻，加鸡血藤。

方药分析： 本方由生脉饮合四物汤化裁而成，临床上多用于治疗气血不足引起的心悸气短，乏力等症。气血亏虚无以充心脉，心失所养则发怔忡。方中用生脉饮益气复脉，养阴生津；加黄芪、四物汤以养气血，助心行血；丹参、柏子仁、远志以宁心安神，炙甘草甘温，益气通脉，缓急养心。心血得养则神归，失眠健忘等症随之而解。

验案　李某，女，64 岁，2012 年 7 月 23 日初诊。

主诉： 心慌，胸闷 1 年。

现病史： 一年前突然心慌气短，四肢无力，入院检查诊断为：冠状动脉供血不足。西医对症治疗症状有所缓解，来门诊求助中医治疗。现症：心慌，气短，胸闷，多梦，健忘，胆怯易惊，体力欠佳，四肢凉，纳食尚可，大便正常，血压偏低。舌苔薄白，脉沉细弱。

诊断： 心悸。

辨证： 气血不足，心神不宁。

治法： 补气养血，稳心安神。

方药： 益气养血稳心汤加减。生黄芪 30g，生晒参 10g，麦冬 10g，五味子 10g，当归 10g，杭白芍 15g，川芎 10g，生地黄 15g，升麻 6g，柴胡 6g，桂枝 10g，瓜蒌 15g，薤白 10g，苏梗 10g，丹参 30g，远志 15g，柏子仁 10g，炙甘草 6g。7 付，水煎服，日二次。

治疗经过： 7 月 30 日二诊，服 3 付药后，自觉心慌明显减轻，气短、胸闷症状亦好转，体力略有所增加，睡眠仍多梦，舌淡苔薄白。上方加炒酸枣仁 30g，14 付。

8月13日三诊，前症皆有所减轻，偶外界声音大时易惊易心悸，其余无明显不适。二诊方稍事加减继服。一年后带孙女前来看鼻炎，自述前症已痊愈。

【按语】心为君主之官，总统魂魄，气血不足则神无所归，心神失养。本例患者因虚而病，血不荣心，故心慌、气短、胸闷，治疗以益气养血，稳心调和气血，加升麻、柴胡合前药寓补中益气汤之意，以补气升阳；瓜蒌薤白汤以宽胸理气，胸闷自除；加桂枝以温通心阳，诸药合用，效果理想。

十七、胸痹逐瘀汤

组成：当归10g，生地黄15g，桃仁10g，红花10g，炙甘草10g，枳壳10g，赤芍15g，柴胡10g，川芎10g，桔梗6g，牛膝15g，瓜蒌15g，薤白10g，丹参30g，延胡索10g。

功效：宣痹通络，活血化瘀，引血下行。

适应证：胸部胀痛、刺痛，四肢发麻、发凉，舌暗苔白，脉沉弱。

化裁：胸胁胀闷，加香附、郁金、苏梗；肢冷，加桂枝；气短，加生黄芪、人参。

方药分析：本方为血府逐瘀汤化裁，家父善用王清任活血化瘀之方，认为此方可治胸膈以上血瘀诸证，常言："治病之要诀在明白气血，无论外感内伤，要知初病伤人何物，不能伤脏腑，不能伤筋骨，不能伤皮肉，所伤者无非气血。"本方在此以治胸前区疼痛为主。中医认为疼痛多因"不通则痛""不荣则痛"，胸痛亦如是。此方不仅可以解在内的血分之瘀滞，又可解在外的气分之郁结，活血而不耗血，祛瘀又能生新；再加上瓜蒌薤白汤振奋胸阳，行气散结祛痰；配丹参、延胡索加强活血祛瘀止痛之功效，合而用之，使"血府"之瘀滞散去，气机畅通，而诸症消除。

验案一 仇某，男，11岁，2015年7月13日初诊。

主诉：心前区憋闷疼痛2月余，日发作7、8次。

现病史：素来体健敦实，生病较少。2015年5月1日，因两侧面颊近耳垂周围扪之发热，漫肿疼痛，难以进食3天，入社区医疗中心诊为急性细菌性腮腺炎、急性咽炎，口服蒲地蓝、豉翘清热颗粒约一周痊愈。此后脐周、上腹部时常作痛，多发于凌晨4、5点，略有憋闷感。在门诊治疗月余，因乏效于6月5日转诊于某儿童医院，以求明确诊断。动态心电图示：窦性心律不齐、二度Ⅱ型窦房传导阻滞、PR间期延长、二度Ⅰ型房室传导阻滞。诊为：心肌损害、胃炎。自 6 月 24 日入院治疗 8 天，予芪冬颐心颗粒、果糖二磷酸钠、辅酶 Q10 等营养心肌药物治疗，好转后出院，嘱其继续服药，定期复查。然服药 10 多天来，其父见心前憋闷、疼痛程度及频次未明显改善，遂求中医治疗。现症：呼吸不畅，心前区憋闷，疼痛呈阵发性，痛苦貌，时而伏案，时而仰头，气短难续，不敢与伙伴追逐玩耍，食欲差，乏力，睡眠可，二便正常，舌红苔白，脉沉涩。

诊断： 胸痹。

辨证： 气滞血瘀。

治法： 益气活血。

方药： 胸痹逐瘀汤加减。生黄芪 30g，北沙参 30g，麦冬 10g，五味子 10g，防风 10g，白术 10g，当归 10g，生地 10g，桃仁 10g，红花 10g，赤芍 10g，川芎 6g，柴胡 6g，桔梗 6g，远志 10g，丹参 15g。14 付，水煎服，日二次。

治疗经过： 8 月 2 日二诊，药后胸憋、疼痛减轻，日发 4~5 次，左侧头痛，头晕，纳食正常，舌苔薄白，脉沉涩。处方：当归 10g，生地黄 10g，桃仁 6g，红花 6g，枳壳 10g，赤芍 10g，柴胡 6g，川芎 6g，桔梗 6g，瓜蒌 10g，薤白 6g，延胡索 10g，桑叶 10g，菊花 10g，白蒺藜 10g，生石决明 30g，天麻 6g，全蝎 6g。14 付，粉碎成散剂，布包煎 25 分钟，日服 3 次。

8 月 18 日三诊，8 月 12 日入院复查，动态心电图示：平均心率 86 次 / 分，最慢心率 50 次 / 分，窦性心律不齐，全程未见室性及室上性期前收缩（早搏），心内结构未见明显异常。心律失常好转。心肌损害、二度Ⅱ型窦房传导阻滞、二度Ⅰ型房室传导阻滞均好转。服上方至今，胸闷疼痛明显减轻，偶有不适，在家能正常活动，精神体力可，余无不适。处方如下：太子参 30g，麦冬 10g，五味子 10g，当归 10g，生地黄 10g，川芎 10g，赤芍 10g，黄芪 30g，桃仁 10g，红花 10g，桔梗 5g，炙甘草 6g，枳壳 6g，瓜蒌 10g，薤白 10g，丹参 30g。7 付，粉碎为末，日二次，巩固治疗。2016 年 4 月 25 日，推荐同村病友来诊，遂电话回访，诸证平稳，已于春节后复学，活动正常，精神体力可。

【按语】 该患者为 11 岁孩童，因急性细菌性腮腺炎引发心肌损害，辨证属气滞血瘀，痹阻心包，故选用胸痹逐瘀汤化裁，合生脉饮以稳其心，治疗时不要受西医病名所限，审证求因，方能奏效。

验案二 高某，女，50岁，2015年5月27日初诊。

主诉： 背痛10年余。

现病史： 患者自述平素月经正常，10年前突然闭经，睡眠极差，且伴有头部及后背疼痛，手臂麻木肿胀，手指僵硬，抓握无力，下肢浮肿。曾到某医院就诊，内科、骨科各项理化检查均未发现异常。经内科、针灸科、骨按科治疗，初治有效，后来一如从前。心理负担逐渐加重，治疗断断续续，现仍然痛苦不堪，遂来就诊。

现症： 失眠渐加重，头部及后背常常作痛，肩臂麻木，手掌肿胀，手指僵硬，掰不开，握不紧，左重右轻。脚面浮肿，晚间尤甚，前胸无明显不适。饮食尚可，二便正常，已绝经。舌质紫暗，苔薄白，脉沉涩无力。

诊断： 胸痹。

辨证： 瘀血阻滞，心肾失养。

治法： 益气活血，调补心肾。

方药： 胸痹逐瘀汤加减。生黄芪30g，当归10g，生地黄30g，桃仁10g，红花10g，枳壳10g，赤芍10g，柴胡10g，川芎10g，川牛膝20g，枸杞子10g，首乌藤30g，炒酸枣仁20g，远志15g，珍珠母30g，生龙齿30g，琥珀粉3g。7付，水煎服，日二次。

治疗经过： 6月3日二诊，服上方后症状大减，睡眠好转，一夜只醒一次，手臂麻木已不明显，背痛、头胀悉除，二便调，脉沉弦细，苔白质暗。再拟方如下：生黄芪30g，当归10g，白芍30g，川芎10g，生地黄15g，香附10g，赤芍10g，丹参20g，柴胡10g，牛膝20g，枸杞子10g，炒酸枣仁15g，远志10g，柏子仁10g，北沙参30g，麦冬10g，五味子10g，桃仁10g，红花10g，合欢花10g。14付，水煎服，日二次。

6月17日三诊，自觉症状基本消除，病情继续好转，手麻、背痛未复发，手臂微感麻木。饮食、二便如常。能正常睡眠，自22点入睡至凌晨5点醒。舌略暗，苔薄白，脉弦细。再拟玉屏风散合桃红四物汤以巩固疗效：生黄芪30g，白术10g，防风10g，当归10g，生地黄15g，川芎10g，白芍30g，柴胡10g，桃仁10g，西红花1g（焗），丹参15g，苏梗10g，鸡血藤30g，炒酸枣仁30g，远志10g，香附10g。上方间断服用2月余，经电话随访，患者自述一切正常。

【按语】 一个背部胀痛的病人辗转多个科室，用了各种中药、西药和治法均未取得效果，病程达 10 年之久。笔者认为，如果背痛久治不愈，尽管无胸部疼痛感觉也可考虑按胸痹来治疗。故本案辨证为血府血瘀，选用胸痹逐瘀汤化裁。因患者病久体虚，方中加生黄芪、枸杞子等。用首乌藤、炒酸枣仁、远志等安神。用生脉饮养心阴、用玉屏风散益气固表，提高机体抵抗力，预防感冒。经过治疗症状很快得到缓解，自觉症状大部分消失。

十八、养心安神汤

组成：首乌藤 20g，炒酸枣仁 30g，远志 15g，珍珠母 30g，生龙齿 30g，合欢花 10g，柏子仁 10g，茯神 30g，当归 10g，炒栀子 10g，淡豆豉 10g，黄连 6g，肉桂 6g。

功效：交通心肾，养心安神。

适应证：心肾不交之怔忡，失眠，易醒或醒后难以入睡，舌苔白或黄，脉沉细。

化裁：心悸，加龙眼肉；腹胀，加木香。

方药分析：失眠在《内经》中称为"目不瞑""不得眠""不得卧"。《景岳全书·不寐》言："寐本乎阴，神其主也，神安则寐，神不安则不寐。"故而治疗不寐可以安其神为要，阳入于阴，心肾相交为本。首乌藤又名夜交藤，顾名思义其可引阳入阴，养血安神，祛风通络；酸枣仁，《名医别录》言其"主烦心不得眠"，可敛气安神宁心；《本草正》言远志"功专心肾，故可镇心止惊，辟邪安梦"；柏子仁，香气透心，体润滋血，同茯神为浊中清品可治心神虚怯，惊悸怔忡；又肝藏魂，肝失疏泄或肝血不足，则魂神不符，夜寐不安，故用当归养血，珍珠母、生龙齿镇心，安神魂；不寐日久则烦闷不舒，配合欢花以解郁安神；合栀子豉汤，重在清心泻火，除烦安神，《伤寒论》云："虚烦不得眠，若剧者，必反复颠倒，心中懊侬，栀子豉汤主之。"再以苦寒之黄连清心泻火，辛热之肉桂壮命门之阳，植心肾之气，二药合用，功在交通心肾，坎离相济。神魂安，阴阳交，目得瞑。

验案　张某，女，48 岁，2013 年 3 月 5 日初诊。

主诉：失眠、烦躁 7 年余。

现病史：患者 7 年前开始出现失眠、烦躁症状。现症：平素坐卧不安，烦躁易急，欲哭喜悲，心乱如麻，难以表述。身热汗出，月经提前两日，两颧泛红，精神、体力差，乏力易倦，腰酸背痛，健忘，脱发，舌体适中，舌边尖红，苔薄白，脉沉细。

诊断：不寐。

辨证：心肾不交，肝肾亏虚。

治法：养心安神，滋养肝肾。

方药：养心安神汤加减。首乌藤 20g，炒酸枣仁 20g，远志 10g，珍珠母 30g，合欢花 15g，柏子仁 10g，茯神 30g，当归 10g，白芍 10g，黄连 6g，肉桂 6g，生龙齿 30g，炙鳖甲 10g，炒栀子 10g，淡豆豉 10g，浮小麦 30g，大枣 10g，生甘草 6g。10 付，水煎服，日二次。

治疗经过：3月15日二诊，服上方10付后，患者睡眠质量明显提高，身体烦热感渐轻，情绪好转，腰酸亦轻。效不更方，嘱继服7付。3月22日三诊，患者言即使现在不择睡姿，也能达到深度睡眠。心情舒畅，体力恢复，已能正常生活。随访半年，月经濒绝，诸症平稳，无复发。

【按语】该患者以失眠、烦躁为主症，苦不堪言，故以养心安神汤加减，交通心肾，养心安神。患者年近五十，就医时虽未绝经，但生理上正处于绝经期前后，可见无故悲伤，喜怒不节，健忘心烦等"脏躁病"表现，加入甘麦大枣汤，重在养心血，除烦热，生津液，缓急迫。

十九、养肝益肾明目汤

组成：生地黄 30g，山萸肉 10g，山药 20g，牡丹皮 10g，茯苓 30g，枸杞子 10g，菊花 10g，当归 10g，白芍 15g，白蒺藜 10g，木贼草 10g，决明子 10g。

功效：养肝益肾明目。

适应证：肝肾虚之目视不清，昏花目翳，飞蚊症，舌淡苔白，脉沉细。

化裁：视物不清甚，加密蒙花、谷精草；肾虚，加女贞子、黑芝麻、黑桑葚。

方药分析：杞菊地黄丸为临床常用治疗肝肾阴虚证之方。肝肾亏虚，目失濡养，血脉不利，可见眼干涩、两目昏花、视物模糊或眼前似阴影遮蔽。阴虚则肝阳难抑，故本方以杞菊地黄丸改熟地黄为生地黄，可凉头面之火，清肺肝之热；《名医别录》言："扁鹊云：多服病人眼。"故去泽泻，目得血而能视，加养血之当归、白芍使血气得充；再配白蒺藜平肝解郁，活血祛风，明目；木贼草为阳中之阴，升也浮也，可疗目疾，退翳膜，益肝胆；决明子治青盲，目淫肤赤白膜，眼赤，泪出，久服益睛光。

验案　李某，女，41 岁，2003 年 5 月 6 日初诊。

主诉：双目干涩、视物翳障 2 月余。

现病史：患者两月前无明显诱因出现两目干涩，伴渐进式视觉障碍，表现为云雾状大团黑影（如蜘蛛大小）遮挡，随体位变化而移动，看人视物有明显视野缺损，无法正常工作和生活，经北京某著名眼科医院诊查，排除外伤、感染和眼底出血等原因后，西医认为是老年退行性玻璃体变性，为患者开具氨肽碘滴眼液改善眼部微循环。患者使用相应药物治疗 1 个月后，症状没有改善，情绪烦闷，遂来诊。现症：眼睛干涩，视物模糊，有明显翳障感，双目眦稍红，无痛痒感，面色黑黄，胁肋胀闷，腰酸乏力，偶腹胀，二便可。舌色暗红，苔薄白，脉沉细弦。患近视多年，无高血压、糖尿病史。

诊断：目翳。

辨证：肝肾亏损，目窍失养。

治法：补益肝肾，清肝明目。

方药：养肝益肾明目汤。生地黄 30g，生山药 15g，山萸肉 15g，茯苓 10g，泽泻 10g，炒牡丹皮 10g，枸杞子 10g，杭菊花 10g，柴胡 10g，木贼草 15g，谷精草 15g，密蒙花 10g，石斛 20g，炒蒺藜 10g，决明子 15g，黑桑葚 15g。14 付，水煎服，日二次。

治疗经过：2003 年 6 月 3 日二诊，自述服完两周汤药后，感觉两目清爽，又自行继续服用原方 14 付，眼前云翳有一点变薄变亮的趋势，喜出望外，信心大增，患者两胁胀闷明显，腰背酸困稍减，在辨证论治基础上，处方仍以杞菊地黄汤为主，酌加泽兰、郁金、香附、木瓜等疏肝之品和黑芝麻、车前子、炙鳖甲、制远志等益肾之品，嘱患者坚持服用。

患者坚持复诊调理，双目黑影不断缩小、变淡，先后持续 1 年有余，至 2004 年春夏之际，双目感觉透亮，仅存飞蚊症如蚁大小，已经能够正常读书看报，基本痊愈故结束治疗。患者此后偶有眼睛干涩，在春夏、秋冬季节转换之际会主动前来调治，服用相关汤药后即能缓解。

随访情况：2020 年（58 岁）患者因腹胀、腰背痛等病症来诊，追问其眼睛情况，自述 10 年多来基本稳定，戴近视眼镜的矫正视力为 1.0，对此十分感激当年诊治，让其重获光明。

【按语】玻璃体混浊，中老年人尤为多见，属中医目翳疾病范畴，论治中称为"云雾移睛""蝇翅黑花"。中医认为本病多因肝肾亏虚，精血不足，目窍失养；或阴虚火旺；或湿热郁蒸所致。《灵枢·大惑论》曰："五脏六腑之精气皆上注于目而为之精。"眼睛视物，需要脏腑精气充养，目病日久不愈，多由于精血亏虚。本案中患者经医院检查没有眼底出血，自述痛痒感觉不明显，火旺、湿热症状不明显，而是表现为视物模糊、腰酸乏力、脉沉细等肝肾不足的症状。故选用养肝益肾明目汤加减，全方配伍，有滋肾养肝，益精明目之功效。精亏血少，肝失所养，失于疏泄，郁结化火则胁肋酸胀，故酌加木瓜、郁金、香附等柔肝缓急，加车前子、决明子等清肝明目，增强整体疗效。本案恪守方机、药证相应，随症化裁，圆机活法，故能效如桴鼓。患者信赖，持之以恒，终获良效。

二十、清热利湿止淋汤

组成： 茵陈 30g，车前子 10g，滑石 10g，萹蓄 15g，瞿麦 15g，炒栀子 10g，牡丹皮 10g，金银花 15g，生甘草 6g，通草 6g，石韦 10g。

功效： 清热利湿止淋。

适应证： 尿频、尿急、灼痛，淋漓不畅；甚则癃闭不通、小腹拘急疼痛、口燥咽干，舌红苔黄，脉滑数。

化裁： 尿道灼热，加赤芍、生地黄、黄柏；尿少不畅，加竹叶、泽泻；尿浑浊，加川萆薢、土茯苓；尿血，加生地黄炭、小蓟、白茅根、蒲黄炭、藕节炭，改炒栀子为焦栀子；尿结石，加金钱草、海金沙。

方药分析： 淋证大多以饮食劳倦、湿热侵袭而致的肾虚膀胱热，气化失司为主要病机，如西医的尿路结石、肾盂肾炎等属湿热下注者皆可使用。本方由八正散化裁而成，八正散出自《太平惠民和剂局方》，主治尿频尿急，溺时涩痛，淋漓不畅，尿色浑赤，甚则癃闭不通，小腹急满等症。本方用瞿麦利水通淋，清热凉血，木通有肾毒性，少用或不用，以通草取代利水降火；辅以萹蓄、车前子、滑石清热利湿，利尿通淋，以栀子清热泻火，牡丹皮、金银花清热解毒，加茵陈、石韦增强其清热利湿止淋之功效，甘草和药缓急，止尿道涩痛。诸药合用，有清热泻火，利水通淋之功。

验案一　徐某某，女，48岁，2015年5月27日初诊。

主诉：尿频、尿急、尿痛、尿热1年。

现病史：平素劳累后尿频、尿急、尿痛、尿热，腰酸痛，疲劳乏力，自觉心前区憋闷不适，眼干涩，纳食尚可，大便调。体检未发现异常。舌质暗红，苔薄白，脉沉细。

诊断：淋证。

辨证：脾肾两虚，膀胱湿热。

治法：清热利湿，健脾益肾。

方药：清热利湿止淋汤。茵陈30g，车前子20g，滑石10g，萹蓄15g，瞿麦10g，炒栀子10g，牡丹皮10g，金银花15g，生甘草6g，石韦10g，生地黄30g，炒山药15g，黄柏10g，五味子10g，麦冬10g，茯苓15g，泽泻10g，山萸肉10g，旱莲草10g，女贞子20g。7付，水煎服，日二次。

治疗经过：6月3日二诊，尿频、尿急及尿热症状减轻，仍有腰痛，心前区憋闷好转，舌质暗红，苔薄白，脉沉细。上方去麦冬、五味子、泽泻，加竹叶10g，续断15g，生杜仲10g，继续服用14付后，随访症状消失。

验案二　佐某某，女，45岁，2022年2月23日初诊。

主诉：尿频、尿急1周。

现病史：2周前着急后引发感冒发热，治愈后出现小便频急、灼热的症状，伴有小腹抽痛，尿量少、色黄，大便偏干。纳食尚可，舌红，苔薄黄，脉细数。

诊断：淋证。

辨证：肾虚膀胱湿热。

治法：清热利湿止淋。

方药：清热利湿止淋汤。茵陈30g，车前子10g，滑石10g，萹蓄15g，瞿麦15g，炒栀子10g，牡丹皮10g，金银花15g，生甘草6g，通草6g，石韦10g，连翘10g，蒲公英30g，竹叶10g，生地黄15g。3付，水煎服，日二次。

治疗经过：自述服药2天后前症减轻80%，3付药后症状完全消失。

【按语】此两例患者，急则治其标，缓则治其本。验案一病程较长，腰酸痛、脉沉细，血气已损，本虚标实，单用清利之法，恐再伤正气，不利于病情恢复。肾主五液，开窍于二阴，司二便，故在清热利湿基础上，辅以补肾益阴之剂，合知柏地黄汤、二至丸化裁，以期标本兼治。验案二由于外感失治、误治，耗损津液，阴虚火旺，热灼血络，症势急迫，速当清利热毒为要。加入竹叶、连翘清心利尿泄热；生地黄、蒲公英养阴清火解毒，故三剂即收全功。

二十一、补肾强腰汤

组成：桑寄生 30g，独活 10g，秦艽 15g，细辛 3g，生地黄 30g，当归 10g，川芎 10g，盐杜仲 10g，白芍 15g，茯苓 30g，生甘草 6g，牛膝 15g。

功效：祛风湿，益肝肾，补气血，止痹痛。

适应证：腰膝酸软无力，甚则疼痛，屈伸不利，行动困难，遇风、寒、湿邪加重，舌苔白，脉沉细弱。

化裁：心悸气短，加生黄芪、党参或人参、炒白术（取八珍汤之意）；畏寒肢冷，加干姜、肉桂，甚则加制附子（取十全大补汤之意）；腰痛重，加续断；下肢痛无力，加川牛膝、怀牛膝、千年健、追地风；上肢麻痛，加片姜黄、桑枝、桂枝、鸡血藤、豨莶草；颈椎痛，加葛根、木瓜、羌活、防风、白芍（重用一般可用至 50～60g，关老治疗骨刺方）；关节刺痛加桃仁、红花、乳香、没药；关节凉痛，加制川乌、制草乌；关节窜痛遇风加重，加防风、地龙、乌梢蛇。

方药分析：本方由独活寄生汤化裁而成。风寒之邪客于肢体关节，气血运行不畅，"痹在于骨则重，在于脉则不仁"，故见腰膝疼痛，屈伸不利，或麻木不仁；腰为肾之府，肝主筋，肾主骨，痹证日久必致肝肾损伤，气血耗伤。方中独活、秦艽祛风除湿，通痹止痛；桑寄生、杜仲、牛膝补益肝肾；细辛入少阴经，可治寒邪入络之肌肉关节痛；归、地、芎、芍以补血，茯苓、甘草以益气，《医学启源》言茯苓"除湿，利腰脐间血，和中益气为主"，可加强健脾利湿之功效。此方祛风、散寒、除湿与补益气血、肝肾同用，标本兼治，驱邪不伤正，疗效确切。

验案一　段某某，女，68 岁，2016 年 8 月 29 日初诊。

主诉：右膝寒凉疼痛 2 余年。

现病史：患者曾患腰椎间盘突出至今未愈，并患类风湿关节炎 2 年半，现畏寒怕冷，咽部有痰，易感冒，全身关节遇寒则痛，右膝寒凉痛甚，纳食尚可，大便正常。

舌红，苔薄白，脉沉细弱。

诊断：痹证。

辨证：风寒湿三气侵入，痹阻血脉，肝肾不足。

治法：补益肝肾，散寒化瘀。

方药：补肾强腰汤加减。桑寄生 30g，独活 10g，干姜 10g，细辛 3g，当归 10g，白芍 30g，熟地黄 30g，肉桂 6g，续断 30g，怀牛膝 30g，防风 10g，生杜仲 10g，生黄芪 30g，炒白术 30g，清半夏 10g，橘红 10g，延胡索 15g，炙没药 10g，千年健 10g，追地风 10g，川牛膝 30g，络石藤 30g，秦艽 15g，生薏苡仁 30g。7 付，水煎服，日二次。

治疗经过：9 月 5 日二诊，腰痛及关节疼痛皆有所减轻，有寒风入骨感，舌红苔薄白，脉沉细弱。上方去秦艽、清半夏、橘红，加制附子 6g，乌梢蛇 10g，地龙 10g，14 付。9 月 19 日三诊，药后腰痛、关节疼痛及寒凉大减，舌苔根部微黄，脉沉细。二诊方加炒黄柏 10g，继续服用 14 付。12 月 12 日随访，未再疼痛，自言这两年从未有过如此舒服的冬天。

验案二　陈某，男，65 岁，2018 年 10 月 22 日初诊。

主诉：腰痛 1 周。

现病史：家属代述，一周前因弯腰拿重物引发腰痛，未进一步检查，现腰痛甚不可俯仰，如擦脚等动作不可做，需坐位使用毛巾拍干，行走障碍，十分痛苦，遂让家属前来门诊代述，纳食尚可，大便正常。观其视频精神尚可，舌暗苔薄白。

诊断：腰痛。

辨证：气滞血瘀，痹阻经络，肝肾不足。

治法：补肝益肾，活血通络。

方药：补肾强腰汤加减。桑寄生 30g，独活 10g，秦艽 15g，细辛 3g，生地黄 30g，当归 10g，川芎 10g，盐杜仲 10g，白芍 15g，茯苓 15g，生甘草 6g，牛膝 15g，乌梢蛇 10g，地龙 10g，川牛膝 30g，络石藤 30g，延胡索 15g，炙没药 10g，千年健 10g，追地风 10g。7 付，水煎服，日二次。

治疗经过：10 月 30 日家属致电，服药 1 周腰痛完全消失，现俯仰转侧如常人，十分感谢。

【按语】此两例患者以腰痛或关节疼痛为主要症状，验案一自诉患类风湿关节炎2年余，患者因风寒湿邪外侵，气血运行不畅，肝肾不足而冷痹日久不愈；验案二患者年岁较长，突然拿重物致腰部气血痹阻；此二者皆有肝肾不足之证，故以补肾强腰汤为主方以强筋壮骨，祛风湿，止痹痛，加络石藤、青风藤等通经活络药取类比象，以枝达肢；标本兼顾，对风寒湿三气着于筋骨的痹证尤为适宜。

二十二、暖宫逐瘀调经汤

组成： 小茴香 10g，干姜 10g，延胡索 10g，五灵脂 10g，没药 10g，川芎 10g，当归 10g，生蒲黄 10g，肉桂 6g，赤芍 10g，香附 10g。

功效： 暖宫祛瘀，理气调经止痛。

适应证： 行经少腹凉痛，喜温就暖，手足不温，或月经量少，体乏无力，腰膝酸软，舌苔白，脉沉细弱。

化裁： 少腹胀痛，加木香、乌药；血虚，赤芍改白芍，加熟地；血块多，加丹参、益母草、莪术、桃仁、红花；少腹痛重，加乳香、生甘草；少腹凉甚，加制附子、乌药；胸憋闷，加郁金、苏梗；心悸气短，加生黄芪、党参。

方药分析： 本方由少腹逐瘀汤化裁而成，所治证属小腹寒滞瘀积，或冲任虚寒，瘀血内阻，血不归经，临证紧扣凉、瘀、痛三个辨证要素，即凡有经期少腹寒凉，经血瘀滞不畅或有血块，痛经者皆可使用本方。方中当归、川芎、赤芍养血活血，散瘀调经；小茴香、干姜、肉桂散寒通阳，温暖冲任；蒲黄、五灵脂、延胡索、没药活血祛瘀止痛；香附行气解郁，调经止痛。诸药相配，共成化瘀散结、温阳散寒、调经止痛之功。

验案一 王某，女，34岁，2013年10月21日初诊。

主诉： 痛经 20 余年，伴呕吐 6 年，近半年加重。

现病史： 日前来北京某医院检查，诊为子宫内膜异位症，并考虑子宫腺肌病。先前于当地某院诊治，诊为残角子宫、子宫肌瘤，瘤体约 2.4cm×1.9cm 大小。婚前有痛经病史，发作两日即好。第一胎产后 5 年，痛经未作。此后痛经复发，听人说育二胎可减轻病痛，待二产后仍未减轻，且呈渐剧之势。来诊前半年内曾在当地中医机构采用针灸及中药治疗，有所缓解。后继续针灸治疗 1 个月，乏效遂放弃。近 2 月痛经尤剧，痛经 6 天，遇发作则卧床在家。行经前 1 天，小腹胀，左侧为甚，行经首日、次日痛无定止，不分昼夜。频繁恶心呕吐、眩晕，伴发痛经始终，无法进水饮，不敢起床，虽打止痛针曲马多、杜冷丁无缓解，止吐药罔效。月经周期正常，行经 6 天左右，无提前及延期。月经有少量血块，色黑紫，腹凉，用"暖宝"减轻，心烦易急，无头痛，无白带。痛不能缓时，常需刺激呕吐后，腹痛方能减轻。纳食正常，体力精神尚可，二便调，脉沉弦，苔白腻。

诊断： 痛经，呕吐。

辨证： 寒凝血瘀，胆郁痰扰。

治法： 活血祛瘀，温经止痛，清胆和胃，降逆止呕。

方药： 暖宫逐瘀调经汤加减。小茴香 10g，干姜 6g，延胡索 15g，五灵脂 10g，没药 6g，川芎 10 g，生蒲黄 10g，肉桂 6g，当归 10 g，白芍 15g，柴胡 10g，香附 10g，生甘草 6g，半夏 10g，酒黄芩 10g，竹茹 10g，炒白术 10g，茯苓 10g，大枣 10g。25 付，嘱经前 6 天开始服用，先连服 1 个月再诊。

治疗经过： 11 月 20 日二诊，此次经行腹痛于次日发作，比服药前有所推迟，痛感缓解，乳房微胀，手脚有温热感，血块比此前大，呕吐次数减少，能下床活动，经毕痛止。前方去大枣、肉桂，加天麻 20g，绿萼梅 6g，煎药时加生姜 5 片，继服 20 付。

12 月 21 日三诊，行经约 6 日，间断作痛 3 日，能忍受，经色转红，血块小，小腹有温热感。期间呕吐 2 次，黏液其形如线，不拒食饮，食米粥养胃，日常小劳不受影响。二诊方去柴胡、香附、绿萼梅，加浮小麦 30g、淡豆豉 10g、栀子 6g，继服 14 付。留 7 付于行经前数天始服。后新年在即，未复诊，春节来电话拜年得知，痛经明显减轻，未呕吐，听人说"当归羊肉汤"食疗之法，遂自行实践。言此乃"恨病食补"，吃后若无不适，但吃无妨。

验案二　褚某，女，25 岁，2013 年 12 月 20 日初诊。

主诉： 痛经、经行头痛 10 年，加重 5 年。

现病史： 从 15 岁初潮起痛经，近 5 年特别严重，疼痛时不能上班。后来出现经期头痛，甚则呕吐，服各种中药、西药效差，因在中央电视台节目中看到笔者讲痛经，从辽宁特来就诊。现月经一般延后两三日，经期剧烈头痛，偏左侧，月经第一天最明显，伴有呕吐，疼痛持续四五天，注射盐酸哌替啶（杜冷丁）不可止，甚至想跳楼，十分痛苦；月经黏稠，有血块，颜色黑紫，痛时得温则减，按揉可缓，手足冰凉，小便正常，肌酐、尿蛋白正常。舌苔白腻，脉弦滑。

既往史：肾炎，乙肝"大三阳"。

诊断：痛经，经行头痛。

辨证：寒凝血瘀，痰热内扰。

治法：活血祛瘀、温经止痛，理气化痰、降逆和中。

方药：暖宫逐瘀调经汤加减。小茴香 10g，干姜 10g，延胡索 10g，五灵脂 10g，炙没药 6g，川芎 10g，生蒲黄 10g，肉桂 10g，当归 10g，香附 10g，益母草 30g，白芍 15g，柴胡 10g，炒枳实 10g，炒白术 10g，茯苓 10g，全蝎 6g，蜈蚣 2 条，清半夏 10g，竹茹 10g，炒蒺藜 10g，大枣 6g。20 付，水煎服，日二次。

治疗经过：2014 年 1 月 23 日二诊，来电告知，手足渐温，月经周期仍延后两三日，痛经及头痛转好，痛势不如从前剧烈，呕吐已止，月经血块略小，腰酸沉不舒，畏风冷，稍有上火。因路途遥远，未来亲诊，舌脉未察。上方去没药、肉桂、益母草、竹茹，加二至丸合方，继服 14 付，嘱其清淡饮食，食忌生冷。

2 月 25 日三诊：患者再度赴京来诊，感激之情溢于言表。观其面色红润，告知病渐向安，痛经明显减轻，经量适中，经色鲜红，仍有少量血块，头痛顿轻，精神转好，夜眠亦安，饮食有增，舌苔薄白，脉沉滑。二诊方略作加减，取 7 付，叮嘱下次经来前一周开始服用，以求巩固，未病先防。后续随访痛经、头痛未发作。

【按语】此两例患者皆有痛经伴呕吐之症，辨为寒凝血瘀，痰热内扰，且"凉、瘀、痛"俱见，"血得热则行，得寒则凝"，寒邪客于胞宫，则气血失畅，瘀滞不通而作痛，且痛势常剧，故选用暖宫逐瘀调经汤以散寒通滞，逐瘀生新，又因多郁，久病不愈，致情志不遂，疏泄失职，郁而化火，炼津成痰，痰火壅积胸膈，上蒙清窍，则呕吐眩晕，合温胆汤以和胃化痰，降逆止呕。不同的是案二兼有经行头痛，其根源是血虚肝旺，故治疗时各有侧重。

二十三、健脾益气固冲汤

组成：生黄芪 30g，党参 15g，炒白术 15g，当归 10g，白芍 30g，生地黄炭 30g，生甘草 10g，升麻 6g，柴胡 6g，阿胶珠 10g，艾叶炭 10g，仙鹤草 30g，地榆炭 10g。

功效：健脾益气，固冲止血。

适应证：月经量多或崩或漏，或经血非时而下，出血量少或多，淋漓不断，食少纳呆，周身乏力，舌淡苔白，脉沉滑。

化裁：腹胀，加木香；血虚，阿胶珠改为阿胶，加龙眼肉；出血量多，加蒲黄炭、侧柏炭、三七粉、棕榈炭；气虚，生黄芪改为炙黄芪，党参改为生晒参。

方药分析：本方由补中益气合四物汤加减化裁而成。"冲为血海，任主胞胎"，月经与冲任二脉有着密不可分的关系。此方所治月经量大或崩漏者，为脾虚中气下陷不能载血致冲任失调，故治疗以补中益气健脾提气，四物汤养血调血。阿胶珠长于养血止血，仙鹤草别名脱力草，以收涩止血见长，现代药理研究认为其为强壮性收敛止血剂，兼有强心作用。再配伍生地黄炭、地榆炭、艾叶炭等，炭类止血、引血归经，药专效宏。

验案一　吴某某，女，12 岁，2009 年 10 月 12 日初诊。

主诉：月经 4 个月来潮不止。

现病史：患儿 11 岁月经初潮，一年内基本正常。不明原因突然月经 4 个月来潮不停，且血量较多，严重时血下如注，有如小便。血色鲜红，无血块，腹不凉但少腹绞痛难忍。经西医诊治未明确诊断，服用西药未见明显效果。复经多位中医治疗，服用中药汤剂、丸剂均未奏效。慕名前来求治。现症：患儿面色㿠白，疲乏无力，心慌心悸，食睡正常，二便调。脉沉细而缓，舌苔白，质淡。

诊断：崩漏。

辨证：中气亏虚，脾不统血。

治法：补中益气，健脾固冲。

方药：健脾益气固冲汤加减。生黄芪 20g，党参 10g，白术 10g，茯苓 10g，当归 10g，白芍 15g，生地黄炭 20g，炒远志 10g，升麻 6g，柴胡 6g，棕榈炭 10g，地榆炭 10g，藕节炭 10g，蒲黄炭 10g，阿胶珠 10g，延胡索 10g，仙鹤草 20g，陈皮 10g，甘草 6g，三七粉 3g。3 付，水煎服，日二次。

治疗经过：上方服 3 付后经血明显减少，腹痛消除，服 7 付后经血全无。再复诊，于前方中减升、柴和部分炭药，生黄芪加至 30g，再服 7 付未见下血。改服加味逍遥丸调经以使月经周期逐渐正常。

验案二 李某，女，37岁，2014年5月6日初诊。

主诉：月经淋漓不尽半月余。

现病史：2013年下半年始行经腹痛，月经先后不定期，末次月经为4月20日，前3天血量较大，色暗，有血块，后量少淋漓至今未结束，平素月经量多。自觉胃腹寒凉，胸闷，气短乏力，纳食完谷不化，大便量少不畅，经某医院检查心电图示：T波改变，提示心脏供血不足。舌苔薄白，脉滑细。

诊断：崩漏。

辨证：脾不统血，气血两虚。

治法：补气养血，健脾收涩。

方药：健脾益气固冲汤加减。生黄芪30g，党参15g，炒白术10g，当归10g，茯苓15g，远志10g，升麻6g，柴胡6g，杜仲炭10g，棕榈炭10g，侧柏炭10g，地榆炭10g，阿胶珠10g，仙鹤草30g，白芍30g，生地黄炭30g，炒酸枣仁30g，木香10g，龙眼肉10g，紫河车10g，延胡索10g，肉桂10g，酒大黄6g，法半夏9g。7付，水煎服，日二次。

治疗经过：5月13日二诊，药后气短乏力减轻，腹部凉感缓解，精神体力增加，大便通畅。月经未至，原方不变继服14付。5月27日三诊，此次月经5月19日至，行经7天，经量较前大减，痛经亦减，体力增，血块少，纳食尚可，二便调。二诊方去龙眼肉、酒大黄、法半夏，加丹参15g，苏梗10g，五味子10g，14付。3月后随访，已无痛经，经量正常，食睡正常。

【按语】验案一患儿12岁，11岁月经初潮，年龄小月经竟然4个月不止，且血量很多，如水下注，甚则像解小便一样。经中西医治疗均未见明显效果。验案二患者为成年人，月经淋漓不尽半月，两例皆为中气亏虚，脾不统血。本着标本兼治的原则，治本选用健脾益气固冲汤加减，使中气得补，脾之统血功能得以增强，元气方可恢复。血见黑则止，故用部分炭药再加上阿胶珠、仙鹤草和三七粉等，以治其标。

第三章

临证心悟拾萃

第一节　临证医案医话

一、高热腹泻案

王某某，女，68 岁，2001 年 8 月 26 日初诊。

主诉： 高热、腹泻一周。

现病史： 患者一周前因饮食不当而致腹泻，次数较多，伴发热，体温达 39℃，恶心欲吐，不能进食，化验大便有白细胞 2～4 个。经某医院治疗诊为"急性胃肠炎"，静脉输液 6 天未见好转，遂请中医诊治。现症：但热不寒，体温 39℃，大便稀臭呈水样，日行 10 余次，口干渴，喜冷饮，恶心欲吐，小便正常。精神不振，面色㿠白，痛苦病容，呼吸正常，语声低微。舌苔白腻，脉细数。

诊断： 发热，腹泻。

辨证： 阳明热盛，肠胃失和。

治法： 解表清里，调和胃肠。

方药： 白虎汤合葛根芩连汤加减。生石膏 30g，藿香 10g，葛根 10g，川连 6g，炒知柏各 10g，黄芩 10g，半夏 10g，竹茹 10g，金银花 20g，连翘 10g，灶心土 15g，诃子 10g，车前子 10g，六一散 10g，苍术 10g，砂仁 6g，木香 6g，生姜 3 片。

治疗经过： 患者家属次日来电告知，上方服一付后体温正常，大便日行 6～8 次，遂嘱其停用前药，改服参苓白术丸一次一袋，一日二次。第三天来电诉，腹泻已止，大便日行 1～2 次，惟感胃脘堵闷，纳食不香。嘱其晚间服香砂和胃丸每日一袋。三日后家属来电，诸症皆除，稍感恶心，偶有呃逆，再拟方以和胃降逆，调理气机，处方如下：旋覆花 10g，生代赭石 10g，党参 10g，白术 10g，茯苓 10g，生薏苡仁 15g，半夏 10g，砂仁 6g，焦三仙各 10g，佛手 10g，枳壳 10g，厚朴 10g，木香 6g，炒莱菔子 10g，石斛 10g，天花粉 15g。两天后患者来电，身体完全恢复正常。

【按语】此患者病发于长夏暑湿较盛之季，加之饮食不当，初期失治，使病情未得到较好控制而现阳明经大热、大渴等症。故治疗时采用表里同治，且急则治其标。而重用生石膏辛甘大寒，既能清阳明经热，又保津而不伤阴。配知母、黄柏、金银花、连翘清热解毒；苍术、灶心土燥湿止泻；葛根、黄芩、黄连清里热，升阳止泻；配诃子既防知母苦寒滑肠，又有收涩止泻之功；车前子、六一散利小便而实大便。诸药合用，较好地解决了发热与腹泻这一对矛盾，使退热而不碍肠胃，止泻而不助热，故一付药后则热退泻缓，热已退则不再用苦寒清热之剂。患者年迈体弱，中气不足，故用参苓白术丸及香砂养胃丸，补气健脾止泻，调和肠胃以治其本。此案进一步体现了中医辨证论治的灵活性、整体性，且把辨证与辨病及对证治疗有机结合起来，因而收到了满意的效果。

二、术后高热案

傅某某，男，60 岁，某医院住院，1997 年 2 月 26 日初诊。

主诉：（家属代述）脑动脉瘤术后发热昏迷 4 周。

现病史：患者于 1996 年 11 月 11 日间断发热 4 个月，去某医院住院，11 月 21 日突然出现头痛，左侧偏盲，查颅脑 CT 示右侧枕叶出血，11 月 25 日患者出现昏迷，考虑可能再次出血，再查颅脑 CT 示右枕叶出血流入脑室，经开颅引流，6 小时后患者清醒，经进一步检查诊断为"感染性脑动脉瘤"。12 月 25 日行脑动脉瘤切除术，术后第 5 天患者突然出现呕吐昏迷，CT 示脑积水。1997 年 1 月 1 日做脑脊液体外引流，次日出现高热体温 39℃以上，进食则呕吐，并逐渐神志不清，进而昏迷。1 月 29 日行第四脑室探查术，并准备做脑脊液体内分流术。因患者高热神志不清，多次脑脊液细菌培养均检出大肠杆菌，提示有颅内感染，用多种抗生素治疗无效，不能施脑脊液体内分流术，遂请会诊。现症：持续高热，体温 39℃以上，神志昏迷，久呼不应，双目紧闭，张口喘息，危重病容，头颈插管，管内时有清液流出，喉部洞开，内置金属管，时有痰液自管内溢出，鼻饲，面色潮红。呼吸急促，喉中痰鸣，昏迷时躁动不安，频频呕吐，口唇干裂，小便稍黄不能自控，大便干，多日未行，脉弦数，血压 109/80mmHg。

诊断：温热病（阳明经热）。

辨证：邪热内陷，热入心包。

治法：清热解毒，生津开窍。

方药：先投安宫牛黄丸一粒，温开水送服，药后体温降至 38℃，再投白虎汤加味。方药如下：生石膏 30g，炒知柏各 10g，炒栀子 10g，赤芍 10g，牡丹皮 10g，生地 20g，玄参 20g，石菖蒲 10g，郁金 10g，金银花 30g，天花粉 15g，连翘 15g，瓜蒌 30g，板蓝根 10g，菊花 10g，蒲公英 30g。2 付，水煎服，日二次。

另局方至宝散 4 瓶，每次 1 瓶，日二次。

治疗经过：2 月 28 日二诊，服上方后，神志有短时清醒，体温降至 37.5℃ 以下，处方如下：西洋参 10g，生石膏 30g，知母 10g，赤芍 10g，牡丹皮 10g，生地 10g，玄参 10g，地骨皮 10g，龟板 10g，青蒿 10g，泽泻 10g，猪苓 20g，茯苓 20g，石菖蒲 10g，白蒺藜 10g，酒大黄 6g。3 付，水煎服，日二次。

服二诊方两付后，患者体温突然升至 38℃ 以上，嘱上方去西洋参，停局方至宝丸改用安宫牛黄丸半丸，日二次。次日家属电话告知体温已正常，脑脊液培养无菌，并多次复查大肠杆菌均为阴性，遂行脑脊液体内分流术。

3 月 12 日三诊，脑脊液体内分流术后 7 天，神志稍清，体温 37.3℃，不能言语，术后即出现呃逆，昼夜不停，甚则全身抖动，已 1 周，西医予以解痉剂治疗未见明显效果。喉中痰鸣音。苔白腻，脉弦数。处方如下：旋覆花 10g，生代赭石 15g，炒杏仁 10g，橘红 10g，半夏 10g，苏子 10g，苏梗 10g，丹参 15g，白芍 20g，丁香 10g，柿蒂 10g，枳壳 10g，藕节 10g，桔梗 6g，生瓦楞子 30g，刀豆子 30g。3 付，水煎服，日二次。

家属电话告知，服上方 3 付后呃逆大减，停止时间可达 7 小时，程度亦明显减轻，病人可获休息。复查痰培养有大肠杆菌及少量绿脓杆菌，嘱其三诊方加银花 30g、连翘 15g，继服 3 付。

3 月 17 日四诊，药后呃逆渐止，神志已清，小便时有反应，能流泪，大便稀，午后体温 37.3℃，痰培养仍有少量绿脓杆菌及大肠杆菌。处方如下：旋覆花 10g，生代赭石 10g，炒杏仁 10g，橘红 10g，半夏 10g，枳壳 10g，丁香 10g，瓜蒌 15g，桔梗

6g，苏梗 10g，藕节 10g，青蒿 10g，地骨皮 10g，银柴胡 10g，鳖甲 10g，秦艽 10g，牡丹皮 10g，玄参 10g。3付，水煎服，日二次。

3月21日五诊，患者神志已清，各种反应正常，能阅报，仍不能言语，睡眠正常，体温 36.7℃～37℃，无咳嗽，咯少量痰，鼻饲管已拔出，大便不成形，日1次。痰培养仍有少量绿脓杆菌。处方如下：旋覆花 10g，生代赭石 10g，炒杏仁 10g，橘红 10g，半夏 10g，苏梗 10g，前胡 10g，桑白皮 10g，丁香 10g，青蒿 10g，地骨皮 10g，牡丹皮 10g，赤芍 10g，银柴胡 10g。服五诊方3付后，患者因拔除气管插管而停服中药两周余。

4月9日六诊，患者气管切口已闭合，已能下床活动，但感下肢无力，稍活动则汗出心慌，后枕部麻木，视物欠清，用脑后尤甚（两眼高度近视），睡眠多梦，记忆力尚可，纳食正常，尿频不畅，无尿痛，二便可自控，体温正常，痰培养（－）。苔薄白，脉弦细稍数。处方如下：生黄芪 30g，太子参 15g，白术 10g，茯苓 15g，丹参 15g，当归 15g，生地黄 15g，丹参 10g，远志 10g，首乌 20g，女贞子 10g，续断 10g，仙灵脾 10g，牛膝 15g，草决明 10g，白蒺藜 10g，黑芝麻 15g，黑桑椹 10g，菊花 30g，浮小麦 30g。7付。

1周后出院，随访已康复如常人。

【按语】该患者的治疗重点为降低颅内压，治疗脑水肿，但西医治疗在脑脊液体外引流失败后，体内分流又遇到阻碍——颅内感染。在使用多种抗生素治疗无效后，只能求助于中医。中医治疗首要问题当为清热解毒以控制感染。治疗过程正是抓住了热入心包这一辨证重点，先投安宫牛黄丸，继以白虎汤救治，使患者体温很快下降。方中生石膏、知母、黄柏、栀子清热泻火解毒为君药；金银花、连翘、板蓝根、蒲公英清热解毒为臣药；赤芍、牡丹皮、生地黄、玄参、天花粉清热凉血生津为佐药；菖蒲、郁金清心开窍，引药入心为使药。诸药相合，再配以安宫牛黄丸清热解毒，清心开窍使陷入心包之邪可解，血分之热可除，故高热缓解。

初治奏效后，为达速效，改投局方至宝散，方中加用西洋参以图益气醒脑开窍，使患者神志尽快转清。但此番用药意虽好，只是药力分散，偏离重点，故患者体温复升，欲速则不达。挫折后，复用安宫牛黄丸以清热为主，兼以凉血养阴，使患者体温降至正常，脑脊液培养无细菌感染，体内分流可以顺利实施。

脑脊液体内分流术后，患者神志渐渐恢复，但出现了呃逆不止，持续1周，对此，西医束手无策。患者因呃逆而全身抽动无法休息，体力、精神难以改善。呃逆，胃气冲逆而上也。该患者久病后呃逆不止，当属虚逆，故治宜和胃化痰，加丁香、柿蒂之品降逆止呃，使呃逆迎刃而解，患者可以休息，体力恢复，病情逐渐好转。此后以益气养血为主，配以调肝补肾，填精养脑，使患者渐愈。

三、宿食外感发热案

董某某，女，9 岁，2004 年 8 月 17 日初诊。

主诉： 发热 1 周。

现病史： 患者 1 周前食烤鸭、冰激凌后去游泳，随即出现发热（未测体温），伴恶寒，咽部不适，头痛。家长自行给服用"感冒药"（具体不详），效果不显，于 8 月 17 日下午来诊。

现症： 体温 38.5℃，但热不寒，诉头痛，咽痛，全身酸楚，不咳，纳少，尿少不畅，大便一天未解。精神尚可，卧床不起，面色微红，呼吸稍粗，语声略低。舌尖红苔白厚，脉滑数。

诊断： 发热待查。

辨证： 食积中焦，复感外寒，郁而发热。

治则： 清热利咽，消食和中。

方药： 生石膏 30g，炒知柏各 10g，草河车 10g，桔梗 6g，生地黄 10g，玄参 10g，板蓝根 10g，射干 10g，牛蒡子 10g，金银花 15g，连翘 10g，砂仁 6g，焦三仙各 10g。

治疗经过： 8 月 18 日下午二诊，患儿服上药第 1 付的头煎，中午体温 39.9℃，诉头痛，乏力，困倦，手足逆冷，未进饮食，未排便，尿短少不畅。嘱其停前药，处方如下：生石膏 30g（先煎），炒知柏各 20g，赤芍 10g，牡丹皮 10g，生地黄 10g，玄参 10g，金银花 30g，天花粉 10g，连翘 10g，黄芩 10g，炒栀子 10g，砂仁 6g，焦三仙各 10g，酒大黄 6g，羚羊角粉 0.3g（1 瓶），紫雪粉 0.25g（半瓶）。嘱其上药服第一煎，并加对乙酰氨基酚 0.25g。

晚 6 时测体温 39.9℃，仍未排便，故加玄明粉 3g 冲服。

至晚 8 时，连续排水样便 11 次，嘱其服第二煎，停用玄明粉。

次日凌晨 2 时，再服第三煎，晨起电话告知，已热退身凉。

下午 4 时，患儿已能起床玩耍，尿已通畅，量增多，连续解非水样软便 3 次，且恶臭难闻，手足转温，无腹痛。晚 6 时，外出活动无任何病象。

【按语】该患者发热一周余，高热一昼夜，一付药分四次服下，而脉静身凉，微汗出。高热甚时，四肢逆冷，为热深厥亦深，热邪阻闭，致阳气不达四末之真热假寒症。其进肉食加冰食，又感外邪，致胃肠积滞，大便不解，乃内热久不退之关键。故用酒大黄、紫雪、玄明粉通便，使滞垢于肠中积食泻下，而热方退。尿少不畅，为膀胱热盛，用栀子清三焦之热邪，热退而尿路通。

四、积聚案（肝硬化、脾切除并不孕症）

白某，女，38 岁，2000 年 5 月 29 日初诊。

主诉：肝硬化，脾肿大 9 年。

现病史：患者于 1987 年发现乙肝"小三阳"，消化道出血，肝功能异常，曾在当地间断治疗。1991 年发现肝硬化、脾肿大、脾功能亢进，血小板为 30×10^9/L ~ 40×10^9/L，白细胞总数 1×10^9/L 左右，不断发生上消化道出血。因病情危重，慕名来北京中医医院肝病科治疗。经过一段时间医治，患者精神和体力增加，自觉症状大减，病情稳定，但脾功能亢进不能缓解，随时有大出血的可能。据此，建议切脾保命。患者遵医嘱，于 1998 年 8 月在当地某医院行脾切除术，术后来京治疗。现症：头晕乏力，面色不华，腰膝酸软，月经量少，经期尚可，饮食睡眠正常。术后初期血小板回升至 200×10^9/L 左右，后来日渐稳定在 120×10^9/L 上下，白细胞总数 4.5×10^9/L ~ 5×10^9/L，谷丙转氨酶在 150~200U/L 之间波动。B 超显示：肝硬化。

西医诊断：慢性乙肝，肝硬化，脾功能亢进（脾切除术后）。

中医诊断：积聚。

辨证：气血亏虚，脾肾失养，血络不通。

治法：益气养血，补肾实脾，活血软坚。

处方：生黄芪 30g，党参 10g，白术 10g，茯苓 15g，当归 15g，白芍 10g，川芎 10g，生地黄 10g，制鳖甲 10g，生牡蛎 30g，丹参 15g，川牛膝 10g，延胡索 10g，益母草 10g，女贞子 10g，枸杞子 15g。

以上方化裁，坚持治疗半年余，患者日渐康复，肝功血象均正常，无明显自觉症状，饮食、睡眠和月经亦正常。2001 年 1 月 17 日，患者以月经 3 月未来潮求诊，因患者婚后 16 年未孕，加之重症沉疴及术后，故未考虑怀孕可能，即以活血化瘀，疏肝通经为法，少佐益气扶正之品。方用桃红四物汤化裁：当归 15g，川芎 15g，赤芍 15g，桃仁 10g，红花 10g，刘寄奴 15g，三棱 10g，莪术 10g，香附 15g，郁金 10g，党参 10g，白术 10g。药用 10 付月经仍未行，且无任何不适，为查明原因建议到妇科检查。

2001 年 2 月 14 日在妇科检查结论为：已孕 3 月。据患者的病情，认为其不生育为好，以防他变。但患者夫妇坚持要孕育，故建议其到西医医院论证，患者及家属于 2001 年 3 月 6 日到某大医院消化科特需门诊，经有关专家会诊认为可以生产。为营养胎源，安胎固本，顺利生产，投以固本保胎方：生黄芪 30g，党参 10g，白术 10g，黄芩 10g，砂仁 6g，当归 10g，白芍 15g，川芎 6g，生杜仲 10g，桑寄生 30g，菟丝子 10g，制首乌 15g。水煎服，每日 1 付。以上方为基础随症化裁连服 20 余付，后不定期随诊，间断用药，并定期复查肝功能、血常规、B 超。产前数月一切正常。

2001 年 6 月 29 日上午 10 时，患者丈夫来电告知：病人在北京某传染病医院，于当天上午 9 时许经剖宫产得一男婴，重 5.5kg，母子健康。7 日后又来电告知，经血液化验婴儿乙肝五项正常，肝功能正常。同年 8 月，患者来京复诊，告知其子很健康，其本人经 B 超检查，除轻度肝硬化外余皆正常。

【按语】乙肝后肝硬化、脾功能亢进，据其临床表现应归于中医学"积聚""臌胀""胁痛"等病范畴。近年来随着中西医结合治疗的进展，本病虽可医治，但脾切除后还有许多并发症，需要长期调养，故仍为棘手的疑难重症。然而只要辨证准确，立法严谨，用药中的，坚持治疗，细心调养，劳逸适度，大部分患者还是可以康复或提高生存质量的。

该患者病情复杂，经中医药治疗尚能孕育生子实出乎所料：一者肝硬化、脾切除后，服用中药能使肝功能、B 超、血常规恢复正常，取效不易；二是患者十几年不孕，在治疗过程中怀孕生子，也属罕见；三者在怀孕 3 月时误服桃红四物汤 10 剂，不但无损于胎儿，且能母子正常，这更让人惊奇。细究原因，该患者适时切脾，避免了病情急剧发展的可能，为以后的治疗赢得了时间，尔后在半年余中坚持"益气养血，补肾实脾，活血软坚"的复本治疗，使气血旺盛，精脉充盈，冲任得养，血脉畅通，肝硬化稳定，为患者孕育打下基础。患者怀孕 3 月余，服用活血攻破之剂亦无损于胎儿，说明复本治疗后使胎蒂坚实牢固，虽经"风暴"而胎源安稳无恙。

后记： 2013 年的某一天，为了教学，选本案为进修医生讲课，特约患者和爱人携其子前来诊室接受采访。夫妇二人看着身体康健的宝贝儿子，满面笑容，并得意地介绍说，他们的儿子已经 12 岁了，身体很好，经几次检查各项指标完全正常，学习成绩也很优秀。这时只见孩子起身向我深深地鞠了一躬，并腼腆地说道："爷爷，没有您就没有我。"孩子的话很感人，很可爱，在场的人全笑了，真可谓"挽救了一个病人，成全了一个家庭"。

五、肝痈案（肝脓肿）

付某某，男，52 岁，2019 年 3 月 22 日初诊。

主诉： 右胁不适 2 周。

现病史： 患者 1 月前因咳嗽就医，确诊为肺炎住院治疗，经西医治疗肺炎痊愈，住院期间因肝区不适，又再次进行检查，查 B 超发现低密度阴影，确诊为肝脓肿（据国内报道 B 超对肝脓肿的诊断准确率达 95% 以上），西医建议穿刺进一步明确致病菌性质，以决定治疗方案，患者未同意，住院输液治疗 2 周后，疼痛未减轻，前来求诊。既往史：无肝病史。现症：肝区胀痛，周身乏力困倦，纳食尚可，时有恶心，平素饮酒较多，易感冒，汗出，小便黄，大便黏，日行 1 次，精神、气色尚可，呼吸、言语正常。舌苔黄厚，脉沉滑。

西医诊断： 肝脓肿。

中医诊断： 肝痈。

辨证： 肝胆湿热，蕴久化脓。

治法： 清热利湿，解毒排脓。

处方： 大黄牡丹汤、附子薏苡败酱散合千金苇茎汤加减。柴胡 10g，木瓜 10g，赤芍 10g，牡丹皮 10g，茵陈 30g，车前草 10g，六一散 10g，生薏苡仁 30g，败酱草 30g，冬瓜子 30g，芦根 15g，白芷 10g，蒲公英 15g，灵芝 10g，鳖甲 10g，女贞子 20g，紫花地丁 15g，连翘 15g，熊胆粉 2 瓶，皂角刺 10g。7 付，水煎服，日二次。

治疗经过： 4 月 17 日二诊，上方连续服用 3 周，病情大有好转，肝区胀痛好转，纳食正常，恶心消失，精神体力仍欠佳，汗出，小便黄，大便正常，舌苔稍白，脉沉滑。上方去赤芍、茵陈、车前草、六一散、熊胆粉、木瓜、蒲公英、女贞子；加生黄芪 30g，炒白术 10g，防风 10g，当归 10g，莪术 6g，桃仁 6g，浮小麦 30g，7

付，水煎服。上方服用至 5 月 18 日停药，自觉症状完全消失，复查 B 超，脓肿已消，能正常工作，精神气色正常。

【按语】肝脓肿为临床少见病种，多见于中年人或免疫力低下者，为严重的肝脏继发性感染。中医可按痈疽治疗，痈属于阳性病变，外科常见乳痈，内科可见肠痈、肺痈等；疽为阴性病变。此患者属于内科肝痈，火为热之甚，毒为热之极，此处的毒为热毒。其平素饮酒过多，湿热内蕴，肺炎诱发，肝胆湿热，蕴久化脓成毒，形成肝脓肿。处方以大黄牡丹汤、附子薏苡败酱散合千金苇茎汤加减，清热消肿排脓；柴胡引经入肝，木瓜软肝止痛，赤芍、牡丹皮凉血活血；蒲公英、连翘、熊胆粉、紫花地丁清热解毒祛湿；茵陈、车前草、六一散使湿热从小便去；鳖甲、牡蛎、皂角刺软坚散结；二诊玉屏风散以益气固表，黄芪托里排脓生肌，为外科常用药，当归养血，莪术、桃仁活血化瘀以消结肿，浮小麦收敛止汗。

六、眩晕案

张某某，女，50 岁，2007 年 9 月 5 日初诊。

主诉：头晕目眩，恶心呕吐 7 天。

现病史：患者于 8 月 29 日凌晨 3：50 左右到户外如厕，刚一进厕所就突然晕倒在地，不省人事，二便失禁。约过 20 分钟由于躺在水泥地上自感身凉而清醒，自己走回家，更换衣服后又觉头晕目眩，随即呕吐不止，由于神志清楚故未再晕倒。于 5 时左右家人急呼救护车送至某医院急诊。经颅脑 CT 等各项理化检查未明确诊断，予以西药对症治疗后症状有所缓解，于上午 11 时回家。当日晚 8 时许头晕呕吐又作，9 时又到某医院急诊，再做颅脑 CT 等检查仍未发现异常，在观察室住一夜诸症稍轻。于次日（8 月 30 日）晚上回家。此后 1 周内病情有所好转，未再晕倒，但仍头晕目眩，恶心呕吐，每日发作 2 ～ 3 次，卧床休息片刻稍有缓解，严重时翻身都感觉头晕。精神欠佳，极度疲乏，除吃饭、二便能自理外，其他家务事都做不了，基本上卧床不能活动。于 2007 年 9 月 5 日由家人陪同前来门诊就医。现症：面色无华，语音低微，精神萎靡，头晕目眩，今晨起呕吐 1 次，不思饮食，心慌气短，周身乏力，腰膝酸软，二便调，月经正常。舌质淡，苔薄白，弦细滑。

辨证：血虚肝旺，痰热上扰。

治法：养血平肝，清热化痰。

处方： 旋覆花10g，生代赭石10g，生石决明30g，生石膏30g（先煎），当归10g，白芍15g，川芎10g，半夏10g，枳实10g，竹茹15g，化橘红10g，茯苓30g，天麻10g，白蒺藜10g，杭菊花10g，炒酸枣仁20g，远志10g，白僵蚕6g。7付，水煎服，日二次。

治疗经过： 9月12日二诊，上方服1付后头晕呕恶明显减轻，第二天就能起床做饭，干家务活，家人倍感惊奇，服完7付药后，今日来诊。患者喜形于色，药后头晕一直未作，现仅感双下肢酸软无力，气短疲乏，睡眠稍差。方药已见功效，痰浊渐化，肝阳渐平。再宗前意，继续平肝降逆，养血安神。处方如下：旋覆花10g，生代赭石10g，生石决明30g，当归10g，白芍15g，川芎10g，生地黄15g，续断10g，牛膝15g，柴胡6g，升麻6g，女贞子20g，首乌藤15g，远志10g，炒酸枣仁20g。14付，水煎服，日二次。

10月12日家人告知：患者一切正常，未再发病。

【按语】 眩是眼花，晕是头晕，两者常常同时出现，故统称为眩晕。此证病因病机历代医家各有不同。《内经》指出："诸风掉眩，皆属于肝。"而刘河间认为眩晕是"风火"所致。张景岳曰："无虚不能做眩，虚者属其八九，兼火兼痰者不过十中一二，当以治虚为主。"可见，眩晕一证，病因繁多，在临床辨证时，需四诊合参，审证求因，药证相符，才能收到较好的疗效。本例患者舌质淡，苔白略腻，脉弦细滑，证系血虚肝旺，痰火上扰。因此用养血平肝，清热化痰之剂。方中旋覆代赭汤降逆止呕，温胆汤理气化痰，清胆和胃，使热清痰消，清窍得开。生石膏加四物汤（若有恶心呕吐则去生地黄）平肝阳养肝血，再加生石决明、天麻、僵蚕、白蒺藜、菊花平肝熄风止头痛，炒酸枣仁、远志养心安神。

七、突发性耳聋案

乔某某，女，8岁，2007年9月19日初诊。

主诉： 突发性耳聋20余天。

现病史： 患儿平素身体虚弱易感冒，于1个月前外感风寒，咽痛，流清涕（有鼻炎病史）。10天后自觉耳鸣，发堵，听力减退。遂去北京市某医院，诊断为"浆液性中耳炎"，予以口服抗生素及外用药。一周后耳堵症状未改善，且听力明显下降，已严重影响上课听讲及正常生活。复诊经鼻腔镜检查：扁桃体肥大，鼻腔积有大量黏液，腺样体占后鼻腔 3/4，双侧咽鼓管堵塞。听力测试 C 段（重度），且耳腔有积液。诊断同前，予头胞克洛（希刻劳）口服，嘱观察两周，如症状无改善则行鼓膜穿刺术，次日即到该院做鼓膜穿刺术，仅抽出少量液体。两周后因耳鸣，听力减退仍未改善，又就诊于某儿童医院，医生建议手术治疗，切除扁桃体及腺样体，行鼓膜置管术以引流耳腔积液，需留置 6 ～ 8 个月。家长未同意此治疗方案，遂请中医诊治。现症：听力明显减退，耳鸣不止，咳嗽吐黄黏痰，不易咯出，鼻塞声重，时流清涕，食少纳呆，二便调。舌淡苔白，脉沉弦而滑。

西医诊断：中耳炎伴突发性耳聋。

中医辨证：痰湿内蕴，上壅清窍。

治法：祛湿化痰，宣通清窍。

方药：桑叶、桑白皮各 10g，炒杏仁 10g，前胡 10g，草河车 10g，桔梗 10g，百部 10g，川贝母 10g，知母 10g，菖蒲 10g，远志 10g，白芷 10g，辛夷 10g，苍耳子 10g，紫菀 10g，泽泻 10g，炙麻黄 5g，茯苓 15g。3 付，水煎服，一付服用两天。

治疗经过：9 月 26 日复诊，服上方 3 付（6 天）药后，鼻腔稍感通畅，咳嗽减轻，耳鸣发作有时，听力无明显改善。上方去泽泻、茯苓，加款冬花 10g，鱼腥草 15g，郁金 10g。继续服用 7 付（服法同前）。

10 月 17 日复诊，（代述）药后症状明显改善，耳鸣消失。于某医院测听力已正常，医生说已无需手术。现偶尔干咳，鼻声重，睡觉时打鼾。方药：桑叶、桑白皮各 10g，炒杏仁 10g，前胡 10g，草河车 10g，射干 10g，桔梗 10g，浙贝母 10g，知母 10g，生地母 10g，玄参 10g，白芷 10g，苍耳子 10g，辛夷 10g，菖蒲 10g，细辛 3g，麻黄 5g。继续服用 7 付以巩固疗效。

2013 年因其他病来门诊，问及前病，一直未再犯，鼻炎已愈，耳已不鸣，听力正常。3 年后随访，一切正常。

【按语】患儿平素体虚极易感冒。每次感冒多伴气管炎和鼻炎，久之则成慢性。这次发病皆因痰液壅堵于耳咽管道，致使听力丧失。经专科医院多次检查均未得到确切诊断，为了使患儿的听力恢复建议手术。此时家长抱着试试看的心态来到中医门诊求治。

中医辨证为痰湿内蕴，上壅清窍，治以祛湿化痰，宣通清窍。方中桑白皮、炒杏仁、前胡、桔梗、知母、川贝母、紫菀、百部止咳化痰，桑叶通肺络，麻黄宣肺平喘，草河车、射干利咽，生地黄、玄参生津润燥，白芷、辛夷、苍耳子为治鼻流浊涕之要药，菖蒲、远志开窍，细辛通络，茯苓、泽泻利湿。

共服用 17 付药，每两天服 1 付，经过一个多月完全治愈。不但免除了手术风险，还使慢性气管炎和慢性鼻炎得以根治。直至 2013 年，5 年间一直未复发，身体壮实，很少感冒。患儿家长不胜感激。

八、治疗皮肤病之心得体会

恩师关幼波治疗皮肤痒疹有较丰富的经验，临证常见的有风疹、湿疹，二者均以皮肤瘙痒为主要特征，其病因与风、湿、热、毒有关。凡外受风邪而见皮肤出现大小不等、形状各异之疹块，瘙痒、焮红，但不充水、不溃破者，为"风疹"，相当于现代医学所说的"荨麻疹"，古称"瘾疹""风痦瘟"。中医学认为"无风无湿不作痒"，《内经》有"诸痛痒疮，皆属于心"的记载，又"心主血"，故关老认为此类疾患多为"湿热隐于血分，外受风邪所致"，治疗以清热解毒、祛湿散风、活血凉血为主要原则。

基本方：苦参 10g，荆芥 10g，蝉衣 6g，赤芍 10g，牡丹皮 10g，地肤子 10g，白鲜皮 10g，防风 10g。

方义：方中以苦参为君，此药味苦性寒，有清热燥湿杀虫的作用，对于湿热蕴结而致的湿疹、风疹、皮肤湿疮等效果明显。荆芥合防风为散风之专药，荆芥长于透疹止痒，有理血作用，能清血分伏热，祛血中风邪，为风病、血病、疮病的常用药；防风擅治风邪，与荆芥相伍，祛风止痒作用更强。方中蝉衣味咸性寒，有散热透疹之功，可防毒热内陷。用赤芍、牡丹皮凉血活血，凉血可清血分之毒热，活血有助于散风。中医有"治风先治血，血行风自灭"之说，故在治疗风邪所致的皮肤病时常加用活血药。其中赤芍对热邪壅滞而引起的痈肿、疮毒，有散瘀消肿止痛之效。地肤子、白鲜皮为治疗皮肤病要药，其中地肤子苦寒降泄、清热化湿，既能通淋利小便，又可解毒除湿，对湿热皮疹、周身瘙痒效果显著。白鲜皮清热解毒、祛风化湿，为治热毒疥癣之品。

临证加减：皮疹兼有渗出液，加茯苓皮 15g，生姜皮 6g，苍术 10g，黄柏 10g，生薏苡仁 15g。皮疹以痒为主无渗出液，加金银藤 30g，薄荷 6g，红花 10g。舌质红，患处焮热，加炒栀子 10g，黄芩 10g。皮肤干裂，加生地黄 15g，玄参 10g，麦冬 10g，去防风。以上肢为重，加桑枝 20g。下肢重，加川牛膝 10g，汉防己 10g。面部重，加白芷 10g。兼有发热，加生石膏 30g（先煎），炒知母 10g，炒黄柏 10g。大便干燥，加酒大黄 6g，甚则加玄明粉 6g。尿黄尿少，加茵陈 15g，滑石 10g，车前子 10g（包煎）。舌苔厚腻，加藿香 10g，佩兰 10g。兼有呕恶，加砂仁 6g，法半夏 9g。皮疹溃烂，加蛇蜕 10g，败酱草 30g。

验案一　风疹

武某某，男，32 岁，1980 年 3 月 1 日初诊。

主诉：全身起疹块伴瘙痒 4 年。

现病史：患者于 1976 年夏季淋雨，复受夜寒，随即感到双下肢内侧作痒，搔之起疹块，呈片状分布，很快蔓延至全身。被某医院诊为"荨麻疹"。曾口服和注射西药（具体不详），仅暂时收效，未能根除。每遇天气变化，精神刺激及大便干燥时均发作。现症：全身起疹块，瘙痒难忍，以四肢内侧及胸背部为多，搔痕明显。因痒甚而不得安眠，纳差，大便干燥，小便黄。舌苔薄黄，舌质红，脉浮缓。

辨证：湿热隐于血分，外受风邪，发为风疹（风重于湿）。

治法：活血散风，清热利湿。

处方：苦参 10g，茯苓皮 10g，荆芥 5g，蝉衣 6g，薄荷 5g，生地黄 10g，赤芍 15g，牡丹皮 10g，地肤子 10g，金银花 15g，防风 10g，酒大黄 6g。

治疗经过：上方服 3 付后，疹块已明显减少。继服 7 付，皮疹全部消退，瘙痒已除。随访两次，未再复发。

验案二　湿疹

汪某某，女，35 岁，1980 年 8 月 29 日初诊。

主诉：周身皮肤瘙痒，溃破流水 7 年。

现病史：患者于 1973 年开始感觉颈部皮肤瘙痒，散见针尖样丘疹，自 1978 年以后症状逐渐加重，皮肤瘙痒遍及全身，丘疹处多形成小泡，溃破后流出透明黏液，继而结痂，愈后皮肤出现色素沉着。曾服激素、维生素，静脉滴注普鲁卡因以及中药治疗，均未能收效。现症：颜面、颈部及四肢皮肤有散在不规则的针尖样丘疹。溃破处流出黄色透明黏液，刺痒难忍，影响睡眠，甚则不能正常工作。搔之则溃破渗水，数日后结痂逐渐脱落，愈后遗有片状色素沉着斑。大便溏软，日行 3 次，腹部窜痛，小便量少不畅，纳食不香。月经量少，色紫红，待经一天多。经常头晕，睡眠多梦，面色晦暗无华。舌质暗红，苔白腻，脉沉滑。既往有神经衰弱及结肠炎病史。

辨证：湿热隐于血分，外受风邪（湿重于风）。

治法：清热利湿，活血散风。

处方：基本方去荆芥，加薄荷 10g，黄柏 10g，茵陈 15g，生地黄 10g，黄芩 10g，草河车 15g，生姜 3g，连翘 10g。

治疗经过：患者服上方 21 付后，症状明显好转。瘙痒减轻，分泌物亦少，已能安睡和正常工作。以上方化裁又服十余付，皮疹已基本不痒，尚有极少疹点，其他均正常。继续服药观察以巩固疗效。一年后随访，皮肤湿疹痊愈，未再复发。

九、丁香、郁金相伍为用的临床体会

祖国医学非常重视药物的配伍，大量沿用至今的有效方剂都具有严谨的配伍原则，同时药物配伍禁忌又是组方用药时必须考虑的问题，在这方面历代医籍有许多详细的记载，为后世医家提供了不少宝贵经验，然而受历史条件的限制，一些药物配伍禁忌的经验已不符合临床实际情况，我们尊古而不泥古，勇于突破创新，为进一步发掘祖国医学遗产，提高临床疗效而努力。

金元时期提出的"十九畏"问题，历来争议较多，虽然也有不少相畏药物合用的临床报道而且有一定的效果。但大多数医生仍将其视为禁区，不敢大量使用，从而影响了疗效的提高。现就丁香与郁金相伍为用的问题结合临床谈一点粗浅的体会。

验案一　呃逆

李某某，男，60 岁，1981 年 10 月 21 日初诊。

主诉：呃逆 1 年余，加重 11 天。

现病史：患者于 1980 年 10 月因胃溃疡行胃大部切除术，术后经常呃逆不止，时轻时重，近 11 天呃逆频作不止，曾服旋覆代赭汤加干姜、官桂、丁香等，症无缓解，遂来门诊就医。现症：呃逆频作，就诊时呃逆连声，说话受影响，痛苦异常，伴有恶心、呕吐、纳呆、胃脘胀痛、胸闷痛，大便三日未解，小便短少，舌苔薄白，脉沉弦。

辨证：肝胃不和，痰瘀气逆。

治法：疏肝和胃，降逆化痰。

处方：旋覆花 10g，生代赭石 10g，党参 10g，半夏 10g，杏仁 10g，橘红 10g，赤芍 10g，白芍 30g，木瓜 10g，丁香 6g，郁金 10g，刀豆子 30g，生瓦楞子 30g，香附 10g，竹茹 10g，生姜 5g。

服 3 付后呃逆停止，呕吐、胃胀满均除，仍感胸部憋闷，继服 7 付而愈。

验案二　呃逆胃痞

杨某某，男，31 岁，1989 年 4 月 4 日初诊。

主诉：呃逆，胃脘胀满 3 月余。

现病史：患者于 3 个月前自觉纳呆、呃逆、胃胀，日渐消瘦，经某医院行胃镜检查诊断为慢性胃窦黏膜炎、十二指肠球炎，钡餐检查确诊为慢性肥大性胃炎，可疑糜烂性胃炎。曾服乐胃、胃速乐、三九胃泰等药，未效。现症：呃逆频作，连续不断，胃脘胀满，纳呆，恶心，吞酸，便溏，日 1 行，舌苔薄黄，脉沉滑。

辨证：肝郁气滞，胃失和降。

治法：疏肝理气，和胃降逆。

处方：旋覆花 10g，生代赭石 10g，杏仁 10g，橘红 10g，白术 10g，酒黄芩 10g，砂仁 6g，藿香 10g，香附 10g，佛手 10g，厚朴 10g，苍术 10g，枳壳 10g。

治疗经过：4 月 11 日二诊，服药 7 付症明显减轻，胃脘胀满基本消失，呃逆已少，纳食增加。二便调，苔薄黄，脉沉滑。前方去苍术、枳壳加党参 10g，丁香 5g。

4 月 18 日三诊，诸症均减，唯呃逆频频，二诊方去香附、佛手、党参，加炒莱菔子 10g，焦三仙各 10g。

4 月 25 日四诊，呃逆仍不见明显好转，其余无所苦。处方：旋覆花 10g，生代赭石 15g，川黄连 6g，半夏 10g，酒黄芩 10g，青皮、陈皮各 10g，香附 10g，郁金 10g，丁香 6g，柿蒂 10g，厚朴 10g，刀豆子 30g。

5 月 4 日五诊，呃逆顿减大半，只余饭后有一两声轻微呃声，余正常，四诊方去青皮、陈皮、厚朴，加党参 15g，白术 10g，又服 7 付痊愈，随访 1 年前症未再发作。

验案三　恶心

刘某某，女，31 岁，1982 年 5 月 10 日初诊。

主诉：恶心不止 2 月余。

现病史：患者素有肝炎病史，近 2 月来恶心加重，曾服小柴胡汤、橘皮竹茹汤、旋覆代赭汤等均无效。现症：恶心不止，欲呕不出，难以进食，伴吞酸胁痛，乏力神倦，胸脘满闷，大便先干后溏，小便正常，舌苔薄黄，脉弦细。

辨证：肝气犯胃，胃气上逆。

治法：疏肝解郁，和胃降逆。

处方：醋柴胡 10g，党参 10g，半夏 10g，黄芩 10g，生姜 10g，生瓦楞子 30g，炒麦芽 15g，陈皮 10g，苍术 10g，灶心土 30g，丁香 6g，郁金 10g。

煎服 3 付，呕恶消失，仍有胁痛，大便不调，继服 7 付诸症悉除而痊愈。

验案四　呕吐

赵某某，男，26 岁，1982 年 1 月 18 日初诊。

主诉：呕吐时作 1 年半。

现病史：患者肝炎病史已两年，肝功能已基本正常。于 1980 年 6 月突然恶心继而呕吐，每隔四五天发作一次，曾服中药、西药治疗均无效。现症：恶心、呕吐，每日呕吐 2 次，多发于晨起或食后，呕吐物多为所进食之物，胃脘无痛感，纳呆，伴手心出汗，两胁疼痛，腰痛，耳鸣，梦遗，二便调。舌苔薄白，脉沉滑。

辨证：脾肾两虚，肝胃不和。

治法：健脾益肾，平肝和胃。

处方：党参 10g，焦白术 10g，陈皮 10g，藿香 10g，佛手 10g，木瓜 10g，知母 10g，煅龙牡各 30g，生瓦楞子 30g，金樱子 10g，黄柏 10g，丁香 6g，郁金 10g。

上方服 7 付后，呕吐减轻，又服 7 付呕吐停止。于 5 月 6 日治疗肝区疼痛、遗精等症时，自述呕吐未再发作。

【按语】验案四患者为慢性肝炎，在健脾疏肝等治肝病之法的基础上针对呕吐这一主症加用丁香、郁金降逆行气，疏肝活血亦使呕吐一症较快消除。

呃逆、呕吐、恶心同属于胃气上逆。本症常见于胃肠神经官能症，在上述四例顽固病例治疗中同时使用丁香、郁金都取得了明显效果。关于丁香、郁金历代医家也有讨论及引古方为据，如《春脚集方》中的十香返魂丹治七情气郁而致的神昏厥逆、牙关紧闭、神志不清、言语狂乱、哭笑无常等症，方中为丁香、郁金同用。

从现代医学研究中药成分的文献来看，丁香含挥发油，主要成分为丁香油酚、乙酰丁香油酚等，其煎剂对人型结核菌、伤寒杆菌、志贺菌属有抑制作用，可缓解气胀，增强消化功能，减轻恶心、呕吐。郁金亦含挥发油，主要成分为莰烯、樟脑、倍半萜烯、姜黄素等。郁金的水煎剂对多种皮肤真菌均有不同的抑制作用。姜黄素能促进胆汁分泌和排泄，减少尿内尿胆原。

可见两种药物的作用并无矛盾之处，药物之间亦无任何毒性反应。从中药性味角度讲，丁香辛温而郁金苦寒，寒温相反，可能是古人归其为"相畏"的主要原因之一，但在临床治疗中寒温药一起使用亦不在少数。

通过对上述呃逆、干哕、呕吐病例的治疗，笔者体会到只要是符合降逆或祛瘀或行气解郁治法，同时使用丁香、郁金不会有明显副作用，反而会取得明显的治疗效果。对如何应用中医基础理论，中药的四气五味、升降沉浮及药理实质有待进一步研究。

体会：十九畏中写道"丁香莫于郁金见"，而在古方中二药多用于成药中。但从二药性味来看丁香辛温有强烈的芳香气味，可温中散寒，善于降逆，为治疗呃逆之要药。郁金辛苦寒，有行气解郁、活血散瘀之功，为"血中气药"，具有一定的镇痛作用。二味药无毒性，用量丁香 6～10g，郁金 10g，以治胸膈部位病变为主。验案二是一个呃逆兼胃脘痞满 3 个多月的患者，曾服各种中药、西药无效。经初诊治疗胃胀满诸症虽除，但呃逆仍频发不止，于药方中加丁香、郁金，服用 7 付后呃逆顿减，再进 7 付而告愈。验案四是呕吐一年余的病人，治以健脾益肾，平肝和胃，方中加此二味药，服用 7 付呕吐明显减轻，再进 7 付而痊愈，经随访旧病未复发，说明丁香、郁金可以同时使用，且能收到其他药物难得之效果。

第二节　弟子跟诊心得

一、黄疸临证的辨与变

黄疸可见目黄、身黄、小便黄，为肝病临床常见症候，也是祖国医学中的一个独立病证。《内经》首先提出了"黄疸"病名，并阐述其临床特征和病因病机。后世医家丰富了对这一疾病的认识和治疗方法。临证中应体现辨和变。辨，即辨证，紧紧抓住主症。主症是疾病的主要矛盾，也是构思治法和用药的主要方向。变，即变化，应随机应变。疾病是不断变化的，不同阶段有正邪盛衰的此消彼长，治法和方药也应及时做出调整。

验案一

张某，男，19 岁，大学生，2007 年 1 月 16 日初诊。

主诉：乏力，纳差，身目俱黄 2 月。

现病史：患者所在学校近期甲肝暴发，出现乏力、纳减、恶心、厌油、黄疸等症状，经某医院检查甲型肝炎病毒抗体 –IgM（HAV–IgM）阳性，总胆红素（TBil）167μmol/L，丙氨酸氨基转移酶（ALT）1456U/L，确诊急性甲型病毒性肝炎，收治住院。既往 10 余年前查出乙型肝炎病毒表面抗原（HBsAg）阳性。住院输液及中药汤剂（茵陈蒿汤加味）治疗月余，TBil 降至 56μmol/L，往后 3 周，平均每周下降 2 ~ 3μmol/L。现症：倦怠乏力，少气懒言，面色㿠白，纳少脘痞，大便稀溏，舌质淡，舌苔腻，脉沉细。

西医诊断：急性甲型病毒性肝炎（简称"急性甲肝"），HBsAg 携带者（又称乙肝携带者）。

中医诊断：黄疸。

辨证：气血亏虚，脾虚湿困，余邪未清。

治法：益气健脾，养血活血，清热利湿。

方药：生黄芪 30g，党参 10g，白术 10g，茯苓 15g，炒薏苡仁 30g，山药 10g，黄精 10g，陈皮 10g，焦三仙各 10g，当归 10g，白芍 15g，丹参 15g，泽兰 10g，茵陈 15g，车前子 10g，黄柏 10g。

服药 7 天，患者精神体力情况改善，大便成形，TBil 由 49μmol/L 降至 27μmol/L，出院回家调养。

【按语】本病例属于黄疸消退缓慢。会诊时，主症特征明显，为气血亏虚及脾虚湿困。伤正的因素有二：一是初发时的湿热邪气，大病重病过后，病邪大部退去，正气（气血、脾胃运化）已伤；二是久服苦寒之品（茵陈、栀子、大黄等）。患者年纪轻，为急性甲肝，疾病初期多为阳黄，证型为肝胆湿热，以茵陈蒿汤为主治疗本病可获得良效。但疾病恢复阶段，邪去正伤，仍予以祛邪之法，不合病机，疗效难彰。提示疾病不同阶段，需厘清正邪盛衰、圆活机变。

验案二

钟某，男，33 岁，工人，2011 年 6 月 23 日初诊。

主诉：乙肝病史 20 余年，腹胀伴尿黄、目黄 1 年。

现病史：2010 年以乙肝肝硬化及大量腹水住院，予口服拉米夫定抗病毒和静脉滴注药物保肝治疗，症状和指标改善后出院。24 周时乙肝病毒基因（HBV-DNA）转阴。但以后半年 TBil 在 60 ~ 80μmol/L，ALT 在 70 ~ 100U/L，少量腹水。服茵胆平肝胶囊、优思弗、阿拓莫兰等，病情无改善。现症：黄色鲜明，面部痤疮，口干口苦，纳旺，多食则胀，大便稀黏次频。舌质红，舌苔厚腻，脉弦滑有力。

西医诊断：乙型病毒性肝炎（乙型肝炎）肝硬化失代偿期。

中医诊断：臌胀。

辨证：湿热并重，正气未虚。

治法：清热解毒，凉血活血，化痰利湿。

方药：茵陈 30g，蒲公英 15g，黄芩 10g，板蓝根 30g，蚤休 10g，赤芍 30g，青黛 10g，炒白术 10g，郁金 15g，柴胡 10g，枳壳 10g，杏仁 10g，橘红 10g，丹参 15g，泽兰 15g，黄柏 10g，六一散 10g，车前子 20g。

以上方治疗 6 周，TBil 降至 32μmol/L，腹水退尽。

【按语】该病例属于残留黄疸不退。辨证方面，该患者虽为肝硬化失代偿期，但不同于本病常见的虚实夹杂情况。初诊时，辨证紧抓主症，邪实为主，湿热并重，未见虚候。在治法和用药上体现了关老的"治黄三要"：治黄要治血，血行黄易却；治黄要解毒，毒解黄易除；治黄要化痰，痰化黄易散。针对湿热邪气，以数味清热解毒之药组成药组，横推病邪，意即"集中优势兵力打歼灭战"。车前子、滑石引湿热之邪自小便而出，是辨治黄疸不可或缺的重要一环。

（宋亚力）

二、血热妄行鼻出血，30 年恩情难忘怀

2015 年的某天我跟陈老外出办事，在街头偶然间遇到一位女同志，60 岁左右，二人寒暄后，只见该女同志流露出万分感激之情，我非常好奇，这时女同志跟我讲述了其老母亲的病史，听后我感到万分神奇，非常想了解此病例的始末，在一次讲课之余我们恳求陈老给我们讲讲这个病例。陈老沉思片刻说道，那是 30 多年前治疗过的一个鼻出血的病人，边说边从厚厚的病例手稿中找出这个患者的原始病案，现记录如下。

1978 年，当时陈老在北京中医医院内科血液病组出门诊，接诊了一位 63 岁的女性患者，由其女儿女婿搀扶着来到诊室。女儿叙述其母的病情道，患者鼻出血已 10 余年，近 1 年来逐渐加重，每次流血竟有一大碗之多，颜色鲜红，没有血块，并伴有心慌气短，周身乏力，行动极其困难，生活基本不能自理。多年来遍寻中西医治疗均未见明显效果。曾去某医院治疗时，用过电灼止血，当时鼻腔出血虽止住，但竟然从口腔中随痰涌出，不但量大不止，而且痰血互结拉扯不断，全家惊恐万状，束手无策，急至北京中医院内科就诊。接诊时患者面色㿠白无泽，语声低微懒言，血小板、血红蛋白偏低，其余西医理化检查无异常，舌质淡，脉沉细。

陈老分析，此病例为典型气血两虚、血不归经、血热妄行之证，治疗当以清热凉血佐以止血之法，拟犀角地黄汤加味。回忆当时处方：水牛角 30g、牡丹皮 15g、生地黄 30g、生地黄炭 30g、当归 10g、白芍 30g、白术 10g、党参 15g、藕节炭 10g、蒲黄炭 10g、仙灵脾 10g、阿胶珠 10g 等。7 付。

上方服用 3 付后症状大减，服用 7 付后每天流鼻血次数及出血量均减半，精神明显好转，以前方化裁继服两余月，病情基本稳定，偶有感冒、心情不好时鼻腔有少量出血，可自行活动，生活自理，大小便正常。间断服用中药 1 年左右，在这期间以健脾益肾、补气养血之法，如补中益气汤、八珍汤、玉屏风散、归脾汤、六味地黄丸等灵活辨证加减施治，后配以丸药巩固疗效，数十年未复发。

该患者后来每年约陈老至家中做客，老夫人必打开衣柜，拿出珍藏多年用手帕包裹的处方，视之若宝。之后数年每遇身体不适皆找陈老悉心调理。几次检查身体未再发现其他异常，随后未再至门诊就诊。2015 年陈老于街头偶遇其女谈及往事仍感慨万千，其女言患者于 2010 年故去，享年 95 岁，寿终正寝。

（陈西林）

三、30 年求医路远，不放弃终有尽头

2015 年 7 月的某天上午，门诊准时开始。诊桌前，我与陈老相向而坐，患者张某侧坐其旁。

俗话说："熟不拘礼。" 30 多年就诊于陈勇老中医的经历，早已超越普通的医患关系，纵使不用客套，也心有戚戚焉。在彼此心底汩汩流淌的，是时光深处的惦念，是朋友间难以割舍的真情。我一边仔细地听他们那如久别重逢的好友一样的对话，一边认真地记录着，生怕漏掉什么。

陈老风趣地向我介绍张某，他曾是某知名歌舞团男中音，年轻时是团里的台柱子，一米八几的个头儿，人长得倍儿精神，走到哪儿都是星光熠熠。张某脸上掠过一丝羞赧之色，急忙岔开话题讲起了病史："我是 1959 年生人，今年 56，以前经常在舞台上演出，病退后下海从商，现在什么都不做了，在家专心休养。我是陈大夫特别典型的病例，幼年时期就澳抗阳性*，至今肝硬化已经 21 年了。年轻那会儿比较累，工作压力大，也不知道肝病的严重性。在找陈大夫之前，我已经找了很多医生，所有能治疗肝病的中药、西药和方法，我全都用过了。"

当问及住院时的情况，张某想了想，说道："有一次我去献血，血站工作人员对我说我的血不合格，因为澳抗是阳性。后来又到某三甲医院做进一步检查，医生说我的情况也没什么药可吃，澳抗阳性，谷丙转氨酶稍高，没什么大问题。嘱咐我，要注意多休息，不要饮酒，定期复查。后来一劳累就不行了，谷丙转氨酶突然升高，达到 200 多。由于当时工作非常忙，没时间顾及自己的身体，就这样又拖了一段时间，到后来实在不行了，感到全身特别乏力，饭也吃不好，觉也睡不着。这时才感觉自己是真的病了。只好住院治疗，这一住就是大半年，待肝功能基本稳定后我就出院了。"

说到这，我好奇地问道："当时降酶理想吗？" 张某有些沮丧地说："反正就是反反复复，忽高忽低，一度正常了，过阵子又回升，药一停就反弹。没办法，回家后只能继续吃药，也不太管用。后来，一度达到 600 多。尽管我一直在积极治疗，它就是居高不下。曾打过干扰素，吃过抗病毒药，连更先进的疗法都用过了。就在这左右为难、走投无路的关键时刻，有一天我爱人神秘地对我说，我们到北京中医医

---

*：澳抗阳性指乙型肝炎（乙肝）表面抗原（HBsAg）阳性，这类患者称为乙肝病毒携带者。

院看中医吧，她为我找了一个好大夫。"说完，张某畅怀大笑。

陈老笑问："当时肝病科那么多大夫，她怎么就认为我好呢？这又没写在脸上。"他非常得意地说道："我爱人戏说她会'相面'，当时肝病科有六七位大夫，她顺着窗户瞅了一溜圈，又仔细看了看宣传栏内介绍陈老的照片，她觉得这位大夫面相挺善，应该值得信赖。从此后，我就成了陈老一个不离不弃的病号，定期到门诊治疗。一个多月过后，从来没有正常过的转氨酶奇迹般地降至40U/L以下了。又经过半年不间断地服中药，'大三阳'居然变成了'小三阳'，这是我就医以来，想都不敢想的治疗效果。"

这时，他拿出了像宝贝一样保存了很久的已经泛黄的医疗手册，在首页我们看到模模糊糊的处方笔迹：

就诊时间：1985年4月12号。

辨证：肝胆湿热。

治法：清热利湿，活血解毒，佐以化痰。

方药：茵陈30g，蒲公英30g，金钱草30g，小蓟15g，赤芍10g，牡丹皮10g，炒杏仁10g，橘红10g，车前子10g，六一散10g，炒栀子10g，黄柏10g，砂仁6g，藿香10g，垂盆草30g，败酱草30g。

他又说道："实际上，我的肝病经多方治疗，由于（谷丙）转氨酶持续不降，对肝的实质已造成了极其严重的损害。到1994年，B超检查已经确诊为'早期肝硬化'。经陈老治疗后，转氨酶一直稳定在正常范围之内，从没反弹过，'大三阳'变成了'小三阳'。从此，总的治疗原则就开始转以攻克肝硬化为主了。"

据病历手册记载，当时的辨证为气虚血滞，脾肾两虚，立法补气活血，软肝散结，健脾益肾，处方是：生黄芪60g，党参20g，白术10g，茯苓15g，当归10g，白芍30g，丹参30g，泽兰15g，生牡蛎30g，鳖甲10g，红花10g，女贞子20g，枸杞子10g，黄精10g，制首乌20g，刘寄奴20g，桃仁10g。

服上方后，患者的病情稳定，饮食、睡眠、二便均正常，整个身体状况越来越好，之后就以上方为基础进行化裁，并于方中加入莪术6g，水蛭6g，配制水丸长期服用。大约半年左右复诊一次，改动一下药方。

张某兴奋地继续讲述着："最近，也就是2015年6月中旬，再次进行B超检查，报告单上竟然没有提示'肝硬化'。难道说我这20多年的肝硬化'帽子'就这么神奇地摘掉了吗？真是不可思议！这个大好消息激动得我几天没睡好觉，这个结果连 B 超室的大夫都感到非常惊讶，听说我一直在服用中药，大夫说：'你的临床疗效非常理想，你一定要继续中医治疗，巩固好这个成果，好好休养，防止复发。'我的病治得这么好，我的父母以及亲朋好友，都很高兴，都为我祝福。"

听了这段艰难的经历和感人的叙述，陈老脸上洋溢着欣喜，专注地对我说："已经确诊的肝硬化居然没了，你说这新鲜吧！这就是中医治疗的效果。"当我将前后的 B 超单进行对比时，惊奇地发现，肝上的结节变小了，由原来的 1.0cm 减小为 0.8cm；脾脏也缩小了，由原来的 4.3cm 变为 3.6cm。患者感动地说："我能遇到陈老，这是我不幸中的万幸。"

（陈西林）

四、顽疾头痛 40 年，养血平肝痛可除

脸就像健康的"晴雨表"，既能反应脏腑的气血盛衰，又能反映疾病性质的寒热虚实，更能反映出患者心里的喜乐与哀愁，病痛虽在心里，却早已写上脸庞。

诊桌前，患者冉某神情戚然，眼球显得突出，她不时地扶一扶老花镜，似乎下意识地在遮掩什么，看得出她是强忍着悲观与无助前来求诊的。

轮到她就诊，在一旁陪诊的儿子，连忙将病历本递给陈老。

接过一看，病历本记录为顽固性头痛多年，并附有 4 张处方，服药已达 28 付。

陈老边阅病历边问诊，问及现在头痛情况，患者木讷的表情才渐渐舒展开来，缓缓地回答道："自上次吃您的药，现在痛得一天比一天轻，总的来说见好。"听到这，陈老舒了一口气，鼓励她要加强治疗信心，并从包里掏出手机，把该患者上次的录音放给她听，跟随其就诊的儿子见状，不时地劝慰老人。

患者自述："我是 1944 年生人，老家在呼和浩特市（呼市），自从 1971 年生完老大，没多久就落下头痛病，一直没好，后来又得甲亢。甲亢控制后，头痛仍不见好，2008 年住院治疗，做过很多检查，没有器质性病变，原因不明，后来就出院了。我这头痛，每次发作少则一周，多则半月，连绵不断，现在一直服止痛片控制，严重时我一次吃 4 片。在呼市，我几次都想跳楼，但我不能给孩子们留下遗憾啊。我总想，让我死之前，有几年不痛也就行了。"说着说着，老人的眼泪夺眶而出，难掩病痛之苦。

这位患者的头痛病史竟长达 40 多年，姑且不论其求医成本，单从心理负担上来讲，其痛苦之深可想而知。倘若没有坚强的品质，难以想象患者是如何走到今天的。病案详情如下：

冉某，女，69 岁，顽固性头痛 40 余年，检查无器质性病变，每次头痛发作持续一周或半月，发作时心烦易怒，心悸易惊，重则恶心、干呕、眩晕，过劳则甚，眠差，纳可，舌苔薄白，质偏暗，脉弦涩，结代。

四诊合参认为该患者属内伤头痛，证属血虚肝旺。拟方：养血平肝汤加减，治以养血平肝，散风止痛。旋覆花 10g，代赭石 10g，丹参 30g，白蒺藜 10g，生石膏 30g（先煎），石决明 30g，当归 10g，白芍 30g，川芎 10g，杭菊花 10g，木瓜 10g，香附 10g，天麻 10g，全蝎 6g，蜈蚣 2 条，僵蚕 6g，柴胡 10g，法半夏 9g，化橘红 10g，竹茹 10g，白芷 10g，丹参 30g，熟地黄 10g，生甘草 6g。

【按语】头痛可为症状，也可单独为病，其病因虽多，总不出外感与内伤两类。外感以风邪为主，挟寒、挟热、挟湿，其证属实，经云："巅顶之区，唯风可到。"内伤头痛有虚有实，肾虚、气虚、血虚头痛属虚，肝阳、痰浊、瘀血头痛属实，或虚实兼挟。故头痛应辨内外虚实，治疗宜相应补虚泻实。

该患者发病于产后，由于护养不善，调补失宜，遂致营血亏虚，不能上荣清阳之府，故绵绵作痛；又因肝赖血养，虚则失于濡养，疏泄失度，条达不畅，日久肝阴被耗，无以抑制肝阳，虚则生风，故清阳受扰。然"久病必虚，久病必瘀"，血行不畅，瘀血内停，阻塞脑络，此证头痛多经久难愈，拘急作痛。

该方为养血平肝汤化裁，原方系国医泰斗关幼波先生的经验方，治疗顽固性头痛多从气血论治，病机以虚、滞、痰、瘀为基础，以养、清、镇、通四法为治则，药性颇为平和，临床疗效显著。

（陈西林）

五、补中益气治痿痹，中医中药起神效

2015 年 3 月 10 日上午，我正在跟师应诊，忽然陈老接到一个电话。尽管不知所言何事，但通过他那阳光般的笑容，我揣测应该是一个好消息。陈老忙不迭地回应着："好哇！真不错。行！就这样，好！下午见。"说完，陈老就挂断电话。

门诊的病人看完了，陈老面带笑容地对我说："我给你讲个病例吧！刚才的

电话是我们医院的一个老同事打来的。去年医院为退休老职工例行体检，在排队等候时遇到了他。当时只见他眼睑下垂，少气无力，精神萎靡，站起来相当费力，走路要靠人搀扶。见此，我便关切地问道：'老严，你身体怎么了？得什么病了？'他无奈地叹了口气，对我说：'我得的是重症肌无力，没有什么好的治疗手段，现在也没吃什么药，只能这样慢慢地养着，真的，一点办法也没有，唉！'我当时建议他最好吃点中药，尽管没有什么成熟的经验和十分的把握，咱们试试嘛！我认为，宁可含药而亡，也不能就这样坐以待毙。他听了半信半疑地说：'那就麻烦你给我诊诊脉，开个方子吃吃看。'就这样，我就欣然应邀，登门为他诊脉、开方。到今天已将近 1 年了，效果还是比较理想的。在这一年当中，他从没有自己走着到我门诊看过病，直至今天，他的病情已大为好转，刚才在电话里他的老伴激动地对我讲：'陈大夫，告诉你一个好消息，老严现在已经可以不坐轮椅了，能上街遛弯儿了，也不用拄拐杖，只是手提着以防万一。'下午三点，你随我一起到他家看看，记录一下，咱们好进行总结。"

下午 3 点，我们如约而至。一进门，家属的热情扑面而来，他的老伴言必称谢："老严能有今天这精气神儿，全靠你给保着驾，没有你，估计他晚年只能与轮椅为伴了。""我没那么神吧，听说你都能下楼遛弯了，恢复得不错嘛。"陈老满意地应道。

患者示意边喝茶边聊，我取出笔记本，在一旁做记录。言谈间，他面部的肌肉颤颤巍巍，似与常人有异，而头发却是乌黑油亮。听音闻声，倒也中气充沛。

患者自述："我今年 78 岁，患有原发性高血压、心脏病，曾服用络活喜、施慧达等多种降压药，血压维持在 150/90mmHg。2006 年 6 月的一天，突感左眼皮下垂，活动力度极差，口角流涎，言语不清，舌头失灵，全身无力。遂到某医院就诊，大夫建议住院治疗，并进行头部 CT 等深入检查。3 天后，院方请某知名三甲医院神经内科专家会诊，行静脉药物注射试验，诊为'重症肌无力'，胸片和脊髓穿刺未见异常，血液检查基本正常，唯白蛋白、球蛋白偏低。输入丙种球蛋白 1 周，症状略减轻，出院后长期服用溴吡斯的明治疗。

2008 年 10 月，到某大医院神经内科住院治疗，专家会诊后又继续输入丙种球蛋白，每月一次，每次输一周，连续输三个月，症状有些减轻，眼皮不下垂了，言语变得清楚，体力渐复，大夫要求长期服用溴吡斯的明治疗。

2009 年 9 月，'重症肌无力'病情仍在发展，全身无力加重，肩不能抬，手不能提，蹲下去站不起来，到某市医院就诊，检查肌电图异常，诊断为'眼肌型重症肌无力'。大夫决定予以激素甲泼尼龙治疗，每日8片，1月后症状转好，眼肌恢复正常，全身无力减轻。但药后副作用明显，肝功能异常、血钾低、骨质疏松、蛙状腹、满月脸都出现了。心慌、气短、行走困难，双腿宛如灌铅一样沉重，大小便时有失禁，此后基本以轮椅为伴。

在2012年、2013年里，两次行冠状动脉支架植入术、三次腰椎骨折。心脏手术后，服用了一段时间西药波立维（硫酸氢氯吡格雷片），服后全身过敏，出现小片紫斑，双下肢浮肿，心慌气短，步履艰难，饮食较少，血压波动明显。

2014年5月，就请陈勇老弟给诊治，开始吃中药。在此之前，我从未服过中药，主要因为不仅煎药不方便，而且由于长时间受病痛的折磨，胃口很差，想到中药味苦难喝，尤其是效果到底怎么样，并不知道，总之心中一直存有疑虑，故下不了决心。

到2015年4月，服用中药将近1年的时间，整体病情大有好转。上述症状均得到改善，头晕、心慌、气短消失，血压基本稳定，双下肢不肿，疼痛减轻，两腿有力，饭量渐渐增加，心情很愉快，已能独自行走一小段路。现在只是晚间口、鼻及两眼发干。

中药效果不错，以前是不相信中药，不愿意吃，现在是主动地按时吃，从未间断过。近来激素已减到每日服1片了。"

叙述完复杂的病史，患者继续说道："在服中药前，我即使坐在凳子上，单腿也从来没能抬起过，您看现在我能做到每天在屋里小步走上六七圈。"他边说边演示。

纵览病历中所附的一沓处方，共有一百五六十付之多，虽每张处方均有随症加减，但基本以"补中益气汤"为主方，现摘录如下：生黄芪60g，党参20g，白术15g，防风10g，当归10g，白芍15g，陈皮10g，升麻10g，柴胡10g，仙鹤草30g，鹿角霜10g，仙灵脾10g，巴戟天10g，杜仲15g，怀牛膝30g，续断30g，桑寄生30g，炙甘草6g。

【按语】重症肌无力是一种由神经肌肉接头处传递功能障碍引起的自身免疫性疾病，临床主要表现为部分或全身骨骼肌无力和易疲劳，显著特点是肌无力，于下午或傍晚、劳累后加重，晨起或休息后减轻，此现象称为"晨轻暮重"。激素疗法被认为是本病的主要治疗手段，虽能在一定程度上缓解病情，但长期服用副作用明显。

重症肌无力属于中医"痿证""痿痹"范畴。宋代陈言《三因极一病证方论·五痿叙论》指出"痿躄证属内脏气不足之所为也"。陈老认为"治痿者独取阳明"是其治疗要旨，所谓"独取"，乃重视之意。正如《医宗必读·痿》曰："阳明虚则血气少，不能润养宗筋，故弛纵，宗筋弛纵则带脉不能收引，故足痿不用。"

患者久病致虚，化源不足，五脏虚衰，筋脉失养，发为痿病。盖脾胃为后天之本，主肌肉、四肢。五脏六腑、四肢百骸皆赖其温煦滋养，脾肺之津液、肝肾之精血均赖其生化。故治疗当以健脾益气，滋补肝肾为主。方中黄芪、白术、防风名玉屏风散，益气固表，可提高机体免疫力，常服有预防感冒之功效；方中重用黄芪到60g，起到"气率血行"和"有形之血生于无形之气"的功效。黄芪单味用可补气，但只有配以升麻、柴胡才能升举下陷之中气。党参、白术、甘草，健脾益气；当归、白芍，养血和营；仙鹤草、鹿角霜，补虚损，益精血；仙灵脾、巴戟天，温肾助阳；牛膝、杜仲，平肝降压；续断、桑寄生，补肝肾，强筋骨。若湿热浸淫，加苍术、黄柏以清热燥湿；肌肤麻木不仁，加天麻、木瓜以祛风通络。

（陈西林）

六、一朝惊吓成泄泻，十年求医不寻常

吴某，50岁左右，自内蒙一个偏远县城而来。当他默不作声地在诊室坐下，就看到脸上紧绷着的神情被病痛的愁云笼照着，一刻也没散去。陈老示意轮到他就诊，他才缓过神来。诊桌前坐定，他缓缓说道："我的病十多年了，每天腹泻，一天四五次，吃什么，拉什么，吃木耳，拉出来还是木耳，寻思在肠道转了一圈，咋就没什么变化呢？"

患者自述，他经营煤炭生意20余年，1992年寒冬的一个夜晚，一场绑架案让自己落下了至今腹泻的毛病，当时情形之凌厉，竟使大小便失禁。他颔首低垂，双眉紧蹙，话语里不时透露出愤懑之气，他把这一切归结于当时的案件使自己钱财尽失，差一点搭上性命，更可气的是身体每况愈下。现在每遇客户洽谈，总要上厕所数次，感觉越发严重，情绪跌至低谷。期间到处求医，西医、中医都看过，有西医大夫怀疑为慢性结肠炎，给以足量调整肠道菌群药、抗生素治疗，效果不显。听人说起陈老，才慕名来此求诊。

在临床中，求治慢性腹泻的患者不在少数，但像这样病情独特的患者也很少遇

到，遂记录如下：

吴某，男，54岁，2013年7月23日初诊，腹泻十余年，日泻三五次不等，便前绵绵腹痛，无黏液、泡沫及脓血便，无后重感，遇生冷、油腻、生气则频作，现餐后约15分钟内即行腹泻，时有腹胀、矢气，纳可，舌苔薄白，舌体稍胖，脉沉弦。

患者属脾肾两虚，肝郁侮脾证，治以健脾温肾止泻，培土抑木。合用参苓白术散、痛泻要方、四神丸加减。党参20g，生白术10g，炒苍术10g，茯苓10g，炒薏苡仁30g，炒山药15g，莲子肉10g，炒扁豆10g，木香10g，陈皮10g，诃子10g，干姜6g，大枣10g，生黄芪30g，赤石脂10g，防风10g，补骨脂10g，白芍30g，肉豆蔻10g，五味子10g，灶心土30g，炒鸡内金10g，白头翁10g，车前子10g。

治疗经过：上方服用14付症状明显好转，嘱其继续巩固治疗，1年后随访已痊愈。

【按语】泄泻，既属中医的常见疾病范畴，也是中医诊治的优势病种，治疗上可谓经验丰富，治法多样，在辨证准确、立法适宜、选药恰当的情况下，常能取得确切的疗效。历代医家对泄泻多有专论，明代医家李中梓在其著作《医宗必读·泄泻》篇列有"治泻九法"，析理透彻，治法完备，堪称后世诊治之准绳。

《景岳全书》云："泄泻之本，无不由于脾胃。"又云"泄泻之因，惟水火土之气为最"。患者突受惊吓而成病，惊则气乱，恐则伤肾，遂致气血失调，肾气不固，气泄于下，二便失禁。积病日久多虚，脾胃虚弱，其运化、受纳功能失常，肝之疏泄条达不利，则横逆乘脾，脾胃升降、运化失常，故而清气不升，湿不运化，清浊不分，混杂而下，见大便泄泻。泄泻一证，通常认为多与感受风、寒、湿、热有关，而轻视了情绪的影响，宋代陈言在《三因极一病证方论》中特别提出"喜则散，怒则激，忧则聚，惊则动，脏气隔绝，精神夺散，以致溏泄"，认为泄泻的发生，不仅可由外邪引起，情志失调也可致病。可见泄泻的发生与脾、肾、肝关系密切，治疗应着眼于健脾益气，温肾固肠，培土抑木，并以此立法处方。

方选参苓白术散以健脾益气，和胃渗湿；四神丸以温肾暖脾，以治久泻，《医方集解》云："久泻皆由肾命火衰，不能专责脾胃。"久泻则脾肾阳虚，温煦不足，运化失常，故可见完谷不化；配以痛泻要方，功能疏肝补脾，抑木培土，方中防风为理脾引经药，味辛能行气调肝，兼以祛风胜湿。然参苓白术散一方，药性平和，惟燥湿之功稍逊，酌加苍术以燥湿健脾，灶心土以温中止泻，车前子分利小便，取其

"治湿不利小便，非其治也"之意，引药下行，赤石脂、诃子以涩肠止泻，肉桂、干姜以温中散寒，白头翁清肠胃湿热，应"湿胜则濡泄"之意。

（陈西林）

七、心梗急诊 9 支架，中西结合疗效佳

丁某，男，62 岁，素体健，2006 年突发心绞痛，立呼急救车至某西医院急诊，确诊为心肌梗死，当即行冠状动脉支架植入术，从此至 2011 年，5 年内共植入 9 个支架，每次发病都极凶险，其中一次躺在急诊科检查床上心跳骤停，经抢救后又行冠状动脉支架植入术得以保住性命，虽然每次手术都很成功，但术后常自感不适，经西医检查，无明显异常。每遇此情况均用中药解决。

第一次是大汗不止（汗为心之液），定与心病有关。经服用生脉饮合当归六黄汤而愈。第二次是自觉心胸堵闷直至咽喉，憋气欲绝，急至西医院复查，心血管无堵塞，心电图正常，嘱其多休息少活动，因症无缓解而服中药治疗。中医诊为"血府血瘀"，用血府逐瘀汤化裁，7 付而愈。第三次是突然双耳听力全无，急得直掉眼泪。中医认为仍是血脉瘀阻所致。用血府逐瘀汤加益肾通窍药顺利解决。现患者无大碍。曾坐飞机往返成都一次，近日乘高铁从香港返回。此案例说明了中医、西医互相配合的重要性。

第四章

健康与养生

第一节　抖音科普送健康

一、经常反复感冒怎么办？

中医的"三因"学说中，"三因"即内因、外因、不内外因，包含人生病的各种原因。感冒属外因，自然界的"风、寒、暑、湿、燥、火"这六种气候变化统称为"六气"，当这六种"气"太过，就叫"六淫"，成为侵犯人体的致病因素，统称"病邪"。但人得病与否还要看本身正气虚与不虚，也就是说外因是变化的条件，内因是变化的根据，外因要通过内因起作用。中医认为"正气存内，邪不可干"，"邪之所凑，其气必虚"，"百病乘虚而入"，没有内虚引不起外感，就是这个道理。凡是易感冒的人，皆因内在的正气亏虚，才能导致在同一环境下反复发病。

生活中怎么预防感冒？

1.加强体育锻炼。2.注意均衡营养。3.注意天气变化，适时增减衣物。

有什么合适的中药可以预防感冒呢？

临床经验方：玉屏风散加减。处方：黄芪、白术、防风、当归、野菊花、金银花、连翘、芦根、薄荷，等量为粗末，代茶饮。

二、胸痛是心脏病吗？该怎么治？

胸部是肺和心之居处，左侧乳房区域为心前区，如果此处经常感觉疼痛，当特别注意！中医有病名曰"胸痹"，痹即闭阻不通之意，亦称"真心痛"，谓："真心痛，手足青至节……"严重者心痛彻背，背痛彻心。患此病当首先要进行西医检查，此外心肌梗死、心绞痛等，如果西医已确诊，当以西医治疗为主，如放支架、搭桥手术等，不可大意！此属急症，完全中医中药治疗有风险，当注意！

有的病人虽有心肌梗死，病情不急，西医诊断后认为可暂时不做支架，此时患者来就诊，可用中药调理。笔者曾治疗一女性患者，50岁左右，被确诊为冠心病，血管堵了50%，前来就医，经服中药3月而愈。还有一男性朋友40多岁，西医确诊为心肌梗死，血管堵了70%，但患者坚决不做支架，经服中药数月治愈（此种情况风险较大，需密切观察，随时就医）。

三、贫血和血虚一样吗？常吃大枣、阿胶、枸杞子有用吗？

贫血属中医血虚范畴，而血虚不一定贫血。如果确实血红蛋白偏低，只吃大枣、阿胶、枸杞子等有补血功能的食品或单一的中药，效果不一定好，应找中医进行辨证治疗后再定方案。中医认为，气为血之帅，血为气之母，有形之血生于无形之气。如当归补血汤，方歌所云："当归补血有奇功，归少芪多力最雄。"气虚则血少，气行则血行，气滞则血凝，气血互生，因此血虚单纯补血效果不佳。一定要气血双补，甚至要结合临床表现补五脏、祛病邪等攻补兼施，才能收到满意效果。补血首选四物汤，归（当归）、地（生地黄）、芎（川芎）、芍（白芍），四味药组成"两动两静"。其中当归、川芎两味皆辛温走窜主动，而白芍、生地黄则属静，以守为主。为了更好地起到补血的目的，必加补气药如黄芪或四君子汤，甚则再加升麻、柴胡以提中气，这时再加上前面所提到那几味药，才能收到满意效果。

四、滋肾养肝话枸杞

枸杞子，茄科，落叶灌木，为浆果，色红鲜艳，个大饱满为上品（其根名地骨皮为退虚热之药）。产于陕西、宁夏等地，归肝、肾经，具有滋补肝肾、益精明目的功效。可用于肝肾精亏所致的腰膝酸软、眩晕耳鸣、血虚萎黄等。现代研究显示，其可提高免疫力，有抗衰老、抗氧化、抗肿瘤、抗辐射以及"降三高"（高血压、高血脂、高血糖）之功效，是中药汤剂中常用之品。中成药中常用，如杞菊地黄丸、五子衍宗丸、七宝美髯丹等。老百姓常将其作为滋补品，用于养生保健，可以口含或嚼服，泡水、泡茶、做菜、煲汤、熬粥等，我常将其与西洋参一同嚼服或泡茶饮。

黑枸杞，属同类，功效相同，因色黑而得名，不入药，多做保健品服用，因产量小故价格稍贵。与红枸杞、黑芝麻再加黑桑椹各等份一起打粉，取名"三黑粉"，其口感酸甜可口，服用方便，每次服1g，日服1～2次，白水送服。凡体虚、年老、大病后、术后康复者均可服用，有补肝益肾、增强体力、乌发明目之功效。

五、老打嗝儿对身体有何影响？

打嗝儿，中医称之为呃逆，因胃气上逆，喉间呃呃连声而得名。呃逆一症可独立为一疾病，也可以是其他多种疾病中的一个兼症。此症可有这几种情况。

1. 一般打嗝儿，一天、半天可自愈，无大碍，多由暴食、生气、着凉等引发，不需治疗。

2. 总不能缓解，少则几天，多则数月，不能自控，严重影响生活，称为"顽固性呃逆"，应当及时治疗，以防他变。

3. 年老体弱者或危重病人，若呃逆不止，进而气不接续，不能进食，脉微欲绝，当属危候，应紧急医治，以防危及生命，切记切记。

此病治疗当辨病与辨证相结合，方药：旋覆花、生代赭石、丁香、柿蒂、生瓦楞子、刀豆子等。有寒，加干姜、肉桂；气滞，加香附、枳实；食积，加焦槟榔、焦三仙；脾虚，加党参、白术等，详细可参考经验方中的论述。

六、牙痛不手术，不拔牙，还有什么好办法吗？

俗话说："牙疼不算病，疼起来真要命。"牙疼虽是小毛病，可一发病十分痛苦，每当吸点凉气或进点冷、热饮食都会引起牙痛，疼起来让人心烦意乱，坐卧不宁，因此患者都想尽快解决它。此时一定要分清是什么样的牙痛，如果是坏牙，牙上有黑洞，医学上叫"龋齿"，俗称"虫牙"，应当去牙科（口腔科）治疗，通俗地说，开槽杀神经再补上就可以了，尽可能不拔牙。今天我要讲的是，牙表面很正常，没有坏牙，牙龈不红不肿，无出血，就是疼痛不止，我们称其为"风火牙痛"，现介绍一小药方可供一试。方药：生石膏30g（先煎），荜茇10g，高良姜10g，细辛3g，金银花30g，炒栀子10g，延胡索10g，白芷10g，没药10g。

服法：水煎半小时，待药液温度合适后，口含药液，不拘次数，不拘量，可持续一段时间再吐掉，咽下也可以。可以配合扎针（不灸），取太阳、下关、颊车、合谷等穴位。

七、何为五更泻?

古时没有钟表，早晨常以鸡叫来估计时间，鸡叫头一遍时，正是五更天，相当于凌晨 3 ~ 5 时。这时如果大便泄泻，就诊断为"五更泄"，也叫"鸡鸣泄""肾泄"。究其病因多为长期贪凉饮冷或饮食不节等，导致脾阳不足，久之脾损及肾，最终形成脾肾阳虚。此病以中老年人及平素阳气不足之人为多见。黎明前为阳气未复、阴气仍盛之时，加之脾肾阳虚、命门火衰，温化、腐熟水谷无力而致完谷不化之泄泻。症见脘腹、腰膝寒凉，四肢不温等虚寒之症。当以健脾温肾为主进行辨证论治，选方以四神丸合附子理中丸为主化裁。处方：党参、炒白术、苍术、干姜、生甘草、附子、补骨脂、吴茱萸、肉豆蔻、五味子等。也可配合针灸治疗。

八、经常头晕是什么病?

头晕，中医学上称眩晕，"眩"字右边是"玄"字，乃黑的意思，即两眼发黑，冒金星，天旋地转；晕就是头目不清，要跌倒，犹如坐舟车之上，多因情志不遂、肾气不足、体弱、伤食、外伤等引发。其病机为虚、实、风、火、痰、瘀，其中以"风"和"痰"为多见。

中医有"无风无痰不作眩"之说。关于风，《内经》云："诸风掉眩，皆属于肝。"由于肝肾阴虚而致肝阳上亢，肝风内动，上扰清窍。息风药有：钩藤、防风、全蝎、蜈蚣、僵蚕、天麻等；化痰药有：杏仁、橘红、半夏、枳实、竹茹等。肝阳上扰，当平肝潜阳，降上冲之肝阳、肝气、肝热。平肝药有：旋覆花、生代赭石、生石决明、生牡蛎、菊花、白蒺藜等。久治不愈者要配合西医检查以明确诊断。

九、中医舌诊

舌诊是中医四诊（望、闻、问、切）中望诊的一部分。中医认为舌为心之苗，候五脏，舌尖属心，舌根属肾，舌中部候脾，舌边属肝。还认为舌无假象，故而舌诊很重要。舌诊包括：舌体、舌质、舌苔。舌体，指舌之体积，分胖大、瘦小、有无齿痕，不胖不瘦、无齿痕为正常；舌质，指舌之质地，分鲜红、淡红、暗红（瘀紫）和舌尖红，淡红为正常。舌苔，指舌表层的苔藓状物，以颜色、厚薄、干湿区分。颜色以白、黄、黑为常见。

白苔： 正常人应有一层极薄的白苔，不干也不湿，人不能没有舌苔，人之有苔如地之有苔，人有苔脾胃健运水谷化，地有苔土壤肥沃草木生；白苔不能说明寒和热，内伤外感均可见，要结合全身症状方可下诊断。如苔白而厚说明有湿，是湿热还是寒湿不能确定，厚而腻为湿重或食积，用药如生薏苡仁、白蔻仁、佩兰；若停食可用焦三仙、焦槟榔、香橼、佛手等，用方如三仁汤等。

黄苔： 为内热，以肺胃热为多，黄厚且腻为湿热、食积，以清热化湿、消食导滞为主，用药如黄芩、黄连、栀子，与上药相合治之。如外感咳嗽有黄苔为肺经有热，加之吐白或黄的黏痰，成块不易咳出，可选用麻杏石甘汤加金银花、连翘、栀子、黄芩等。

黑苔： 肾阴极虚，当滋补肾阴，如麦味地黄丸等。如舌苔干燥少津，用养阴清肺汤，药如玄参、麦冬、生地黄、北沙参等。

水滑苔： 为寒湿水泛，当温化，用药如附子、干姜、肉桂等。方如附子理中汤、真武汤等。

舌苔干裂： 为阴津亏虚，当辨证确定病位，予以大剂补阴增液，药如沙参、麦冬、石斛、生地黄、玄参等。

光滑无苔： 又称镜面舌，为阴津大伤，当滋阴增液，如大补阴丸。

舌体： 胖大为脾虚，可用补中益气丸或参苓白术丸；瘦小为气血两虚，可用八珍汤、十全大补汤、当归补血汤；齿痕多为脾虚有湿，用四君子汤、五苓散。

舌质： 淡为血虚，用四物汤补血；红为血热，用生地黄、牡丹皮、赤芍等凉血；舌尖红为心经热，可用导赤散。暗紫一般为瘀血，可表现为痛有定处、刺痛、有肿物、月经有血块等，当活血化瘀，方用桃红四物汤、少府逐瘀汤、血府逐瘀汤等。

十、脾胃虚弱有何表现？中医如何调治？

经云："脾胃者，仓廪之官，五味出焉。"胃脾互为表里，为后天之本，气血生化之源。胃主受纳腐熟，虚则消化无力而食欲不振。脾主运化，主四肢肌肉，虚则四肢乏力，消瘦；脾主泄泻，脾虚则易大便稀溏；脾统血，虚则面色萎黄无泽，舌淡苔白。脾胃虚弱治疗当健脾益气，养胃和中，中成药如人参健脾丸、参苓白术丸、香砂和胃丸、香砂六君子丸等。

十一、脾胃不好易生痰

什么能产痰（即痰湿）？肉食、油腻食品等厚味易生痰，如果脾胃不好的人，就不仅是肉食，吃什么都有可能产生痰。因为脾的运化就是消化吸收，一旦出现问题了不能正常运化，所吃的食物都有可能变成痰，如有的人吃肉类食物过量后就痰多，这些人脾胃功能欠佳，原则上应少吃肉。尤其是肥肉，饮食清淡一些为好。

十二、乙肝的中医治疗及患者注意事项

治疗慢性肝病需针对病因病机去分析，首先要解决患者最痛苦的症状，会对患者起到一个很好的安慰作用，中医治肝病不是针对"肝炎"这个西医病名去治疗，而是根据患者自身情况辨证施治。给予患者适当的心理疏导，让其有信心。原来是恶性循环，越难受，病越重，情绪越来越低，经过中医调理后，把原本的恶性循环逐渐变成良性循环，自觉症状好转以后，患者觉得有希望了，心情好了，再慢慢改善体质，整体状态就会越来越好。

病毒稳定期要用中药保肝、软肝、柔肝去治疗，预防肝硬化。特别要注意的是肝炎患者即使检查指标正常，也一定要每年复查，有问题早发现、早治疗，切不可一次指标正常，多年不复查。临床中常遇到因大意而不复查，发展至肝硬化或肝癌的患者。慢性肝病患者建议每年检查的项目：血常规、肝肾功能、乙肝五项、HBV–DNA、腹部 B 超等。

十三、口中异味很尴尬，这个茶饮可试用

口中出现异味，非常尴尬，此症可由胃肠问题引起。胃气应是以下行为顺，浊气向下，清气脾气向上，升清降浊，浊气不降，清气不升，秽浊之气在口腔就会出现异味。所以饮食要清淡，少食肥甘厚味，适当配一些焦山楂、焦麦芽、焦神曲（三味药合称"焦三仙"）等可助消化的药。佩兰芳香化浊、解暑辟浊，是一个很好的治疗口中异味的中药，用少量佩兰代茶饮，还可加菊花、金银花，对一般性的不是特别严重的口臭有一定的帮助。临床中常见幽门螺旋杆菌感染的患者多伴有口臭的情况，也可去口腔科就诊，看是否为牙齿病变导致。

十四、心情郁闷，肝郁气滞，疏解心情很重要

七情指喜、怒、忧、思、悲、恐、惊，是人的七种情志活动，一般情况下不会直接导致人生病。但是情志活动剧烈、过度，超越人体能够承受的限度，久久不得平静，就会影响脏腑气血功能，导致全身气血紊乱。

笔者经常遇到主诉为背痛的患者，有时全身疼，胸憋闷，呼吸困难，晚上睡觉时易憋醒，而且易生气，心烦，疲惫，常叹气，大多辨证为肝郁气滞，气滞血瘀。宜"三分治，七分养"，配合中药调理的同时，还要减轻压力，调整心态，保持一颗平常心。

十五、备孕的女性，月经要最佳

月经是女性的一个正常生理周期，因为现在人们的生活压力比较大，很容易导致月经异常。月经周期紊乱、月经量少、痛经、月经淋漓不净、月经有血块、经色黑紫等异常，都属于月经病的范畴。女性想备孕，一定要把月经调到最佳状态。最佳状态就是手脚不凉，小腹不凉，行经期间月经无血块、无疼痛，月经颜色呈鲜红，颜色黑紫、粉红都不好。笔者临床中常使用少腹逐瘀汤、逍遥散、桃红四物汤、失笑散等方治疗，详细组方需根据患者症状进行辨证论治。

十六、大便干燥排不出，"增水行舟"可疗疾

在日常生活中，很多人都有大便干燥、排便困难的情况。大便干燥要及时调理，保持排便通畅，基本原则就是调节饮食，少吃辛辣食物。中医认为，阴虚引起的大便干燥，可用增水行舟之法，用养阴药如生地黄、玄参、玉竹、麦冬、天冬等添水滋阴，如船在岸边不能动，当水来了船就飘起来了，故称为"增水行舟"。

十七、中医除了看面色，还可以通过声音和气味判断是否健康

闻诊是通过听声音、闻气味来诊察疾病。比如临床上说话少气无力，语声低微，血压偏低，气短，可基本判断为中气不足，可以选择补中益气汤。这类情况是通过闻诊判断出来。闻气味，比如有人有肝臭味，常可考虑是否肝癌晚期，还有气味的酸臭腥腐、口中异味等，都对临床诊断都有非常大的帮助。

十八、脂肪肝和"三高"是因为体内有"痰"

中医认为痰生百病，这个痰是看不见摸不着的，在人体的经络里面，在人体的皮里肉外之间形成的一些无名肿物，往往跟痰有关系，这是广义的痰。痰生怪病，比如说半身不遂，也叫偏瘫，大多因痰多。中医的"急救三宝"，安宫牛黄丸、紫雪丹、局方至宝丹，大多含有化痰醒神开窍药。痰可以与血凝结叫痰瘀阻滞，痰可以跟气搏结叫痰气交阻，痰气、痰血凝结在一起，阻塞了人体正常的"通道"，可以引起很多种病，中医在治疗痰方面非常有特色，通过化痰的手段来解决。还有一些无名肿物，如在咽喉叫梅核气，自觉有痰，吐之不出，咽之不下，怎么办？化痰，可选用半夏厚朴汤。另外，脂肪肝、糖尿病等都和痰有关，所以我们在治疗高脂血症、脂肪肝的时候，加上山楂、草决明、荷叶、绞股蓝、杏仁、橘红等这些化痰理气除湿药，往往能起到很好的效果。

十九、熬夜会"伤心"，身体出现这些症状要注意

现在有一些年轻人生活不规律，吃吃喝喝不注意控制，熬夜，玩游戏，看手机、电脑等，最后耗伤了心血、精气，出现心慌气短、疲乏无力，平素抵抗力特别差，心慌气短出虚汗、疲乏无力爱感冒，长此以往对身体特别不利，会生出很多病。我们都得认识心脏，心主血，心藏神，精血耗伤，健忘、睡不着觉等症状就出来了，所以大家要特别注意。推荐一个小方：口含少量西洋参、枸杞子，每天含在嘴里，可适时嚼服。不拘时间、不拘次数，但量不要太多。另外，辨证可选用生脉饮、天王补心丹等养心安神的中成药。

二十、经常生气怎么办？

俗话说："人生不如意之事十有八九。"生活当中，难免遇到生气着急的事，总的原则是心情要舒畅。因气得病的太多了，人体的功能活动、生命的存续就靠气推动。"气为血之帅"，没有气的推动，血也不行，痰也不消。生气，最容易得病，我提出来一条建议："笑口常开对人生，心胸宽阔少忧愁。"有做得好的，有做不到的。平时情志不畅者可以用炒栀子、香附、柴胡、菊花、佛手，各取 3 ~ 5g，沸水沏好，代茶饮，有疏肝理气的效果。不希望将来得病了，甚至抑郁了再喝这个茶，就没用

了，心情不好的时候喝点这个代茶饮，能帮助我们舒畅心情。

第二节　追梦百岁话养生

上古之人，知其道者，法于阴阳，和于术数，饮食有节，起居有常，不妄作劳，故能形与神俱，而尽终其天年，度百岁乃去……

——《黄帝内经》

所谓养生就是扶正气、养气血、调脏腑、治未病。"扶正气"就是提高抵抗力、免疫力、自我调节能力、病后的康复能力。气血是人体功能和物质的基础。"家和万事兴，人和百病除"，只有脏腑调和，人才能健康。治病要扶正祛邪，养生要扶正防邪，"上工不治已病治未病"，未病先防，有病早医，防微杜渐，尽量不生病、少生病，不把小病养成大病。本节中，笔者简要介绍一些自己的养生理念和经验。

一、人生三步当珍惜

第一步——"学习"：从出生至学业结束，时间大约 20 年。这期间，度过了人生的幼年、童年和青年的一部分，是长知识、学技能、打基础的最佳时期，也是增强体魄、健康成长的好时光，是一生的黄金时代，是早晨八九点钟的太阳，是春天的一棵幼苗，是希望、是未来、是栋梁、是财富。

第二步——"奋斗"：从参加工作至退休，时间大约 40 年，是艰苦奋斗和再学习的时期，是耕耘和收获的时期，也是出成果和走向成熟的时期。这 40 年要注重养生保健，只有身体健康，精力充沛，才能更好地奋斗。

第三步——"休养"：从退休直到人生的终点，时间大约 20 年（80 岁）至 40 年（100 岁）。一部分人退而全休，颐养天年。一部分人退而不休，发挥余热，而健康长寿是我们共同的理想与追求。因此关爱老人，让他（她）们的晚年生活更幸福、身体更健康是全社会的责任。因为每个家庭都有老人，每个人都有年老的那一天。笔者认为，老龄化不是负担，是国家进步的体现。

二、养生五要需铭记

1. 心情要舒畅：笑口常开对人生，心胸宽阔少忧愁。

七情（喜、怒、忧、思、悲、惊、恐）可以导致内伤疾病：喜伤心，怒伤肝，忧思伤脾，悲忧伤肺，惊恐伤肾。如怒伤肝，有些人暴怒后面红目赤就是典型的肝阳上亢的表现，因此我们应尽量做到包容，理解，谦让，乐观，豁达。

2. 饮食要有节（洁）：一日三餐有定时，鸡鸭鱼肉有定量。

现在的生活水平和卫生条件都提高了。病从口入，因不洁而病者比较少见；不能节制，管不住嘴而病者多发。《内经》云"饮食自倍，肠胃乃伤""膏粱之变，足生大疔"，讲的就是多食易伤脾胃，多食肥甘厚味易发疔疮。

3. 动静要结合：仨饱俩倒不可少，动手动腿又动脑。

生命在于运动，睡觉、读书、看报、聊天、看电视都是很好的休息（静）。"动手"，即做些力所能及的家务。多动手，能让大脑反应灵活。不可"恨病锻炼"，中老年运动，不追求达标，不挑战极限，以娱乐、休闲为目的，重在参与。"动脑"，即活到老，学到老。

4. 冷暖要适度：六淫之邪早预防，增减衣物应时令。

自然界中，风、寒、暑、湿、燥、火，正常为"六气"，过则为淫（致病因素），称为"六淫"，对"非其时而有其气"的天气要加以防范。

5. 生活要规律：井然有序多思考，轻重缓急巧安排。

吃、喝、拉、撒、睡要有规律，轻重缓急要有主次。定期检查身体，关注健康状况，注重养生防病。

三、八字真经利身心

笔者的养生"八字真经"是"吃、喝、玩、乐""说、学、逗、唱"。

　　　　　　"八字真经"有内涵，正负两面区分开。

负面：　　　　　　害人害己损国家，道德缺失犯王法。

正面：　　　　　　日常生活不可少，正确运用利身心。

（一）先谈"吃、喝、玩、乐"

1. 吃：你会吃吗？你吃对了吗？荤素粗细巧搭配，暴饮暴食伤害多。经言"五谷为养，五果为助，五畜为益，五菜为充"。主食谷物是人们赖以生存的根本，而水果、蔬菜和肉类等都是作为辅助、补益和补充。平时要以常见食材为主，不提倡吃野味。

2. 喝：喝出健康来，喝养生粥、饮益寿茶、品保健酒。

3. 玩：爱玩之心人人有之。但要玩出品位，玩出乐趣；要讲文明，守公德。迈开腿，走出家门看看祖国的大好河山，走出国门看看各国的风土人情。阔眼界、长知识、开胸怀、强体魄，放松心情，让影响健康的情绪一扫而光。

4. 乐：吃好、喝好、玩好——乐在其中。"有钱难买老来乐"，"百善孝为先，百孝乐在前"，"孝"与"笑"为同音字。要想对老人"孝"，必须让老人"笑"。晚辈的事业有成、家庭和睦、身心健康，能让老人笑在脸上，喜在心头，是最大的"孝"。充满欢声笑语的生活是五彩缤纷的，是美满和谐的，是有益于健康的。

（二）再谈"说、学、逗、唱"

1. 说：能说、会说、善于说。语言是沟通交流的工具。满腹经纶，出口成章、能言善辩、能说会道，是技巧，是本事，代表有学问、有修养、文化素质高、表达能力强、脑子反应快。常说：听君一席话，胜读十年书。医生对病人：讲病理、说治疗、谈养护。戏称"话疗"，有利于治疗和康复。说话利于大脑健康，锻炼思维与反应。当我们生活多些谈笑风生，促膝谈心，说说知心话，可以让人少抑郁，免孤独，可长寿。

2. 学：学无止境，俗语说："活到老，学到老。""学"有很多途径，向书本学，开卷有益；向别人学，"三人行必有我师""敏而好学"；向朋友学、向对立面学、医生向病人学、中医向西医学、西医向中医学；打开电视、电脑、手机全能学；学文化、学唱歌、学跳舞、学烹饪、学电脑、学摄影……生活处处皆学问，多动脑强身体，勤思考不痴呆。

3. 逗：诙谐、幽默、说笑话，可让人大脑思维敏捷，反应快。当妙语连珠、语惊四座引起欢快的笑声时，现场的气氛是活跃的，可化解矛盾，增进情感。逗乐、开玩笑，要文雅，要有水平，有文化素养，分场合，有分寸，注意性别和年龄。幽默的人其性格必定爽快，是一个心情愉悦、心态平和的人；是一个乐观向上、热爱生活、充满阳光、身心健康的人。

4. 唱：唱歌跳舞是娱乐，也能反映一个人乐观豁达，热爱生活，性格开朗。唱歌，可一个人唱，大家一起唱；大声唱，小声唱，心里唱；对着大山大海唱，对着田野草原唱。有益处：抒发情感，解忧愁，除烦恼；增加肺活量，强心健脑，益养生。

四、健康饮食生活美

"药食同源"是中医药的一个特色，一些中药既是药材，又是食材。除药店外，在超市、水果店、粮店等也能见到，如山药、花椒、莲子、大枣、百合等；甚至有些食材的废弃物也是药材，如荔枝核、橘核、冬瓜子等，由此可以看出中医药的博大精深。

（一）药食同源

古人描述一年四季的自然之美和生活之美："春游芳草地，夏赏绿荷池；秋饮黄花酒，冬吟白雪诗。"我们的生活离不开美景、美食，如夏赏荷、秋赏菊，冬吃萝卜夏吃姜，荷花下面有藕莲，各种菊花、生姜、白萝卜、百合等，既是厨房里的常用食材，也是我们治疗疾病时常见的药材。在此简单介绍两款养生粥。

1. 健脾养胃粥：莲子、薏苡仁（薏米）、山药、茯苓、扁豆、大枣。

功效：健脾益肾。适宜有食少乏力、大便溏软、腰膝酸软等症，属脾肾虚弱者。

2. 益肾固元粥：黑米、黑豆、黑芝麻、枸杞子、胡桃肉、芡实。

功效：乌发润肤，补脑益肾。劳心劳神者尤宜。

（二）药茶同源

1. 能上餐桌的中药茶（饮料）：从日常食材中，挑选口感好、滋味足、有功效的，泡饮或者煎煮，比如果茶、奶茶、面茶、杏仁茶等，要以口感为第一位，而以功效为第二位。

2. 以养生保健为主的中药茶（药茶）：

（1）清肺茶：

成分：防风、百合、麦冬、橘红、瓜蒌皮、枇杷叶、金银花、薄荷、桑叶。

功效：清肺、润燥、养阴，防感冒。

适宜人群：经常吸烟者，生活、工作环境空气质量较差者，喝酒、过食辛辣热燥食物，急慢性咽炎、支气管炎等及易感冒的人群。

（2）栀子舒肝茶：

成分：栀子、柠檬、玫瑰、佛手、灵芝等。

功效：疏肝理气，益气和胃。

适宜人群：头晕脑胀、烦躁易怒等肝火亢盛者，及饮酒太过者。

3. 以治病为主的中药茶（代茶饮）：据传，代茶饮始于唐，盛于宋，成于清朝。是以中药，或加茶叶共煎或以开水冲泡频服，如川芎茶调散。

（三）药酒同源

中医用酒治病的历史悠久，《黄帝内经·汤液醪醴论》中对酒的作用有专门的论述，亦有许多需要用"酒"来炮制的中药，如酒黄芩、酒大黄、酒胆草等；还有一些需要用"酒"的汤剂，如炙甘草汤、瓜蒌薤白白酒汤等。简单介绍两个药酒方。

1. 益肾强肝酒：白人参、鹿茸片、巴戟天、肉苁蓉、生杜仲、菟丝子、乌梢蛇，各10g。

2. 补气养血酒：生黄芪、当归、女贞子、黄精、枸杞子、熟地黄，各10g。

以上两方各选用高度白酒3斤，泡3周，每次10毫升，日1～2次。

建议：酒以少喝或不喝为宜，要喝就喝中药泡制的养生酒。

五、四季养生各不同

根据《内经》"春夏养阳，秋冬养阴"的宗旨，顺应春生、夏长、秋收、冬藏的自然规律，简要介绍一下四季养生经验。

（一）春季

《素问·四气调神大论篇》曰："春三月，此谓发陈，天地俱生，万物以荣，夜卧早起，广步于庭，被发缓形，以使志生……"一年之计在于春，春季是四季之首，万象更新之始。首先，调畅情志。中医认为，春属木，与肝相应。春季肝胆经旺盛活跃，要顺应春天阳气升发、万物始生的气候特点和肝"主疏泄，在志为怒，喜条达而恶抑郁"的生理特点。若长时间情志不遂易发为郁证，出现精神恍惚、喜悲欲哭、烦躁少眠等症状。

其次，饮食要清淡。经历一冬，人们喜欢睡暖床，盖厚被，吃热气腾腾的饭菜，或者喝些酒来御寒，体内蓄积了较多的郁热，易发疾病，因此要饮食清淡，多食果蔬。遵守《内经》里提出的"春夏养阳"的原则，多吃些既能温补阳气又能帮助阳气升发的食物。春季气温多变，乍暖还寒，特别提示"年轻女子少贪凉，莫把子宫变冷宫"，要"美丽不冻人"，春季多风，外感多发，当注意预防。

防感冒茶

成分：黄芪、防风、白术、贯众、桑叶、菊花、银花、连翘。

功效：健脾益气，清热解毒，预防春季感冒。

（二）夏季

"夏三月，此为蕃秀。天地气交，万物华实……"夏天的这三个月，是自然界万物生长最茂盛、最华美的季节。其气候特点为：暑为阳邪，其性炎热；暑性升散，伤津耗气；多挟湿。

针对这样的特点，夏季养生原则：盛夏防暑邪；长夏防湿邪；保护人体阳气，夏季阳气散发于外，相对来说体内阳气反而不足，这时如果过于形寒饮冷，就容易伤害阳气，且夏季易受"夜寒"，所以夏季不能过于贪凉，需适当防范。

清暑茶

成分：竹叶、薄荷、菊花、藿香、生甘草、麦冬、生山楂、玫瑰花。

功效：清暑化湿，益气生津。

（三）秋季

"秋三月，此谓容平，天气以急，地气以明，早卧早起，与鸡俱兴，使志安宁，以缓秋刑，收敛神气，使秋气平，无外其志，使肺气清，此秋气之应，养收之道也。逆之则伤肺，冬为飧泄，奉藏者少。"秋天的三个月，阳气渐收，是万物成熟收获的季节，也是人体代谢出现变化的时期，应该早睡早起，使自己的情志得以安宁，以平缓秋天的肃杀之气。秋季容易发生上呼吸道感染、流行性感冒、支气管炎、秋季腹泻等呼吸道疾病和肠道疾病，要特别注意养肺。

罗汉清肺茶

成分：罗汉果、青果、鱼腥草、麦冬、金银花。

功效：清热解毒，养阴润肺。

（四）冬季

"冬三月，此谓闭藏，水冰地坼，无扰乎阳，早卧晚起，必待日光……"冬季的气候特点：阴盛阳衰，夜长昼短；日照较少，天寒地冻；万物蛰伏，生机闭藏。这个季节容易多发咳喘病、肠胃病、心脑血管病及各种骨关节病等虚寒性疾病，所以要"养肾防寒"。这个季节也是一年之中进补的最佳时段，适合喝一些具有滋补功能、容易吸收的汤、粥，适量服用一些有针对性的药酒、膏方，温养气血，补益肝肾。

当归生姜羊肉汤

原料：当归 10g、生姜 15g、羊肉 1000g

功效：养血补虚，散寒止痛。

《金匮要略》云："寒疝腹中痛，及胁痛里急者，当归生姜羊肉汤主之。"

扶正固本膏

成分：黄芪、人参、炒白术、防风、茯苓、炒山药、莲子、当归、阿胶、黄精、枸杞子、女贞子、熟地黄、生杜仲、巴戟天、桑椹、砂仁、大枣、生甘草，各适量，加蜂蜜煎熬成膏。

功效：补气血，养五脏，防感冒。

人生七十古来稀，

今活八十很容易，

保八争九超一百，

健康长寿创奇迹！

　　　　　——让夕阳更红，更美！

中医临床蹄涔集

作者陈宝仁

摄于一九九七年五月

陈宝仁《中医临床蹄涔集》手稿影印资料节选

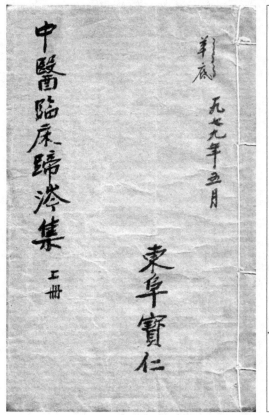

封面

中醫臨床蹄涔集 上冊

羊審 一九七九年·五月

東阜寶仁

中医临床蹄涔集自序

夫为医之道，重在存德。为德首推仁，所谓医乃仁术是也。既为仁非持爱不能称之为仁也。吾人为医，心无持爱何可以为医乎。郭念旦曰持爱之谓仁。所谓持爱，即无可不爱，扑之所爱非吾之所爱也。従广义言之。人怀生灵是郭之爱也。吾之所爱除人保之间尚有之爱，更进而对患者之爱。固吾为医，视患惠者外吾病，视病苦如吾父母子女之病苦。设身处境以自身临之。従而相忘而生我对病人之爱也。吾爱也有偏狭，也是吾为医之天职发自内在之良心也。但顾为医者行之。

自序

陽愈虛，陽虛則真失內敗，而空虛濕更積，蓋不酒，是以醫家察脈，確知其為陰虛，而尚為陽虛，生以壯水之品，則英水運行，而濕熱自清，確知其為陽，而空虛濕熱者，須以化濕之中，佐以益火之源，則陽氣流通，而空虛自消，可見內傷外感之疾，皆由元氣不能抵抗，遂致邪氣內而發也，外而龍黎之疾，皆由元氣不能頭之是道，縱喜投蕩妄弹攻擊，井安可不競々自慎蔵，蓋脾元健運，則散精於肺，而膚腠堅固，外濕無由而龍黎也，胃氣腐傷調和，而升降有度，內濕行自而生乎，排無由，徒知元實，則表汗燥濕利使之

歷節風（風濕性关節炎）的病理和治驗

歷節又名痛風，因其疼痛遍歷關節故名。羅此病的根本原因：

其內因為肝腎不足，氣血虛弱，外因方面為汗生入水，感受風邪。飲酒汗出當風，過食酸咸等。但是我们应该注意的一點是：如果肝腎不足虛，真元不損，即使有汗生入水等外因也不一定诱致此病。内经曾說過：辛苦逆遊疾風暴雨，而不病之蓋無蓋。所以說，人能法天气之清靜，不忘劳心劳形，清净则陽气固，内腠密可以闭闔而阻外邪。雖有八風之毒气，清重也不能加害於清净之身。居有常，不妄作劳，故能形與神俱，而盡終其天年，度百歲乃去。生气通天论曰：风者百病之始也，清净则肉腠閉拒

继由肺脾，脾三脈之不足，三脈不足以肾而气失先，肾为先天，脾为后天之二者相依为用，肾为先天之真元，司藏贮五脏，气化精微，先天之种子，我们通常所说元气，元气乃是肾之元，天之种子，我们通常所说元气，元气不足乎天之二者相依为用，真失先元，元气之府，尚稱真元，即是先天之命蒂，昌真失元气之府，尚稱真元，即是人之动力，乃换之，则脾肺相倚而裏，气血运行不利，从而气不化必，陰不從旧调和升降，则濕重乃盛，即便是肾气元气之蔽，元气之府，尚稱真元，则微精于肺，而膚腠堅固，外濕去由而聚也，气血陰旧调和升降有度，内濕何由而生乎，大抵濕中有火，则濕热盖蓋而停郁为热，

論脈

脈者血气之神，邪气之鑑也。有諸内必形於諸外，故气血盛者脈必盛，气血衰者脈必衰，無病脈必正，有病脈必乖。況人之疾病，不过表裏寒热虚实而已，然此六者之中，又惟有虚实为最要，故凡诊病之中辨其虚实，既能知表裏寒热，有能于表裏寒热诸症之中辨其虚实，则病总诸症去拘於表裏寒热諸症之中辨其虚实，则病之虚实，无遗蕴矣。且治病之法去踰攻補，欲用攻補无踰虚实，欲辨虚实无踰脈息，脈雖有二十七名，其中隱有萬變，去道形矣，然一脈能兼諸病，一病能兼諸脈，其中隱微大有玄秘，正以諸脈脈中亦俱有虚实之变耳，倘

医家简介

陈宝仁（1919年~2010年），号东阜。

1919年4月11日生于河北省三河县（现三河市）。

17岁拜当地名医张玉书先生为师，学习中医三年，后在当地随师行医。曾于河北省师范学校就读四年。后在三河县（现三河市）小学任教务处主任两年。

1951年2月在北京参加中医师资格考试合格，领取了当时卫生部颁发的"中医师证书"（即当年的"行医执照"）。其后曾在中药店坐堂行医，并在北京西单地区开办中医私人诊所。

1952年1月在北京市中医进修学校学习一年（即"中医学西医班"）。

1953年8月响应政府号召组建朝阳区慈云寺中医联合诊所，任所长。

1954年8月在朝阳区大黄庄、平房乡中医诊所工作。

1957年8月在朝阳区六里屯及星火公社卫生院（后改名为东风卫生院）工作，任副院长，直至退休。

自 序

夫为医之道，重在存德，为德首重于仁，可谓医乃仁术是也。既为仁，非博爱不能称之为仁也。吾人为医，心无博爱何可以为医乎？韩愈曰："博爱之谓仁。"所谓博爱即无所不爱，韩之所爱非吾之所爱也，从广义言之，人际生灵是韩之爱也，吾之所爱除人际之间应有之爱，更进而对患者之爱。因吾为医，视患者如吾病，视病苦为吾父母子女之病苦，设身处地如自身临之，从而相应而生我对病人之爱也。吾爱虽有偏狭，也是吾为医之天职发自内在之良心也，但愿为医者行之。

我认为我们既然走向救死扶伤之途，踏入病苦辛酸之境，不怀德何可以救死扶伤，不怀仁何可以同情病患之苦，有望为医者宜力行之于仁德也。

我不才，由十七岁拜师学医，由学到行，五十余年。回想这五十多个春秋，愧然虚度，平庸一世，毫无成就，自惭辜负先人之所望，埋没恩师之苦心，愧感于斯，何以慰怀，思之再三，谨将几十年之笔记和心得，潜心整理，编写成册，其名曰《中医临床蹄涔集》，所谓蹄涔者，即雨后马蹄坑水也。书云："蹄涔之水无大鳝（鳝即大鱼也）。"竟是一些小水虫，逐坑取之，集而成桶之水，桶中一些小水虫耳。吾编此集即此意也，本集内容既无新裁，又无秘方，不过是一些零碎杂集而已。为表胸意，特将几十年的经验和心得分别阐述于后，以供参考。

一、本集不是我的独创，我也无能独创。不过为医者需要知道的，或古典，或看书心得及临床经验，点滴择要录之。

二、本集歌诀是根据古人论著及本人临床体会所编，使初学医者易读易记。

三、本集大部分内容都是本人认为在临床上需要知道的，或者是通常有应用价值的，择要而录之。对初学医者不无小补耳。

四、本集非系统之佳作，更不是医学专著，而是我一生中从学医，到行医，多年经验之点滴。其中有的是回忆，有的是笔记，有的是临床经验方剂或医案，我把它们总结起来，我认为或多或少的（地）起到识途老马的作用。

五、人们常说老有所为。我认为人到老年应当有所为，但真正有价值的为，就是把一生经历，生活道路上的失败或成功，加以总结提炼，遗给后人，留下一点雪泥鸿爪，也是好事。根据上述，既不成文，又不达意，本集内容多有不妥处，希同道者指正，愧为之序。

一九八九年三月

前　言

　　父亲年轻时在当地也是一位很有声望的中医大夫。20世纪70年代，他用毛笔书写了一部《中医临床蹄涔集》，把自己多年用中医治病的经验和临床心得体会写了下来，留给后人。那时，家里居住条件不是太好，几口人挤在一间简陋的小平房里。经常看到父亲戴着一副高度的近视镜夜以继日地伏案奋笔疾书，当时我还年轻，没有意识到父亲写这本书的意义，也没仔细阅读。然而父亲并没把这本书写完，更没见到书的出版发行就离世了，老父带着遗憾走了。如今，我把书的墨迹原稿找了出来，读着那一段段零金碎玉以及中医临床中的警示恒言，还有那工整如帖的蝇头小楷，真是令人感动。

　　老父亲给这本书取名为《中医临床蹄涔集》，意思是说自己在中医临床的所知所学就像马蹄轻轻地踩过地面留下的小坑之水。"蹄涔之水无大鳝（大鱼）"，这是父亲的自谦，也是他对中医孜孜不倦追求的体现。

　　今天，我替老父完成这个心愿，把他的遗著和我的"随笔录"一起出版，父子两代如马蹄踏水，一往无前地行走在中医事业的大道上。这既是对老人家在天之灵的告慰，也是对《中医临床蹄涔集》未尽之处的补充，希望我们父子二人这点"蹄涔"之水，在传承中医的道路上，如水向源，涓涓不息。

陈勇

2022年1月20日

《中医临床蹄涔集》

第一卷 脉 学

东阜宝仁

一九四三年三月编写

一九五一年三月抄录

脉者血气之神，邪气之鉴也。有诸内必形诸外，故气血盛者脉必盛，气血衰者脉必衰，无病脉必正，有病脉必乖。况人之疾病，不过表里、寒热、虚实而已，然此六者之中，又惟虚实为最要。

论　脉

脉者血气之神，邪气之鉴也。有诸内必形诸外，故气血盛者脉必盛，气血衰者脉必衰，无病脉必正，有病脉必乖。况人之疾病，不过表里、寒热、虚实而已，然此六者之中，又惟虚实为最要。故凡诸症无拘表里、寒热，莫不皆有虚实。既能知是表里、寒热，再能于表里、寒热中辨其虚实，则病总有万变无遁形矣。且治病之法无逾攻补，欲用攻补无逾虚实，欲辨虚实无逾脉息。脉虽有二十七名，主病各异，然一脉能兼诸病，一病能兼诸脉，其中隐微大有玄秘，正以诸脉中亦俱有虚实之变耳。倘不知其要而泛言求迹，则毫厘千里，必多迷误。故凡病值危难，专在能辨虚实，虚实得真，则标本阴阳万无一失。倘脉有疑似，必兼察色、审音、问症，以别其孰客、孰主，孰缓、孰急，能知标本先后，是即神之至也。

一、时脉平脉论

凡诊脉先识时脉、胃脉与脏腑平脉，然后方能识其病脉。时脉、平脉者，谓春三月六部脉俱带弦，而左关四季皆然。盖肝属木，象乎春，故肝脉沉弦而长也。夏三月六部脉俱带洪，而左寸四季皆然。盖心属火象乎夏，故心脉浮大而散也。秋三月六部俱带浮，右寸四季皆然。盖肺属金象乎秋，故肺脉浮涩而短也。冬三月六部脉俱带沉，左尺四季皆然。盖肾属水，故肾脉沉滑而软也。脾胃属土应于四季，其脉和缓。盖心、肝、肺、肾四脏之气各有偏胜，至于一交时令，则带出弦、洪、浮、沉之象，此时脉也。然又必赖胃气以调和，故时脉之中俱有和缓之象，而至数又匀，此平脉也。倘脉息虽有和缓之胃气，而内中或至数不对，或不应乎时令，无拘何部稍见乖张，即病脉也。若病脉但弦、但洪、但沉，不见和缓之象者，即真脏脉见，病必甚矣。所以和缓之脉六部中不可一刻无者也。

二、形气定诊论

逐脉审察者，一成之规也，随人变通者，圆机之士也。肥盛之人气居于表，六脉常浮洪；瘦小之人气敛于中，六脉常带沉数。性急之人五至方为平脉，性缓之人四至便作热医。身长之人下指宜疏，身短之人下指宜密。北方之人每见实强，南方之人恒多软弱。少壮之脉多大，老年之脉多虚。酒后之脉常数，饭后之脉带洪。远行之脉必疾，久饥之脉必空。室女、尼姑多濡弱，婴儿之脉常七至。经曰："形气相得者生，三五不调者死。"岂可不察于此乎。

三、诊贵提纲论

脉为血脉，借气以流行乎百体。故虽为气血之先知，实是阴阳之预兆。诊之者贵得其纲领而提挈之也，左手为阳，右手为阴；关前为阳，关后为阴；浮取为阳，沉取为阴；数燥为阳，迟慢为阴；有力为阳，无力为阴；长大为阳，短小为阴，明乎此而脉之大端已在是矣。故曰约而言之，只浮沉、迟数已见其梗概，博而考之。虽二十七字未尽其精详，经曰得其要者，一言而终，不知其要，流散无穷，此之谓也。

四、阴阳相乘相伏论

浮取于两关之前皆阳也，若见紧涩短小之类是阳不足而阴乘之。沉取于关之后皆阴也，若见其洪数滑大之类是阴不足而阳乘之也。倘阴脉中而微露阳脉，此阴中伏阳也。若阳脉中而微露阴脉，此阳中伏阴也。阴乘阳者必恶寒，阳乘阴者必内热。阴中伏阳者期于夏，阳中伏阴者期于冬，以五行生克之理推之，而月节可期也。

五、脉从病反论

凡脉浮大滑数，动而有力者皆阳脉也，若沉迟微弱，涩散濡结，芤紧而无力者皆阴脉也。脉至而从者，如阳证虽见阳脉，但按之不鼓而指下无力者，则脉虽似阳，不可误认为真阳之候，或阴证虽见阴脉，但按之鼓甚而有力者，亦不可误认为真阴证也。

六、表里虚实论

诊脉须明表里、虚实四字。表者，阳也腑也，凡六淫之邪，袭于经络，而未入胃及脏者，皆属于表。里者，阴也脏也，凡七情之气郁于心腹之内，不能散越，以及饮食之伤留于脏腑之间不能通泄皆属于里也。虚者元气之自虚，由精神耗散气力衰竭也，实者邪气之实，由正气本虚邪得乘之，非元气之自实也。故虚者补其正气，实者泻其邪气，经曰："邪气盛则实，精气夺则虚。"此大法也。凡实邪在中者，脉不宜虚，虚邪在中者，脉不宜实，阳邪在表者，宜滑而濡，不宜涩而坚，外邪方盛者，宜实而大，不宜虚而小也。

七、脉贵有神论

不病之脉不求神而神，无不在也，有病之脉则必得察其神之有无，何谓有神？有力即是有神，故不拘何脉皆以有神为贵。如脉六数七极，热也，脉若有力即是有神矣，必有神方可直攻其热，如无力即为无神，虽见其六数七极之脉，寒凉等药断不可轻施。如三迟二败，寒也，若脉有力即为有神，尚可随症调治，倘迟败之脉又无力无神，总设法温补，亦不过十中有一二之望矣。盖人生以气血为本，气血之精神流通以形之于脉，此脉之贵乎有神也，明矣。

八、常变论

持脉须明常变，凡众人之脉，有素大、素小、素阴、素阳者，此其赋自先天，各成一局也。邪变之脉有倏缓，有倏疾，乍进乍退者，此其病之骤至，脉随气见也。诊脉者必先识脏脉，而后可以察病脉，先识常脉，而后可以察变脉。于常脉中可察人之气局寿夭，于变脉中可察人之疾病吉凶，诊家大要必须知此也。

九、独论要旨

脉义之见于诸家者，六经有序也。脏象有位也，三部九候有则也。昭然若此，非不既详且备矣，但临症用之则犹如望洋莫测，其孰为要津，孰为彼岸，大凡学医之人为此所迷盖屡屡矣。今而熟察其意，患在不得其独耳，兹姑以部位言之，则无不言心肝肾居左三部，肺脾命居右三部，而按部以索脏，按脏以索部，咸谓病无遁情矣。故索部位者，审之两寸则似乎病在心肺，审之两关则似乎病在肝脾，审之两尺则似乎病在命肾。既无无脉之部，又无无病之脉，而病果安在哉，孰是孰非难言也。再察其病情，如头疼一症，本上焦病也，应在两寸，若以经脏言之，则少阳、阳明之痛不应在两关乎，太阳之痛不应在两尺乎，上下无分，此难言也。又如淋遗一症，本下焦病，尺部所主也，若因气不能摄，病在右寸矣，因神不能固，病在左寸矣，源流无辨，此难言也。诸如此类，百病皆然，使必欲以部位言，则上下相关，有不可泥也，使必欲以经脏言，则承制相移，有不可执也，言难尽意，绘难尽神，无弗然也。是可见诸家之所胪列*者，不过描摸影响，言此失彼而十不得一，第觉其愈多而愈繁，愈繁愈失，而迷津愈甚矣。故凡为脉者，贵在察神，不在察形。察形者，形千形万难得其要，察神者，惟一惟精独见其真也。独之为义不一，有部位之独也，有脏气之独也，有脉体之独也。部位之独也，谓诸部无恙，惟此部稍乖，乖处藏奸，即细察此部，此部位之独也。脏气之独者，不得以部位为拘也，如诸见洪者，皆是心脉，诸见弦者，皆是肝脉，诸见浮者皆为肺，诸见缓者皆为脾，诸见沉者皆为肾，五脏五脉，各有所主，五脉互见，独乖者即病脉也。乖而强者即本脏之有余，乖而弱者即本脏之不足，此脏气之独也。脉体之独者，如经云：独大者病，独小者病，独疾者病，独迟者病，独热者病，独寒者病，独陷下者病，此脉体之独也。知斯三者，独义明矣，夫既谓之独，何云有三，而不知三者之独总归于独大、独小、独疾、独迟之类，但得其一而即见病之本矣，故经曰：得一之精以知死生。又曰：知其要者，一言而终，不知其要，流散无穷，正此之谓也。

十、上下来去至止论

凡诊脉须识上、下、来、去、至、止，不明此六字则阴阳虚实不能别也。上者为阳，来者为阳，至者为阳，下者为阴，去者为阴，止者为阴。上者自尺部上于寸口，阳生于阴也，下者自寸口下于尺部。阴生于阳也，来者自骨肉之分，出于皮肤之际，气之升也，去者自皮肤之际，还于骨肉之分，气之降也，应曰至，息曰止也。此滑伯仁所创。言者此六字精义，犹未尽其蕴，张公因续而悉之云，盖此六字之中，俱有初中末三候之法也，如初诊之先，即当详审于上下。上下之义，有升降焉，有

---

* 胪列：罗列；列举。——编者注

阴阳焉，有脏象焉，有补泄焉，上下昭然，则症治条分，而经济自见，此初候之不可不明也。既诊之后，即当详察来去，来去之义，或指下之和气未来，形症之乖气未去，何者为邪气渐去，何者为生气渐来，此消长有徵矣，来去若明，则吉凶可辨，此中候之不可不察也。得统初中之全局，尤当详究其至止，至止之义，即凡一举一动，当料其势所必至，一闻一见当思其何所底止，知始知终，庶乎近神，此末候之不可不察也。明此六字之义，深得诊家之要旨矣。

十一、胃气论

凡诊脉须知胃气，夫人以水谷为本，水谷绝则人死矣，故脉之有胃气，如人之得水谷也。故曰：有胃气者生，无胃气者死。盖胃气即谷气，谷气即元气也。凡诸脏腑皆赖其所养，故胃之来徐和而缓，不似邪气之来疾强而峻也。故凡诊脉无论其浮沉、迟数，虽值诸病叠见，但于邪脉中，得兼缓滑徐和之象者，便是五脏中俱有胃气，病必无害，何也？盖胃气者正气也。病气者邪气也，夫邪正不两立，一胜则一负，凡邪气胜则正气败，正气至则邪气退矣。凡欲察病之进退吉凶者，即当以胃气为主也，审察之法，如今日脉尚和缓，明日脉便弦急，知邪气之愈进，邪愈进则病必甚矣。如今日脉甚弦急，明日脉稍和缓，知胃气之渐至，胃气至则病渐轻矣。即如顷刻之间，初急后缓者，胃气之来也，初缓后急者，胃气之去也，此察邪正进退之法也。至于生死之兆，亦惟以胃气为主。夫胃气中和主于四季，故春脉微弦而和缓，夏脉微洪而和缓，秋脉微浮而和缓，冬脉微沉而和缓，此胃气之常，即平脉也。若脉无胃气，即名真脏脉见必死矣。何也，盖肾为先天之本，人有元气，出自先天，即天气也，为精神之父，脾胃为后天之本，人有胃气出乎后天，即地气也，为气血之母。其在后天，必本先天为主，持在先天，必赖后天为滋养，无所本者死，无所养者亦死，故凡脉之但弦、但洪、但浮、但沉，不见和缓之象者，此以孤脏之气独见，而胃气不能相及，故死也。且脾胃属土，脉本和缓，土畏木克，木克土则脉弦强，凡脉见弦急者，此为土败木贼，大非佳兆。若弦急之微者，尚可救疗，弦急之甚者，胃气绝矣。

十二、真似论

据诸脉法所言，凡脉浮为在表，沉为在里，数为热，迟为寒，弦强为实，微细为虚，理固然也。然似是而非之中犹有真似之辨，此中关系非小，不可不细心察也。如脉浮虽属表，而凡阴虚血少、中气亏损者脉必浮而无力，是浮不可一概言表。脉沉虽属里，而凡表邪之深者，寒束皮毛，脉不能达必沉而紧，是沉不可一概言里。脉数为热，凡虚损之症阴阳俱困，气血张皇，虚甚者数必甚而无力，是数不可一概言热。脉迟为寒，凡伤寒初退，余热未清，脉多迟滑，是迟不可一概言寒。弦强类实而真阴胃气大亏，及阴阳关格等症，脉必豁大而弦健，是弦强不可一概言实。微细类虚，而凡痛极气闭，营卫壅滞不通者，其脉或伏匿或促结代止，或散动之类。由此推之，凡诸脉中皆有疑似皆有真辨，随时应变，笔下难穷，是在圆机之士，神而明之，其必得天渊之学者方能及此不易言也。

十三、顺逆论

凡内出不足之症，忌见阳脉，如浮洪紧数之类是也。凡外入有余之病，忌见阴脉，如沉细微弱之类是也。如此之脉最不易治，凡有余之病，脉宜有力有神，如微弱细涩而不应手者逆也，凡不足之病，脉宜和缓柔软，若洪大滑数实浮数者亦逆也，凡暴病脉来浮洪数者为顺，久病脉来微缓细弱者为顺，若新病脉沉微细弱，久病脉浮洪数实，皆为逆也。总之凡脉症贵乎相合，设若症有余而脉不足或脉有余而症不足，病轻者亦必延绵，重者即危亡之兆也。经曰：脉小以涩谓之久病，脉浮而滑谓之新病。故有余之病忌见阴脉，不足之病忌见阳脉，久病忌见数脉，新暴之病而见形脱脉脱者死。

凡元气虚败之症，脉有微极欲绝者，若用回阳救本等药脉徐徐渐出渐复者，乃为佳兆。若陡然暴出忽如复元者，此假复也，必于周日之后，复脱如故，是即不治之症。若服药后全无见复生意者，亦不必治也。若各部脉虽脱而胃脉尚存者，犹可百救一二也。

十四、人迎气口论

关前一分人命之主，左为人迎，右为气口。人迎以辨外因，气口以辨内因。又曰：人迎紧盛伤于风，气口紧盛伤于食。盖寸部三分，关部三分，尺部三分，三部共是九分，每部三分者，前一分，中一分，后一分也。此言关前一分，仍在关上之前一分耳。人多误认关前二字，竟以左寸为人迎，右为气口，误之甚矣。须知左关前一分正当肝部，肝为风木之脏，故外伤于风者，内应风脏而为紧盛也。右关前一分，正当脾脏，脾为仓廪之官，故为伤于食者，内应食脏而为紧也。观其但曰伤于风，勿泥外因，而概以六气所伤者，亦取人迎也。但曰：伤于食，勿泥内因，而概以七情所伤者，亦取气口也。

十五、根脉二论

一以尺脉为根脉，人之有尺犹树之有根，水为天一之元，肾为先天之本，王叔和曰：寸关虽无，尺犹不绝。如此之流何能陨减，谓其有根，若肾脉独败，是谓无根矣。

一以沉候为根，经曰：诸浮脉无根者皆死。是谓有表里，是谓孤阳不生，造化所以万古不息者，一阴一阳，互为其根也。阴既绝，阳岂独存乎，但二说似乎不同，究其实则一致，何也？两尺为肾部，沉候之六脉皆肾脉也，两尺之无根，与沉候之无根，总之肾水绝矣。

十六、冲阳太溪太冲脉论

三脉在足上候之，今名此为脚根脉。冲阳者胃脉也，在足跗上五寸（即脚面也），上五寸骨间动脉上去陷谷三寸是也。盖土为万物之母，冲阳脉不衰，胃气犹在，病虽危尚可生也。然此脉虽旺，又忌弦急，弦急者，肝脉也，若见此脉为木克土，谓之贼邪，不可治也。

太溪者，肾脉也。在足内踝后跟骨上动脉陷中（即足后两旁圆骨，俗名孤拐骨），盖水为天一之元，肾为先天之本，太溪不衰，肾犹未绝，病虽危尚可生也。

太冲者，肝脉也。在足大指本节后二寸陷中，盖肝者东方木也，生物之始，此脉不衰则生，生之机尚可望也，女人专以此脉为主。

临证特殊脉

一、鬼贼脉论

此言五行相克之理也，按脉之部位而言，如心部见沉细脉（为水克火），肝部见短涩脉（为金克木），肾部见迟缓脉（为土克水），肺部见洪大脉（为火克金），脾部见弦长脉（为木克土），皆为死候也。四时亦有相克，不可不知也，如春见浮涩脉，夏见沉细脉，秋见洪大脉，冬见迟缓脉，季夏见弦长脉，亦为鬼贼之脉也，诊家岂可不识于此乎。

二、死脉歌

雀啄连来三五啄（肝绝），屋漏半日一点落（胃绝）。

鱼翔似有又如无（心绝），虾游静中忽一跳（大肠绝）。

弹石硬来寻即散（肾绝），搭指散乱如解索（脾绝）。

指下如汤滚沸样（肺绝，）医家仔细休下药。

三、胎孕脉论

凡妇人手少阴（即心脉也）脉动甚者胎脉也。又曰：阴搏阳别谓之有孕。又曰：身有病而无邪脉者，胎也。又曰：尺脉按之不绝者，妊娠也。滑氏曰：三部脉浮沉正等，身无他病而不月者，妊也，又曰：脉滑而数按之不散者，三月之胎也。滑脉不见，但疾而不散者，五月之胎也。

景岳胎脉论曰：凡妇人怀孕，其血留气聚于胞宫，内实故脉滑数，此当然也。然有中年受孕及其气血羸弱之妇，则脉见细小不数者亦有之，亦必有隐隐滑动之象，此正阴搏阳别之谓，是即妊娠之脉有可辨也。

凡胎孕之脉数，而劳损之脉亦数，二脉大有相似，此何以辨之？然劳损之脉数，多兼弦涩，胎孕之脉数，必兼和滑。此当于机微之中，辨其邪气胃气之异，再兼之察色，审音，问症，自有显然可见者矣。

凡辨孕男女之法，自古及今无不以阴阳二字为纲领，然其言多矛盾，悉属疑似，张公以坎离之象定之。庶得其要，盖坎为天一之卦，坎中满，阳在内也，离为地二之卦，离中虚，阴在内也。得坎象者为孕男，得离象者为孕女，所以男胎脉多沉实，沉实者中满之象，女胎脉多浮虚，浮虚者中虚之象。无论人之老少强弱，脉之部位大小，但因象察象，无不应响之也，然尤于两尺脉为最也，足称捷要之法。

四、临产脉

凡产妇两手中指本节后有脉跳动，此将欲产也。直至中指中节两旁之脉，应手乱跳，疼痛阵而又紧，方可临盆。临产六至脉号离经，或沉细滑亦属同名，浮大难产，寒热又频，此是凶候。急于色徵，面颊唇舌，忌黑与青，面赤舌青，子死母生，面青舌赤，子生母死。口边出沫，唇面俱青，若胎在腹，子母归冥。

五、产后脉

新产之脉缓滑吉，实大弦急死来侵，寸口涩疾不调死，沉细附骨不绝生。

十二经脉及诸脉候

手太阴肺，手少阴心，手厥阴心包，手太阳小肠，手少阳三焦，手阳明大肠，足太阴脾，足少阴肾，足厥阴肝，足太阳膀胱，足少阳胆，足阳明胃。

分部位，此分配脏腑于两寸关尺以定部位之准则也。左寸心部候心，脏也，与心包络，腑也，心主血藏神，主汗，其色赤属火，旺于夏，苦味入心，其脉浮洪，手少阴其经也。脾土受生，肺金受克。右寸肺部候肺，脏也，与胸中腑也，肺主皮毛藏气，主涕，其色白，属金，旺于秋，辛味入肺，其脉浮涩，手太阴其经也。肾水受生，肝木受克。此二寸部居上，故凡头、面、耳、目、口、舌、咽喉、肩、项，上焦诸症俱在两寸候之。

左关肝部候肝，脏也，与胆腑也，肝主筋藏血，主泣，其色青属木，旺于春，酸味入肝，其脉沉弦，足厥阴其经也。心火受生，脾土受克。右关脾部候脾，脏也，与胃腑也，脾主肉统血，藏意主涎，其色黄属土，旺于长夏，甘味入脾，其脉和缓，足太阴其经也。肺金受生，肾水受克。此二关部居中，故凡胸胁、腰背、肚腹、饮食，中焦诸病俱在两关候之。

左尺肾部候肾，脏也，之元阴膀胱，腑也，属水，故从之大肠，腑也，属金以金从水，故也候焉。肾主骨，藏志，主唾，其色黑，属水，旺于冬，咸味入肾，其脉沉滑，足少阴其经也。肝木受生，心火受克。右尺肾部候肾，脏也，之元阳命门，腑也，亦属脏也，属火故泛之小肠，腑也，属火，以火泛火，故亦候焉，主元气，属相火，代心君行令，故其所主，脉旺生克，俱与心部相同。此二尺部居下，故凡腰、腿、足、膝、二便，下焦诸症，俱在两尺候之。

诊脉须明七诊、九候之法，七诊者，即浮、中、沉、上竟、下竟、左、右是也。浮者轻下指于皮肤之间，探其腑脉，阳也，表也，亦心肺之应也。中者不轻不重，取于肌肉之间，阴阳相适，候其胃气，半表半里也。沉者重下指于筋骨间，察其脏脉阴也，里也，亦肝肾之应也。上竟者，即于寸内前一分取之，以候头面是也。下竟者即于尺内后一分取之，以候膝足是也。左者即左手以候左，右者即右手以候右，此即七诊也。九候者，即寸关尺三部，每部俱有浮中沉三候，三部合为九候也。别有七诊，谓独大、独小、独寒、独热、独疾、独迟、独陷下也。别有九候，谓寸关尺三部，每部各有前一分、中一分、后一分三部，合为九候也。

浮脉 阳也，表也，浮脉法天，有轻清在上之象，脉泛肉上行，故轻手可得，如木之漂于水面也。浮为风虚眩掉之候，阳脉浮表热，阴脉浮表虚，秋为正脉，肺脉宜，久病则忌。凡洪虚散芤濡微革，七者皆浮脉之所统类也，浮大有力为洪，浮迟无力为虚，浮虚散慢为散，浮大中空为芤，浮小极软为濡，似有如无为微，浮弦中虚为革。浮脉主病诗：

浮脉为阳表病真，迟风数热紧寒因。浮而有力是风热，无力而浮血弱人。

寸头疼眩热因风，更有风痰右欬攻。关右脾虚左腹胀，溲多赤涩粪难通。

注：言浮脉至迟数兼紧也，凡诸脉相兼者皆放此。风痰左寸病，右寸肺感风邪作咳，关右脾虚中满不食左腹胀，左尺膀胱风热溲多赤涩，右尺风邪客于下焦故大便秘。

沉脉 阴也，里也。沉脉法地，有渊泉在下之象，脉在内，重手按之筋骨间方得，如石投水，必至其底也。沉为阴逆阳虚之候，主阴经，主气，主水，主寒，主骨，太过实强病在外，不及虚微病在内，男尺脉宜，女寸脉宜，冬为正脉。凡伏牢实弱细五者，皆沉脉之所统类也。沉极至骨为伏，沉弦有力为牢，三候弦长为实，沉软无力为弱，沉细长有为细。沉脉主病诗：

　　沉潜脉主阴经病，数热迟寒滑有痰。无力而沉虚与气，沉而有力气积寒。

　　寸沉痰郁（yù）*饮停胸，关主中寒痛不通。尺部浊遗精血冷，肾虚腰及下元疼。

　　注：此总言沉脉主病也，寸沉痰郁饮停胸，为右寸，左寸；关主中寒痛不通，此兼左右两关而言；左尺病，男精冷，右尺病，女血冷，此总言左右两手沉脉病也。

　　迟脉　阴也，脏也。迟脉呼（气之出）吸（气之入）也。脉来三至，去来极慢，迟为阴盛阳虚之候，阳不胜阴，故脉来不及也。在寸为气不足，气寒则缩也，在尺为血不足，血寒则凝也。凡缓涩结代四者，皆迟脉之所统类也。四至平和为缓，迟滞不利为涩，迟有时止为结，迟有定数为代。迟脉主病诗：

　　迟司脏病或多痰，沉痼癥瘕仔细看。有力而迟为冷痛，迟而无力是虚寒。

　　寸迟心肺上焦寒，关主中寒痛不堪。左尺肾虚女不月，右为泄泻疝睾丸。

　　注：左寸属心受寒精气多悸，右寸属肺受寒冷痰气短。左关筋寒，紧急，手足厥冷；右关中焦寒，脾胃伤冷食不化。左尺肾虚，故便浊女不月，右为泄泻疝睾丸，脏寒泄泻小腹冷，腰脚重而无力，此总言两手迟脉病也。

　　数脉　阳也，腑也。凡人之气息，时长时短，凡鼓三息，必有一息之长，鼓五息又有一息之长，其名为太息，如历家三年一闰，五年再闰也，凡诊脉至数者，必先知此，方不致错误也。数脉呼吸之间六至，往来急数，数为君相二火，炎热之候，阴不胜阳，故脉来太过，小儿吉，肺病与秋深均忌。凡滑紧促动四者，皆数脉之所统类也。数而流利为滑，数而弦急为紧，数时一止为促，数见关中为动，数脉主病诗：

　　数脉为阳热可知，只将君相火来医。实宜凉泻虚温补，肺病秋深却忌之。

　　寸数咽喉口舌疮，吐红咳嗽肺生疡。关数胃火并肝火，尺用滋阴降火汤。

---

* 郁（yù）：滞积。——编者注

注：此总言数脉主病也，右寸数则口舌疮，左寸吐红咳嗽肺生疡，此兼左右言又兼头疼热。右关胃火脾热、口臭、烦满呕逆，左关数肝火目赤。此兼左右两尺而言，尺数主肾火炽盛、小便黄赤、大便闭塞，用滋阴降火汤。

　　滑脉　阳中阴也。滑脉往来流利，如珠走盘而不滞，有滑动之象。滑为血实气壅之候，主痰饮诸病，为血府血盛则脉滑，女人脉滑断绝不匀，经闭之验，若诸脉调尺脉独滑者，必有胎，滑则流利如珠，数则呼吸六至，不同如此。滑脉主病诗：

　　　　滑脉为阳元气衰，痰生百病食生灾。寸为吐逆尺蓄血，女脉调时定有胎。

　　　　寸滑膈痰生呕吐，心惊舌强因热故。关主宿食肝热风，尺部渴痢癫淋诊。

　　注：滑主痰饮，浮滑风痰，沉滑食疾，滑数痰火，滑短宿食。女人督脉滑，血热经不通。寸滑膈痰生呕吐，右寸病；心惊舌强因热故，左寸病。右关脾热口臭吐逆宿食不消，左关肝热头目为患。尺部渴痢癫淋诊，此兼左右两尺而言也。

　　涩脉　阴也。涩脉虚细而迟，往来艰难，短而兼散，或一止复来，三五不调，状如轻刀刮竹。涩为气盛血少之候，故主血少伤精之病，故脉来涩滞，惟肺脉宜之，妇女有孕脉涩为胎病，无孕脉涩为败血。涩脉主病诗：

　　　　涩原血少或伤精，反胃亡阳汗雨淋。寒湿入营为血痹，女人非孕即无经。

　　　　寸心虚痛乖营卫，脾弱肝虚察关中。左尺伤精兼疝症，右寒小腹足胫疼。

　　注：女人无孕左尺涩主血少，有孕主胎病或漏。左寸心虚不安，冷气心痛，又兼心血不足，右寸肺耗，气不和，上焦冷痞气短痞瘦，右关涩脾胃冷多呕，不食；左关涩肝虚血败，肚胀肋满身痛；大便闭结，津液不足。

　　虚脉　阴也。虚脉迟大，按之无力，言其脉形虽大而力少也。虚为气血俱虚之候，气血虚则脉即虚，主在内不足之候，久病脉虚者多不治。虚脉主病诗：

　　　　脉虚身弱为伤暑，虚损疲烦汗自多。发热阴虚须早治，养荣益气莫蹉跎。

　　　　怔忡惊悸寸脉虚，血不荣心亦诊之。腹胀诊关尺痿痹，损伤精血骨蒸俱。

　　实脉　阳也。实脉浮中沉三候皆有力，大而长兼微弦，应指坚强。实为三焦气壅之候，气血实脉也实，为太过，主有余之病。浮实沉虚为牢，沉实浮虚为革。实脉主病诗：

实脉为阳火郁成，发狂谵语吐频频。或为阳毒成伤食，大便不通或气疼。

左寸心面热兼风，痰嗽中烦气积胸。肝火脾虚关上见，尺脐腹痛便难通。

注： 脉实者水谷为病，大便不通或气疼。左寸实，心中积热，口舌生疮，咽喉痛，右寸实，胸膈中痰嗽烦满呕逆。左尺实小腹痛，小便涩，右尺实脐下疼或下痢。

长脉 阳也。长脉不大不小，指下有余，过于本位。若不大不小长而和缓，即气血充足之平脉，若但长不和缓即病脉也。长为气血有余之候，脉有三部之长，有一部之长，按之如引绳则病矣，长属肝宜于春，诊无病，肝脉其形壮自可知，凡实牢弦紧皆兼短脉。长脉主病诗：

气血有余长脉见，阳明势热自然深。若非阳毒癫和痫，即是焦烦壮热侵。

短脉 阴也。短脉不及本位，应指而回，不能满部。短为气血不足，主不及之病，短脉止于尺寸诊之，若关部脉短，则上不至寸为阳绝，下不至尺为阴绝，必死。故关脉不宜短也，短属肺，宜于秋，诊无病，肺脉其形壮即可知。长短二脉未有定体，诸脉过于本位为长，不及本位为短也。凡涩微动结皆兼短脉。各脉俱有彼此相兼者，熟读诸脉自能分别。短脉主病诗：

短主内虚真气弱，三焦气壅是真因。胃里宿食多停滞，寸主头疼尺腹疼。

注： 短主内虚真气弱，多见健忘，怔忡，神志不宁之症。寸主头疼尺腹疼，此兼左右两手而言也。

洪脉 阳也。洪脉指下极大，按之满指，如波涛充涌之象，来盛去衰，即大脉也，即钩脉也。洪为经络大热，血气燔灼之候，夏为正，心脉宜，失血泻痢久嗽者均忌，形衰脉大多气者死，又曰：脉大则病近也。洪脉主病诗：

洪为阳盛血应虚，相火炎炎热病居。发热阴虚须早治，阴虚泻痢可急除。

心经火盛内多烦，肺热毛焦咽更干。肝火身疼胃虚呕，肾虚阴火便俱难。

注： 左寸病，又兼目赤口疮浮热，右寸病，又兼涎唾稠粘。左关病，又兼四肢浮热，右关病，又兼口黏舌干。肾虚阴火便俱难，为阴虚火动，小便赤涩，大便燥或下血，此兼左右两尺而言。

微脉 阴也。微脉极小极软，欲绝非绝，似有若无，浮而兼迟，比濡更甚。即小脉也。微为久虚血弱之候，气血微脉也微，主虚极泻痢，崩带诸不足之病。脉诀云："崩中日久为白带，漏下多时骨肉枯。"又曰："形盛脉小少气，休治也。"微脉主病诗：

气血微兮脉亦微，恶寒发热汗淋漓。男为劳极诸虚候，女作崩中带下医。

寸微气促与心惊，关脉微时胀满形。尺部脉微精血弱，脏寒泄泻疼呻吟。

注：气血微兮脉亦微，恶寒阳微也，发热阴微也。右寸中寒少气，兼上寒痃冷痰不化，左寸心忧伤，主心血不足。右关微胃寒气胀，食不化，脾虚噫气心腹冷疼，左关微中满气乏，四肢寒冷拘急。左尺主伤精尿血，右尺主脏寒泻痢，脐下冷疼积痛。

紧脉 阳也。紧脉来时劲急有力，左右弹指，如牵绳缚索之状，又名急脉。紧为风寒搏击，伏于营卫之间之候，主寒主痛，内腹外身，有疼必见紧脉，亦有热痛者，其脉必兼实热数，热为寒束，故脉急数如此，但脉必察其有神为妙，中恶脉浮紧，咳嗽脉沉紧，皆主死。紧脉主病诗：

紧脉诸疼主于寒，癖疾风痫吐冷痰。浮紧宜汗沉宜下，人迎气口更须看。

左头目项右鼻膈，关从心腹胁筋寻。尺为腰腿脐下疼，知是奔豚与疝疼。

注：紧兼浮主表寒身疼宜汗，紧兼沉主里寒腹疼宜下。左为人迎，人迎紧盛伤于风，右为气口，气口紧盛伤于食。左寸紧主头热目疼项强，右寸紧主鼻塞膈壅。左关主心腹满痛筋急，右关主脾腹痛吐逆。左尺主腰脚，脐下疼兼小便难，右尺主下焦气结疼。

缓脉 阴也。缓脉呼吸四至，往来甚匀，无浮沉徐疾大小之偏，从容和缓，如初春柳舞微风之象，即胃气脉也，四脏皆赖其所养，故凡浮沉弦洪等脉，必兼和缓方为平脉，若非其时即为病脉。缓脉主病诗：

缓脉骎骎（qīn）*营卫衰，或痹或湿或脾虚。上为项强下脚软，浮风沉弱细分之。

寸缓心虚肺则浮，关主风眩胃虚求。尺为肾冷便频数，下寒风秘步常忧。

注：痹缓而细，湿缓而沉，脾虚缓而涩。浮缓伤风，沉缓血气衰弱须知之。左寸主心气不足，怔忡多忘，兼主项背拘急疼，右寸主肺气浮又兼言语短气。左关主风虚眩晕，兼主腹胁气急，

---

* 骎（qīn）：马行疾也。——编者注

右关主胃弱气虚。左尺主肾冷而虚多小便，右尺主下元虚寒脚弱风气闭滞。

　　芤脉　阳中阴也。芤脉中央空，外边实，其状如慈葱（如以指按葱，浮取得上面葱皮，中取正在空处，沉取又着下方葱皮。言中空外实者，非中候绝无，但浮沉有力中候无力为异耳。若中候绝无是胃气无矣，必死）。芤为失血之候，气有余血不足以载气也，脉以血为形，芤脉中虚，故为脱血之候，火犯阳经血上溢，火侵阴络血下流，三部脉芤，久病生，卒病死。芤脉主病诗：

　　　　寸芤吐衄兼心血，关上为瘀肋痛真。左尺男人小便血，女为月事病相因。

　　　　右寸积血在于胸，关内逢芤肠胃痛。呕血不食兼瘀血，尺多血痢与肠红。

　　注：寸芤吐衄兼心血为左寸，关主腹中瘀血肋间血气痛，吐血目暗。左尺男人小便血，女为月事病相因，此单言左手。右寸积血在于胸，兼衄血呕血；大便下血此单言右手。

　　弦脉　阳中阴也。弦脉按之不移，劲而端直似长，其状如按筝弦，从中直过挺然指下。弦为气血收敛，为阳中伏阴，或经络间为寒所滞之候，弦紧数劲为太过，弦紧而细为不及，弦而软病轻，弦而劲病重，轻虚似滑者平，实滑如循长竿者病，劲急如新张弓弦者死，春为正，肝脉宜，若脉弦甚为木旺克土，不能食者必难治。弦脉主病诗：

　　　　左寸头疼兼心惕，盗汗劳伤力懒牵。关主肋痛兼疝癖，尺小腹痛脚拘挛。

　　　　右寸膈痰生呕吐，右关胃冷腹心疼。下焦停水弦逢尺，阴疝常从脐下侵。

　　注：关主肋痛兼疝癖，尺小腹痛脚拘挛，此单言左手弦脉。右寸膈痰生呕吐，由肺受风寒。右关胃冷腹心疼，脾胃伤冷宿食不化多饮。下焦停水弦逢尺，阴疝常从脐下侵，此单言右手弦脉。

　　革脉　阴也。革脉浮弦而芤（浮弦者，浮取有力，芤者中候无力为异耳），外急内虚，其壮如鼓皮（总言外紧实内空虚也）。革为虚寒失血之候，即芤弦二脉相合之象，芤为虚，弦为寒，虚寒相搏，即名为革。男子亡血失精，女人半产漏下，又为中风感湿之症，久病死，卒病生。脉来浑浊变革，急如涌泉出而不反者，病进而危，去如弦之绝者死。革脉浮实中虚，为脾胃虚衰，是即极之症。革脉主病诗：革主失血与寒虚，中风感湿胀兼医。女人半产并崩漏，男子营虚或梦遗。

牢脉　阳中阴也。牢脉沉实有力，大而长微弦。沈氏曰："似沉伏牢之位也，实大弦长牢之体也，牢主寒实病，木盛则为痛，牢而疾者必发热，牢而迟者必发寒，迟疾不常者必寒热往来"。牢为里实表虚，胸中气促，劳伤痿极之候，大抵牢脉近乎无胃气，故见此脉为危症，如失血病脉宜沉细反大而牢者死，以虚病见实脉是也。牢脉主病诗：

牢为喘促皮肤肿，心腹寒疼肝克脾。癥瘕疝癫尤可治，阴虚失血怎相宜。

注：喘气促息皮肤肿为两寸病，心腹寒疼肝克脾为两关病。两尺病，凡阴虚失血脉宜沉细，反大而牢是虚症见实脉必死，此总言左右两手牢脉而言也。

濡脉　阴也。濡脉浮小且软，如绵浮水面，轻手相得，重手按随手而投。濡为气血两虚之候，主脾虚，病后产中尤可，若平人见濡脉是谓无根，多不可救。濡脉主病诗：

濡为亡血阴虚病，髓海丹田暗已亏。汗雨夜来蒸入骨，血山崩倒湿侵脾。

左寸心虚兼短气，精神离散左关濡。尺男精败女脱血，自汗淋漓溲数俱。

憎寒闀（hòng）*热诊右寸，气乏身疲怎得安。关主胃虚脾更弱，尺肠虚泻下元寒。

注：此总言濡脉主病也。左寸心虚兼短气，故惊悸盗汗；精神离散左关濡，荣卫不和，体虚少力。尺男精败女脱血，自汗淋漓溲数俱，此单言左手濡脉。关主胃虚饮食不进，脾更弱食不消；尺肠虚泻下元寒，此单言右手濡脉。

弱脉　阴也。弱脉沉细而极软，轻诊不见，按之虽见，极无力也。弱为阳陷入阴，精气不足之候，兼主筋，脉弱以滑是有胃气，脉弱以涩是为久病，阳浮阴弱，应为血虚，筋急恶寒，发热之病，若老年见之顺，平人见之逆。弱脉主病诗：

弱脉阴虚阳气衰，恶寒发热骨筋痿。多惊多汗精多泻，益气调营及早医。

寸汗心虚右身冷，关中筋痿胃脾虚。欲知阳陷阴微病，骨痛耳聋粪数遗。

注：弱脉阴虚阳气衰，气虚则脉弱，寸弱阳虚，尺弱阴虚，关弱胃虚。益气调营脉弱宜补。左寸弱阳虚，心悸自汗；右寸弱病又兼短气。肝主筋痿，左关弱故筋痿少力，兼主女人产后客气面肿；右关弱脾胃虚，又兼食不能化。骨痛耳聋左尺弱肾虚之故；右尺弱火虚极大便滑，下焦虚冷痛。

---

* 闀（hòng）：喧闹。——编者注

散脉　阴也。散脉大而散乱，有表无里，浮取满指，而极无力，至数无拘，来去无定，散慢不聚，比濡脉更甚也。散为气血耗散，脏腑气绝之候，主虚阳不敛，心气不足，大抵非佳兆也。心脉浮大而散，犹为平脉，若诸脉见代散必死，产妇脉散将临盆，孕妇脉散必堕胎。散脉主病诗：

　左心怔忡右寸汗，溢饮左关脉软散。右关脉散胻*肿腑，两尺肾绝魂应断。

注：左心怔忡血不荣心故也；右寸汗气虚表不坚固。两尺脉散为肾绝主死。

细脉　阴也。细脉沉细而直，常有而无绝期，形如丝线，应指细为气少，血衰不足以统之候，主诸虚劳损，或湿腰肾，应指（言前所主或虚或湿之诸病也）则顺，否则逆，吐衄得之生，若秋冬与老年犹可，春季少壮俱不宜也。忧劳过度者脉也细。凡细脉病俱在内在下也。细脉主病诗：

　寸细应之呕吐频，关中腹胀胃虚形。尺逢定是丹田冷，泻痢遗精耗脱阴。

注：尺逢定是丹田冷为右尺，泻痢遗精耗脱阴为左尺，此兼左右两手而言。

伏脉　阴也。伏脉极重，按之透筋着骨，指下裁动，比沉脉更在下也（沉脉在于筋骨之间，伏则推筋着骨，然后始见也）。伏为阴阳潜伏，关格闭塞之候，关前（寸部）为阳伏，关后（尺部）为阴伏，伤寒一手见之为单伏，两手见之为双伏，断不可以阳证见阴脉为诊，乃火邪内郁，不得发越，阳极似阴，故脉伏，必有大汗而解。亦有夹阴伤寒，内伏阴外感寒，阴盛阳虚，四肢厥逆，六脉沉浮者，须投姜附，脉可复出，若脚根脉全无者，必死。曰：伏脉不可发汗，又痛甚者，脉必伏。伏脉主病诗：

　伏为霍乱或停食，蓄饮顽痰积聚真。荣卫气凝兼厥逆，散寒温里莫因循。

　忧郁伤心神不守，胸中气滞冷痰凝。关主腹痛分寒食，尺脐腹疼与疝气。

注：凝者闭也。忧郁伤心神不守为左寸病，胸中气滞冷痰凝为右寸病。左关伏，肋下有寒，气血冷腰脚疼，右关伏，中脘积块痛，脾胃停滞。左尺伏，肾寒精虚疝疼，右尺伏，脐下冷疼下焦虚寒，腹中冷痛，此总言左右两手而言。

---

* 胻（héng）：小腿。——编者注

动脉　阳也。动脉形如豆粒，厥厥动摇，两头俱俯，中间高起，故短，如豆粒之动也（尺寸俱有动脉，非独手关部见也）。动为阴阳相搏之候，关前属阳，阳虚则阳动，故出汗，关后属阴，阴虚则阴动，故发热，动随虚见，主痛与惊，若形冷恶寒者，此三焦伤也，动即滑数二脉相兼者，故妇人动（心脉）甚者必有孕。动脉主病诗：

　　动脉专司疼与惊，汗因阳动热因阴。或为泻痢拘挛病，男主亡精女主崩。

注：右关拘挛病，左关动外感受风。男主亡精女主崩，此兼左右两尺而言。

促脉　阳也。促脉数而时有一止，复来而无定数，徐疾不常，如疾行而蹶也。促为阳独盛，而阴不能相合之候，或怒气上逆，亦见促脉，此为阳脉之极也，再加即死，渐退则生。促脉主病诗：

　　脉促为将火病医，其因有五细推之。时时喘嗽皆痰积，或发狂癍与毒疽。

注：脉促为将火病医，三焦有郁火；其因有五细推之，气血痰食饮。发狂癍与毒疽，此皆瘀血之故。

结脉　阴也。结脉，迟而时有一止，复来亦无定数。结为阴独盛，而阳不能相入之候，为阴之极，仲景有按之如循长竿，曰阴结。蔼蔼如张车盖，曰阳结。又有如麻子动摇，旋引旋收，聚散不常之结，主死。此三脉名虽同而实异也。凡促结二脉，或有因气、血、痰、食、饮，五者有一阻滞，即见止，所以促结等脉，非一定尽为恶候也。结脉主病诗：

　　结脉皆因气血凝，老痰结滞若沉吟。内生积聚外痈肿，疝瘕亡阴汗自淋。

注：凡结脉主疝瘕癥结，七情郁结，一切气血凝结，又为汗下亡阳。凡人之脏腑经络，总以通畅为和平，一有凝滞，则即病矣。

代脉　阴也。代脉迟而中止，不能自还，因而复动，但止有一定之数者，为代（促结之止，或三五动一止即来，却无一定之数，代脉之止，必依而止，还入尺中，良久方来也）。代为气血衰败，形体羸瘦之候，若不病羸瘦脉代者，是一脏气衰，他脏之气代至必危，若因病而气血乍损，致元气卒不相续，或风家，痛家，为病脉。故伤寒有心悸脉代者，复脉汤主之；或心腹痛，脉见涩结代止不匀者，因疼久之故，不可准也。曰：妊娠脉代胎必三月。又云：促结代见必死无疑，由此观之，凡病之主生主死，是在变通之士，神而明之，方不致误人性命也。代脉主病诗：

代脉原因脏气衰，便脓腹痛下元亏。或为吐泻或下痢，女子怀胎三月余。

呼吸定息诊至数，一至夺精归泉路，二败三迟虚与寒，四至缓脉无疾苦，

五至无痾闰太息，六数七疾因热故，八脱九死细参详，察色审音休错误。

注： 太息详脉于数脉条内。此以至数多少，以辨寒热虚实之法也。

《中医临床蹄涔集》

第二卷杂　抄

东阜宝仁

一九五一年一月

天以常静则属阴，人以常动则属阳，清平之世同水化也，
虽有辛热之药不生他症，扰攘之世同火化也，若用辛热之药
则发黄生癍，变坏之病作矣。

伤 寒

一、总论

夫寒者天地杀厉之气也，秋之露雾、冬之霜雪皆寒邪也，是以辛苦之人起居不由乎节，饮食不顺乎时，感其露雾之气，则其邪浅，感其霜雪之气，则其邪深，感而即病名曰伤寒，不即病者寒邪藏于肌肉之间，伏于荣卫之内，至春因温暖之气而发者名曰温病，至夏因暑热之气而作者名曰热病伤寒也。

温病也，热病也，一理而已。若乃疫疠之稍有不同者，因春应温而反凉，夏应热而反冷，秋应凉而反热，冬应寒而反温，四时不正之气也，感其春夏不正之气，则为瘟疫，感其秋冬不正之邪，则为寒疫，然其经络传变表衰受症与伤寒同也，俗云时气病尔，经总论之曰伤寒。所以为人之大病者，害人最速也。

轩岐以下得其治法之秘者，惟张长沙一人而已，反刘河间不踏其麻黄桂枝发表之药，自治双解散辛凉之剂，非不同也，时有异也。彼一时也，奈五运六气有所更，世态居民有所变。天以常静，人以常动则属阳，静则属阴，清平之世同水化也，虽有辛热之药不生他症，扰攘之世同火化也，若用辛热之药则发黄生癍，变坏之病作矣。盖人内火既动外火又侵，所以辛热发汗不如辛温，辛温发汗不如辛凉之药发汗，一剂而立雪，以辛热之药发汗轻者必危，重者必死，可不谨哉？

二、伤寒脉象及病症

脉阳浮而阴弱者，谓之伤寒，邪在六经俱弦加之阳浮为中风也，阴弱荣气弱也。风伤阳，故浮虚也。

脉浮紧而无汗谓之伤寒，伤荣，实则卫盈，阳脉紧邪在上焦，主欲吐也。

脉浮，头项痛，腰脊强，病在太阳（手小肠、足膀胱）。

脉长大，身热，鼻干，目痛，不得卧，病在阳明（手大肠、足胃）。

脉弦，胸肋痛，耳聋，往来寒热，病在少阳（手三焦、足胆）。

脉沉细，咽干，腹痛自利，病在太阴（手肺、足脾）。

脉微缓，口燥，舌干而渴，病在少阴（手心、足肾）。

脉沉涩，烦满，囊缩，病在厥阴（手心包、足肝）。

左手脉来紧盛，即是伤寒，右手脉和平。

右手脉来紧盛，即是饮食内伤，左手脉和平。

左右手脉俱紧盛，即是夹食伤寒，此为内伤外感。

右手脉来空虚，左手脉来紧盛，即是劳力伤寒，亦为内伤外感。

左右手脉来沉细或伏，面色青，手足冷，小腹绞痛，甚则吐痢，舌卷囊缩，即是夹阴中寒，此是真阴证。

脉来浮紧有力为寒邪在表，治宜发散。

脉来沉实有力为阴邪伏阳，治宜攻下。

脉来沉细无力此纯阴也，宜退阴助阳。

脉来沉数有力为热邪传里，宜清解邪热。

三、伤寒审症口诀

口甜者是肝热也，口燥咽干者是肾热也，舌干口燥者是胃热也，手心热者邪在里也，手背热者邪在表也，手足温者阳证也，手足冷者阴证也，鼻流浓涕者属风热也，鼻流清涕者属肺寒也，唇口俱肿赤者是热极也，唇口俱青黑者是寒极也。凡开目喜见人者属阳也，闭目不欲见人者属阴也，多睡者阳虚阴盛也，无睡者阴虚阳盛也。喜明者属阳，元气实也，喜暗者属阴，元气虚也，睡向壁者属阴元气虚也，睡向外者属阳元气实也，舌青紫者是阴寒也，舌赤紫者是阳毒也，谵语者口出无论邪气盛也，郑声者语不接续精气脱也，狂言无稽妄谈邪热气盛也，独语者无人则言是邪入里也，目直视者圆正而不转动也，怕木声走响者胃虚不可下也。瘛者筋脉急而缩也，疭者筋脉缓而伸也。

四、伤寒治法

正伤寒者大汗之大下之，感冒暴寒者微汗之微下之，劳力感寒者散之，温热病者微解之大下之，阴证似阳者温之，阳毒者分轻重下之，阴毒者分缓急温之。阳狂者下之，阴厥者温之，温热发黄者利之下之，血症发黄者清之下之，发癍者清之下之，痞满者消之下之，结胸者解之下之。太阳证似少阴者温之，少阴证似太阳者汗之，衄血者解之止之，发喘者汗之下之，咳嗽者清之解之，在表者汗之散之，在里者利之下之，在上者因而越之，陷下者升而举之，从乎中者和解之，直中阴经者温补之。解表不开不可攻里。日数虽多但见表证，脉浮尚宜汗之，里证具者不可攻表。日数虽多但见里证，脉沉实尤宜下之。若同而异者明之，似是而非者辨之。

伤寒传经与直中之区别，并详述传经反之病症如何。

夫伤寒证皆以六经为主，如太阳、阳明、少阳为三阳，太阴、少阴、厥阴为三阴，病证百出总不外乎此六经也，然而伤寒传经之病证与直中之证而大有差别。伤寒传经邪从三阳传入属表热证也。直中寒邪直入三阴属里寒证也。故伤寒传经属于热而有谵语、发狂之表现，直中属于阴而有四肢厥冷之表现，二者不同之点即在于此。又传经反之病证邪入三阳属热，故发现病症为口燥，咽干，目暗，失眠，谵语，狂躁，头痛，发热，舌苔黄黑，津液枯槁。

经期腹痛

一、经血不调经期腹痛其主因安在，何方主治，试详言之。

凡妇人多数富于忧虑肝郁日久，脾因失其制而败甚，使之脾不生血而血虚又加，气郁日久则气不畅，气既不畅而血滞，则成瘀，或有内伤而加外寒，血寒则凝，故每至经期因寒气相凝则不通，不通则痛。

二、经血不调经期腹痛之主要原因及其治法如何？

经血不调经期腹痛皆由肝郁，或寒，或脾虚所致。

经期赶前者多为郁热所致，宜开郁舒肝清热，用逍遥散加丹皮、焦栀子之类，错后者多为虚弱所致，宜平肝养血益气，用四物汤加木香、丹皮、参片、黄芪之类，血多者来如泉涌似，又或断或续连连不绝，此为肝旺克脾、脾不统血之故，宜用归脾饮加元胡之类。

　　经期腹痛多由于寒凝少腹，每至经期卵子成熟欲外溢，被血寒凝塞，经云不通则痛，宜散寒活血，如归附、元胡、灵脂之类。

治温提要及温病与瘟疫之辨

一、治温提要

　　病以温称，顾名思义，热邪伤阴，与寒迥异。初起口渴，不寒而热，右寸脉大，识病要诀。春温风温，微兼表症，初起恶寒，主以麻仁，稍事迟延，热甚寒止，风化已尽，表药禁矣。

　　虽分春温、风温、疫毒，而统名曰温，则与寒伤太阳症之不同，安得以伤寒法治之哉。温者热也，热邪伤阴，曰燥曰甚，故治温以救阴为主，而救法以存津液为先。太阳发热而渴，不恶寒者，名曰温病，仲师言曰：故此症以口渴为的，以发热为毕。再验舌察脉，无所惑矣。伤寒初起，多左手脉大，温病多右手脉大，且多两寸脉大，而右寸尤甚，盖温邪从口鼻入，初犯手太阴肺故也。春去寒水未远，风兼寒气而来，故二症初起，多兼恶寒，然总以口渴为别，麻杏甘石汤清内解外，一剂而表里全清，故为神方，若桂枝汤、参苏饮等方，辛温之药表解而温愈盛，遂至大渴大热，贻害无穷。二三日间风尽化热，无太阳恶寒症，而纯是口渴发热，则麻黄当禁，羌独防芷尤禁矣。盖表不恶寒热，全在里。妄用辛温发表徒伤津液，是为邪热树帜也。世之易用表药者，当知所慎而治里之法，可以隅反。

　　桑菊银翘，轻重酌宜。辛凉之法，内外兼施。大渴引饮，津液急存。承气撤热，白虎救矣。舌黑枯热，热汤反喜。急下存阴，稍迟则死。邪入包络，谵语昏狂。紫雪清宫，至宝牛黄。正虚邪实，下之不应。增液承气，水活舟动。病久纯虚，滋润甘寒。复脉诸法，总使阴还。先利后利，大分虚实。葛芩升泄，龙牡镇涩。病变纷纭，法不出此。欲穷其方，近来吴氏。至于瘟疫，时气天行，山川瘴疠，水旱刀兵。大头疙瘩，转筋吐泻。升降达原，效如奔马。要之温病，忌用温药，桂枝一法，前贤且驳。舌苔细辨，热渴肇端，救阴为主，始终用寒。

轻剂桑菊饮，重剂银翘散，温病初起口渴发热不恶寒者，一剂愈矣。微恶寒须加麻黄四五分，二方为辛凉之剂，清内解外，表里兼引，温病正方也。

至三四日热伤津液，大渴大热，思饮冷水，内热盛矣，阴耗矣。承气汤下其热，以存未亡之阴，急法也。白虎汤滋其燥，以回未亡之阴，缓法也，择而用之。舌枯黑而裂，且喜滚汤，甚至口烫破而不知，乃热极伤阴，危症也，勿作寒症看。急用大承气加石膏下之，以救一线未亡之阴，延至阴尽，不可救矣。谵语神昏发狂，乃邪入包络，不在肠胃，下之无益也。

唯有芳香解秽、甘寒清热两法，四方择宜用之。而重症非至宝丹不可，药不易得，须备于平时。津液枯竭，虽下不通，大用攻伐，正气反伤，病势至此，颇为棘手。增液承气，两方合用，一滋阴，一荡邪，其法至妥。纯属正虚专以复津液为治，盖伤寒病阳，以甘温缓之，温病伤阴，以甘寒缓之，乃两症之鉴别也。

缓脉去姜桂汤、竹叶石膏去粳米汤等方，皆复津液之药，其大要以复阴为主。初病邪热下利，口渴身热，舌黄胸痞脉数，邪盛也。病久下利，气弱脉数而软，正虚也。葛芩桔梗豆黄卷升泄热邪法，龙牡镇涩法，宜分别明了，方不致误。温病转变极多，有硝黄用至二十余日而病尤在者，有地黄、石膏用至半年而热未清者，然总以清热救阴为主，至三焦难症，分类立法，古人各有发明，不如吴鞠通之详也。虽其书分湿温、暑温、名因驳杂，在人善谈耳。疫兼毒气中人最速，其证大寒大热，或大热无寒，大渴饮冷，舌苔白厚，稍迟转黄，转黑，面如油垢，脉洪数有力。秽浊之气，久蕴成疫，排门挨户，若疫使然，乃兵荒后常有之灾，与春温风温大不相同。名目病状虽多，总不外一毒字，然别有长夏，热极吐泻顷刻而死者，则传染亦众。但不口渴发热乃阴阳离诀证，与疫毒症大反也。

升降散急症用之，达原饮缓症用之，二方专为疫毒立法，在用当其宜耳，前贤驳之，殊非通论。

尤氏云温病伏寒变热，少阴之精已被剥夺，虽有新旧合邪，不得更用桂枝汤，以绝化源。叶氏云：风温病外寒，虽似战栗，其温邪内郁，必从热化，诸贤所争皆虑助热伤阴耳，观此而术附辛麻之为害更可知矣。

绛苔，白苔，黄苔，黑苔，镜面苔，总以枯燥为别，而口渴身热则温病之大关目也。识病之始以此为断，庶不混淆。脉始半表半里，不在太阳，中沉细而数，热伤阴，反喜弦恶涩，阴尽乃死，虽辛寒、苦寒、甘寒不同，而总以寒为主。

二、遣方用药

麻杏甘石汤　麻黄四钱，去节　杏仁三钱，去尖　生石膏八钱　甘草二钱，生用

分两照病增减，先煮麻黄，吹去上沫，再下它药，温服取汗。

银翘散　连翘一两，带心　金银花一两　桔梗六钱　竹叶四钱

薄荷六钱　芥穗四钱　甘草五钱　豆豉五钱，炒黄　牛蒡子六钱

汤剂酌用二成，研粗末，每用六钱，鲜芦根汤煮，香气大出即取服，勿过煮，盖肺药取轻清，煮久恐味厚，入中焦。病者约二时一服，日三夜一，轻者三时一服，日二夜一，病不解初日再作服。肺位最高，药重则过病所，故用时时轻扬法，今人亦有药合而用法偶差者，一不见效，改弦更张，延缓数日成中下焦证矣。

胸闷加藿香、郁金，渴甚加花粉，项肿咽痛加马勃、元参，衄吐血去芥穗、豆豉，加白茅根、侧柏叶、生栀子，咳加苦杏仁；二三日病犹在肺，热渐入里加生地黄、麦冬，再不解或小便短赤加栀子、知母、黄芩。

桑菊饮　苦杏仁二钱，去尖　连翘一钱半　薄荷六分　桑叶二钱

白菊花一钱　生甘草一钱　苦桔梗二钱　鲜芦根二钱

水二杯煮取一杯，日二服，二三日不解，气粗似喘燥在气分，加知母、石膏，舌绛，暮热，邪初入营，加元参、犀角，在血分者去薄荷、芦根，加麦冬、生地黄、玉竹、丹皮，肺热甚加黄芩，渴甚加花粉。

白虎汤　生石膏八钱　知母三钱　生甘草钱五分（一钱五分）　白粳米四钱

加人参、竹叶、麦冬，名人参竹叶石膏汤。

分两照病增减，先煮至米烂，去米入药煎成，温服。热盛减米，甚则不用。

大承气汤　温病邪恋经络未全入胃者忌用。大黄四钱，酒，洗　厚朴三钱　生枳实三钱　芒硝三钱，分两份。

原方，先煮前三味，煮成去渣，入芒硝上火两沸，硝化温服。

小承气汤　大黄四钱，酒，洗　厚朴二钱　枳实二钱　水煎温服。

调胃承气汤　大黄四钱，酒，洗　生甘草二钱　芒硝二钱

先煮前二味，煎成去渣，入硝上火两沸，少少温服之。原方用炙甘草，嫌其温，故改用生者。

清宫汤　元参心三钱　莲子心五分　竹叶卷心三钱　鲜苦竹更佳

连翘心二钱　真犀角尖二钱，磨汁冲服　麦冬三钱，不去心

热痰盛加竹沥、梨汁，咳痰不清加瓜蒌皮，热毒盛加金汁、人中黄，渐欲神昏加银花、荷叶、石菖蒲。

复脉去姜桂汤　生甘草六钱　生地黄六钱　生杭芍六钱　麦冬五钱，不去心

真阿胶三钱，生用　火麻仁三钱，去壳捣

阿胶须另水蒸化，药煎成兑入，勿令见火。

二甲汤　生牡蛎八钱　生鳖甲四钱

再加龟板四钱名三甲汤，与前方同加入复脉汤中，用名三甲复脉汤。

芩葛汤　葛根三钱　酒炒黄芩二钱　苦桔梗二钱　升麻八分　豆黄卷钱五分

先煮葛根，吹去上沫，再下它药，勿令久煮。

增液汤　元参一两　麦冬八钱，存心　细生地黄八钱（内黄色方是，若色黑便系蒸过，切忌）

前方与承气并用，名增液承气汤。

化癍汤　生石膏一两　知母四钱　生甘草三钱　元参三钱

犀角尖二钱，磨汁冲服　银花四钱　牛蒡子二钱　白米五钱

先煮米至烂，去米，以汤煎药，日三夜一服之。

益胃汤　沙参三钱　麦冬五钱，存心　细生地五钱　玉竹钱五分，微炒　冰糖一钱

水煎，糖后下，化开勿煮，频服少许。

达原饮　疫证始用此方。槟榔二钱　厚朴一钱，生用　草果仁五钱，去壳　白芍一钱，生用　知母一钱　黄芩一钱，酒炒　生甘草五分

水一碗煎四分，两时许一服，中病即止，勿多服。

升降散　疫毒妙方。白僵蚕二钱，生用　蝉蜕二钱　姜黄三分　生大黄四钱，酒洗

研细，病重者每服二钱，轻者一钱四分，小儿减半，或酌予减之，白蜜五钱、冷黄酒一杯和服。

青蒿鳖甲汤　邪陷阴中，夜热早凉，热退无汗，以此发之。青蒿二钱　鳖甲五钱，生用　细生地黄四钱　知母二钱　丹皮三钱

水五杯，煎取二杯，日再服。

大定风珠方　神倦瘛疭，脉细欲脱者，此方主之。白芍六钱，生用　阿胶三钱，蒸化　龟板四钱，生用

生地六钱，干者　麻仁二钱，去壳　麦冬六钱，存心　牡蛎四钱，生用　鳖甲四钱，生用　五味二钱　炙甘草二钱　鸡子黄二枚，生用

水八杯，煎取三杯去渣，入鸡子黄和匀，分温三服，喘加人参，自汗加龙骨、人参、小麦，悸加茯神、人参、小麦。

小定风珠方　肝阴伤厥冲气扰哕虚极脉细劲，此主之。

龟板六钱，生用　阿胶二钱，蒸化　淡菜三钱　童便一杯　鸡子黄一枚，生用

水五杯，先煮龟板、淡菜得二杯去渣，入胶汁、鸡子黄，冲童便和匀顿服。

以上二十方法已大备，按证施之，其用无穷矣。

春夏温热，秋冬风寒，是对待之文，秋冬气寒，病发足经，故宜温散。

春夏气热，病发手经，故宜辛凉，以伤寒之法治温病，犹以火济火。从未见获效者，自吴子鞠通条辨一书出，海内医家，稍知变通矣，然狃（niǔ）*于柴葛羌防者，仍复不少，是以轻症变重，重症变危，良可慨也，渭南曹华峯温病提要一编，言简意赅，可作治温病者，当头棒喝，用心良厚，列汤二十，已得大概，惟湿温一证不在内，惜未穷心分析，恐用之者尚有误会处，兹特加列眉，批俾医家病家得资考镜**，按症择方，不致舛错云耳，温病条辨，温热经络诸编，全书俱在，有志者宜究心焉。

三、湿温

头痛恶寒，身重疼痛，舌白不渴，脉弦细而濡，面色淡黄，胸闷不饥，午后身热，状若阴虚，病难速已，名曰湿温。汗之则神昏耳聋，甚则目瞑不欲言，下之则洞泄，润之则病不解，四时同法。

三仁汤　此治温湿之主方。杏仁五钱　白蔻仁二钱　生薏仁六钱　竹叶二钱

飞滑石六钱　制半夏五钱　厚朴二钱　白通草二钱

---

* 狃（niǔ）：拘泥。——编者注

** 考镜：参证借鉴。——编者注

甘澜水八碗，煮成三碗，每服一碗，日三服。

湿温邪入心包，神昏肢逆，清宫汤加减方主之，量送至宝丹或紫雪丹，重则用牛黄丸。

清宫加减汤　犀角一钱　连翘心三钱　元参心二钱　银花二钱　竹叶心二钱　赤豆皮三钱

湿温喉阻咽痛，银翘马勃散主之。

银翘马勃散　此治在上焦。连翘一两　牛蒡子六钱　银花五钱　射干三钱

马勃二钱　桔梗五钱　芦根五钱

甚则加滑石六钱。如作汤减其分两。

阳明湿温气壅为哕者，新制橘皮竹茹汤主之。

新制橘皮竹茹汤　此治在中焦。橘皮三钱　竹茹三钱　柿蒂七枚　姜汁三茶匙，冲

不知者，再作服，有痰火，加竹沥、瓜蒌霜。

太阴湿温，气分痹郁而哕者，宣痹汤主之。

宣痹汤　此治在中焦。枇杷叶二钱　郁金二钱　射干一钱　白通草一钱　香豆豉一钱五分

阳明属胃，太阴脾，宜细辨之。

太阴湿温，喘促者，千金苇茎加味主之。

千金苇茎汤加味方　苇茎五钱　薏苡仁五钱　桃仁二钱　冬瓜仁二钱　滑石三钱杏仁三钱

湿温胁痛，或咳，不寒，但潮热或寒热如疟状，不可误认柴胡证，香附旋覆花汤主之。

香附旋覆花汤　生香附三钱　旋覆花三钱，绢包　苏子霜二钱　广陈皮二钱

制半夏三钱　茯苓块三钱　薏仁五钱

腹满者加厚朴，痛甚加降香末。

湿温上焦未清里虚，内陷神识如蒙，舌滑脉缓，人参泻心汤主之，此重在里虚脉缓，故用人参干姜。

人参泻心汤　人参二钱　干姜二钱　黄连一钱五分　黄芩一钱五分　枳实三钱　生白芍二钱

湿热相等，治法不宜偏胜，黄芩滑石汤主之。

黄芩滑石汤　黄芩三钱　滑石三钱　茯苓皮三钱　通草一钱　大腹皮二钱　白蔻仁二钱　猪苓三钱

湿温久羁，神昏窍阻，少腹硬满，大便不下，宣清导浊汤主之，此治在下焦。

宣清导浊汤　猪苓五钱　茯苓五钱　寒水石六钱　晚蚕沙四钱　皂荚子三钱，去皮

水五杯，取两杯，分二次用。

以上十方已举大概，神而明之，存乎其仁，至于湿多热少，或是寒湿另有专方，兹不赘述。

四、温病证治

意圆曰：温病有二。内经云：冬不藏精，春必病温。又冬伤于寒，春必病温。凡伤于寒，而成温者，此言温热之温也，辰戌纪初之气民乃厉，温病乃作，丑未纪二之气其病温疠盛行，远近咸行，己亥纪终之气，其病温疠，此言瘟疫之温也。

按经文无瘟字，瘟即温也，即为疫疠也。说文解字疫训，民皆病也。民皆病者即传染病也。又柯韵伯曰：温热利害只在一人，温疫利害祸延乡里。黄坤载曰：温病者，一人之病，非众人所同病，其州里传染众人同病者，谓之疫疠。周禹载曰：一人受之则谓之温，三家受之则谓之疫。吴又可曰：温者热之始，热者温之终，温热首尾一体，热病即温病也，又名疫者，以其延门合户，如徭役之役。众人均等之谓也。

徵诸伤寒论曰：发热而渴不恶寒为温病。陆九芝引难经伤寒有五而证之，后按王叔和编次仲景论略例云：中而即病者，名曰伤寒，不即病者，寒毒藏于肌肤，至春变为温病，至夏变为暑病。徐灵胎曰：先夏至日为温病，后夏至日为暑病。总以上诸说，温也瘟也，不必传强别，但辨其是传染性、非传染性而已矣。此外尚有所谓风温者，乃温病之坏病，论曰：发汗已身灼热名曰风，为误治所致，非初起即风温也。然古人治温各有见地，喻嘉言主说，温病发于少阴肾。周禹载主说，发于少阳胆。顾景文、叶天士主说，发于太阴肺，逆传心包。吴鞠通主说，亦从肺经入手，分三焦治法。陈素中、杨栗山主说，病感杂气。章灵谷王孟英主说，温属外感。吴又可主说，温属传染病，入膜原。而治之之法有主清、主下、主润，大抵不出仲师伤寒范围。主清者从芩连知膏等方套出，主下者从大小承气套出，主润者从麻仁丸、炙甘草汤套出，惟叶天士治温多用清、轻、辛凉之味，虽与仲师稍有出入，但其治

湿温尤长。询推妙手又吴又可瘟疫论以达原三消等方治天行疫疠，实邪虽多见效，但吴氏一味攻下，不谓不偏。幸有孔毓礼评注，大可参看。近人治温多以吴鞠通温病条辨奉为指南，但开手用桂枝汤，殊不知桂枝汤为阳热证之所禁也。又以桑菊饮、银翘散视为温病秘宝，倘治之不效，便投以安宫牛黄丸、珠黄散等种种贵药，此种药品非不可用，然用之失当往往酿成不治，乃竟归之于天命，岂不伤哉。

五、问于春温、瘕痧疹、白喉等症之治疗及我见

古人医门八法，论病之原，以内伤外感四字括之。论病之情，则又以寒热虚实表里阴阳八字统之。而论治病之方，则又以汗吐下和消清温补八法尽之。此诚所谓病变虽极万千，而治法不离乎一理也。愚试以春温。痧疹。白喉等症之治疗及预防办法，谨粗具管见，以备精于医理者正之。

夫温之为病，自与伤寒不同，温乃天地间之杂气，非风寒暑湿燥火六气之病也，如冬应寒而反温，春应温而反寒之类，非其时而有其气。有由天时而得者，有由人染而得者。由天时得者，邪从经络入，如头痛、发热、不恶寒而口渴等症状，或咳嗽、眩晕、项肿、发颐、大头天行之类。由人染者，则邪从口鼻而入，症为憎寒状热，胸闷眩晕，烦渴目赤，口吐黄涎等类，症状不一而足。病分上中下三焦，初起邪在手太阴及上焦时，经云上焦如雾，法当治以辛凉，佐以清化，由口鼻入者，兼以逐秽，痰多者，加以化痰之品，气滞者，加以理气之药，体质虚弱素有本病者，则兼顾其本。然辅助之品，皆宜灵通轻剂。若失治或误治，病入中焦者，中焦如沤，宜凉而清之下之。入下焦者，下焦如渎，则宜决而逐之，须兼养阴存液之品，酌其轻重，权其缓急而救之。

前贤杨栗山著寒温条辨，论六气之病，四时错行之气也，皆自气分传入血分，温病得天地之杂气，邪毒内入，由血分而发于气分，一彼一此，已昭然若揭矣。至内经所云：冬伤于寒，春必病温。又云：冬不藏精，春必病温。其意深切，后之学者当体会古人治温于伤阴二字大为注意。盖温者热也，热本伤阴，阴足者尚可支持以待救治，阴亏者一遇此症，为热蒸灼阴，液内竭未有不死者。故治温药品，始终禁用真阴之用意也。

其瘕痧疹、白喉等症，固由温毒所致，亦有因失治、误治而促成者。有误用温散不能蒸汗，邪郁血分而炼成者；有由天时及人染而发生者。大凡温热结于胃腑，

多致发癍，癍从肌肉而出，肺被温热内灼，多致发疹，疹从皮毛而出，肺胃皆为热邪所迫，故癍疹瘀皆出。温热结于营分者，阴液被灼，亦能发疹，蕴于气分者，与积邪相搏，亦能发瘀，乃尖白圆点，形如粟壳。疹为尖红圆点，有大、有小、有隐、有细之分，癍点亦形圆色红而顶平，亦有大、有小，其颜色红活者轻，色紫者重，若变为黑紫，面鼻俱现黑黯者，乃胃将蒸炼，其危险已达极点，即为难于救药之证也。

又前贤谓：发生癍疹有四，一曰伤寒，二曰温毒，三曰时气，四曰阴证。又曰疹分麻盖隐瘙温，其所治之法，除温病中所发之癍瘀疹喉，与治温之法大略相同，并须酌加活血解毒、逐秽凉下养阴等药外，其他亦必相症投方，审症，详因，切脉，察象，临证时权变机警，谨慎小心，庶不致有误。至白喉一症，亦温热中一种疫病也。前贤方案药品，亦为吾人所共知洞见，无须再述。总之大凡温病，有阳证而无阴证，此为前贤所共识，如发热恶寒，头痛如破，腰痛如折，面赤色彩，唇燥舌黑，上起芒刺，也有舌出口外，时搅其尖，十指蠕动，神昏发狂，潮热谵语，烦渴饮冷，身轻易动，开目多言，气粗鼻煽，小水赤短，大便或燥，或泻，或痢，或胶黏奇臭，色多深赤或热结旁流，爪甲红活或深紫等，症状颇多，此阳证之大概也，尚不难辨认。至于阳极似阴，乃火极似水，真阳证也。盖温病失下，伤寒失汗，皆能阳气亢闭郁内，甚则反见胜已之化于外。故凡伤厥，轻则手足逆冷，凉过肘膝，重则通身如冰，血凝青紫成片，脉沉伏涩小，甚则闭绝。以上脉证，俱见阴象，犹以为阳证何也，大凡有一病，即有一证，证者凭证也。

因察其见证，有如上述及谵语神昏，咽干唇裂，甚则七窍及毛孔浸出血液，或下血紫如猪肝，或气喷为火，或矢气及口气极臭，等类症状，皆可谓阳证之铁据，若误认为阴证，生命立刻危矣。

吾人当此时令不正之时，必须预防时疫各症发生，其平时所应注意者，衣食住也，而预防之法：第一卧室须要清洁，使多透阳光，流通空气。身则勤浴，衣则勤洗。更须饮食清淡，多食蔬菜素味及水果等物，不可食煎炒太热等物，不可饮冷冻汤水。更宜节欲为要，如系寒家，每日必食萝卜及绿豆汤等亦妙。并将治春温及癍瘀疹等症，应用各药及成方，分上中下三焦，并预防药品，依次分列于后，以备临时选用。

上焦用药　凡辛温升燥与瘟疫相反等药一概未载。

银花，菊花，酒芩，连翘，薄荷，桑叶，川贝，蒌皮仁，杏仁，知母，生石膏，花粉，鲜公英，板蓝根，大青叶，鲜生地，天竺黄，紫贝，海石，二冬，丹皮，鲜竹叶，鲜芦根，鲜茅根，通草，豆豉，白天虫，净蝉蜕，牛蒡子，酒栀皮，新会皮，羚角，橘红，灯心，鲜陈皮，鲜菖蒲，鲜橄榄，鸭梨，藕，西瓜翠，柿霜，鲜柠檬皮，萝卜，竹沥水，马勃，射干，紫花地丁，马齿苋，犀角。

中焦用药　生石膏，黄芩，黄连，栀子，腥草，知母，鲜生地，大黄，丹皮，郁金，滑石，枳壳，细生地，元参，紫草，竹茹，羚角，赤芍，人中黄，犀角，牛黄，鲜石斛，花粉，西瓜，鲜荸荠，甘蔗，鲜柠檬，金汁，西瓜霜，鲜公英，地丁。

下焦用药　大生地，黄柏，川军，元明粉，芒硝，青黛，生鳖甲，地龙，芦荟，鲜石斛，木通，甘草，全当归，元参，麦冬，藏红花，沙参，西洋参，生牡蛎，杭芍，干地黄，阿胶，莲子心，龟板。

六、丹丸药品（后三种录吴鞠通温病条辨）

安宫牛黄丸　此丸药芳香化秽浊而利诸窍，咸寒保肾水而安心体，苦寒通火腑而泻心，用之方也，凡温邪逆传心包，神昏谵语，癍疹天花，白喉等症，邪入血分者皆宜。

紫雪丹　凡温症及患癍痧痘疹喉症者宜用之。

局方至宝丹　此方荟萃各种灵异，皆能补心体，通心用，除秽邪，解热结，共成拨乱反正之功。大抵安宫牛黄丸最凉，紫雪次之，至宝丹又次之，主治略同，而各有所长，临用对证，斟酌可也。

预防药品　贯仲一对　漏芦四两　白矾一两　乌豆二两

装布袋内缝口浸入水缸中，日饮其水，四五日一换，亦可预防痘疹及时疫。

又避疫薰药　苍术　艾叶　雄黄　硫黄　银硃

各等份，共研粗末，放瓦盆内，烧药生烟，放在房内，关闭窗户薰之，三五日薰一次，可除疫气。

七、温病之根本预防法

昔圣者言：冬不藏精，春必病温。若天时不正，冬行春令，每因冬暖常人疏忽，易于感寒。即病者曰伤寒，不即病者寒藏于肌肤之间化热，至春暖适于胃阴薄而浊热盛，熏蒸肺叶，肺司呼吸，值此天阳燥烈之气，兼之环境不洁，秽浊之气为之传染，由口鼻引入肺胃，内外秽浊两相混触，必致蕴成温病，瘢痧疹喉蛾，发颐，头晕，目赤，舌黄，口渴，身烧，毒热灼于肺胃，周身血液必因之热，热极膨胀，从毛孔而出者即为疹粟疹毒，发于阴而承于阳故也。

若胃中腐杂浊热、津液耗亏之际，再食烤烙面饼腥腻之品，势必如火增薪，气血燥盛，宣之皮肤即为温毒瘢痧，因瘢毒发于阳而承于阴之故也。再言喉咙乃系肺胃出入之门户，喻此则烟筒火罐一般，毒热燥气上腾熏蒸咽管红肿，是必情理当然。若逢治之失当，误用温表之剂，外夺内液，里热剧增，内起喉蛾，外发颐肿，温毒蕴结，危险万状。感此温毒瘢痧疹喉各症，务次用清解之法，里热不宜早下，恐外邪内陷，神昏谵语，循衣摸床，外邪不宜发表，又恐夺津瘛疭抽搐，治必解外邪兼清里热，津液虽被耗竭，又当用以养阴，其内黏腻之品不得早用，因黏滞有腻于清解之故也。

外邪得解之后，里热极宜速下，热往津还，其表现各病，自然风息浪静矣。但治之虽得法，不如防患于未然，如素常饮食起居随时注意，胃中清淡（宜常食水果、青菜、萝卜之类），既无陈腐鱼腥、油肉肥腻糟杂之积滞，至于烤烙干燥伤阴之品，更宜少进。若在透避秽浊，谋求清洁，用此预防之法，胃阴足而消导利，内脏不自里热，偶有外邪侵感，而浊热不相触接，何毒之有，任何猛烈瘟疫之传染，亦不相及也。

湿邪刍议

湿邪为病，原居六淫之一，有内因、外因之不同，有湿热、寒湿之迥异，苟不辨虚实，明表里，而求治其本，则未有不误人者矣。外因之湿也，多伤人之皮肉筋脉，感天地之气者，则雨露水土之害属之，中阴湿之气者，则卧地湿衣之害属之。内因之湿也，多伤人之脏腑肠胃，由于饮食者，则酒醉炙煿（音同博）之害属之，由于停积者，则瓜果生冷之害属之。

考其见症，在肌表则为发热，为恶寒，为自汗；在经络则为痹，为筋骨疼痛，为腰疼不能转侧，为四肢软弱痠（痠同酸，表症状）楚；在肌肉则为麻木，为跗肿，为黄疸，为按肉如泥不起；在脏腑则为呕恶，为胀满，为小便秘涩或赤黄，为大便泄泻或后重，为癥疝等症。然在外者为轻，在内者为重，及其甚也，则未有表湿而不达脏者，内湿而不连经者。此湿病之变迁，每每不能预测，况湿从内生多由气血之虚，气不化水，阴不从阳而为患，即湿从外入，亦由邪之所凑，其气必虚。若泥于治湿不利小便，非其治之旨，而概以湿为可利，岂不误施而犯虚虚之戒耶。

夫湿从土化，而分主四时，故近东南则水土合气，而湿易化热，如脉滑数，小便赤涩，大便秘结，引饮自汗者，当从湿热论治，宜清宜利，四苓散、大小分清饮、茵陈饮之类主之。土近西北则水土合德，而湿易化寒，如脉细迟，小便清白，大便泄利，身痛无汗者，当从寒湿论治，宜燥宜温，五苓散、理中汤、金匮肾气丸之类主之。大抵湿中有火则湿热熏蒸而停郁为热，湿中无火则湿邪不化而留聚为寒，此又在人省察之也。

且夫内湿之症，属阴虚者，因湿生热而阴愈虚，阴虚则精血内耗，而湿热反羁留不动。属阳虚者，因湿化寒而阳愈虚，阳虚则真火内败，而寒湿更积蓄不消。是以医家察脉，确知其为阴虚，而生湿热者，须以清热之中佐以壮水之品，则真水运行，而湿热自清。确知其为阳虚，而生寒湿热者，须以化湿之中，佐以益火之源，则阳气流通，而寒湿自消。可见内伤外感之症，皆由元气不能抵抗，遂致邪气内发者有之，外而袭者，亦有之。

经曰：壮者气行则已，弱者著（通着）而为病非处处体会不能头头是道，彼喜投荡妄肆攻击者，安可不竟自慎哉。盖脾元健运，则散精于肺，而肤腠坚固，外湿无由而袭也，胃气阴阳调和，而升降有度，内湿何自而生乎。非然者，徒知充实，则表汗、燥湿、利便之法，而不顾人之元气，则肿胀脾泄，似必转变而生，抑尤有进者。本年水患奇重，物腐蒸化，大气之中，多含秽浊，若受之病，未必如上所述之简单。一旦金风飒飒潜伏之邪，势必萌动，外湿而病者，不过皮肤生疮，毒热难消而已，而内湿为病者，诚恐秽浊蒙蔽，疫气难消，且大灾之后，必有大疫，此必然之势也。

说　瘄

凡病至发瘄，大抵因邪郁血分所致，虽然瘄之证候，有温病、时疫、阳毒、阴证之分。瘄之形色有淡红、正赤、青紫、黑晦之别，其部位有头面、胸、背、四肢、全体之殊。其治法有疏、达、清、化、解毒、温补之异，是不可不明辨也。鄙人学浅才薄，不揣其陋，兹分述其要略如下。

温病发瘄：温病者乃冬不藏精之人，一交春令，则易召外间之温邪，侵入肺内，而为温病也。此症不恶寒，但发热，口渴，咳嗽之象，其治法当以辛凉洩（同泄）卫，其邪乃解。

中风证治

一、中风总义（金匮）

寸口脉浮而紧，浮大兼滑，忌沉小，浮迟者吉，急疾者凶。紧则为寒，浮则为虚，寒虚相搏，邪在皮肤。浮者，血虚脉络空虚，贼邪不泄，或左或右，邪气反缓，风邪所伤，筋松脉缓，故邪气反缓。正气即急，正强邪弱，正之弹力急，邪处筋弛散。正气引邪，喎僻不遂，邪在于络，肌肤不仁，邪在于经，即重不胜，邪客于经，则经气阻滞，血行不利，故邪在于经，筋骨滞重不胜也。邪入于腑，脉涨血至，神气不出，即不识人，邪入于脏，脉闭气散，舌即难言口吐涎。

脉象：浮大兼滑，忌沉小，浮迟者吉，急疾者凶。

原因：血虚气弱，内不实，表不固，邪有机可乘，内侵而成病也。

症状：中脏多闭九窍，唇缓舌强失音，鼻塞耳聋，目瞀便难。中腑多着四肢，内有便溺之阻，外兼表邪，半身不遂，左瘄右痪。中络血脉者，非表非里，邪无定居，口眼歪斜，或左或右。中经者三阴三阳，如太阳，头疼脊强；阳明，鼻干目痛多热，不得卧；少阳，胸满，口苦，耳聋，往来寒热；太阴，自利腹痛，或便难；少阴，口渴，体倦；厥阴，烦满囊缩，手足厥逆。

按：中风之病，急性者，脑络血满壅塞溢出则猝死或昏迷，脑溢血也，慢性者，则脑部郁血（脑充血也），神经失常，筋脉松弛，或偏枯，或㖞斜。又可分为阳脏、阴脏，阳脏者热也，多血高络满（脑充血也），阴脏者寒也，多气脱血迟。口眼往左㖞僻不遂者，邪在右，口眼往右歪僻不遂者，邪在左。右半身不遂者，邪在右，左半身不遂者，邪在左。

抬头纹有而口眼歪斜者，则为脑出血，抬头纹无而口眼歪斜者，则为颜面神经麻痹。此病多发于四十岁以上者，男多于女。

中风主要分清闭与脱。闭者多属阳脏之人，素有郁热，内虚邪乘，风乘火势，火借风威，则为热风矣。口眼㖞斜，语言謇涩，半身不遂。治法：首先宜开之，如开其表则用小续命汤；开其里则用三化汤；开其郁滞之痰则用稀涎散、涤痰汤；重者，则可用安宫、至宝丹之类。脱者：多属阴脏、寒脏，素有阴寒，肾阳亏损者为肾气脱，宜参附汤；素有脾寒脾虚，湿寒湿饮冷物久伤于脾胃者为脾气脱，宜术附汤。气不足者为卫气脱，宜芪附汤；血不足者为荣气脱，宜归附汤。又如三生饮一两，加人参一两，则为标本并治之法，正虚邪盛，必遵此法。兹将脱症分别略述于后。

何为肾气脱？小便瘘，肾囊缩，精自溢出。

何为脾气脱？面色苍白，大便泄泻，所谓脾虚下陷也。

何为卫气脱？气息口张，目不合，身冷。

何为荣气脱？大汗亡阳，大崩，大吐血。

类中风　刘河间举五志过极，动火而卒中，皆因热盛故主乎火。治法：以防风通圣，也有引火归原法如地黄饮子之类。李东垣以元气不足而邪凑之，令人猝倒如风状。故主乎气虚，大法以补中益气汤加减。朱丹溪以东南气温多湿，湿生痰，痰生热，热生风，故主乎湿痰，大法以二陈汤加苍术、白术、竹沥、姜汁之类。

急中风　猝然昏倒，口眼歪斜，不省人事，口开目合，肢挛遗尿，鼾睡，汗出如油者，死不治。

二、中风治法

柔润熄风为治中风之秘法。喻嘉言以加味六君子汤、资寿解语汤，二者在急救中风上有时有效。慢性中风可用侯氏黑散、地黄饮子、风引汤之类，以祛风之中兼填空窍，空窍者内虚也，使空窍满外邪不能入之义也。治有八法。

一、开关：阳脏之人，血多上郁于脑，而不省人事，宜稀涎散，却风至宝丹之类。

二、固脱：阴脏之人，夙多内寒，神经松弛，目合口开，尿出，痰生漉漉，宜三生饮之类。

三、泻火邪：身体不收，口不能言，昏冒不知，痛拘急，不能转侧，宜防风通圣之类。

四、转大气：血行沉困，邪遂乘虚入中，宜生芪汤之类。

五、逐痰涎：痰涎壅塞，气道不通，交流不利，清气停输，宜三因白散之类。

六、除风热：阳脏之人，风从热化，风火交煽，血遂上逆，宜白虎竹叶石膏汤之类。

七、通经隧：痰气相结，经隧不通，神昏脉滑，宜却风至宝、苏合丸、风引汤，如属血分者，则活血逐瘀之类为治。

八、针俞穴：风邪骤中，气失舒活，药力迟缓，急用艾灸俞穴，更宜分别剌合谷、颊车、肘髎等穴为治。

编者按：清朝王清任以中风之症均属气虚，气虚不能率血而行则瘀滞，乃成此症，治法乃以补阳还五汤，作用以火补元气佐以通经活血之品，按虚者分为内外俱虚，如体质不胖，内部劳伤，真元亏损而致半身不遂者，症状多属语言清晰，口眼稍歪斜，而半身不遂，此名为类中，宜宗王清任之法，或参附汤之类，但看患者属于何经盛衰加减之。又有外实而中虚者，如外观体质很胖，而内部空虚也，此症元气既虚，又挟痰饮，或受风邪而闭表窍，而致半身不遂，口眼歪斜，语言謇涩，宜以王清任之法，佐以却痰开窍之品。又有内外俱实者，如膏粱之士，气血旺盛，偶因大急大怒，猝然昏倒，鼻鼾不能言，潮式呼吸，此系真中风也。脑出血宜资寿解语汤、白虎汤之类，但也可采用一部分王清任补气活血之品，以促进溢血部分吸收也。

三、金鑑（同鉴）歌括

中风　风从外入伤肢体，痰火内发病心官。体伤不仁与不用，心病神昏不语言。当分中络经脏腑，更审虚实寒热痰。脱症撒手为脾绝，开口眼合是心肝。遗尿肾绝鼾声肺，闭症握固紧牙关。初以通关先取嚏，痰壅不下吐为先。

类中风　类中类乎中风症，尸厥中虚气食痰。火湿暑恶皆昏厥，辨在㖞斜偏瘫间。

四、中风总方

小续命汤（千金）　麻黄一钱　人参一钱　黄芩一钱　川芎一钱

白芍一钱　炙甘草一钱　杏仁一钱　防己一钱　桂枝一钱　防风一钱　附子五分,炮

加生姜三片。

三化汤　治热风中脏，大便不通。大黄　羌活　枳壳　各二钱。

稀涎散　治中风口禁，并治单双蛾。巴豆六枚,每枚分二片　牙皂三钱,切　明矾一两

先将矾化开，即入二味搅匀，待矾枯为末，每用三分吹喉中，痰盛者灯心汤下五分，在喉即吐，在膈即下。

三生饮　生乌头二钱　生南星三钱　生附子三钱　木香五分　生姜三片

加味六君子汤　治中风王道之剂。人参　白术　茯苓　甘草　半夏　陈皮

加麦冬三钱为君，附子一钱为使，再调入竹沥五钱，生姜汁二钱，以行经络之痰，久服自愈。

侯氏黑散（金匮）　治大风四肢烦重，外台治风癫。菊花　白术　防风各一两　桔梗八钱　细辛　茯苓　牡蛎　人参　矾石　当归　川芎　干姜　桂枝各三钱　黄芩五钱

为面（极细粉），每服八分，日二服，黄酒送下，忌一切鱼肉、大蒜，宜常冷食六十日止，热即下矣。

风引汤（金匮）　治除热瘫痫，治火入风引，小儿惊痫，瘛疭日数十发。大黄　干姜　龙骨各二两　桂枝一两五钱

甘草　牡蛎各一两　寒水石　赤石脂　滑石　紫石英　白石脂　石膏各三两

共为粗末，布包约六钱至七钱，井水煎服。

三因白散 滑石五钱　半夏　附子各二钱，炮

共为细面（极细粉），每服五钱，姜三片，蜜五钱，温水下。

白虎竹叶石膏汤 生石膏五钱　知母三钱　甘草二钱　粳米一捻　竹叶三钱

水煎服。

五、类中风方

参附汤 元气暴脱以此方急回其阳，可救十中之一二。人参一两　附子五钱

水二杯，煎八钱，服。此方治肾气脱，去参，加白术，名术附汤，治脾气脱。

换黄芪名芪附汤，治卫气脱。换当归，名归附汤，治荣气脱。

防风通圣散 治热风卒中，外而经络手足瘫痪，内而脏腑二便不通。

防风　荆芥　连翘　麻黄　薄荷　川芎　当归　白芍

白术　山栀　大黄　芒硝　黄芩　石膏　桔梗各一分　甘草二分　滑石三分

自利去硝黄，自汗去麻黄加桂枝，涎嗽加半夏、五味。

地黄饮子 治类中风肾虚火不归源，舌强不能言，足废不能行。

熟地　山萸肉　远志　巴戟天　石斛　石菖蒲

五味子　肉苁蓉　肉桂　麦冬　附子　云茯苓各一分

加薄荷少许。此药宜轻煎，取其味轻清速走之义也。

补中益气汤 此治类中风气脱。

黄芪二钱　人参　炒白术　当归各一钱　炙甘草　陈皮各五分　升麻　柴胡各三分

加生姜三片、大枣三枚，水煎服。

二陈汤（痰饮通剂）陈皮五分　半夏　茯苓各三钱　炙甘草一钱

加生姜三片，水三杯煎服，加白术一钱、苍术二钱、竹沥四汤匙、生姜汁一匙，名加味二陈汤，治类中风。中痰症也名湿中，以湿生痰也，加枳实、胆星、竹沥、竹茹，名涤痰汤。

资寿解语汤 治中风脾缓舌强不语，半身不遂，与地黄饮子同意，但彼重在肾，此重在脾也。

附子　防风　天麻　枣仁各一钱　羚羊　肉桂各八分　羌活　甘草各五分

入竹沥五钱，姜汁二钱。喻家言治肾气不荣于舌本，加枸杞、首乌、生地、菊花、天冬、石菖蒲、元参。

《中医临床蹄涔集》

第三卷（原）上册

东阜宝仁

一九七九年五月

　　春初之季，多有寒气，故二症初起多兼表症恶寒，但以口渴为别，以麻杏甘石汤清内解外，一剂而表里全清，故为神方。若以桂枝参苏之类辛温之药，表虽解而温愈盛，随至大渴大热，贻害无穷矣。

浅谈感冒问题

一、风寒感冒

症状： 发热恶寒、头疼无汗、全身疼痛，此症是肌表感受寒邪，毛窍闭塞。

脉象： 浮紧而数。

望诊： 舌苔薄白而滑。

辨证： 太阳表证（膀胱—小肠经证）。

治法： 辛温发汗法。

用药：

1. 麻黄汤　麻黄6g，杏仁10g，甘草6g，桂枝10g。此方适于体壮者，体质素弱者慎用。

2. 麻杏甘石汤　麻黄6g，杏仁10g，甘草6g，石膏20～30g。此汤也适用体壮者，石膏多用生，如果患者舌苔现白而中黄，石膏可多用，麻黄可加至10g。

3. 香苏饮　香附15g，陈皮15g，甘草6g，苏叶12g，生姜6g，酌情可加前胡10g，杏仁10g，贝母10g。

4. 十神汤　葛根15g，升麻10g，陈皮10g，甘草6g，白芷10g，川芎6g，苏叶15g，麻黄6g，赤芍15g，香附15g。此方对风寒感冒者用之比较稳妥。

为了易读易记，附以歌诀。歌曰：

发热怕冷兼头痛，全身疼痛无汗情。脉象浮紧而带数，伤寒初犯太阳经。

麻杏香十酌情用，虚实对证要辨明。辨证准确用药当，辛温发汗法当崇。

二、风热感冒

此症为伤风，稍重则曰风温，此症是一种温邪，由呼吸而入，初犯于太阴肺经，所以发热口渴有微汗，不恶寒等症。

症状：发热头疼、鼻塞流涕、咽痛、心烦、有汗、口渴、小便黄、目赤、咳嗽。

望诊：舌苔薄白，若苔鲜红为热邪伤阴（热甚）。

脉象：浮数无力。

辨证：风邪犯肺。

治法：辛凉解表法（宣肺清热祛风剂）。

用药：

1. 银翘散　银花 15g，连翘 20g，芦根 30g，牛蒡子 15g，荆芥 10g，薄荷 6g，竹叶 10g，甘草 6g，桔梗 10g，淡豆豉 10g。

2. 桑菊饮　桑菊各 10g，杏仁 10g，连翘 15g，薄荷 6g，桔梗 10g，甘草 6g，芦根 20g，茅根 20g。

上述之药风热感冒初起较轻者可用桑菊饮，重者可用银翘散，咳甚重加杏贝，渴甚加花粉，热甚加栀芩等。附歌诀：

发热怕冷兼头疼，鼻塞咳嗽苔薄白。脉象浮数早投药，桑菊银翘病可疗。

桑菊饮用薄荷翘，杏芦甘草桔梗调。银翘散用牛苇桔，淡豆竹甘芥薄饶。

按：风热感冒，浅言则曰伤风，此症多属内部有热又感风邪，稍重者则发烧，即可称为风温（又名温邪）。余除上述桑菊银翘外，常以清温解毒汤施用之，此方比较全面，在临床上经常使用，很为应手，具体组成如下。

3. 清温解毒汤　白芷 10g，连翘 20g，黄芩 15g，苏叶 10g，花粉 15g，甘草 6g，元参 15g，川芎 6g，桔梗 10g，葛根 15g，柴胡 10g，赤芍 15g，生姜 3g，羌活 10g。
附歌诀：

清温解毒芷连芩，苏叶天花草元参。川芎桔梗粉葛配，柴羌赤芍引姜成。

三、浅谈温病与瘟疫之治验

（一）温病提要四字诀

此系吴鞠通《温病条辨》之总结提要四字诀，以备后人易读。

《温病条辨》提要四字诀抄录：

病以温称，顾名思义，热邪伤阴，与寒迥异。

初起口渴，不寒而热，右寸脉大，识病要诀。

　　　　春温风温，微兼表症，初起恶寒，主以麻仁。

　　　　稍事迟延，热甚寒止，风化已尽，表药禁矣。

　　　　桑菊银翘，轻重酌宜，辛凉之法，内外兼施。

　　　　大渴引饮，津液急存，承气撤热，白虎救焚。

　　　　舌黑枯裂，热汤反喜，急下存阴，稍迟则死。

　　　　邪入包络，谵语昏狂，紫雪清宫，至宝牛黄。

　　　　正虚邪实，下之不应，增液承气，水活舟动。

　　　　病久纯虚，滋润甘寒，后脉诸法，总使阴还。

　　　　先痢后痢，大分虚实，葛芩升泻，龙牡镇涩。

　　　　病变纷纭，法不出此，欲穷其方，近来吴氏。

　　　　至于瘟疫，时气天行，山川瘴疠，水旱刀兵。

　　　　大头疙瘩，转筋吐泻，升降达原，效如奔马。

　　　　要云温病，忌用温药，桂枝一法，前贤且驳。

　　　　舌苔细辨，热渴肇端，救阴为主，始终用寒。

　　按：虽分春温、风温、疫毒等，而统名曰"温"，则与伤寒太阳之不同，绝不能以伤寒法治之。温者热也，邪热伤阴，灼热日甚，故治温以救阴为主，更以存津液为先。发热口渴，不恶寒者曰温病，故此症以口渴为主，以发热为准，再验舌察脉，则无所惑矣。

（二）遣方用药

兹将诸成方列后，用时可酌情加减，万不可拘泥于原方也。

温病

1.**麻杏甘石汤**　麻黄6g（后下），杏仁10g，甘草6g，生石膏20～30g（先下）。

2.**银翘散**（辛凉重剂）　连翘30g，银花30g，桔梗10g，竹叶10g，薄荷6g，芥穗6g，甘草10g，豆豉10g，牛蒡子15g，芦根30g。

　　附注：胸闷加藿香、郁金；渴甚加花粉；项肿咽痛加马勃、元参；衄血吐血去芥穗、豆豉，加白茅根、侧柏叶、生栀子；咳嗽加杏仁、贝母。至三四日热伤津液，大渴引饮，思冷饮，此真阴耗矣，急宜承气、白虎，分别缓急速救未亡之阴。

3.**桑菊饮**（辛凉轻剂）　杏仁10g，连翘15g，薄荷6g，桑叶10g，菊花10g，甘草 6g，桔梗 10g，芦根 30g（鲜者佳）。

附注： 服上药二三日不解，气粗似喘，燥在气分，加知母、石膏；舌绛暮热，邪入营分，加元参、犀角；在血分者去薄荷、芦根，加麦冬、生地、玉竹、丹皮；肺热盛加黄芩；渴甚加花粉。

4.白虎汤（辛寒润燥剂） 生石膏 30g，知母 15g，甘草 6g，粳米 15g。加人参、竹叶、麦冬，名人参竹叶石膏汤。

5.大承气汤 大黄 6～10g，厚朴 10g，枳实 10g，芒硝 10g。温邪在经络未全入胃者忌用。

6.小承气汤 大黄 6～10g，厚朴 10g，枳实 10g。

7.调胃承气汤 大黄 6～10g，甘草 6g，芒硝 6g。上方加元参、麦冬、生地为增液承气汤，芒硝后入为妙。

8.清宫汤 元参 15g，莲子心 6g，竹卷心 10g，连翘心 6g，犀角 1g，麦冬 15g。热痰或加竹沥、梨汁；咯痰不清加瓜蒌皮；渐欲神昏加银花、荷叶、石菖蒲。

9.复脉去姜桂汤 甘草 6g，生地 15g，白芍 15g，麦冬 15g，阿胶 10g，火麻仁 10g。阿胶须另用水蒸化，将上药煎成兑入。

10.二甲汤 生牡蛎 25g，生鳖甲 15g。加龟板名三甲汤，与复脉同用名三甲复脉汤。

11.葛芩汤 葛根 15g，酒黄芩 10g，桔梗 6g，升麻 4～6g，黄豆卷 6g。此汤勿多煮。

12.增液汤 元参 30g，麦冬 25g，细生地 20g。此汤与承气并用，名增液承气汤。

13.化斑汤 生石膏 30g，知母 15g，甘草 10g，元参 10g，犀角 1～3g，银花 15g，牛蒡子 10g，白粳米 15g。先煮米至烂，去米，以汤煎药。

14.益胃汤 沙参 10g，麦冬 15g，生地 15g，玉竹 15g，冰糖 3g（后下）。将药滤出再下冰糖，待糖溶化后频服少许，日数次。

以上十四方用于各种温病。

瘟疫

1.达原饮（疫症初始用此方） 槟榔 6g，厚朴 10g，草果仁 15g，白芍 15g，知母 6g，黄芩 6g，甘草 6g。两小时服一次，见轻即止。

2. 升降散（疫毒妙方）　白僵蚕 10g，蝉蜕 10g，姜黄 3g，生大黄 12g。水煎兑白蜜 15g、凉黄酒 60g 合服，小儿减半。

3. 青蒿鳖甲汤　青蒿 6g，鳖甲 15g，生地 15g，知母 6g，丹皮 10g。水煎服日二次，邪陷阴中，夜热早凉，热退无汗以此发之。

4. 大定风珠汤　神倦瘈疭，脉细欲脱者此方主之。白芍 20g，阿胶 10g，龟板 15g，生地 20g，麻仁 6g，麦冬 20g，牡蛎 15g，鳖甲 15g，五味子 6g，炙甘草 6g，鸡子黄 2 个（生用）。药煎成后，滤出入鸡子黄和匀，温服之。喘加人参；自汗加龙骨、人参、浮小麦；心悸加麦冬、人参、浮小麦。

5. 小定风珠汤　肝阴伤厥，卫气扰哕，虚极脉细动，此方主之。龟板 20g，阿胶 6g，淡菜 10g，童便 1 杯，鸡子黄 1 个（生用）。

四、浅谈湿温

（一）湿温总义

头疼恶寒，身重疼痛，舌白不渴，脉弦而细濡，面色淡黄，胸闷不饥，午后身热，状若阴虚，病难速已，名曰湿温。汗之则神昏耳聋，甚则目瞑不欲言，下之则洞泄，润之则病不解，四时同法。歌曰：

病在上焦（手）太阴卫（卫分），头身重痛而恶寒，舌白不渴脉弦细（濡），面色淡黄胸闷烦，

午后身热不思食，状若阴虚速愈难。中焦气分状如疟，胸痞烦闷干呕填（欲噎），

朝轻夜重（苔）白黄腻，大便溏泄或便难，红疹白㾦时出现，虚实脾胃更须参。
下焦湿邪转化慢，常先逗留气营间，邪入营分壮热渴，舌色深黄或焦黄，
神昏谵语邪内陷，热邪伤阴烦不眠。邪入血分目直视，痉瘈抽搐弓反张，
撮空理线斑吐衄，舌质光红甚绛干。营分病变心包络，血分病变厥阴肝，
病到末期高峰段，观察良恶转归参。良好转归湿热化，口和不腻食欲饥，
神清气爽睡眠好，生活自理在自维。不良转归伤阴血，手足厥逆病情危，
亡阳大汗呕吐作，昏睡作呃脉沉微，男子囊缩女乳萎，最后便血临死期。

（二）湿温病邪释解

季节：大暑至白露期间感受当令之湿。

见症：身热不扬，头身皆重，胸闷苔腻。

性质：非寒非热，黏腻淹滞，来缓退迟，酝酿化热，缠绵难解 因此又叫它"秋呆子"。

病因：外因长夏初秋（大暑－白露），湿土当令，湿中化热。内因摄生不慎，恣食肥甘生冷，太阴内伤，湿饮停聚。

体质影响：中气实病在阳明（胃），中气虚病在太阴（脾）。

症状：①上焦　手太阴卫分症状：头疼、恶寒、身重体痛，舌白不渴，脉弦细而濡，面色淡黄，胸闷不饥，午后身热，状若阴虚。

②中焦　气分症状：状如疟，胸痞烦闷，干呕欲噎，口腻不渴。由于长期滞留中焦，往往形成朝轻夜重，舌苔多白腻而黄或黄腻，大便秘结或溏，热臭难闻，红疹，白痦，中气实则病在阳明，中气虚则病在太阴。

③下焦　营分及血分症状：由于湿邪转化缓慢，常先逗留在气营之间，病邪入营，壮热口渴，舌色深红或焦黄，神昏谵语，心烦不眠。病邪入血，则两目直视，痉厥抽搐，角弓反张，撮空理线，舌质光红，甚则红绛，斑疹吐衄，上下失血。

总之营分症状出现，没有不波及血分的，不过血分病变比营分病变更深一层罢了。营分病变重点在手厥阴心包，血分病变重点在足厥阴肝经。

末期本病发展到这一阶段，已达到最高峰，在转归上有良好与恶化两个方面。

良好归转：①热清湿化，热盛势下降，口和，不渴不腻。②胃气来复，食欲渐增，恢复正常。③神清气爽，起居安适，睡眠甜好。

不良归转（恶化）：①伤阴：湿热久羁化燥，内侵营血。②亡阳：突然大汗或剧烈呕吐，昏昏欲睡，脉见沉微，频频作呃，男子囊缩，女子乳萎。③下血：湿热劫伤阴络，大便下血，种种恶候而致死亡。

（三）湿温用方列后

上焦用方

1. 三仁汤（此治湿温之主方）　杏仁 10g，白蔻仁 10g，生薏米 15g，竹叶 10g，飞滑石 10g，法半夏 10g，厚朴 10g，通草 6g。水煎三次服之。

湿温初起，以三仁汤为主，但三仁汤迟用或未用，湿温仍羁留在上焦，继而变化喉阻咽痛，以银翘马勃散主之，此方治在上焦，方用：连翘 30g，牛蒡子 15g，银花 15g，射干 10g，马勃 6g，甚则加滑石 10g，桔梗 10g，苇根 20g，煎后分三次服。

太阴湿温，喘促者加味千金苇茎汤主之，方用：苇茎 10g，苡米 10g，桃仁 6g，冬瓜仁 6g，滑石 10g，杏仁 10g。

中焦用方

1. 橘皮竹茹汤　此治阳明湿温，气壅作哕者。橘皮 10g，竹茹 10g，柿蒂 7 个，姜汁 3 茶汤匙。如不愈，再作服，有痰火者加竹沥、瓜蒌；如气分痹郁而哕者，仍属太阴湿温，宜宣痹汤主之。阳明属胃，太阴属脾，宜细辨之。

2. 宣痹汤　杷叶 6g，郁金 10g，射干 10g，白通草 6g，香豆豉 6g。水煎服之。

3. 香附旋覆花汤　生香附 10g，旋覆花 10g，苏子 10g，广皮 10g，法半夏 10g，云苓 10g，苡仁 10g。此方治湿温肋痛，或咳，不寒，但潮热或寒热如疟状，此方主之。腹满加厚朴 10g；痛甚加降香 6g。

湿温上焦未清，里虚，神识昏蒙，舌滑脉缓，人参泻心汤主之。方用：人参 6g，干姜 6g，黄连 6g，枳实 10g，白芍 10g。此方重在里虚脉缓，故用人参、干姜。

湿热相等，治法不宜偏胜，以滑石黄芩汤主之。方用：黄芩 10g，滑石 10g，茯苓皮 15g，通草 6g，腹皮 10g，白蔻 6g，猪苓 10g。此方以湿热俱在而用，如果偏于热，而不考虑湿，或者偏于湿，而不考虑热，不但无效，甚或两者偏胜，延误病情加重，宜辨之。

下焦用方

1. 宣清导浊汤　湿温久羁，神昏窍阻，少腹硬满，大便不下，此方主之。猪苓 15g，茯苓 15g，寒水石 20g，蚕沙 15g，皂荚子 10g。水煎，日服二次。

2. 清宫加减汤　湿温久羁，常逗留在营血分之间，邪入心包，宜清宫汤加紫雪散。如病邪入血分，两目直视，角弓反张，撮空理线，甚则斑疹吐血，急宜清宫汤加牛黄丸，或至宝丹投之，连服 3 ~ 5 次，如无效也就休矣。

五、摘要浅谈几个古方认识

1. 六味地黄丸　补水克火法，壮水之主以制阳光。唐王冰曰："诸寒之而热者，取之阴。"歌曰：

壮水之主以制阳，阴虚火盛虚阳亢。头眩腰瘊足跟软，骨蒸咽燥六味良。

2. 桂附地黄丸　补火化水，益火之源以消阴翳。唐王冰曰："诸热之而寒者取之阳。"歌曰：

益火之源消阴翳，肾阳不足阴盛彰。腰疼脚软下肢冷，阳痿精冷八味尝。

3. 真寒假热证　热因热用。歌曰：

热因热用内真寒，四肢逆冷下清便。面红心烦欲饮冷，真寒假热仔细看。

脉象沉细是其症，白通汤用葱附姜。

4. 真热假寒证　寒因寒用。歌曰：

真热假寒肢逆冷，大热大渴大汗出。脉象洪大是其证，白虎汤剂及时服。

5. 戴阳燥证　益元汤主之。歌曰：

益元汤用治戴阳，烦躁不眠真元伤。阴虚寒盛假热现，面赤身热饮频填。

假热真寒阴象证，急投姜附参脉甘。黄连知柏艾葱入，姜枣和营童便尝。

使而滋阴配五味，存津生脉冷服良。

六、谈谈十四种发热证

为了辨证治疗与用药便于记读，以歌述之，也可以称"蹄涔诗"或打油诗。

1. 太阳伤寒初起，以辛温发汗法。歌曰：

发热怕冷兼头痛，全身疼痛无汗情。脉象浮紧而带数，伤寒初犯太阳经。

麻黄汤内桂枝用，杏仁甘草四般从。香苏十神或麻杏，虚实从证要辨明。

辨证准确用药当，辛温发汗法当崇。

附注：麻黄汤　麻黄、杏仁、甘草、桂枝。

麻杏甘石汤　麻黄、杏仁、甘草、生石膏。

香苏饮　香附、苏叶、陈皮、甘草、生姜。

十神汤　葛根、升麻、陈皮、甘草、川芎、苏叶、白芷、麻黄、赤芍、香附。

上列四方对于风寒感冒，也就是伤寒初起，辨别虚实用之。

2. 阳明伤寒证，以辛寒清胃法。歌曰：

发热汗出不怕冷，恶热口渴饮喜凉。脉大滑数苔滑腻，阳明伤寒细参详。

表里俱热宜白虎，石膏知母甘粳尝。清解表里热邪解，不解谨防传少阳。

3. 少阳伤寒证，以和解枢机法。歌曰：

发热怕冷日数作，呕恶口渴耳发聋。胸中闷痛脉弦数，伤寒发于少阳经。

小柴胡汤和解功，半夏人参甘草从。更加黄芩加枣姜，少阳百病此方宗。

4. 胃实证，以清热攻下法。歌曰：

发热怕冷大便秘，日晡更剧汗蒸蒸。舌苔黄厚干而燥，胃实伤寒要辨明。

清热攻下大承气，枳实硝黄厚朴增。救阴泻热功偏擅，三承酌用要变通。

附注：大承气汤　大黄、芒硝、厚朴、枳实，上药服一次后，即大便就可停服。本方主治热邪传入阳明，见到身热汗出，不恶寒，谵语，痞满，大便结燥等证候。

小承气汤　大黄、厚朴、枳实。本方主治胸腹痞满而硬，大便不通，但无燥结现象，证明实热盛于上中二焦，所以不用软坚的芒硝，以免咸寒之性损伤下焦肝肾阴血。

调胃承气汤　大黄、芒硝、甘草。本方主治身热汗出，不恶寒，谵语等症，和大小承气汤相同，但是不见痞满，仅见燥实不大便，所以去掉枳实，厚朴恐伤上焦阳气，因证较轻，不需猛攻，所以用炙甘草以缓和药性，以甘温而保护胃气。

5. 风温证，以辛凉解表法。歌曰：

发热怕冷头项痛，汗出口干咳嗽生。脉象浮数风温症，却与伤寒大不同。

辛凉平剂银翘散，银翘薄桔竹芥成。甘草淡豆加牛蒡，芦根为引风温功。

6. 邪入心包证，以清营开窍法。歌曰：

发热口干烦躁扰，神识昏迷舌绛红。温病转入心包络，治法清营及清宫。

元参连翘犀角麦，莲竹丹银地用生。连投三帖无显效，急宜紫雪或安宫。

7. 痉厥证，以凉血熄风法。歌曰：

发热口燥昏谵语，手足抽搐痉厥成。脉象细数辨上下，分投牛黄复脉灵。

上焦清宫及紫雪，下焦液竭育阴经。复脉生地炙草麦，白芍胶麻三甲烹。

8. 痉病证，以生津解肌法。歌曰：

发热怕冷兼头疼，项背强直弓反张。脉象浮紧为痉病，治法镇柔药宜凉。

手少阴经邪未罢，急投紫雪或牛黄。久羁伤阴津液竭，三甲复脉宜潜阳。

生地冬芍胶麻草，龟鳖牡蛎服之良。

9. 湿温证，以清热化湿法。歌曰：

发热怕冷尿黄短，口干胸闷呕恶烦。面色晦滞舌黄腻，湿温难已三仁痊。
杏仁白蔻生苡米，滑石半夏竹叶煎。通草厚朴湿蕴却，浊盛芦根藿香填。

10. 伤风证，以宣肺却风法。歌曰：

发热怕冷兼头痛，鼻塞咳嗽苔白薄。脉象浮数早投药，桑菊银翘病可疗。
桑菊饮用薄荷翘，杏芦甘草桔梗调。银翘散用牛蒡桔，淡豆竹甘芥薄饶。

11. 伤食证，以消化和中法。歌曰：

发热胃腹胀而痛，呕吐酸腐泄连连。食伤肠胃消化息，六合加减服之安。
六合火朴杏砂成，半夏木瓜赤茯煎。术参扁豆同甘草，或加姜枣与三仁。

12. 肺脏气阴两虚证，以养阴清肺法。歌曰：

发热多在午后间，气短干咳血痰粘。多汗脉细虚而数，肺脏气阴两虚看。
秦艽扶营鳖甲半，地骨当归紫菀煎。柴胡人参兼炙草，肺痨蒸嗽服之安。

13. 肝肾阴虚证，以滋阴退蒸法。歌曰：

发热午后不甚显，五心发热盗汗然。颧红脉象细而数，肝肾阴虚两相关。
黄芪鳖甲地骨半，艽菀参苓柴芍甘。地黄知母天冬桂，桔梗桑皮劳热痊。

14. 亡阳证，以回阳固表法。歌曰：

发热大汗热虽退，反而恶寒四肢急。脉浮无力亡阳证，参附急投服之愈。
参附汤疗自汗出，肾阳脱汗此方需。卫阳不固须芪附，郁遏脾阳术附随。
升发阳气强脾胃，引用生姜大枣宜。

浅谈舌的诊断

一、舌的部位所属

歌曰：尖心边脾肾在根，两旁肝胆胃中心。

二、舌的形态和运动

歌曰：

> 瘪薄瘦小为心虚，血亏内热肉消极。舌浮肿大感发胀，痰溢湿热水液侵。
>
> 胖大柔软属虚证，坚敛发硬病属实。舌生芒刺热结深，重舌炽热主心脾。
>
> 木舌满口难转动，心经火盛宜早医。卷舌囊缩厥阴危，伸长难收是气虚。
>
> 时欲将舌伸口外，内热惊风抽搐痰。舌强而硬中风症，脉络失养胃气微。
>
> 吐舌弄舌婴多见，内脏结热在心脾。舌颤掉动是肝风，舌颤难言心脾虚。
>
> 舌干阴亏津液竭，舌滑中寒湿痰积。

三、舌苔形态

歌曰：

> 舌厚邪重湿痰停，薄苔多为表邪轻。苔腻秽浊邪未化，滑主寒湿中寒生。
>
> 松软秽气疏通泄，坚实胃气闭结凝。润泽津液未伤损，干燥津液已耗空。
>
> 腐痈白肺黄主胃，黏腻湿热浊痰成。裂主气弱阴之象，白霉糜烂命难生。
>
> 苔剥白斑为落屑，散离不连险逆征。

四、舌质

1. 红色舌　歌曰：

> 舌质淡红并无苔，心脾气血虚成灾。舌质鲜红感热甚，久病伤阴虚火来。
>
> 舌干色枯胃津竭，舌尖独赤心火炎。舌旁色赤肝胆热，中心干红胃阴衰。
>
> 舌光红嫩如镜面，汗下太过津液耗。舌红血出势如蚓，热邪伤包勿徘徊。
>
> 舌红中见紫斑点，血热夹瘀并发斑。

2. 黄色舌（苔）　歌曰：

> 黄苔里证干内火，深黄滑腻湿热阻。舌苔黄厚阳明热，姜黄津润土衰亡。
>
> 黄燥黑刺中有裂，热结已深气阴伤。

3. 蓝色舌（苔）　歌曰：

> 舌蓝有苔脏腑损，伤而不甚尚可疗。舌蓝无苔光而亮，气血亏极险象昭。
>
> 舌蓝色黑而不满，瘟疫湿热湿饮痰。舌中蓝色苔滑腻，阴邪化热羁留连。

4. 白色舌（苔） 歌曰：

舌现白苔表证先，薄白而滑感风寒。白滑黏腻湿痰蕴，白苔绛底湿热潜。
白苔边红风温证，尖白根黄表未痊。白中带黄邪传里，厚白干燥实热参。
白如积粉疫毒重，苔碱胃滞秽浊兼。

5. 黑色舌（苔） 歌曰：

白苔中心而发黑，伤寒邪热传里急。红苔中心而变黑，湿温疫疬病变危。
苔黑燥裂津枯萎，火极似水炽热催。苔黑滑润阳虚证，阴寒太盛下元亏。
根黑而燥下焦热，急投下剂莫迟疑。苔黑而滑兼黏腻，湿痰寒饮久伤脾。
舌根无苔尖黑燥，心经火炽自焚疾。

6. 灰色舌（苔） 歌曰：

灰黑不干直中阴，灰黑而干热灼津。面黑舌灰狂谵语，人事不知蓄血瘀。
淡黑中滑点如墨，邪热传里兼食积。苔色灰黑而滑润，太阴寒水来侮脾。

7. 紫色舌（苔） 歌曰：

舌紫肿大酒冲心，紫而晦暗瘀血积。紫而中心苔白滑，酒后伤寒诊勿差。
青紫滑润中肝肾，手足逆冷痛吐兼。舌紫苔黄而干燥，脏腑素热脾胃先。

8. 绛色舌（苔） 歌曰：

热邪传营绛舌现，绛而润泽包络邪。中干心胃火灼津，尖绛心火上炎炎。
绛舌兼苔黄白色，邪由气分初传营。绛舌如干扪有津，津亏湿热熏蒸蒸。
化湿清热生津济，稍误浊痰心包蒙。舌绛带垢中秽浊，疳积碎点苔白黄。
心热毒盛大红点，绛而光亮胃阴亡。绛而不润干枯萎，肾阴已涸孤阳亢。

脉学扼要

一、脉象及取法

1. 三部九候　首先取寸、关、尺的浮、中、沉。

2. 至数　辨其缓急歇止。

3. 形态　辨其长短，大小，洪细。

4. 脉体　辨其流利和涩滞。

5. 脉力　辨其强弱，弦紧，虚实之不同。

二、病脉分类取法

（一）各脉象取法、主病及歌诀

1. 浮脉　浮脉法天，轻手可得，如木之漂于水面，举之有余，按之不足，多主表证。

主病口诀：浮阳主表，风淫六气，有力表实，无力表虚，浮迟表寒，浮缓风湿，浮虚伤暑，浮散虚极，浮洪阳盛，浮大阳实，浮细气少，浮涩血虚，浮数风热，浮紧风寒，浮弦风饮，浮滑风痰。

2. 沉脉　沉脉法地，重手按之至筋骨间，如石投水必至其底也。多主里证，气滞。

主病口诀：沉阴主里，七情气食，沉大里实，沉小里虚，沉迟里冷，沉缓里湿，沉紧冷痛，沉数热极，沉涩气郁，沉滑痰食，沉伏闭郁，沉弦饮痰。

3. 迟脉　迟脉极慢，呼吸三至，来去极慢，主阳气不足，气血寒。

主病口诀：迟脉主脏，阴冷相干，有力为痛，无力虚寒，浮迟表寒，沉迟里寒。

4. 数脉　数脉极数，呼吸六至，往来极数，主热主虚。

主病口诀：数热主腑，数细阴伤，有力实热，无力虚热，浮数表热，沉数里热，气口实数肺痈，虚数肺痿。

5. 滑脉　滑脉流利，如珠走盘而不滞，有滑动之象。

主病口诀：滑司痰病，关主食风，宿食实热，蓄血妊娠，寸候吐逆，尺便血脓。

6. 涩脉　涩脉虚细而迟，往来不调，状如轻刀刮竹。

主病口诀：涩虚湿痹，血少精伤，气涩滞血瘀，津结液亡。

7. 虚脉　虚脉迟大无力，言脉虽大而无力也。

主病口诀：虚主诸虚，怔忡自汗，身热伤暑，骨蒸虚烦。

8. 实脉　实脉浮、中、沉三候取之皆有力，应指坚强大而长。

主病口诀：实主有余，气聚食积，为痛为呕，阳毒面赤，正气不足，邪实壅滞。

9. 长脉　长脉有余，过于本位，不大不小，按之有余。

主病口诀：长为气滞，神强气壮，反常则病，气逆火盛，主吐主狂。

10. 短脉　短脉不及本位，应指而回，不能满部。

主病口诀：短则气病，滑数酒伤，浮短血涩，沉短痞殃，元气不足，有力郁锵。

11. 洪脉　洪脉浮而有力，指下极大，按之满指，来盛去衰，如波涛汹涌之象，主阳盛亢。

主病口诀：洪为阳盛，主热与烦，大小便闭，口燥咽干。

12. 微脉　微脉浮取极细，欲绝非绝，似有若无。

主病口诀：微伤气血，劳损虚弱，阳微恶寒，阴微发热，气脱亡阳，营血亏极。

13. 紧脉　紧脉劲来时，劲急有力，左右弹指，又名为急脉。

主病口诀：紧主寒疼，右食（气口）左风（人迎），浮紧身疼（宜汗），沉紧腹痛（宜下）。

14. 缓脉　缓脉呼吸四至，往来甚匀，从容和缓，如微风柳舞之象，主湿。

主病口诀：缓湿脾胃，缓滑痰湿，缓细湿痹，缓涩脾虚，坚大湿壅，缓弱风虚，结则阴凝，促则阳郁。

15. 芤脉　芤脉浮大中空，其状如按慈葱，主亡血伤阴。

主病口诀：芤主失血，寸为吐衄，关主血瘀，尺便血脓。

16. 弦脉　弦脉按之不移，其状如按筝弦，主肝气，痰饮气滞。

主病口诀：弦脉主饮，木盛侮脾，沉饮内痛，浮饮外溢，热则弦数，寒则弦迟，弦微主虚，弦细拘急，双弦寒痼，单弦饮癖，疟脉自弦，代散则死。

17. 革脉　革脉浮弦而芤，浮弦内虚，其状如鼓皮。

主病口诀：革主虚寒，感湿中风，伤精失血，半产带崩。

18. **濡脉**　濡脉浮小且软，如绵浮水面，轻手相得，重手按之即随手而没。

主病口诀：濡为无根，主阴虚病，若见此脉，实非善症。

19. **牢脉**　牢脉沉实有力，大而长微弦。

主病口诀：牢主寒实，木盛则痛，厥疝癥瘕，心腹寒痛。

20. **弱脉**　弱脉沉而无力，沉细而软，其弱如绵，轻诊不见，按之虽见而无力也。

主病口诀：弱主阳虚，元气亏耗，虚汗脱精，骨痿筋弱，阳衰久病，精血虚弱。

21. **散脉**　散脉大而无边，散乱无次，有表无里，浮取满指而极无力，至数无拘，来去不空，散慢不聚，比濡更甚。

主病口诀：散气血衰，根本脱离，病见此脉，不须强治。

22. **细脉**　细脉沉细而直，常有而无绝期，形如丝线。

主病口诀：细主虚症，乏力伤精，劳损感湿，气血不统。

23. **伏脉**　伏脉极重，按之透筋着骨，比沉脉更在下也。

主病口诀：伏气闭郁停饮，宿食疼痛，阴邪阻郁阳气，霍乱癥瘕积聚。

24. **动脉**　动脉形如豆粒，厥厥动摇，两头俱俯，中间高起，故短如豆粒之动摇也，故称之为数，见关中。

主病口诀：动有阴阳，主痛主惊，女主崩症，男主亡精。

25. **促脉**　促脉数而时有一止，复来而无定数，徐急不常，如疾行而蹶也。

主病口诀：促为阳盛，热毒肺痈，发癫闷，瘀血气疼，痰凝火郁，气血不通。

26. **结脉**　结脉迟而时止，复来无定数。

主病口诀：结为阴盛，疝瘕积聚，七情郁结，气血凝滞，浮为寒结，沉主气积。

27. **代脉**　代脉迟而时止，不能自还，因而复动，但止有一定之数者为代。

主病口诀：代则气衰，或泻脓血，伤寒霍乱，跌打闷绝，夺气痛疮，女胎三月，气血衰微，惊恐痛风。

28. **疾脉**　疾脉呼吸七至以上，比数脉更甚。

主病口诀：阳气盛极，阴气欲竭，元气将脱，病情危重。

29. **七绝脉**

雀啄　雀啄连连止而又作——肝绝。

屋漏　雨后屋漏半时一落——胃绝。

弹石　弹石硬来寻即散——肾绝。

解索　搭指散乱如解索——脾绝。

鱼翔　鱼翔似有又如无——心绝。

虾游　虾游静中忽一跳——大肠绝。

釜沸　指下如汤滚沸样——肺绝。

医家仔细休下药。

结语： 古人总结为二十七个字，后有人又加一疾字，统为二十八个字，即浮沉，迟数，滑涩，虚实，长短，洪微，紧缓，芤弦，革濡，牢弱，散细，浮动，促结，代疾。

（二）脉象临床

1.浮脉　与浮脉相类似的脉，如浮、虚、散、芤、濡、微、革等。

浮脉主头疼，眩晕（主风热），咳嗽（主风邪），中满腹胀（主脾虚），小便赤（主风客膀胱），大便秘（主风客下焦）。

浮而有力曰洪，如目赤，口疮，咽干（主心火），涎唾稠黏（主肺热），身疼，肢热（主肺火），胃呕（主胃虚），小便赤，大便燥或下血（主肾虚阴火）。

浮迟无力曰虚，如怔忡，心悸（主血不荣心），腹胀痿痹（主肝肾脾不足），骨蒸（男子精亏，女主血亏）。

浮虚散慢曰散，如怔忡自汗（主心衰表虚），心肾亏泛肿（主溢饮），小腿肿（曰胕肿）；浮大中空曰芤，如胸中瘀血，吐衄血，肠痈下血，小便血，肠红下痢（主失血症）。

浮小极软曰濡，如心虚气短，神离惊悸，盗汗，男精败，女血脱，汗淋漓，溲频数，憎寒恶热，身疲不安，饮食不进，虚泻下元寒（主阴虚，脾胃虚而无根，险症）。

浮脉似有如无曰微，如恶寒为阳微（主气），发热为阴微（主精血），少气心惊，冷痰，胃寒，气胀食不化，脾虚噫气，心腹冷痛，中满气乏，四肢寒冷拘急，精血不足，泄泻腹痛呻吟。

浮弦而中虚曰革，属于虚寒失血之候，中风感湿，男失精，女血崩。

2.沉脉　与沉脉相类似的脉，如伏、牢、实、弱、细等。

沉脉主痰郁，饮停，胸中寒，脾胃痛，男精冷，女血冷，肾虚腰疼等。

沉极至骨曰伏，伏郁心气亏，神不守，气滞痰凝，主寒腰腹痛，脾胃停滞，积块疼痛，霍乱癥瘕积聚。

沉弦有力曰牢，喘促，肤肿，心腹寒痛，癥瘕疝厥，木盛侮脾（肝克脾）。

沉而浮、中、沉三候弦长曰实，阳毒火郁，阳狂谵语，呕吐，大便难。

沉软而无力曰弱，主阴阳虚，心悸自汗，短气，筋痿无力，女产后面肿，脾胃虚，食不化，骨痛耳聋便溏等。

沉细而长曰细，主吐频，胃虚腹胀，泻痢遗精，阴脱，劳损，伤精，感湿。

3. 迟脉　主心肺受寒，精乏气短，手足厥冷。脾胃寒湿不化，便浊，女经不月，泄泻少腹冷，寒疝等。

迟而四至平和曰缓，主怔忡多忘，项背拘急，短气，眩晕，腹肋气急，胃弱气虚，便频，步难，湿痹。

迟而不利或虚细曰涩，主心虚不安，冷气心痛，肺气耗，气短，痞瘦，不食多呕。肝血败，肚胀，腹满，身痛，寒疝，少腹痛，足胫痛。

4. 数脉　主阴伤，（数细）有力实热，无力虚热，沉数里热，气口实数肺痈，虚数肺痿，口舌疮，咳嗽等。

数而流利曰滑，主元气衰，膈痰，呕吐，心惊舌强，停食，肝热生风，热痢，淋症等。

数而弦急曰紧，主诸寒痛，项强，头痛，鼻塞膈壅，心腹满痛，筋急，吐逆，腰腿脐下痛，奔豚，疝气等。

数时而一止曰促，主火盛，气血痰食饮五者停滞而生热，喘嗽发狂，癍毒疽痈等。

数见关中曰动，主疼与惊，阳虚多汗，阴虚发热，泻痢，拘挛，男亡精，女崩漏等。

经脉辨证

一、伤寒六经之主症

1. 太阳之为病（膀胱－小肠） 脉浮，头项强痛而恶寒。

2. 阳明之为病（胃－大肠） 胃家实是也。

3. 少阳之为病（三焦－胆） 口苦，咽干，目眩也。

4. 太阴之为病（肺－脾） 腹满而吐，食不下，自痢，时腹自痛，若下之，必胸下结硬。

5. 少阴之为病（心－肾） 脉沉细，但欲寐也。

6. 厥阴之为病（心包－肝） 消渴，气上撞心，心中痛热，饥不欲食，食则吐蚘*，下之则痢不止。

附：伤寒六经证纲释义——摘自邱宗山老先生杰著

宇宙有阴阳，二极合之以生万物，人身亦有阴阳，二极合之以成生理作用。古时化验方法不详，只就目所能见者，以水为阴极，火为阳极（光、电、热、氧为阳极，以太阴水分、物质、碳气为阴极）。水流下润，因热蒸而上泽，火炎上升，因水吸而下温。火胜水则为燥，水胜火则为湿，水火交蒸则成膨胀之气为暑。火之能为热，水之能为寒，水火共体，寒热其用，寒热交流，鼓荡以生风，所谓六气之义也。

此谓六气发于天空者，四季之变演，春季风生，春末火盛，夏季暑热，夏末湿盛，秋季燥盛，冬季寒盛。人在气交之中，无隙可避，偏盛不齐，感而成疾，是谓六气之变。古人因六气之变，以立六经之证，归纳简易之法也。

六经者何？一曰太阳经。太阳即表阳，皮毛属之。因人身表皮，放散水热，吸收氧气，交流清浊，与空气接触，六气之贼，先伤表皮，而成表病，是名曰太阳经病。交流不利，络脉郁血，乃头疼，发热，恶寒，项强，干呕，身重，鼻塞，骨节痛，脉浮。

二曰阳明经。阳明即里阳，经络属之。人身血管物质所聚，热度特高，邪气不解，渐转化热，同气相求，归于此经，以成里病，是名曰阳明经病。营养不输，津液不泽，脉经郁血，乃恶热，心烦，自汗，潮汗，舌黄，便燥，口渴，目痛，鼻干，身热，胸腹胀满，甚则谵语神昏，妄见，

---

* 蚘：同"蛔"。——编者注

脉大。

三曰少阳经。少阳即半表之中阳，膜腠属之。人身之膜分流清浊，火水交会，热蒸外出，清气内入，皆以此经为枢纽。故少阳为太阳、阳明之中间，亦为三阴、三阳之中间。病入此经，水火不分，阴阳交凝，故其病寒热往来，口苦咽干，目眩耳聋，胸胁苦满，心烦呕恶，头额角痛，脉弦。

四曰太阴经。太阴即表阴，三阴之表，水湿之经，人气统于肺，水分于脾，素日湿盛，太阴受病。水愈不分而湿愈盛，故病则腹满而吐，食不下自痢，时腹自痛，脉沉。

五曰少阴经。少阴为三阴之中间。少阴病则腹满，生阳不发，精血不养，故其病但欲寐，手足逆冷，吐利，脉沉细。

六曰厥阴经。厥者尽也，即三阴之极，阴极阳生。故肝藏血以生热，包络藏气以生津，寒热混杂之经，寒热不平，交流鼓荡则成风。故其病呕逆，吐泻，手足逆冷，消渴，气上撞心，心中痛热，饥不欲食，食则吐蛕，脉沉弦。

六经言则三阳为表，三阴为里，各经又各有表里，三阳之表曰经病，三阳之里曰腑病，三阴之表曰经病，三阴之里为脏病。凡病入腑者易愈，入脏者多死。因腑有传输，病有出路，脏主收藏，邪入难出。

三阳分经腑，三阴分寒热。太阳经病，皮毛闭塞，热结气分，则膀胱停水。太阳腑病，热结血分，则膀胱蓄血。阳明经病，恶热口渴，为热在气分。阳明腑病，便闭舌黄等，为热在血分。少阳经病，往来寒热，头侧痛，为热在气分。少阳腑病，口苦咽干，大便闭，小便赤，为热在血分。

太阴寒热，则必兼湿，因脾与肺主行一身之津液，津液不行则湿郁也。少阴寒热则水火互胜，心阳在上属于火，肾阴在下属于水也。厥阴寒热则必兼风，因风为动气，肝与胞络均可认为风脏也。故经腑厘然。三阳之病无循情，寒热分明，三阴寒热情显著。

伤寒立论主旨，以六气发为六经，三阳辨经腑，三阴辨寒热。六经受病有表里、寒热、虚实之六证，六证分明；有汗、吐、下、清、温、补之六治。六治之外，更有纯杂类别，真假之六难，六难厘然。更有标、本、缓、急、逆、从之六律，六六三十六错综变化，莫之穷极。虽有归纳简易之规，追究毕生，也未必即达上乘之造，浅见者安测其高深哉。

注：太阳经病，膀胱停水，热结气分。太阳腑病，膀胱蓄血，热结血分。

阳明经病，恶热口渴，热结气分。阳明腑病，便闭舌黄，热结血分。

少阳经病，往来寒热，头侧痛，热在气分。

少阳腑病，口苦咽干，大便闭，小便赤，热在血分。

二、奇经八脉之经主病

奇经八脉者何？任脉，冲脉，督脉，阳跷，阴跷，带脉，阳维，阴维。

1. 任脉　起于中极之下（脐下四寸）以上毛际，循腹里，上关元至咽喉，上颐，循面入目（又云任由前阴至下唇）。

任脉（生理作用以下同）主营养之原，主血虚实不调。

任脉病：男子内结七疝，女子带下瘕聚。

2. 督脉　起于少腹以下骨中央（毛际横骨中央），女子入繁廷孔（尿道），循阴器向后，入脊至脑（又云督脉由后至顶循面至上唇）。

督脉主能力之原，主浮沉闭脱。

督脉病：脊强反张（角弓反张）。

3. 冲脉　起于气街（脐下三寸，旁开二寸），并足阳明经，夹脐上行，至胸中而散。

冲脉主血海勃发冲进，生殖及升降不调。

冲脉病：逆气里急。

4. 带脉　起于季胁，巡身一周，如束带也。

带脉主约束伸缩固涩，男子精浊，女子带下。

带脉病：瘫、痿、遗、浊、带下。

5. 阳跷脉　起于跟中，循外踝下，上入风池。

阳跷脉主外运矫捷（举动迟速）。

阳跷脉病：阴盛阳衰，则为痿厥也，寒厥，逆冷，阴盛阳急也。

6. 阴跷脉　起于跟中，循内踝上至咽喉，交贯冲脉。

阴跷脉主内运矫捷。

阴跷脉病：主阴，阳盛阴虚，则为热厥，郁热烦扰不宁（阳缓阴急也）。

7. 阳维脉　起于诸阳之会，维络于阳，为诸阳脉之网维。

阳维脉主人身外部之调整，偏痹不遂之病。

阳维脉病：人身外部腰背痛痹，怫然肿，苦寒热。

8. 阴维脉　起于诸阴之交，继络于阴，为诸阴脉之网维。

阴维脉主人身内部调整，偏痹不遂。

阴维脉病：精衰血败，不达四旁（苦心痛）。

浅谈厥逆症治

厥者，尽也，逆者，乱也。厥逆为病者，阴阳无升降之机，气血无运行之力。经云："阳气衰于下，则为寒厥（阴盛阳危）。阴气衰于下，则为热厥（阳盛阴伤）。"

阴阳血气各有偏盛，治法不外抑彼助此之道也。阴盛则回阳，阳盛则救阴，血并则固气，气并则养血。倘若阴阳交尽，气血交并，则病（命）危矣。兹将寒、热、气、血、酒、痰诸厥及其治法分述于下。

1. 寒厥　四肢清冷，小便清，口中和，大便下利清谷，喜暖畏寒，脉息沉细而迟，此为阳气衰，治法宜以大剂辛热之药，以回其阳。

2. 热厥　郁热咽燥，烦扰不宁，大便秘，小便赤，恶热喜凉，脉息沉滑而数，此为阴气衰，宜以大剂滋潜之品，以救其阴。

3. 气厥　此症分为虚实，如气虚猝倒者，形气索然，面色㿠白，身微冷，脉息微弱，多现诸种虚弱之象。

惟气实则不然，其人气愤填膺，胸膈喘满，脉息沉弦而滑，此属气逆，前者属虚，宜急固正元，否则气脱，后者属实，宜先顺气利窍，然后察其病之所在而调理之。

4. 血厥　此症分为二端，一为血脱，一为血逆。

血脱者有三，如大崩，大吐，或产后血脱，均因元气不能摄血，而气也随之而脱，治宜急固正元。

血逆有二。经云："血之与气并走于上。"又曰："大怒则形气绝，而血苑于上。"二说虽属不同而其理一也。统因大怒伤形，气血不能顺序而行，而上积于胸中，气血并逆，阴阳相搏，治宜先理其气，然后或用通瘀和肝之品则病可痊。

5. 酒厥　经所谓热厥之属也。类似中风，卒尔晕倒，昏聩糊涂，烦躁不语，痰涎如涌，气喘发热，或吐血，或咳嗽，但察其干燥，脉实喜冷者，治宜凉化解毒，倘脉来缓弱，大便不实，则是无火之人，治宜扶正化痰，其或因酒伤阴，以致脾肾两虚，而为厥脱者，非速救本源方可济事也。

6. *痰厥* 痰涎壅塞，气闭不通，药含难下，必先或吐或开，以治其标，但觉痰气稍开，即当治本，如火痰清之，风寒之痰温之散之，脾虚生痰者则补脾，肾虚生痰者则补肾，各从其类而调理之。若精神萎顿，痰声漉漉，气喘汗出如油者，又属不治之症也。

《中医临床蹄涔集》

第四卷 历节风专论

东阜宝仁

一九五七年七月

　　脉沉为肾与骨之为病，此生气不发也，也就是肾阳不足；弱即肝与筋之为病，此物质不厚也。生气不发则血凝不化，物质不厚则弹力不强，故血气障碍发为历节。

历节风（风湿性关节炎）的病理和治验

历节又名痛风，因其痛遍历关节故名，罹此病的根本原因：内因为肝肾不足，气血虚弱，外因方面为汗出入水，感受风邪，饮酒汗出当风，过食酸咸等。但是我们应该注意的一点是如果肝肾不亏虚，真元不损，即使有汗出入水等外因，也不一定诱发本病，《内经》曾说过："卒然逢疾风暴雨，而不病者盖无虚。"所以说，人能法天气之清静，不妄劳心劳形，清净则阳气固，肉腠密可以闭合而阻外邪，虽有八风六毒苛重，也不能加害于清净之人。《上古天真论》曰："饮食有节，起居有常，不妄作劳，故能形与神俱，而尽终其天年，度百岁乃去。"《生气通天论》曰："风者百病之始也，清净则肉腠闭拒，虽有大风苛毒，弗之能害，此因时之序也。"

总之，我们人要保持身体健康，首在维护真元，真元如何？此乃肾阳耳，肾阳何以损伤，一是淫欲，饮食起居无节，再则是作劳无定息。饱受风寒，劳累无度，久之肾阳大伤，外邪随时可以侵袭。古人曾说过："肾阳足，百病除。肾阳亏，百病催。"是以治病必求其本。

我们祖国医学的特点是未病之前尽求不损真元（预防方法），既病之后也要攘外必先安内（补正祛邪之法），同时中医之学，从基础到临床，从预防到治疗，更着重于天时，地理环境，个人性格和脏器盛衰等问题。所以说，中医治疗法则总是从整体来出发，不是单从头疼医头，脚疼医脚的来解（决）问题，治疗问题，更不能如上这样简单来把中医归纳起来。从历节痛一症来说，如一味以镇痛散风法，恐至何时也难达美满之疗效，仲师名著《金匮》一书中，有关历节风之著述，理论虽备而方剂不多。余不揣冒昧，在尊仲师之法的基础上，将几年来应用上的体会及我个人心得，同时除用药治疗外，并配合针灸，特分别介绍如下，以供参考，并希指正。

一、历节之病理

经曰："寸口脉沉而弱，沉则主骨，弱即主筋，沉即为肾，弱即为肝，汗出入水中，如水伤心，历节痛黄汗出，如曰历节。"

按：脉沉为肾与骨之为病，此生气不发也，也就是肾阳不足。弱即肝与筋之为病，此物质不厚也。生气不发则血凝不化，物质不厚则弹力不强，故血气障碍发为历节。人身之汗液由心液所化，汗出气血疏空，又入水中沐浴，或当风雨，乃寒气乘侵，汗后血虚，水气内迫，阻心气之发扬郁为湿热，于是关节肿胀，湿郁肌腠，浊热腐蒸，故黄汗出，根据仲师著述，历节可分为四类。

1.热盛之历节病　此热盛于内因风而历节矣。经曰："跌阳脉浮而滑，滑则谷气实，浮即身汗出。少阴脉浮而弱，弱则血不足，浮则为风，风血相搏，即疼痛如掣。"

按：跌阳（胃脉也，在足背动脉陷中）脉浮而滑，滑则谷气实而积热，浮则气涨汗出而感风邪，风热相搏，筋胀血郁则历节成，宜清热却风剂。再则由于少阴之精血虚（心肾），则气浮风盛，风血相搏，筋肿血滞也成历节，宜活血透络剂。

2.酒汗当风之历节病　肥盛人素日肌厚湿盛，不慎当风而成历节。经曰："盛人脉涩小短气，自汗出而历节痛，不可屈伸，此皆饮酒汗出当风所致。"

按：其脉涩小短气自汗，历节疼痛，不可屈伸，此皆饮酒汗出当风所致，夫酒后血发气越（散气之意）毛窍扩张而汗出，汗势未杀，风因乘之，血郁湿滞故脉涩，阳化不宣故脉小，风性疏动，肤缓气浮，故自汗出，血郁气逆故短气，风湿交结，筋络肿胀故历节，痛不可屈伸，此湿盛受风之历节，宜利湿散风剂。

3.筋骨内伤之历节病　遇食酸咸，久之损伤筋骨，筋缓骨痿，则历节成矣。经曰："味酸则伤筋，筋伤则缓名曰泄，咸则伤骨，骨伤则痿名曰枯，枯泄相搏名曰断泄，营气不通，卫不独行，营卫俱微，三焦无所御，四属断绝，身体羸瘦，独足肿大，黄汗出胫冷，假令人发热，便为历节也。

按：酸能柔筋，咸能渗骨，遇食酸则筋缓，泄而不坚，遇食咸则骨痿，髓枯而不强，生气之髓既枯，营养之实质又泄，二者相搏名曰断泄，此即真气之生产断绝于内，营养实质又疏泄于外也。营行脉中为血之用，水谷所生之精液也，卫行脉外为气之用，水谷所生之热力，故营卫异流而同源，必互相会化方成其能也。营气不通行于内，卫气不独行于外，营卫俱微，无以充灌，精质稀薄，肌脉枯痿，三焦之气无所驾御，以致四肢失其所秉，营养断绝，膏枯液竭，故身体羸瘦，肌绷枯槁。精微不化，湿浊下注，则足独肿大。血郁湿壅，虚热内发故黄汗出，精气不温，血不布泽，故胫常冷。假令更发热，则筋胀络肿，则为历节矣。宜甘平滋润和肝剂。

4.寒湿之历节病　关节由于寒湿郁闭，阻塞脉络，流通不畅，疼痛不可屈伸，则成历节矣。

经曰："病历节不可屈伸，疼痛，乌头汤主之。"

按：寒湿伤关节湿无以化，寒束脉闭，交流不利，致使筋而拘急，疼痛不可屈伸也，宜以温肾阳通经散寒渗湿剂。

二、历节痛之治验

1.热盛之历节症治　此病应该分两方面施治。一是实热受风，风热相搏而成历节，此多为上肢肩、肘、腕关节疼痛，甚则略肿，有的下肢关节也痛，但比较轻，宜清热却风剂。方用黄柏苍术汤加减。

龙胆草三钱　桂枝三钱　防己三钱　赤芍四钱　防风二钱　桃仁三钱　川芎二钱　羌活二钱　酒黄芩　酒黄柏各四钱　南星二钱　神曲三钱　石斛四钱　红花三钱　苍术三钱

如体实便燥者，可用防风通圣汤主之。

针刺取穴：上肢——曲池，合谷，肩颙，肩中俞，肩外俞，腕骨。

下肢——梁丘，足三里，犊鼻，委中，承山，阳关。

注：如汤剂服四五剂后，感觉饮食如常，肠胃调和，只是关节疼痛，即可单施针灸以愈为度。

二是血虚受风（血虚之人，多易风湿），风血相搏而成历节，此病症状多是上下肢关节全疼，伴有酸感，以致发重，手足肿胀，经夜则肿胀即消，此系气血不足之象也。方用羌活胜湿汤加减。

苍术三钱　荆芥二钱　赤芍三钱　川芎二钱　羌活二钱　桂枝三钱　甘草二钱　寄生四钱　杜仲四钱　川牛膝三钱　川断四钱　防风三钱　当归三钱　五加皮四钱　苓皮四钱

针刺取穴：上肢——曲池，合谷，肩髃，天府。

下肢——足三里，委中，阳陵，承山。

2.酒汗当风之历节症治　此乃肥盛之体，素日嗜酒湿盛，汗出不慎当风，汗势未灭，风因承之，故脉涩小，此系血郁湿滞，阳化不宣，故筋络肿胀，历节痛不能屈伸也，宜利湿散风剂。方用：

苍术三钱　苓皮四钱　桂枝二钱　五加皮四钱　陈皮三钱　天麻二钱　大腹皮三钱
桑皮三钱　防风三钱　羌活二钱　秦艽三钱　川芎二钱　荆芥二钱　防己三钱　甘草二钱

针刺取穴：上肢——合谷，曲池，天府。

下肢——足三里，阳陵，委中，承山，昆仑。

3. 筋骨内伤之历节症治　此病夙日过食酸咸，久之损伤筋骨，致使筋缓骨痿，气血失运，营养不输，则胫冷肢软，若再失治，遇用温热发散剂，则历节成矣。宜以甘平滋润和肝剂。方用：

当归三钱　桂枝三钱　川芎二钱　川牛膝三钱　赤芍四钱　桑皮三钱　甘草二钱　川断四钱　枸杞三钱　山药三钱　五味子八分　生地三钱　白术三钱　虎骨一钱　党参三钱　茯苓三钱

如患者体弱气虚脉缓滑，可酌加黄芪1～2两，好沉香一钱。

针刺取穴：体弱气虚者——气海，关元，中脘。

上肢——曲池，手三里，合谷，腕骨。

下肢——足三里，阳陵，委中，承山，环跳。

4. 寒湿之历节症治　此症由于肾阳亏损，寒侵脉络，湿无以化，致使脉络郁闭，流通不畅，周身关节疼痛不可屈伸，六脉沉涩无力，宜以温肾通经散寒渗湿剂。方用：

寄生四钱　杜仲四钱　川牛膝三钱　赤芍三钱　附子二钱　肉桂二钱　补骨脂三钱
吴茱萸三分　干姜三分　甘草二钱　人参二钱　枸杞三钱　白术二钱　云茯苓四钱　泽泻三钱

如肾阳过亏，关节疼甚，可酌加鹿茸、沉香、虎骨。

针刺取穴：上肢——曲池，合谷，腕骨，肩中俞，肩外俞。

下肢——足三里，阳陵，梁丘，鹤顶。

三、医案

1. 王姓妇，四十一岁，曾生三男一女。

于五四年冬发生关节疼痛，延医调治年余，不但无效，反而加重，致使形体羸瘦，所有关节皆肿，疼痛呻吟，卧床不起。一九五六年秋初，邀余诊治，时已卧床年余，起床、饮食、二便等动作均由家人扶持，症状是周身关节皆痛（经医院检查为多发性关节炎），手指各节肿而不能伸，手腕、足腕及两膝肿不能动，颈部及肩胛部疼痛不能转侧，患者势如僵尸，六脉沉细无力，饮食减少，经期不准，并少。

余针穴：上肢——合谷，曲池，腕骨。

下肢——足三里，阳陵泉，梁丘，卫阳，丘墟。

因转动非常困难，后背及肩胛部未取穴，每日一次，约两周，上、下肢自己能活动，但肿未消。余又取阿是穴（肿处）以艾灸之，约五六次，肿显著见消，自己能翻身，将患者扶起能坐二十分至三十分钟，余又取天柱、肩中俞、肩外俞，配合前穴施治，因气血不足，胃纳不佳，每周内针中脘、关元、气海两次，两周内饮食大增，患者精神感爽，二便通畅，脉也有力，以后隔日一针，并配丸药服之。余以培元补虚温肾和肝剂，其方列下：

虎骨一钱　生黄芪四两　川芎三钱　红花五钱　鹿茸一钱　苍术三钱
防风四钱　伸筋草三钱　茯苓五钱　黑附子二钱　川牛膝四钱　羌活二钱　赤芍四钱
陈皮四钱　故纸三钱　薏米五钱　寄生四钱　荆芥三钱　乳香三钱　甘草三钱　力参二钱
没药四钱　防己三钱　厚朴三钱　白术四钱　肉桂三钱　灵仙四钱　沉香钱半

以上共为细面，水丸梧子每服三钱，早晚各一次。如上一面服药，一面针刺约半载，患者起坐行动如常，仍继续每周针两次或三次，以后能做轻便工作，如洗碗缝衣等，但手十指仍弯如佝偻状，因日久骨膜变厚形成畸形，针药难能渗及。如此数月，患者恢复正常，治疗结束，病家感甚。

2. 林某某，男，三十二岁，煤炭干部学校理化教员。

夙体弱，偶患周身关节疼痛，行动为艰，夜间痛甚，各关节不肿，在一九五七年发作，余在该校医务室负责中医治疗工作，求余诊治。诊得六脉沉弱而缓，体瘦无精神，饮食减少，不能工作已达数周。余按肝肾两虚，脾土失运，营养不输，筋缓骨痿，而致此疾，宜以温肾和肝扶脾活络渗湿剂，方用：

鹿茸一钱　力参钱半　故纸三钱　黑附子二钱　白术三钱　茯苓三钱　防己三钱
没药三钱　寄生五钱　肉桂二钱　首乌藤三钱　荆芥二钱　川芎钱半　桑枝三钱　桂枝三钱　赤芍四钱　甘草二钱　川牛膝三钱　川断四钱　沉香一钱　泽泻三钱　吴茱萸钱半

针穴：上肢——曲池，合谷，肩髃。

下肢——足三里，梁丘，阳陵泉。

如上针药数次痊愈。

3. 康某某，男，二十四岁，屠宰厂工人，回族。

膝下后侧（大腿肚部）至足跟部抽痛不能忍，夜痛剧，通宵不能睡，历二十余日，经治无效，经人介绍求余诊治。诊得右脉弦紧，左沉弱而滑，此系房事后不慎感受风寒所致，宜以温肾活血散风镇痛剂，方用：

寄生六钱　川牛膝三钱　杜仲四钱　防风三钱　川芎二钱　赤芍四钱　红花三钱　沉香钱半　桑枝　桂枝各三钱　黑附子三钱　肉桂二钱　苍术三钱　荆芥三钱　泽泻三钱　甘草二钱　虎骨钱半　故纸三钱　干姜二钱　吴茱萸二钱　茯苓三钱　首乌藤四钱

针穴：下肢——承山，委中，昆仑（左腿痛甚，右腿痛轻）。

如上针药三次痛减能安睡，六次痊愈。

4. 田某某，二十三岁，农人，未婚。

自幼右腿残废，于一九五四年残腿膝部疼痛非常，痛处并不肿，经多医治疗无效，夜疼甚呻吟，后求余诊治。诊得六脉弦涩，饮食如常，余按脾肾失运，营养不输，残部寒侵络脉闭塞，宜以温肾扶脾活血益气剂，方用：

寄生六钱　杜仲四钱　黑附子二钱　茯苓四钱　白术三钱　党参三钱　肉桂二钱　赤芍三钱　首乌藤四钱　甘草二钱　吴茱萸钱半　干姜二钱　沉香钱半　虎骨二钱　秦艽三钱　红花三钱　川芎二钱

针穴：下肢——委中，昆仑，承山，只刺病腿部分。

以上针药二十余次而愈，又照上方配丸药三钱重，每早晚各服一粒。

如法服三个月至今未发作，配丸药加黄芪二两。

5. 冯某某，女，十八岁，河北省宝坻县农村人。

于一九六五年春初，患左膝关节疼痛，最初未注意，至夏季到农田下水，疼渐加剧，继而膝部肿大，不能屈伸，卧床不起，后来肿势大如人头，腿上部和下部均消瘦，形成皮包骨，疼痛呻吟，夜间尤甚，在农村治几次无效，于六五年七月来京邀余诊治。诊得六脉沉细无力，体质消瘦，面色苍白，左膝关节肿大如人头，患腿上下瘦成皮包骨，饮食尚佳，但因尽夜疼痛，精神不太好。当天我未作处理，令其家人送医院检查，经医院检查结果，系属类风湿性关节炎，血沉 52，此属贫血现象，中医认为气血两亏，流通不畅，关节肿痛不能屈伸。余为了慎重起见，因体质太虚，未作针灸，先拟一方，宜以温肾阳、益气血、扶脾土、渗寒湿剂，方用：

生黄芪一两　黑附子二钱　党参三钱　肉桂二钱　防风三钱　荆芥三钱　虎骨钱半　川芎二钱　没药三钱　川牛膝三钱　白术三钱　苓皮四钱　五加皮三钱　红花三钱　苍术三钱

此方服三剂再议。

第三天后往诊，据家人和患者云，服第一剂后夜里就未痛，三剂服完肿状也见消，仍按上法加力参钱半，防己三钱，如法再服三剂，益配以针灸。

针灸：下肢——足三里，血海，阳陵泉，鹤顶，以上全是患腿部。

第七天来诊，肿部显著消退，患腿上下也渐胖起，患者感快，仍嘱服上方，针穴同前，并在好腿配以足三里，阳陵泉。

第十一天往诊，情况较好，但不显著，再照上方加鹿茸一钱，服两剂患者腿能伸屈，仍不能伸直，手扪膝盖非常活动，并有海绵状（漂浮膝盖）。据医院医师言，该患者由中医看收效很速，根据我们临床经验，到此程度也就止此，决不能恢复原状。家人向我们探求这个问题，我当时答复是，我与医院意见相反，有完全恢复的可能：根据服药和针灸收效速的情况，患者无其他复杂的病因，如心脏病、结核病等；患者是个少女，只是由于风寒刺激损伤膝的局部，使局部气血流通不畅，致而肿痛；患者天癸将至，不慎风寒，致使气血两伤，湿侵脾肾。要点也就在此，我一直用药处方，均按温肾扶脾、活血渗湿之法，所以古人说，治病要得其要，得其要者一言而终，不知其要流散无穷。根据上述三点，肯定能恢复正常。于是依照前法继续治疗，由于患者体弱，嘱其家人给以补充营养，并配合营养药品，如维生素 B1 和 C 以及鱼肝油之类补充之。

在治疗上每周针灸三次，并继续服中药，将近月余，患者能下地走路，但患者左腿仍不能伸直，只能脚尖着地，又过十几天脚后跟离地由 15 公分进步到七八公分，后来患者膝部内侧及脚腕部诉痛，余又主方，方用：

寄生一两　川芎二钱　没药三钱　红花三钱　生黄芪一两　鹿茸一钱　虎骨钱半　川断三钱　川牛膝三钱　桂枝三钱　黑附子三钱　肉桂钱半　力参钱半　伸筋草三钱　白术三钱　茯苓三钱

上方服三剂痛止，同时脚跟离地还只有三四公分，继而作针灸，煎服前方去鹿茸，近半个月后，脚跟完全能着地，行路尚感微痛，漂浮膝盖已消失，余又令其去医院验血沉，结果血沉由 48 降到 38，患者一切完全恢复正常，但行路时仍有微痛感，再继续针灸而停止服药，并配丸药服用。如此又经月余针灸停止，继服丸药，以防复发，丸药处方：

虎骨二钱　生芪四两　川芎三钱　红花五钱　鹿茸二钱　苍术三钱　防风四钱　茯苓五钱　伸筋草四钱　黑附子四钱　川牛膝四钱　羌活三钱　桑寄生一两　力参三钱　威灵仙四钱　白术五钱　赤芍四钱　陈皮三钱　荆芥三钱　防己三钱　乳香三钱　没药三钱　故纸四钱　甘草三钱　肉桂三钱　薏米一两　姜厚朴三钱　沉香钱半

以上共为细面，水泛丸梧子大，每早晚各服二次。

6. 李某某，女，三十七岁，农村人，一九七九年一月。

患者右手第二、三、四指上端三分之二红紫暗黑，疼痛非常，据诉因在农村入冬生孩，屋子太冷，终日不得一暖，并在产月内经常用凉水洗衣，满月后即发现此病。开始不太疼，以后日渐加剧，每痛不能支时，以止疼片缓之，后来止痛片无效，实不可忍。去本地医院检查，治之无效，继而又到北京，经三个医院检查，均诊断为阻塞性脉管炎，除截肢外，无其他办法，一九七九年一月来农场医院就诊。

望诊：面容憔悴，舌质红，右手第二、三、四指上端三分之二红紫黑暗。

脉象：六脉沉涩无力。

辨证：寒凝血阻，脉络不通（脉管炎）。

治法：温经通络活血法。

处方：通窍活血汤　当归 10g　红花 15g　桃仁 15g　赤芍 12g　川芎 6g　葱胡 5 个　生姜 20g　黄酒 60g　大枣 30g　麝香 0.3g

日二次，冲服。

照上方服七剂后，痛疼大减，患者指色淡红，以手扪之感木，因麝香一药缺之，暂以白芷代之，每次用白芷 15 克，嘱其继续服用，服二十余剂，基本痊愈。根据此病，实属寒凝侵脉络，血凝阻塞血循，渐成坏死，今用王清任的通窍活血汤，收到良好疗效，按通窍活血汤是温经通络很好的一个方剂。用葱胡、生姜、黄酒、麝香以温经络之寒凝，归芎芍、红花、桃仁助以活血，使经络温而寒消，血液活而脉络通，从而阻塞性脉管炎达到痊愈。

7. 张某某，女，三十六岁，北京市朝阳区水碓子。

一九八零年五月二十六日来诊，两膝关节及右胯髋关节疼痛，两膝关节略肿，其他活动处的各关节均疼，病程已达一年半左右，经医院检查为类风湿，经中西医治疗无明显效果，近几天疼痛加剧，行动为艰，五月二十六日来我院治疗。

望诊：面色苍白，愁容面孔，舌质淡红，两膝肿，惧按。

脉象：沉缓无力。

辨证：风寒湿痹症。肾阳不足，血行沉困。

治法：先以温经脉活血法。

处方：当归 12g 桃仁 12g 红花 15g 白芷 10g 赤芍 15g 川芎 10g 干姜 15g 老葱胡 5 个 黄酒 2 两

照上方三付。

三十日复诊，主诉服前药痛轻，感快，服药后夜里出很多汗，自感气弱无力，脉略见滑象，拟方于后：

生黄芪 30g 桃仁 10g 红花 12g 白芷 15g 赤芍 15g 川芎 10g 干姜 6g 川牛膝 15g

葱胡，黄酒，同前。

六月二日复诊，各关节痛大减，肿消，但仍有阵发性微痛，饮食二便均正常，根据前两次方药均以温经活血为主，遵从不通则痛的原理，血行沉困湿无以化，使经脉温而血行，腠理开湿由汗而解，从而痛减肿消。因患者风寒湿之致因是由脾肾不足，需要进一步从根本上施治，宜温肾扶脾渗湿佐以活络法，方用：

寄生 15g 秦艽 12g 生芪 30g 地龙 10g 没药 10g 红花 10g 防风 10g 苍术 10g 川牛膝 10g 鹿茸粉 1.8g

分二次冲服。

六月九日复诊，主诉服前药平和而虚象好转，各关节虽感微痛，但活动不感沉困，再拟温肾扶脾渗湿活血法，方用：

生芪 30g 菟丝子 10g 故纸 10g 黑附子 6g 干姜 6g 官桂 10g 川柏 12g 泽泻 12g 地龙 10g 红花 10g 川椒 6g 苍术 10g

照上方服六付。

六月十六日复诊，精神面容饮食均好转，脉缓无力，仍属肾阳不足之象，方用：

生芪 30g　党参 10g　故纸 10g　菟丝子 15g　干姜 6g　乌蛇肉 10g　官桂 6g　黑附子 6g　川柏 10g　川椒 6g　苍术 10g　白术 10g　红花 10g　川芎 6g

照上方服三剂，基本痊愈，善后以丸药理之。金匮肾气丸，参茸卫生丸，互参服之。

8.张某某，女，四十三岁，北京市朝阳区三里屯。

一九八一年八月六日来诊，左下肢胯到足部疼痛，行路不便，剧痛时日夜呻吟不安，西医诊为脉管炎，经多次治疗无效，八月六日来我院来诊。诊得六脉弦涩，舌质淡红，微白，系属风寒湿痹症，气脉不通，湿无以化，筋无以养，初以温经活血、散风渗湿法，方用：

归尾 12g　川芎 10g　桃仁 15g　红花 15g　白芷 12g　赤芍 15g　寄生 15g　没药 10g　地龙 10g　引生姜 30g　老葱 5 段（寸长）黄酒 2 两

照上方连服十二剂。

方解：上方以王清任的通窍活血汤化裁施用，根据舌质和脉象，系脉络瘀滞兼有湿邪存在于肌腠，因此除用归芎、桃仁等活血药外，并用寄生、没药舒络渗湿止痛，用地龙、白芷疏导脉络，用姜葱酒既有温经解表效果，又能帮助活血药加速通畅脉络，照上方服三剂后，夜里感到全身出汗，但汗不多，又嘱再服三剂，不用更方，并嘱服三付后，隔一、二日再服，此法服十二付。

八月十七日复诊，主诉疼痛大减，近两天基本未痛，但感体弱无力，精神尚快，脉象涩象已无，略见滑象。再拟通络活血佐以益气渗湿法，方用：

生芪 60g　当归 10g 川芎 10g　红花 10g　赤芍 15g　地龙 10g 没药 10g　淫羊藿 12g　桂枝 10g　川椒 6g

照上方三剂。

八月二十一日复诊，各关节基本未痛，患者已上班工作。为了巩固病势复发，再拟温肾扶脾渗湿法，服三至六付，并嘱患者，停药后将此方保存，如有发作可照方服一至二剂，方列后：

生芪 60g　当归 10g　川芎 10g　红花 12g　地龙 10g　没药 10g　草蔻 6g　桂枝

10g 淫羊藿 15g 灵仙 10g 苍术 10g 党参 12g 干姜 4g 官桂 10g 五味子 10g 焦三仙 15g

如食欲尚好可去焦三仙。

9. 周某某，女，四十九岁，住朝阳区六里屯，某厂工人。

一九八一年十月二十七日来诊，右胯及腿疼多日，西医检查为风湿痛，该患者体质肥盛，血压稍偏高，诊得六脉沉滑，舌质白薄而滑，沉即为肾，滑主湿痰，但因患者痛不可支，余按急则治标缓则治本之法，暂拟通经活络止痛法，方用：

归尾 15g 川芎 10g 红花 15g 赤芍 15g 桃仁 12g 白芷 15g 地龙 10g 川椒 6g 引生姜 30g 大葱带颈 7 个 大枣 30 个

因患者体胖应以化湿为重，但因痛甚，暂拟不通则痛从而用通经活络法，以上方服两付。

十月三十日，服上药仍痛甚，其他无异常，仍依原意化裁：

归尾 15g 红花 15g 鸡血藤 20g 赤芍 15g 川芎 10g 川椒 6g 白芷 15g 地龙 10g 细辛 2g 引生姜 30g 大葱胡 7 个

以上方五付。

十一月二日复诊，服前药痛稍轻，再如上法两付。

十一月五日，服两付后，疼痛明显减轻，主诉右胯及腿仍感疼重，再如上法三付。五日后，复诊，服两剂后疼痛明显减轻，主诉虽止，但右胯及腿仍感重，余嘱再服三剂。

十一月十二日复诊，服前药疼痛大减，但有阵发性大腿肚转筋（腓肠肌痉挛）。患者虽然体质肥盛，仍属肝肾不足，脾失健运，致使筋无以养，湿无以化，拟以益肾养肝扶脾渗湿法理之，方用：

苍术 12g 苓皮 15g 寄生 20g 桂枝 10g 没药 10g 白术 10g 五加皮 15g 川芎 10g 川羌 10g 地龙 12g 红花 10g 党参 12g 赤芍 15g 灵仙 12g 土茯苓 15g

以上方三付。

十一月二十三日，主诉，近几天肌肉疼，关节并不痛，根据患者体质，是肥盛之人，肥盛多湿，相应的肌腠容易痰凝，舌苔黄厚而滑，尚有脉沉缓，尚有内阻，拟以清热化湿、宣通表里之法，方用：

生石膏 20g（先煎） 麻黄 6g 防风 10g 大黄 6g 朴硝 6g 荆芥 10g 鸡血藤 15g 丹参 15g 公英 10g 薄荷 10g 川羌 10g 黄芩 10g 苍术 10g 滑石 10g 红花 10g

照上方两付。

十二月二日，服前药肌肉痛止，但感肢酸沉困，仍以活络渗湿法理之：

苍术 12g 苓皮 15g 川椒 6g 红花 10g 白芥子 10g 白芷 12g 秦艽 15g 五加皮 15g 桂枝 10g

八二年三月二十日复查，患者照上方服约十二剂，前症基本消失，为了防止复发，配丸药以善其后：

沉香 10g 苍术 15g 天麻 15g 白芥子 20g 灵仙 16g 生芪 60g 红参 10g 红花 20g 赤芍 20g 独活 12g 川断 20g 地龙 15g 没药 15g 淫羊藿 20g 防风 15g 川羌 15g 寄生 10g 川牛膝 20g 防己 15g 甘草 15g

以上共为细面，蜜丸重 10g，早晚各一丸。

口 诀

一、十二经循行示意表解

（金）手太阴肺经→手阳明大肠经→（土）足阳明胃经→足太阴脾经→（火）手少阴心经→手太阳小肠经→（水）足太阳膀胱经→足少阴肾经→（火）手厥阴心包经→手少阳三焦经→（木）足少阳胆经→足厥阴肝经

二、脱症口诀

肾气脱兮肾束缩，精自溢出小便坠。脾气脱兮面苍白，脾虚下陷泻成灾。
卫气脱兮目不合，身冷气息口张开。荣气脱兮汗亡阳，大崩大吐血成殃。

三、痰症口诀

阴盛为饮阳盛痰，稠粘多壅沫清寒。燥痰多粘咯不出，湿盛多易风掉眩。

凡痰多因湿饮患，治法行气痰自安。

浅谈阴阳之说

宇宙有阴阳，二极合之以生万物，人身亦有阴阳，二极合之以成生理作用，所谓阴阳和而万物育，无阴不生，无阳不长，阴生阳长，阳杀阴藏，阴属水，阳属火，水火其体，寒热其用，寒热交流，鼓荡以成风。

从人体部位来说，背为阳，腹为阴，上为阳，下为阴，外为阳，内为阴。从人体脏腑气血来说，腑为阳，脏为阴，气为阳，血为阴。从邪气角度来说，风、暑、火为阳，寒、燥、湿为阴。人体有形物质为阴，气化功能为阳，二者互为依存，阳无就要伤阴亡阴，反之大汗阴液消失过多，不仅亡阴，还要亡阳，因此要注意"承制亢害"的关系。同时在阴阳要辨清真象和假象，真假能明，就不致造成虚实或寒热误治的危险。

阴阳难辨的真假象，一般多出现在久病或重病阶段，稍有不慎，就能造成大错。同时更要注意阴阳痰病的转化，由于机体挽病能力的改变，阳证可能转为阴证，阴证也可能转为阳证。阳证转为阴证，表明病情恶化，阴证转为阳证，表明病情好转。

以上所述是在祖国医学上不可不知的应用范围。

又如：阴证——患者精神萎顿，语言低微，面色晦暗，目光无神，动作迟缓，身冷畏寒，近衣喜温，口中和，不渴，尿清白，苔白滑，脉沉迟无力。

阳证——患者精神兴奋，甚或烦躁谵语，语声粗壮，面赤，发热口渴，气粗，去衣喜凉，便结溲赤，苔黄燥，脉数大有力。

浅谈五脏之说

脏 五脏，即心，肝，脾（胃），肺，肾（女胞宫）。

腑 六腑，即胆，胃，大肠，小肠，三焦，膀胱。

五脏六腑是密切相关的，脏与脏、腑与腑以及脏与腑，存在着互相滋生、互相制约的关系。脏与腑又有表里的关系，因此往往一脏有病而影响另一个脏或腑也发生病变，这一点我们在临床上必须全面的诊察和分析。根据古典学说，略把脏腑的生理功能阐述于后。其脏五：

一、心 心者君主之官，神明出焉，真精内含，真光外露，光气相照，事物晓然，主血脉循环，主汗液，开窍于舌。

二、肝 肝者将军之官，谋虑出焉，肝藏血，制造营养及胆汁，有勇而能断，气急而志怒，静则有守，动则有为，主筋，主疏泄，开窍于目。

三、脾 脾（胃）者，仓廪之官，五味出焉，主运化生清，主肌肉四肢，开窍于唇。

四、肺 肺者相傅之官，制节出焉，主气，司呼吸，朝百脉，主肃降，通调水道，主声音，外合皮毛，开窍于鼻。

五、肾 肾者（女胞宫）作强之官，技巧出焉，肾藏精，主发育生殖，主水液代谢的平衡，生髓通脑，主骨，其华在发，开窍于耳。

其腑六：

一、胆 胆者中正之官，决断出焉，主藏胆汁，以助消化，肝谋胆断，道在不刚不柔。

二、膻中 膻中（心包）者臣使之官，喜乐出焉，心之外膜也，心有喜乐包络从之。

三、小肠 小肠者受盛之官，化物出焉，主受盛化物，分泌清浊。

四、大肠 大肠者传道之官，变化出焉，主传导糟粕的通道。

五、三焦 三焦者决渎之官，水道出焉，主水液分化排泄，不使不及，不使太过。

六、膀胱　膀胱者州都之官，津液藏焉，气化则能出矣，主升清降浊，清者上升由肺散布周身，浊者下降，也由肺而调达输下，降而为溺。

浅谈阴阳虚证分析

一、心阳虚　心阳不振，四肢厥冷，大汗出，心悸加重，昏迷不醒，脉微欲绝，多见心力衰竭、休克等。

心阴虚　心阴不足，心烦，怔忡，失眠，低热盗汗，颧红贫血，结核等。

二、肾阳虚　肾主一身阳气，肾阳衰微，则一身之阳气皆虚，是命门火不足所致。一般的虚弱，称为肾阳虚，身冷，怕冷，腰痠滑精，阳痿，夜尿频多等。如严重时常见精神萎靡，腰痛脊冷，天亮前泄泻或浮肿等。

肾阴虚　肾阴不足，下元亏损，由于肾精耗损过度，腰痠疲乏，头晕耳鸣，遗精早泄，口干咽痛，两颧潮红，舌红无苔，脉细数等。

按：所谓肾阳，又有"元阳""真阳""真火""命门"之火，先天之火等名称，肾阳寓于命门（肾腺）之中，为先天之真火，是肾脏功能的动力，也可以说是人体热能的源泉。肾所藏精（包括先天和后天之精），均需命门之火的温养，才能发挥其滋养体内各部组织器官和繁殖后代的作用。特别是后天脾胃之火，需先天命门之火的温养，才能更好地发挥消化运输的作用。

至于肾阴，又有"元阴""真阴""肾水""真水"等名称，是以阴阳相对而言，肾阴指本脏的阴液（包括肾脏所藏的精液）是肾阳活动的物质基础，如果肾阴不足，肾阳就会亢奋，出现"相火妄动"的病理现象，如阳物（阴茎）过于兴奋等。

三、脾阳　指脾的运化功能，以及在运化过程中所具有的热能。脾的正常发挥作用，需要得到肾阳（命门之火）的温养和协调。

脾阴　1.指脾本脏的阴精。2.和胃阳相对而言，脾属脏为阴，胃属腑为阳。

四、胃阳　指胃的功能。

胃阴　即胃中之津液，又名"胃津"或"胃汁"，由水谷化生而来的，临床上肺胃热盛，容易消耗胃阴，出现口热，口干，咽燥，便秘，舌红，少苔，脉细数等。

五、肺阴　即充养肺脏之机能，或称"肺津"，阴为水谷之精气所化生，与肺气相互为用，为维持肺功能所必需。临床上的肺不足，往往见干咳，舌苔薄白，干燥，肺阴进一步耗损，可以呈现肺燥火盛的症状。

肺气　指肺的功能，也包括呼吸的气体。

浅谈五脏六腑、气血、阴阳、虚实证的鉴别

一、气实证

共同证候

症状：胀满，憋气闷堵，疼痛。

舌色：舌质较暗。

脉象：多见弦脉。

分类证候的鉴别

肺气壅滞：喘促，咳逆，胸闷腹痛。

脾胃气滞：脘腹胀满疼痛，呕吐，嗳气，呃逆，矢气。

肝气郁滞：胸肋及少腹胀满疼痛，呃逆，女子乳房胀痛及痛经等。

二、血瘀证

共同证候

症状：疼痛部位固定，刺痛或钝痛，或按之有肿物、积块，或局部麻木，唇暗。

舌色：黑暗有紫斑。

脉象：涩而有力。

分类证候的鉴别

心脉瘀阻：阵发性心区闷痛，或牵引腰背，舌尖有瘀斑，脉结代。

肝脉瘀滞：右肋下刺痛或钝痛，或肝大而硬，肢体时有麻木，或见肝掌。

脾脉瘀滞：左肋下刺痛或钝痛，或脾大而硬，或便下失血。

三、阴盛证

共同证候

症状：凡寒邪内侵，水湿相凝引起的诸症皆属阴盛证。

舌色：舌质偏淡，舌苔滑润。

脉象：沉迟，紧或弦。

分类证候的鉴别

水寒射肺：喘咳，痰多稀白，胸痛，恶寒，无热。

水气凌心：阵发性心悸，心区疼痛，遇寒则甚，或浮肿，脉结代。

寒湿困脾：脘腹满闷，头身困重，呕吐清水，大便溏软，白带清稀而多，脉缓滑。

寒滞肝脉：少腹胀痛，疝气，睾丸胀坠而湿冷，或巅顶头痛，或呕吐白涎沫。

四、阳盛证

共同证候

症状：凡属五脏六腑功能失调，造成火热内炽的病理而引起的症状皆属阳盛证。

舌色：舌质红，苔黄。

脉象：洪滑而数。

分类证候的鉴别

肺热内蕴：咳痰黄稠，甚或带血，胸部热痛，鼻咽干燥。

心火炽热：心中烦热，失眠，舌质糜烂，甚至狂躁或高热神昏。

脾胃热蕴：口唇红肿，口腔溃疡，口渴欲凉饮，脘腹热痛，大便秘结，或热结旁流。

肝火上炎：头疼眩晕，目赤多眵，急躁易怒，口苦耳鸣，胁肋灼痛。

五、阴虚证

共同证候

症状：潮热，心烦，口干，咽燥，颧红。

舌色：舌红少津。

脉象：细数。

分类证候的鉴别

肺阴虚：呛咳无痰，潮热咽干，并有咳血，喉痒声哑等症。

心阴虚：心血虚症状，兼有舌尖干红，或口舌生疮（见心血虚条）。

肝阴虚：兼有肝血虚证候（见肝血虚条）。

脾阴虚：不思饮食，大便燥结，或干呕呃逆。

六、血虚证

共同证候

症状：面色萎黄，无血色，唇舌指甲，色淡，毛发枯落。

舌色：舌质淡。

脉象：沉细。

分类证候的鉴别

心血虚：心悸，烦躁为主，健忘失眠多梦，脉细或结代。

肝血虚：惊悸头晕，易怒为主，目暗，肢麻木，振颤经少或经闭，脉细弱。

七、气虚证

共同证候

症状：气短自汗，懒言，语言低微，面色㿠白，肢体倦怠。

舌色：舌质淡，苔薄白，中裂。

脉象：虚大无力。

分类证候的鉴别

肺气虚：咳喘，气短为主，痰多清稀，易于感冒。

脾气虚：食少便溏为主，食后脘胀，内脏下垂，失血过多。

心气虚：心悸气短为主，脉结代或细弱。

肝气虚：疲乏不能耐劳，胆怯，头身麻木。

肾气虚：腰腿痿软，小便频清，甚至失禁。

八、阳虚证

共同证候

症状：怕冷，四肢厥逆。

舌色：舌质淡，胖阔，齿痕。

脉象：细弱。

分类证候的鉴别

心阳虚——兼有心气虚的证候。

脾阳虚——兼有脾虚的症状，皮肤中冷痛，口泛清水，白带清稀而多。

肾阳虚——腰痛、下肢痿软发凉为主，耳鸣，耳聋，发脱齿摇，便溏浮肿，夜尿多，阳痿，滑精，白带清稀而多。

再谈阴阳

一、基本内容

《阴阳应象大论》曰：阴阳者天地之道也，万物之纲纪，变化之父母，生杀之本始，神明之府也，治病必求其本。故积阳为天，积阴为地，阴静阳燥，阴生阳长，阳杀阴藏。阳化气，阴成形，寒极生热，热极生寒，寒气生浊，热气生清，清气在下则生飧泄，浊气在上则生䐜胀，此阴阳反作，病之逆从也。

故清阳为天，浊阴为地，地气上为云，天气下为雨，雨出地气，云出天气，故清阳出上窍，浊阴出下窍，清阳发腠理，浊阴走五脏，浊阴归六腑，清阳实四肢。

按：阳主动，阴主静，阳主功能（火，热，能源，光，电，气），阴主物质

（水，碳，脏器，细胞等）。

1. 阴阳互为对立和互相制约　一切事物都是存在着互相对立和制约两个方面，阴阳在大自然和人体里也是如此，阴盛则阳病，阳盛则阴病，阴阳偏盛感而成疾，所以说阴阳相互为用和相互制约，不使不及，不使太过，对人体来说阴阳有推动人体不断变化和新陈代谢等作用。

2. 阴阳的相互依存（功能物质互为之用）　阴阳应象大论曰："阴在内，阳之守也，阳在外，阴之使也。"阴在内，功能表现于外，所以阳在外也，阴主物质，阳主功能，阳是内在物质运动的表现，所以说阳为阴之使也。

3. 阴阳的相互消长（阴阳消长取其平衡，稍偏盛则病）　阳消阴长，阳长阴消，各种机能活动（阳热）的产生，必然要消耗一定的营养物质（阴如油煤），这就是"阳长阴消"的过程。而各种物质（阴）的新陈代谢，又必须消耗一定能量（阴长阳消）的过程。这种阴阳消长是处于平衡的，否则某一方偏盛偏衰，也就是疾病的发生。

4. 阴阳的相互转化　《素问·阴阳应象大论》曰："重阴必阳，重阳必阴，寒极生热，热极生寒。"就是说，事物发展到一定的阶段，就要向相反的方向转化，阳可以转为阴，阴也可以转为阳。

以上所述，阴阳相互对立、相互依存、相互消长的几个方面的关系，就是阴阳学说的基本内容。

二、再谈谈阴阳在祖国医学上的应用

说说人体组织结构

《素问·宝命全形论》曰："人生有形不离阴阳，如人体上为阳，下为阴，背为阳，腹为阴，外为阳，内为阴，腑为阳，脏为阴。"具体到每个脏腑也各自有它的阴阳，如心有心阳和心阴，肾有肾阳和肾阴等。

说说人的生理功能

《素问·生气通天论》曰："阴平阳秘，精神乃治，阴阳离决，精神乃绝。"就是说，人的一切活动是以物质为基础的，没有阴精就不能产生阳气，反之没有阳气的活动，又不能化生阴精，如果人的阴阳不能互相为用而分离，人的生命就停止了。

说说人体的病理变化

人的疾病发生是阴阳失去相对平衡，出现偏盛或偏衰。如阳邪偏盛致病，可使阳偏盛而伤阴，因而出现热症。阴邪致病，则使阴偏盛而阳伤，而出现寒症。阴盛则寒，阳盛则热，阳虚则寒，阴虚则热。又如某些慢性病人，由于阳气虚而累及阴精化生不足，或由于阴精亏损而累及阳气的化生无源，这都是临床常见的一种变化。

阴阳用于疾病的诊断

《素问·阴阳应象大论》曰："善诊者，察色，按脉，先别阴阳。"在病理上，表里、寒热、虚实，如表热实为阳，里寒虚为阴。在望诊上，色泽鲜明者属阳，晦暗者属阴。在闻声上，声音洪亮者为阳，低微断续者属阴。在切脉上，浮数大滑实者属阳，沉迟小涩虚者属阴。

阴阳用于疾病治疗上的原则

《素问·至真要大论》曰：谨察阴阳所在而调之，以平为期。阳盛则阴病，用热者寒之的方法，阴盛则阳病，用寒者热之的方法，所谓阴病治阳，阳病治阴，即壮水之主以制阳光，益火之源以消阴翳。

在药物方面，也是要分阴阳，例如：寒凉滋润药物属阴，温热燥烈药物属阳，酸苦咸药物属阴，辛甘淡药物属阳，收敛药物属阴，升散药物属阳。

浅谈风、寒、暑、湿、燥、火六邪致病的特点

一、风，寒，湿邪致病的特点

1. 辨风的特点　风为百病之长，善行而数变，发病急，消退快。

A 内风——常见头摇，因风性轻扬，易侵人之上部。

B 外风——常见恶风，风邪伤及皮肤可以发痒等。

2. 辨寒的特点　寒为阴邪，其邪性收引，易致痉挛，侵入人体后，可致气血不畅而痛，脉见弦迟，寒症必见喜温恶寒，寒邪由表入里，也能化热。

3. 辨湿的特点　湿属阴邪，其性黏腻，病易缠绵，故多固定而不移。湿病大便易稀，小便少不渴。或渴不欲饮。湿性污浊，故带下，疮疡流水，多为湿邪所致。湿阻中则见胀满，湿下注则见足肿等。

二、暑，燥，火邪致病的特点

1. 辨暑的特点

伤暑——证见寒热头疼，恶热，汗出烦躁，呕吐，腹泻，唇干，口渴，气促，四肢无力，小便赤涩，苔白腻或黄腻，舌质红，脉浮滑而数，或洪数或虚。

中暑——证见突然昏倒，神志不清，发热烦躁，气粗，出冷汗或无汗，脉洪大而无力，或陷伏脉。

2. 辨燥的特点

外燥：凉燥——头疼鼻塞，恶寒，多于发热，无汗唇燥，咽干，咳嗽，气喘，脉浮弦涩，苔白而干。

温燥——身热有汗，口渴咽痛，咳逆，胸痛痰中带血，上气鼻干，舌苔薄白而干，尖边红，脉浮数或弦涩。

内燥：症见具有内热之各项症状，此外尚有皮肤干燥，指甲干，毛发干枯易折，无光泽，舌干无津液，脉涩。

3. 辨火的特点

火有各种热的症状，有干燥的症状，因火性炎上，故火现于头面部较多，火最易伤津动血，燥阴消耗真气，克伤肺金，火证一经发作（病）。实火多因火旺而后水亏，其来势急。虚火多系先水亏而后火旺，其来势缓。

三、《素问·至真要大论》病机十九条

为医不知病机，临床则无依据。

1. 属于五脏的病机有五

诸风掉眩，皆属于肝：肝阳上逆，故掉眩。

诸寒收引，皆属于肾：寒侵筋骨，而作抽搐痉挛也。

诸气膹郁，皆属于肺：胸为宗气，以肺气统摄，气不畅，则膹郁也。

诸湿肿满，皆属于脾：脾失健运，积湿则肿满乃成。

诸痛痒疮，皆属于心：心衰血脉凝滞，则痛痒疮也。

2.属于风寒湿病机有三

诸痉项强，皆属于湿：寒湿则筋脉凝，屈伸不利，热湿则筋脉胀。

诸暴强直，皆属于风：肝风内动，筋不柔和，不能强屈伸，则强直也。

诸病水液，澄澈清冷，皆属于寒：上涕下便清冷，皆阳不足，而属于寒也。

3.属于上下病机有二

诸痿喘呕，皆属于上：肺气不达肢体则痿，肺气不得下降则喘呕，故属于上也。

诸厥固泄，皆属于下：阳实则郁，阳虚则困，一不能外达，二不能上行，故作厥作泄，则属于下也。

4.属于火的病机有五

诸禁鼓栗，如丧神守，皆属于火：牙紧战栗，乃神不御形，系属火郁于内，阳气不宣，故属于火也。

诸逆冲上，皆属于火：虚实之火，皆上炎于上，故属于火也。

诸燥狂越，皆属于火：阴阳实则燥热不宣，神明失守则属于火也。

诸热瞀瘛，皆属于火：火炎上则瞀，火攘筋则瘛，故属于火也。

诸病胕肿，疼酸惊骇，皆属于火：火郁吞酸惊骇，涉肝则胕肿，故属于火也。

5.属于热的病机有四

诸胀腹大，皆属于热：热蕴于中，肺不降，脾不升，故胀满腹大。

诸病有声，鼓之如鼓，皆属于热：热蕴阳盛，鼓荡肠腹，故如鼓有声也。

诸转反戾，水液浑浊，皆属于热：热盛血煎则筋抽，热盛津竭则上涕下便浑浊也。

诸呕吐酸，暴注下迫，皆属于热：火炎上则呕，木化土化则吐酸，火性急肠胃转热化速，故下迫作泻，故属于热也。

上述十九条，为医者宜熟识在胸，临床上方可运用为握，有可遵循也。病机十九条结语曰："故大要曰：谨守病机，各司其属，有者求之，无者求之，盛者责之，虚者责之，先心五胜（风，火，热，寒，湿）疏通血气，令其调达，而致和平，此之理也。"

略谈中医中药治病之真谛

一、中医治疗法则

　　一向以大自然为基础的治疗法则，以阴阳五行、五运六气、风寒暑湿燥火为六气之变，一切生物都在大自然界生存，但离不开阴阳相互制约、相互为用的关系。如变风寒暑湿燥火，体弱不能适应，则有偏盛，偏盛不齐，感而成疾，也就是失去制约的关系。

二、中药如何能治病?

　　从上面所述，人是大自然的产物，有病人不能适应自然，从而发生各类不同的疾病。中药如草根树皮，鸟兽虫鱼，金石矿物等，都是大自然之物，用之治病的道理，也就是以大自然之物而补自然之不足。

三、中医在临床上能把湿血病认识清楚，理解透彻，即就能称得上医之佳手，为什么呢?

　　因为在病群中湿病和血病占多数，尤其以湿病为大多数，不过在临床上容易忽略而已，大都以症状而施治，对于病因、病理缺乏深刻的理解。至于湿病和血病的细节，后面有详述供参考。

论　湿

　　湿是水在人体内变化的一切物质，就是夹杂污浊不能按生理运行排出体外的液体。当然水在人体内功用是多方面的，如输送营养，滋润皮肤，新陈代谢，脏腑及周身关节之滑润活动，无不赖之以水。同时水液在人体内的比重占百分之七十至七十五，这样更说明水液在人体内的重要性。既然如此，在研讨水对人体的有利方面的同时，也要研讨它对人体的不利方面，也就是说，水能载舟也能覆舟，古人云："水湿不利，则生肿胀。"外因者，在肌表为发热，恶寒，自汗，在经络为痹，为筋骨疼痛，为腰疼不能转侧，为四肢软弱酸楚，在肌肉则为麻木，为跗肿，按肉如泥。内因者，在脏腑为呕恶，为黄疸，为胀满，小便不利，溺涩赤黄，大便溏泄后重，以及湿饮为痰，在妇女为带下黏稠恶臭以及稀泄如水等。

正常人的体液，主要是依靠肺、脾、肾三个脏器来运行的，如脾转输上升，肺的通调下降，肾的蒸化开合，三脏协调，才能生生不息循环不已，完成水液的吸收、运行、排泄等作用。

一般说来，水对人一时不可缺，但水要停蓄不利，则形成停饮伤湿。所谓湿是一种重浊黏腻的阴邪，由于肺、脾、肾三脏不健，失其运化，潴留脏腑肌腠，久之浊热内蕴，湿病发生，另有潮湿露雾，涉水雨淋，湿病也随之而患。古人以湿邪为六淫之一，有内因、外因之不同，有湿热、寒湿之迥异，如果不辨虚实、明表里，见湿论湿而治湿，未有不误人者矣。

毛主席说："内因是变化的根据，外因是变化的条件，外因通过内因而起作用。"所以说，明辨虚实，洞察表里是治病之本，无论湿由内生，或由外袭，统由肺、脾、肾三脏之不足。三脏不足，以肾为先，肾为先天，脾为后天，二者相依为用。肾为先天之真元，司生衍繁殖，脾为后天，司蒸化五谷，气化精微，充养先天之精子。我们通常所说元气不足，实乃肾阳不足耳。肾为先天之命蒂，是真火之源，元气之府，简称真元，即是人之动力，如损之，则脾、肺相应而衰，气血运行不利，从而气不化水，阴不从阳，则湿患乃成。即便是湿从外侵，也由于内虚不固所致。

如肾阳（元热）充沛，脾胃健运，则散精于肺，而肤腠坚固，外湿无由而袭也。气血阴阳调和，升降有度，内湿何由而生乎？大抵湿中有火，则湿热熏蒸而停郁为热，其脉滑数，小便赤涩，大便秘结，引饮自汗者，当从湿热论治，宜清宜利，四苓散、大小分清饮、茵陈饮之类主之。湿中无火，则湿邪不化而留聚为寒，其脉细而迟缓，小便清白，大便泄利，身痛无汗者，当从寒湿论治，宜燥宜温，五苓散、理中汤、金匮肾气之类主之。

再者辨湿之为病，主要以察阴阳，明表里，辨虚实，处方论治不致有误。如属阴虚者，因湿生热而阴愈虚，阴虚则精血内耗，而湿热反羁留不动，须以清热之中佐以壮水之药，真水运行调达，而湿热自清，属阳虚而生寒湿者，须以化湿之中佐以益火之源，则阳气流通，而寒湿自消。总之不论内伤、外感，统由元气不足而致之也。

经曰："壮者气行则已，弱者着而为病。"无此体会，茫然以表汗、燥湿、利便而不顾元气者，势必转变万端，甚致无效不知何由，最后以湿病为棘手之疾为结语而推却之，实吾为医者之憾事也。并将湿病案例数则列后以供参考。

案例一 林某某，男，三十二岁，煤炭干校理化教员。一九五七年六月十二日来诊，该患者体凤弱，面黄瘦，偶患通身关节疼痛，行动困难，夜间痛甚，但各关节不肿，由于疼甚，精神受些干扰，有半个月不能上班，饮食减少，精神疲惫。

望诊： 面黄肌瘦，舌质红滑无苔。

脉象： 六脉沉弱而缓。

辨证： 肝肾不足，脾土失运，湿无以化。

治法： 温肾养肝，扶脾渗湿，佐以活络法。

用药： 人参一钱半，鹿茸一钱，黑附子二钱，干姜二钱，肉桂二钱，白术三钱，茯苓三钱，补骨脂三钱，川牛膝三钱，寄生五钱，没药三钱，泽泻三钱，防己三钱，甘草二钱，赤芍四钱，首乌藤三钱，沉香一钱半。

方解： 人参、白术、茯苓补中健脾，桂、附、干姜、补骨脂温肾扶阳，防己、泽泻利湿，寄生、没药、川牛膝、首乌藤活血止经脉之痛，甘草和诸药，沉香和肝并引温肾药下行，不致热中，鹿茸、赤芍补血和血。

照上方六付痊愈。

案例二 马某某，女，四十二岁，朝外六里屯商店，一九七九年八月八日。主诉腰疼，白带黏稠恶臭，病程已达数月。

望诊： 舌质薄黄滑腻。

脉象： 缓滑无力。

辨证： 子宫湿热积蕴。

治法： 清热利湿止带。

用药： 当归 15g，川芎 6g，木通 10g，云苓 15g，金银花 20g，茵陈 15g，陈皮 15g，大黄 6g，土茯苓 20g。

以上方服五付，腰疼止白带无。

案例三 田某某，女，四十二岁，六里屯缝纫厂。主诉腰疼，白带黏稠恶臭，病程数月。

望诊：舌质薄黄滑腻，少腹隐痛。

脉象：缓沉。

辨证：子宫湿热蕴久（子宫炎症）。

治法：清热利湿止带。

用药：当归 15g，川芎 6g，云苓 15g，木通 10g，陈皮 15g，金银花 20g，茵陈 15g，大黄 6g，土茯苓 20g。

照上方五付痊愈。

案例四 王某某，女，三十二岁，朝阳区豆各庄，一九八零年三月四日。主诉腰疼甚，黄带黏稠恶臭，体胖周身酸重沉困，头昏，胸满，食欲不佳，经妇科检查为盆腔炎，附件炎等。

望诊：舌质红滑而腻。

脉象：沉缓无力。

辨证：湿热积蕴子宫，久之浊热丛生，致使头昏，胸满，体重（清阳不开，浊阴不降）。

治法：因体胖湿盛，非以止带峻剂不能收功。

用药：当归 15g，川芎 10g，云苓 15g，木通 10g，陈皮 15g，金银花 20g，大黄 10g，茵陈 20g，连翘 20g，薏米 20g，土茯苓 30g。

照上方服三剂，并告患者以腹泻方为收功。

第二次一九八零年三月七日复诊，主诉服前药后腹泻五六次，腰疼大减，带也减少，并且黄黏带已除，头目清爽。又按上方加黄连 6g，服五服痊愈。

按：上列三例带症系属湿邪蕴郁，久蕴积毒而成炎症，致使清阳不升，浊阴不降，形成腰腹疼痛，白带黏稠恶臭，胸满头昏，躯体酸重等。关于方内当归、川芎调理子宫之不足，陈皮、薏米益胃理脾和中，木通、云苓利湿，金银花、大黄、茵陈、连翘、土茯苓等解毒利湿，升清降浊，收到满意的疗效。

根据上列三例，仅就其重点举例，因为我在临床上遇到类似此症很多，就不一一列举了。此方为八味带下汤，出于《名家方选》，后来经本人临床实践，对妇女子宫一切炎症引起的带下确有不可思议的疗效。后又经本人在临床体会方面又加茵陈、败酱草、连翘、薏米等利湿化浊药收效更为满意，或者湿毒盛可加败酱草 30g，非重用大黄不可，但伴有肠胃不好，则酌情加黄连 6 ~ 10g，既能荡涤湿热，又不致产生泄泻。此方治积湿蕴热之带，确有疗效。临床病例不下数十则，就不多举了，但属于虚带或寒带者，切不可轻投，下面例举虚带二则，以供参考。

案例五 刘某某，女，二十一岁。体虚白带（水样带），腰酸无力，食欲不好，胃腹隐痛，大便不正常，睡眠不实。

望诊： 面瘦黄白，舌质淡红，经来过多。

脉象： 沉缓而细。

辨证： 气血虚，脾寒，宫冷。

治法： 补气扶脾，温经止带法。

用药： 生芪 30g，党参 15g，当归 15g，白术 10g，陈皮 10g，甘草 6g，炮姜 6g，肉桂 10g，乌贼骨 20g。

照上方服五付痊愈。

案例六 杜某某，女，二十八岁，枣子营。经期赶前并少，身体疲软无力，食欲不佳，嗜睡多梦，腰酸，白带如水，不时漏下。

望诊： 面色苍白，舌质淡红，自诉少腹发凉。

脉象： 沉细。

辨证： 气血两亏，脾虚下陷。

治法： 补血益气，温脾利湿。

用药： 生芪 30g，党参 15g，当归 15g，白术 10g，苍术 10g，陈皮 10g，干姜 6g，肉桂 10g，阿胶 10g，甘草 6g，乌贼骨 20g，升麻 6g

照上方服十剂痊愈。

上例二则系属虚寒带症，宜以补血扶脾为主，利湿可有可无，因为脾阳一振则湿带自除矣。

案例七 陈某某，女，四十六岁，房山县南尚乐乡张房村人。一九八五年七月二十五日，食欲不振已好几年，体瘦无力，腰疼，白带黏稠恶臭，少腹左侧时有隐痛。

望诊： 面色苍白，体质削瘦，舌色淡红。

脉象： 沉缓。

辨证：子宫湿热，蕴郁日久，致使清阳不升，脾阳不振。

治法：调经清湿热法。

用药：当归 15g，川芎 6g，云苓 15g，木通 10g，陈皮 15g，苓皮 20g，金银花 20g，薏米 15g，熟军 6g，草蔻 10g，茵陈 15g，牡蛎 20g，白芍 20g，甘草 10g。照上方三付。因患者食欲不佳，体瘦无力，故用熟军缓泻湿热，用草蔻、甘草、薏米理脾胃以增强食欲。

七月二十八日复诊，自诉服前药三付，白带明显减少，食欲也增，再依前法施治。方用：当归 15g，丹皮 15g，陈皮 15g，云苓 15g，木通 10g，薏米 20g，草蔻 10g，川芎 10g，金银花 20g，大黄 6g，茵陈 15g，牡蛎 40g。照上方六付基本痊愈。

案例八　赵某某，女，三十岁。张某，女，四十五岁。田某，女，三十二岁。上列三位女患者，均系腰疼，白带黏稠恶臭，白带症，均以八味止带汤加减而收效，因而从简。原方为：当归，川芎，云苓，木通，陈皮，金银花，大黄，土茯苓，酌情加薏米、茵陈、败酱草等。

按：八味止带汤也称八味带下汤，系《名家方选》的原方，经本人在临床上应用确有实效。不过在临床上必须辨证论治，以病程轻重虚实为加减的依据，不过带症，凡属黏稠恶臭者，不论子宫有无炎症，皆以湿热论治，总以利湿解毒为目的。如果水样带、腰酸体虚者，八味止带则不适宜，宜用补中益气汤施治，八味止带则可去大黄、金银花，加生芪、乌贼骨也可生效。

案例九　张某，男，36 岁，北京朝阳区高碑店人，一九八二年十二月十七日。两个月前患胸膜炎，住朝阳医院治疗，但炎症愈后形成胸膜积水，患者胸痛憋气，经医院检查，胸腔已形成严重积水，积水程度占胸腔的三分之二以上，最后以施行抽水术来缓解，从而每周要抽水一到二次，否则胸就闷痛不能支，就这样连续抽水达二十六次以上，最后于一九八二年十二月十七日来我院求治。

望诊：凤体质很壮，由于病的折磨，体稍瘦，面暗黄，舌质薄白而滑腻。

脉象：弦涩而滑。

辨证：胸膜炎愈后，血循不畅，肺失肃降，不能调达水道，致而积水。

治法：理气活血，渗湿利水，佐以解毒剂。

方用：沉香 6g，赤芍 15g，红花 15g，柴胡 10g，怀膝 10g，冬瓜皮 15g，苓皮 15g，猪苓 12g，通草 10g，木通 10g，车前子 10g，泽漆 15g（即猫眼草，俗名打盆打碗），鲤鱼1段，约20克，土茯苓15g，败酱草15g。照方服三付。

方解： 沉香、怀膝、柴胡行气利膈，赤芍、红花活血，调理血循，二苓、木通、车前子、泽漆利水，通草渗利湿邪，鲤鱼利水，善走小便，土茯苓、败酱草解毒利湿，因炎症后恐有毒热内蕴之实，故用之。

十二月二十日复诊，主诉服药后感快，小便加多，其他症状同前，并嘱其停止抽水。方用：泽漆15g，冬瓜皮15g，苓皮15g，猪苓12g，木通10g，西瓜皮15g，通草10g，车前子10g，赤芍15g，红花15g，怀膝12g 柴胡10g，土茯苓15g，败酱草15g。照方七付。上药去沉香，因未抽水也，不感痛闷则沉香去之，加西瓜皮，该药不但利小便而有消毒作用，服三剂后病势大有好转，小便加多，胸膈感畅。

十二月二十八日复诊，主诉前症悉除，但近两三天净出虚汗，脉象沉滑无力，饮食尚佳，系属湿邪已去，气阴两伤，投以当归六黄汤缓之。方用：当归15g，生芪40g，二地冬15g，黄芩12g，黄柏10g，川连10g，牡蛎30g，浮小麦30g。上药服三付汗止。

一九八三年二月十九日复查，炎症和积水问题基本消除，已一个多月未抽水，但有时仍感胸膈不适，闷胀感仍时有发生，脉沉涩。再拟理气活血佐以渗利剂。方用：沉香4g（分冲），当归15g，丹皮15g，灵脂10g，通草10g，苓皮15g，赤芍15g，香附15g，甘草6g，红花10g，枳壳10g。上方服三付。

一九八三年二月二十二日复诊，服药后较好，再照上方加乌药10g，桃仁12g，元胡10g，照上方五付。

一九八三年五月三十日，现已上班工作多日，但胸部仍有不时发胀不适之感，去医院检查说胸膜有肥厚现象，西医大夫未给药物处理，嘱其还服中药调理之，患者继来我院参照处理，食欲尚好，也能工作，诊得六脉沉涩，舌质淡红而滑。辨证：胸膜既现肥厚，仍属微血管循环不畅所致。治法仍拟活血化瘀利膈剂。方用：当归15g，红花15g，川芎6g，生地15g，灵脂12g，丹皮12g，桃仁12g，元胡12g，甘草6g，枳壳10g，桔梗10g，姜黄10g，柴胡10g，怀膝10g。照上方服十剂痊愈。

案例十 闫某某，女，六十岁，朝阳中学宿舍。住院四十余天，诊断为肺心病。喘嗽痰盛，胃腹胀甚，最后医院束手令其出院。于一九八六年十一月二十六日邀余往诊。

望诊： 颜面晦暗，舌质黄厚，底绛，不思食，腹大，有明显腹水，肝区明显压痛，大便干，小便短涩，夙嗜浓茶，贪咸好怒。

脉象： 弦滑数，弦属肝旺停饮，滑主湿痰，数主阴伤。

辨证： 夙嗜浓茶，脾肾两伤，积久湿蕴，致使心阴不足，肝血大损，因有肝炎病史，考虑早期肝硬化。

治疗： 暂拟理气行水消胀，佐以健脾利湿，化痰护肝阴法。

用药： 沉香6g（分冲），厚朴10g，苓皮15g，赤芍15g，车前子10g，薏米15g，猪苓15g，茵陈20g，丹皮15g，红花15g，砂仁10g，木瓜15g，草蔻10g，大腹皮10g，生芪40g，泽漆10g。

方解： 沉香理气益肾，厚朴理气调脾胃，苓皮理脾利湿，赤芍活血，利心脏，车前子行水，利小便，薏米健脾利湿，猪苓走膀胱，利尿，茵陈益肝，化浊利水，丹皮活血，益肝肾，红花活血，利心脏，砂仁健胃进食欲，木瓜和肝利水，草蔻健胃消胀，大腹皮行水消胀，生芪保肝，固中气，泽漆利水养阴。

上药连服三付，患者特感痛快，腹胀显除，精神好转，尿由短少而加多。

十一月二十九日复诊。

望诊： 颜面晦暗，舌质黄薄，底绛。

脉象： 弦滑（弦象稍缓）。

辨证： 水湿稍利，腹胀缓解，但仍不足恃。

治法： 再拟行气利水，渗湿消胀健脾法。

用药： 木香10g，沉香6g（分冲），厚朴10g，苓皮20g，内金15g，草蔻10g，赤芍15g，枳壳10g，泽漆12g，车前子10g，木瓜15g，冬瓜皮20g，扁豆15g，猪苓15g，通草6g，丹皮15g，肉蔻4g，陈皮15g。

方解： 木香理气调中，沉香行气益肾，厚朴宽中健胃，苓皮健脾利湿，内金健脾胃，助消化进食，草蔻开脾快胃消胀，赤芍活血强心，枳壳宽中理气，泽漆利肾益阴，车前子利水，木瓜和肝利湿，冬瓜皮健脾利湿，扁豆通利小便，助脾利湿，猪苓利水，通草渗湿，丹皮化肠胃瘀滞，兼而润肾，肉蔻温中助脾胃，陈皮行气，化湿痰。

上药三付，腹水显著见消，腹胀轻，肝区轻度压痛，精神大有好转，胃也思纳，能下床行动，为了进一步洞察病情，令其往医院作肝功心律检查，经检查结果心律正常，肝功各项均正常。

十二月二日往诊。

望诊：面色由晦暗转润泽，精神大爽，胃也思纳，腹水已消，肝区软化扪之微胀，舌苔退淡红，自诉口干，胃口下午有时发胀，小便仍感不畅，短涩，系属病久伤阴，膀胱气血不化。

脉象：沉缓而滑。

辨证：病久气阴两伤，肝胃不和，水道不利

治法：再拟疏肝理气，扶脾，通调水道，佐以引火归原法理之。

用药：木香 10g，厚朴 10g，三棱 6g，莪术 6g，内金 10g，焦三仙 20g，木瓜 15g，冬瓜皮 20g，薏米 15g，车前子 10g，瞿麦 15g，扁蓄 15g，肉蔻 6g，猪苓 15g，肉桂 10g，泽漆 12g。金匮肾气丸 10 丸，随汤药服一丸。

方解：木香理气，厚朴宽中理脾，三棱理气滞活血，莪术去胃胀隐痛，内金开胃健脾，助消化，焦三仙助消化，木瓜和肝利湿，冬瓜皮健脾利水，薏米健脾利湿，车前子利小便，瞿麦、扁蓄缓解膀胱虚热，肉蔻温中助脾，猪苓利水，肉桂引火归原，气化膀胱，泽漆益肾滋阴。金匮肾气丸防止汤药破气药过多，用以维护真元。

上药服三付，以上症状基本消除，仍嘱患者少吃咸，节饮浓茶，患者谈笑自若，精神大爽，并嘱以金匮肾气、参苓白术丸，经常服之，以理脾肾以善其后。

案例十一　朱某某，女，二十岁，房山县南尚乐乡王村人。一九八六年七月二十二日来诊，据诉经医院检查，系风湿性心脏病，周身关节疼痛，咳喘，冬季加重，不能躺卧（端坐呼吸），易感冒，病程已达三年，母亲因心脏病已故。

望诊：体瘦，面色晦暗，舌苔薄白，质淡红。

脉象：数而弦细。

辨证：气血两亏，心肾不足，湿无以化而生痰，致成咳喘。

治法：补气血，益心肾，理脾渗湿法。

用药：生黄芪 60g，党参 20g，生地 15g，甘草 10g，干姜 6g，云苓 15g，五味子 15g，桂枝 10g，寸冬 15g。引用蓖麻仁 7 个（去皮），鹿茸粉 1.8g，每瓶分三次，与汤药日二次同服，照上方五付。

方解：黄芪、党参补气，生地、寸冬、五味子滋益心肾之阴，加上鹿茸补血强心肾，桂枝和血，干姜性温以提心肾之阳，云苓、甘草、蓖麻仁理脾渗湿。

七月二十八日复诊，据诉服五付后，咳喘明显见轻，身有力，气短也轻，再按

前法加减施治。方用：生黄芪 60g，五味子 15g，白芍 20g，甘草 10g，干姜 6g，麻黄 4g，二地各 15g，寸冬 15g，当归 10g，苏子 10g，阿胶 10g，鹿茸粉 0.3g。照上方三付。

八月四日复诊，服前药喘止咳轻，食欲增加，身也有力，脉象弦滑无力，舌质红，再拟补气益阴法理之。方用：生芪 60g，元参 15g，沙参 10g，当归 10g，阿胶 10g，龟板 10g，麦冬 15g，生地 15g，甘草 6g，干姜 6g，桂枝 10 克。以上方十付。

以上三方均以炙甘草汤加减施治，收到良好的效果，服后基本痊愈。为了免于复发，配丸药以善其后。方用：红参 15g，生芪 100g，党参 20g，黑附子 15g，干姜 15g，五味子 20g，赤芍 30g，红花 20g，当归 30g，川芎 15g，肉桂 20g，云苓 30g，甘草 15g，枸杞 30g，羌活 20g，沉香 10g，鹿茸 6g，首乌藤 40g，丹皮 30g。以上共为细面，蜜丸 10g 重，早晚各一丸，并配以养心精配合丸服用。

养心精：鹿茸粉 10g，蜂蜜 2 斤，鸡蛋黄 30 个。具体做法：先将鸡蛋煮熟，取黄，捻碎，晒干磨成粉状，再将蜂蜜加上 1/3 水熬沸后，入鸡黄粉和鹿茸搅匀待用，每次一勺，晚服一次即可。如觉心气不足，如胸闷气短，无力，可加早晨服一次也可。

另一制法是将鸡蛋黄取出后磨碎，用水煮成粥状，用微火煮之，慢慢取上层浮油，边煮边取浮油，取尽合拌蜂蜜和鹿茸粉用之。

案例十二 周某，男，五十七岁，三河县南关村，一九八九年三月九日。该患者由一九八九年一月患喘嗽浮肿，不数日喘急而去三河县医院住院，经医院检查为肺心病，住院将近月余，喘嗽加重，遍身浮肿，患者不能支，不时给以输氧，最后医院大夫束手令其出院，并说该患者生命垂危，没有什么希望。回家后经人介绍到我处，患者儿女请我出诊，我应之。

望诊：面色晦暗，周身浮肿，面部两目肿得不能睁开，端坐呼吸喘促，肉肿如泥。

脉象：沉缓无力。

辨证：系属心肾不足，肾不纳气，脾肺失运，致使水湿不利。

治法：暂拟扶脾，利肾消肿剂。

用药：沉香 6g（分冲），萹蓄 15g，车前子 10g，猪苓 15g，通草 6g，甘草 6 克，冬瓜皮 20g，茵陈 20g，陈皮 15g，薏米 20g，苍术 10g，大腹皮 10g，桑皮 10g，木瓜

15g，防己 15g，生黄芪 40g。两付。

一九八九年三月十三日复诊，前药服两付后，喘嗽稍缓解，尿多，肿见消，但下肢肿消仍不明显，脉象同前，仍属心肾不足，脾肺失调，水道不利，湿无以化，再如前法强心利肾，扶脾，利肺，消肿剂。用药：生黄芪 50g，沉香 10g，蓄 15g，甘草 10g，猪苓 15g，肉桂 10g，干姜 6g，车前子 10g，冬瓜皮 20g，防己 15g，木瓜 15g，陈皮 15g，茯苓皮 20g，木通 10g，草蔻 10g，桑白皮 10g。以上方再两付。

一九八九年三月十五日复诊，服前药浮肿明显见消，尿量加多，胃纳增加，患者精神转好，诊得六脉沉缓稍有力，再拟温肾扶脾渗湿剂。方用：生黄芪 60g，苍术 15g，干姜 6g，黑附子 6g，茯苓 15g，冬瓜皮 20g，肉桂 10g，草蔻 10g，陈皮 15g，防己 10g，车前子 10g，猪苓 15g，沉香 10g，木瓜 15g，内金 15g。再两付，以观后效。

一九八九年三月十七日复诊，服前药喘止肿消，精神大好，六脉沉缓有力，喘肿趋于向愈，但仍属脾肾久寒，肢痿（酸）无力，再拟重剂温肾阳，以益气血，扶脾土，渗寒湿法。方用：黑附子 10g，肉桂 10g，干姜 6g，薏苡仁 20g，苍术 15g，茯苓皮 15g，五味子 10g，车前子 10g，冬瓜皮 20g，防己 15g，大腹皮 15g，猪苓 15g，砂仁 10g，白豆蔻 10g，泽泻 12g。上方三付。

一九八九年三月廿日复诊，服前药后，肿象悉除，仍有微喘，系属肾不纳气之象，再拟重投温肾扶脾，利肺剂。方用：生芪 90g，冬瓜皮 20g，茯苓皮 20g，桑皮 15g，大腹皮 12g，陈皮 15g，草蔻 10g，黑附子 10g，干姜 6g，山萸肉 10g，五味子 10g，车前子 10g（布包），木瓜 15g，泽泻 10g，熟地 15g，肉桂 10g，沉香 6g，防己 15g。以上方两付。

一九八九年三月二十三日复诊，服前药两付精神大好，全身有力，食欲增加，能出门活动，二便正常，再拟温肾扶脾，利肺剂。方用：苍术 15g，冬瓜皮 20g，茯苓皮 20g，桑皮 15g，杏仁 10g，陈皮 15g，车前子 10g，黑附子 10g，肉桂 10g，木瓜 15g，防己 15g，干姜 6g，补骨脂 15g，砂仁 10g。以上方四付。

一九八九年四月十四日复诊，服前药后，病情基本恢复正常，为了调理脾肺肾三脏之不足，以五皮饮加减调理之。方用：生芪 60g，茯苓皮 20g，干姜 6g，黑附子 6g，赤芍 20g，甘草 10g，陈皮 15g，白豆蔻 10g，通草 6g，薏米 20g，桑皮 15g，大腹皮 10g，冬瓜皮 20g。按上方服至 10 付，病情基本恢复正常。

以上是由湿邪所引起的各类病变，谨扼要的列举数则以供参考，下面我再浅谈一下血和血病的问题。

论 血

所谓血是维护形体健康不可缺少的重要物质，但是血在人体内不是单一而起作用的，而是与气相互依存、相互为用的。血是有形物质属阴，气是无形物质属阳，如阴阳不和则气血失调，从而导致诸病丛生。因此古典《灵枢·决气篇》曰：中焦受气，取汁变化而赤是谓血。又曰：血生于心，而下藏于肝，气生于肾，而上主于肺，其间运上下者脾也。所以古人论脾胃为升降之枢纽，所论心生血，肝藏血，脾统血，从科学（新医学）角度而论，血的来源在胚胎期血岛（肝脏和骨髓）里形成的，到成年后红血球完全由红骨髓所造成*。

血的具体形成，由胃纳食物后（叫外因素），由胃液消化提取精微物质（叫内因素），沿血流到肝脏产生抗贫血素，再沿着血流到红骨髓，因刺激而成熟红血球，再回到血流中，此点与决气篇所说"中焦受气，取汁变化而赤是谓血"的说法稍吻合，不过没谈及通过肝脏和骨髓而形成真正的红血球而已。此点我们要客观地评判古人，而是由于科学不发达，生理解剖不太明确所造成。

大凡人的失血由于缺氧过多，但红骨髓受到缺氧的影响，从而就大量的制造红血球，以补充大量失血，这也是在人体生理上互为依存的自然现象。一般来说凡属胃消化不好，也就是缺乏胃液的人，不能运化精微物质运到肝脏产生抗贫血素，那么就容易失血和贫血，从这一点上看，我们在临床上除急则治标以外，一般慢性患者，先从先天肾、后天脾胃上着眼，如果脾胃消化不好，一则能发生多方面的病患，再则用药而不能消化吸收，因此也就影响对某病的疗效，所以对任何慢性患者，先

---

* 血岛、红血球等系本手稿成文年代所限之说法，为尊重原作，故不作修改，保留原貌。余同。——编者注

以扶脾健胃为首要之计。

关于人的血液总量，大体占人的体重百分之五，如个人体重六十公斤（一百三十二磅），那么血液约有 3.6 公升，所以从人的体重上来比较，血液是宝贵的，所以有人认为一滴血如一滴精之说。从血液功能来看，它在人体上是非常重要的，如通过肺脏吸氧吐碳，通过胃输送营养物质，再通过各腺体输送激素调节体内各项活动平衡，以及抵抗外敌细菌等。总之，血液中的红血球是全身各部需要的营养，用尽的废物排出，完全由于红血球不停地来往运输。但它的循环流动是由心脏舒张和收缩来进行的，如果心脏停止张缩，那血球也就无能为力了，从而人的生命也就告吹。古人所云心生血是无科学根据的，如果说心脏是生生不息地推动血流循环周身还是比较确切的。但是古典理论而言，气血各具阴阳之性，互为其用，维系身体健康，所谓气为阳，血为阴，阳主火主动，阴主水主静，阳主功能活动，阴主物质精血，二者不能偏离，也就是说，没有阳气活动就不能化生阴精，没有阴精也就不能产生阳气。

那么，我们究竟如何理解气呢？所谓气率血行，我认为有些抽象，实际是由心脏活动而产生的血行，因此有必要再谈谈肾。古人论肾为气海，是真火之源，心为君火，肾为相火，二者一火一水互为其用，则为水火既济。古人所论肾为相火，是真火之源，又从何说起呢？这一点要从科学角度来认识这个问题，或者说用科学方法来解释这个问题。古人所说肾是指两个腰子为内肾，睾丸为外肾，一个是利水之脏（腰子），一个是生精之所（睾丸），所论真火之源是指肾上腺髓部产生的激素，这种激素既能影响神经系统，又能增强心脏搏动和肺的呼吸量。

综上所述，气率血行的问题，实际就是由肾腺激素刺激心脏搏动而产生的血循环。清朝王清任老先生认为，脊椎两旁的动静脉管，以动脉管为总提行气，以静脉管为血管行血，实属谬误。因此我们可以这样认为，由于肾腺激素刺激心脏搏动和肺的呼吸，一个是由心脏搏动推动血流循环周身，一个是由肺脏吸氧吐碳，这样循环不已生生不息的活动，从而由血球运送气和蛋白（也就是热能）而蒸化水谷运化精微，强化筋骨，濡润皮肤，是心脏的功劳，是血球的功劳。至于热能（火）的问题，完全由这两个脏器（心肺）不断活动，当然由肾腺激素而影响神经系统，也有密切关系的，而不要认为是心肺单一的活动。古人所论肾为先天之本，是真火之源，是由几千年来的经验积累而推断出来的，今天我们要从科学（西医）角度来说明中医基本理论，达到中西医汇通的目的，这也不能说成是什么牵强附会吧！

从上所述血的来源和功用以及在人体内的重要性已经扼要阐述，但血病的发生更具有病情复杂变化多端的问题，上面已经谈到气血各具阴阳之气，二者不能偏离，血病由气病而生，气病更影响多方面的血病，如吐血、咳血、咯血、衄血以及脾脏失调不能升降上溢、下崩或漏，或者气机受阻而形成瘀血等，兹分别述后。

一、吐血　病出于胃，根源于胃部凤日失调，不能运化精微，久之气阴两伤，偶遇肝气冲逆，即形吐血（吐血也同呕血）。

二、咳血　咳血出于肺，肺主气，咳血病变有二。其一属于实邪，如外感郁遏肺气，久而化热，火热薰蒸肺脏，咳久被震而形成出血。二则属于阴虚，肺津干涸热淫，肺气失于肃降，血即随咳而出。

三、咯血　咯血属于肾，由于肾气不能潜纳，肾气潜纳则能蒸化膀胱之水而为津液，否则膀胱之水随火化而形成痰，肾火妄动，损伤胞宫，湿痰上泛而形成咯血。

四、衄血　包括鼻衄、眼衄、齿衄、脑衄等，上述几种衄血，除气虚不摄者外，皆属于气盛，气盛则火盛，火盛则迫血妄行，所谓血热妄行，这种病的形成，是阳气壅闭的结果。

五、升降失调的出血　正常生理活动，必须是清阳上升，浊阴下降，气血才能正常循行不息，而主宰这种升降的枢纽在于脾（中气），上输心肺，下达肝肾，灌溉四旁，充溢肌肉，所谓脾统血者如是。同时有关元气不摄的问题，都是由于脾胃虚弱，不能运化精微，久之元气大伤，能发生各类出血问题。如衄血、吐血、便血，特别是妇女血崩症，用止血凉血药无效，而改用归脾汤、补中益气汤等收到满意疗效。

六、气郁瘀血症　由于肝郁气滞，不能使血液畅达，则产生瘀血症。大凡瘀血症则明显的有以下几个问题。一是疼痛，正是血凝气阻的缘故，所以不通则痛的道理。二是气郁停瘀，此症虽言疼痛之感，但经常胸闷纳呆，失眠，心里热，手足心发烧，这都是属于气机不畅影响血循而瘀滞的缘故。三是瘀血积久，壅遏气机，此症影响新血滋生，气机不畅，久之产生骨蒸，干血，痨疾等，有关血病案例列后。

案例一　程某某，男，五十六岁，农村人，一九七四年六月四日来诊。平日嗜酒，由一九七零年经常发作心区上方内侧疼痛，时隐时现，总觉心区闷感不舒，牵引后背掣痛，经西医诊断为冠心病，吃冠心片、愈风宁心片二年之久，血压忽高忽低，心区闷感时痛，服上药无明显好转，停止饮酒已二年。

望诊：体质中等，舌苔薄白滑腻，舌尖边质红。

脉象：左沉缓，右弦滑。

辨证：肝郁气滞，血瘀夹湿。

治法：疏肝活血化瘀，佐以祛湿法。

用药：当归 10g，怀牛膝 10g，柴胡 6g，川芎 6g，赤芍 10g，生地 12g，木香 6g，郁金 10g，桃仁 12g，红花 10g，甘草 6g，枳壳 6g，陈皮 10g，苍术 10g。上方嘱其连服五剂。

一九七四年六月十日复诊，主诉服药后，痛大减，闷感悉除，胸背部明显感快（感觉舒适），血压 150/100mmHg。

望诊：舌苔薄白，质淡红，精神好转。

脉象：沉滑，右弦不明显，说明肝气稍解。

辨证：肝气虽解，仍有停瘀夹湿。

用药：照上方去木香、郁金，其他不改动，连服五至十付，经复查前症好转，血压 120/90mmHg，余另立一方，即血府逐瘀汤（方列后）。当归 10g，川芎 6g，生地 10g，桃仁 10g，红花 10g，怀膝 10g，甘草 6g，枳壳 10g，赤芍 10g，柴胡 10g，桔梗 10g。并嘱患者现在可以停药，以后如有心情不畅或心闷感不适等，就可以吃一至二付，此方妥为保存。

案例二　洪姓妇，女，五十三岁，三河县城内，一九七五年九月二十八日来诊。患者心区闷感，后背掣痛，心区上方阵发性刺痛，睡眠不正常，食欲不振，易烦躁，心情不安定，头晕，早晨更为明显。

望诊：舌苔微白，两边及舌尖质红较深，血压 150/120mmHg。

脉象：左沉缓，右弦涩。

辨证：肝郁气滞，停瘀湿蕴。

治法：疏肝和胃，活血化瘀，佐以健脾化湿。

用药：当归 10g，生地 10g，桃仁 10g，红花 10g，甘草 6g，枳壳 6g，赤芍 10g，柴胡 6g，川芎 6g，桔梗 6g，怀牛膝 10g，木香 6g，茯苓皮 15g，郁金 10g，陈皮 10g，白豆蔻 6g，苍术 10g。上方嘱其连服七剂。

一九七五年十月六日复诊，主诉前述症状明显好转，尤其睡眠，由睡不好已转入爱睡觉，治疗前总觉身体乏累欲睡，头晕诸证亦好转，血压 150/100mmHg上下，舌质红，苔薄白滑。

脉象： 左大于右（肝气已平），微现弦滑（正气虚）。

辨证： 肝瘀已化，脾胃失健，中气不足。

治法： 和肝健胃，补中益气，佐以活血。

用药： 党参12g，白术6g，茯苓12g，甘草6g，赤芍10g，枳壳6g，柴胡6g，当归10g，怀牛膝10g，红花10g，香附12g。上方连服十剂，基本痊愈。

案例三 常某某，女，三十六岁，农村人。患者失眠已半年，经地方医院治疗，以补气安神，如补心丹，安神丸，及西医安眠药等，服之不但无效，反而加重。一九七九年一月二十日来诊时，主诉近十五天昼夜一点都不能睡，饮食无味，精神疲乏不堪，情绪非常烦躁，心里经常发热，终日情绪不宁。

望诊： 舌质红绛，两目白珠红缕（有红血丝）。

脉象： 左沉涩，右弦。

辨证： 肝气停瘀，肝阳逆扰。

治法： 解郁化瘀，佐以和肝潜阳法。

用药： 当归10g，生地15g，赤芍10g，怀牛膝10g，桃仁12g，红花10g，甘草6g，枳壳6g，柴胡6g，川芎6g，桔梗10g，远志10g，枣仁15g，木香6g。

一九七九年一月二十三日复诊，主诉夜里能睡，但时间很短，最多不超过二十分钟即醒，不能再睡，白天也能睡一会儿，经服三付后老感困而睡不着。

望诊： 舌质绛红，两目红缕（有红血丝），及心里热无变化。

脉象： 同前。

辨证： 仍属肝瘀未化，阴不摄阳。

治法： 按上法疏肝化瘀，佐以潜阳降逆大剂投之。

用药： 沉香6g（分冲），郁金10g，当归尾15g，生地15g，赤芍20g，红花15g，甘草6g，枳壳10g，丹皮15g，川芎6g，柴胡10g，怀牛膝10g，珍珠母30g，牡蛎20g，远志15g。

当时向患者嘱咐，此方吃三付如睡有好转，两目红缕及心里热减轻，可接着再服十剂，如吃三付后无好转再来，结果半个月后患者丈夫特到门诊来告说，病人已痊愈。照您所嘱服十剂现在睡得也好，饮食起居全正常，并去生产队上班三天。

案例四 王姓妇，女，四十三岁，农村人，一九七八年八月六日来诊。主诉心慌心乱，心神不安害怕，甚则若痴，睡眠不正常，此况已达二年之久，经治有用归脾汤者，有用柏子养心汤者，有用舒肝降逆者，一直无效。

望诊：舌质红，苔薄黄，口干苦。

脉象：弦动，右大于左。

辨证：急怒伤肝，抑郁停瘀，阴阳失调。

治法：疏肝化瘀，佐以降逆镇惊剂。

用药：当归 15g，生地 15g，桃仁 10g，红花 15g，甘草 6g，枳壳 10g，赤芍 15g，柴胡 10g，桔梗 10g，怀牛膝 10g，旋覆花 15g，赭石 10g，木香 10g，郁金 10g，珍珠母 30g，菖蒲 10g。

照上方服三付后，心神感觉畅快，嘱其再服十剂，患者再服十付后再来门诊，自述前症已除，精神基本恢复正常，余另嘱其每日服沉香舒气丸两丸，晚临卧服珍珠安神丸一丸。

案例五　郭某某，男，四十八岁，汽车修配厂工人，一九七九年四月五日来诊。主诉一九七八年十月患失眠症，病情是：夜里经常通宵不能入睡，有时能睡 10～20 分钟，但遇惊扰就醒，不能再睡，白天精神疲惫，老觉困不能睡，坐着打盹，卧则睡不着，这样已半年之久，苦恼万分，各种安眠药吃得无数，不但无效反而添了恶心，眩晕很厉害，上班时打不起精神来。

望诊：苔薄白边红，白珠红缕，血压正常

脉象：左沉涩，右滑。

辨证：肝肾阴虚，气滞停瘀，肝火妄动。

治法：滋肾养肝，解郁化瘀法。

用药：五味子 10g，草决明 15g，远志 15g，珍珠母 30g，木香 6g，郁金 10g，当归 10g，生地 15g，桃仁 10g，红花 10g，赤芍 10g，怀牛膝 10g，川芎 6g，柴胡 10g，桔梗 10g，甘草 6g，枳壳 10g，石决明 20g。

以上方服三剂后，复诊主诉服第一剂未有感觉，服完第三剂后，称自己半年没睡过这样的好觉了，感到非常高兴和痛快，全身也感轻松，希望按原方再服数剂。遂依患者要求，原方不变，嘱其服六剂，后经复查，六脉如常，白珠红缕消失，因患者体夙壮，未作善后用药。

根据上述五例中，心区闷感时隐痛，第一、二两例属于冠心病无疑，第三、四、

五例属于瘀血影响血循紊乱的失眠症，在第一、二两例中，同属于冠心病，但第一例是男性，夙嗜酒，虽戒酒一年多，但由于酒伤积湿，那么湿从何辨呢？因其脉缓，缓主湿，又因脉滑，滑而为痰，因此在疏肝化瘀的基础上，佐以化湿药，如苍术，陈皮等。因服五剂患者感快，其脉弦象已平，故去木香、郁金，别药不动，服十剂痊愈。第二例是女性患者，也属冠心病，因为肝郁日久，脾土失运，久之脾失升降，湿蕴中州，胃纳欠佳，渐渐体弱，因此在活血的基础上，佐以平肝扶脾健胃法，二者均收到完满的疗效。第三、四、五例是失眠症，第四例由于突然刺激，内脏机能紊乱，血循不畅，从而积瘀，此病久之能致狂（精神分裂症），中医为瘀热成狂，因此用降逆镇肝化瘀收到满意疗效。第三、五例病情比较突出，结合王清任老先生的血府逐瘀汤，失眠症比较典型（注：当然绝不是凡失眠症均用此法）。从这两例中可以看出，脉现弦涩，白珠红缕，心里热，皆由瘀血形成，第三例属于肝郁停瘀，肝阳逆扰，第五例属于肝肾停瘀，抑郁停瘀，前者用平肝化瘀，佐以潜阳降逆，后者用平肝化瘀，佐以滋阴，二者均收到很好的疗效。

案例六 邢某某，女，四十一岁，三河县农村人，一九七六年五月六日来诊。主诉腹泻已二年，腹部阵发性疼痛，每日大便四五次，夜一二次，食欲未减，并善饥，粪便不克化，四肢无力，睡眠中等，经当地医院门诊多次，患者并带来前医各方，经参阅不外温中健脾，调中止泻，四神丸等类，最后因为泻久，患者感觉体乏无力，又用十全大补，人参鹿茸丸等，服之无一效者，患者还曾吃过几回补药，吃完后会很难受，气短心慌，食欲减低，后来就不敢吃了。现在腹泻一点未减，肠鸣矢气加多，粪便不克化，自感身痠（酸）肢软，精神亦疲惫，痛苦万分。

望诊：舌质红紫，中有薄白苔，心里热，手足心发烧。

脉象：弦涩无力。

辨证：大小肠瘀滞，微血管循环不畅，影响水液蒸化和吸收。

治法：调气活血化瘀。

用药：膈下逐瘀汤加减，当归10g，丹皮15g，桃仁10g，红花10g，赤芍15g，乌药10g，元胡10g，甘草6g，川芎6g，五灵脂10g，枳壳10g，香附15g，茯苓皮15g，苍术10g。患者因路途遥远，嘱其服十剂后再来诊患者遵嘱。

一九七六年五月十七日复诊主诉，服五剂后，即感手足心已不发烧，心里热已退，只白天泻一两次，大便已成形，服十剂后腹泻痊愈，但因久泻，脾虚气弱，体乏无力，予以健脾丸理之。

按： 该患者腹泻已二年之久，初看似慢性肠炎，腹隐痛，肠鸣矢气多，由于王清任膈下逐瘀汤的启发，本人体会到王清任膈下逐瘀所治五更泻乃瘀血造成，本人又进一步分析，大小肠微循瘀阻，影响大小肠的活动和吸收，同时参阅他医处方，大部分都用健补药，不但无效，反而患者难受，并且从患者舌质红紫，手足心发烧，心里热，状若阴虚，脾虚下陷，但从患者精神上看虽然有些疲惫，而食欲不减，并且善饥，说明消化系统（包括胃及大小肠）产生不正常的亢进，也就是由于血循不畅，发生不协调的矛盾，再从脉象分析，六脉弦涩，弦主肝木主气，涩主瘀（在体表为血痹，在内脏为血瘀），本人认为大肠主传导变化，小肠主受盛化物清浊，从而微循环瘀阻，活动失调，致成久泻。

从这一案例中本人更有所回忆，解放前期曾治过五六例，可惜无底方，姓名、年龄仅从略，通过回忆，有两例男性五更泻用四神丸汤剂加减治愈，有四例女性，其中有两例开始用四神丸服数剂无效，结果用膈下逐瘀收效，后两例也属于五更泻，白天泻一两次，经他医治疗无效，余即以膈下逐瘀汤，不数日而达痊愈。

根据上述情况，特把膈下逐瘀汤治疗痛不移处的案例，仅列数则，以供参考。

李某某，女，六十岁，住朝阳区高杨树村，一九八三年五月某日来诊。主诉经医院检查确诊为胆石，决定动手术，患者惧怯，求余来诊。余投以膈下逐瘀汤施治，因服五剂，后疼痛日缓解。患者抱着向愈的希望续诊，服到十五剂后，胆区根本无痛觉。余又令其再服数剂，当服二十剂后，嘱其去医院复查，检查结果是胆石变小，变碎，服至六十付后痊愈停药，至今未发作。

冯某某，女，五十八岁，住六里屯百货大楼宿舍，一九八三年八月五日来诊。治法同上服四十付而愈。

以上二例均以原方膈下逐瘀汤加三棱、莪术各 10g，茵陈 20g。

王某某，女，四十九岁，住朝阳区大北窑一机床厂，一九八七年五月十四日来诊。主诉胆结石症，经医院检查胆管内结石三到五块大小不等并伴有胆管炎，医院决定动手术，患者惧怯，求余来诊，用药如下：当归 10g，川芎 6g，桃仁 10g，红花 10g，丹皮 10g，赤芍 15g，灵脂 10g，乌药 10g，元胡 10g，枳壳 10g，沉香 6g（等分冲），三棱 10g，莪术 10g，茵陈 20g，甘草 6g。

以上方服五付，服后未痛，从而患者树以信心，继续来诊，服二十剂后，去医院复查，经扫描确认胆结石已分化变碎，但仍有胆管炎存在，到七月十二日前后共服六十付，一直未痛，肝区未有不适之感，患者已上班。

郭老太太，女，六十八岁，朝阳区豆各庄村生产队，一九八五年三月四日来诊。主诉右肾部疼痛，剧痛时不可支，经医院检查右肾结石症，服五付排石汤，因有泻药，老太太服后难受，求余来诊，余投以膈下逐瘀汤加三棱，莪术，猪苓，车前子，萹蓄，瞿麦等服廿余付痊愈。

赵淑芬，女，三十六岁，朝阳区上四路人，一九八五年五月来诊。主诉腰疼，尿短涩，经医院检查化验尿血球（4+），伴有白带，两肾部时痛，左肾痛时加剧，医院确诊为肾结石，服排石汤数剂无效，患者腹泻甚剧，患者自述痛苦万分。余初步给膈下逐瘀汤加三棱，莪术，猪苓，车前子，泽泻，服五剂后疼痛缓解，主诉白带仍多，黏稠恶臭，余又以八味止带汤三付投之，八味止带汤为当归，川芎，陈皮，茯苓，木通，鸡冠花，大黄，土茯苓，其中我加以败酱草三付带止，同时腰疼也减，从而又继服膈下逐瘀汤十五剂而达痊愈。

案例七 蔡某某，男，五十九岁，房山县蔡庄人，一九七六年七月七日来诊。主诉右胸阵痛，胃脘痛，牵引后背，病程已三年，食欲尚好，体质中等。

望诊：舌质淡红，舌中苔厚而干。

脉象：弦涩。

辨证：气滞停瘀（胸痹）。

治法：疏肝理气化瘀法。

用药：沉香 6g（等分冲），木香 10g，丹皮 15g，柴胡 10g，姜黄 10g，三棱 6g，莪术 6g，桃仁 10g，红花 15g，丹参 15g，川芎 6g，五灵脂 10g，枳壳 12g，赤芍 15g，乌药 15g，香附 15g。以上方五付。

七月十五日复诊，主诉服前五付胸痛稍轻，其他无变化，再如前法加减，用药如下：木香 10g，厚朴 10g，当归 15g，桃仁 15g，红花 15g，白芍 15g，三棱 10g，莪术 10g，柴胡 10g，丹皮 15g，姜黄 10g，川芎 6g，怀牛膝 12g，枳壳 15g，生地 15g，甘草 6g。以上方五付。

七月二十一日复诊，服前药胸痛大减，舌质红无苔，脉弦滑。用药如下：木香 10g，厚朴 10g，当归 15g，桃仁 15g，红花 15g，三棱 10g，莪术 10g，元胡 15g，枳壳 10g，赤芍 15g，柴胡 10g，川芎 10g，怀牛膝 10g，生地 15g，桔梗 10g，五灵脂

10g，青皮 10g。以上方五付。

七月二十八日复诊，胸痛已轻，再如前法施治。用药：木香 10g，三棱 10g，莪术 10g，丹皮 15g，白芍 15g，生地 15g，红花 15g，川芎 6g，枳壳 10g，怀牛膝 15g，柴胡 10g，青皮 15g，甘草 6g。以上方五付。

八月四日复诊，服前药四个疗程，胸痛基本消除，患者胸中感觉畅快，再如上法加减理之以善其后。用药：当归 15g，木香 10g，枳壳 10g，元胡 10g，香附 15g，赤芍 15g，桃仁 10g，红花 15g，怀牛膝 12g，川芎 6g，柴胡 10g，牡丹皮 15g。上方隔日一付，服完后，平日如有胸膈不畅或有微痛感，可服苏合香丸 1～2 丸。

案例八 赵某某，男，二十六岁，房山县独树村人，一九八六年八月三日来诊。主诉咳血五六年，胸膈闷痛，气短无力，经多方治疗一直无效，查看以往诸医的处方均以养阴理肺剂治之。

望诊：面色苍白，舌边红，中白发干。

脉象：沉细而涩。

辨证：胸部积瘀，心肺循环不畅，久而肺阴大伤。

治法：暂拟活血化瘀利膈法。

用药：当归 15g，生地 15g，桃仁 12g，红花 10g，怀牛膝 10g，川芎 6g，赤芍 15g，柴胡 10g，甘草 6g，枳壳 10g，桔梗 10g，牡丹皮 15g，元胡 10g，草豆蔻 10g。以上方六付。

八月二十四日复诊主诉，服前药有好转，食欲增加，胸部感畅；咳痰轻，痰中未见血。

该患者系二十六岁青壮年，凤伤肾阴，咳痰带血已四五年，查看以前诸医处方，大部都以养阴利肺止血等药施治，而无一效者。先由肾气亏损，加之气郁停瘀而致此病，如果一直利肺养阴止血等法，恐怕越补越瘀，一般说来，凡属咳痰带血也称咯血，属于肾不潜纳，肾火妄动形成咯血，但又因为生气停瘀，胸膈闷痛，因此以急标缓本之法，先拟行气化瘀服六剂后而血止，胸也感畅，舌苔白干稍润，脉沉细涩也转现沉弦而滑之象。再如上法加减，方药如下：当归 15g，生地 15g，枳壳 10g，陈皮 15g，川芎 6g，桃仁 12g，红花 15g，甘草 6g，赤芍 15g，柴胡 10g，桔梗 10g，怀牛膝 12g，草豆蔻 10g，焦三仙各 30g。因食欲欠佳加陈皮、草豆蔻、焦三仙等，再以上方七剂。

九月七日复诊，咳痰带血一直未发作，瘀血症状基本消除，舌淡红微白，脉沉滑微细，属于肾阴亏损之象，用以丸药壮水之主以制阳光法理之。方药如下：知柏地黄丸 20 丸，六味地黄丸 20 丸，以丸药说明分别服之，可连服半年，并嘱其节制性生活以善其后。

案例九 王某某，女，三十五岁，房山县长沟村人，一九八六年九月一日来诊。主诉两手十指疼痛发凉，两腿由膝下至足底发凉怕冷，有时十指发紫暗时，疼痛就加剧，经来色黑，伴有白带。

望诊： 舌淡红，舌尖紫绛。

脉象： 沉涩。

辨证： 寒侵血脉（血痹）。

治法： 宜以温经活血法。

用药： 当归 15g，桃仁 15g，红花 20g，赤芍 20g，川芎 15g，麻黄 6g，白芷 20g，生黄芪 60g，葱胡 3 段，生姜 30g，大枣 50g。

一九八六年九月七日复诊，服前五付痛减，遇冷变红，白带仍在。再如上法加减，佐以祛湿止带剂，用药如下：当归 15g，川芎 10g，桃仁 15g，红花 15g，白芷 15g，麻黄 10g，土茯苓 30g（利湿止带），赤芍 20g，干姜 6g，白芍 20g。引葱胡 3 段，生姜 30g。以上七付。

九月十四日复诊，服前药十二剂，手十指一直未痛，活动如常，经脉寒湿已化，但据主诉感到两臂发麻沉困，白带虽减仍不足恃，再拟活血化湿止带法理之，用药如下：苍术 15g，木瓜 15g，赤芍 15g，当归 12g，川芎 6g，生黄芪 60g，茯苓 15g，鸡血藤 20g，白芷 12g，土茯苓 20g，甘草 6g。引葱胡 3 段。以上七付。

服上七剂后前症悉除，再以小活络丹及木瓜丸分别服之，以善其后。

附： 张某某，女，三十七岁，房山县蔡庄人，一九八六年七月二十一日来诊。主诉头疼二年多，经多医治疗无效，头疼失眠精神恍惚。诊得六脉沉滑，舌红，余按肝阴不足，虚阳上扰，方用：当归 15g，白芍 20g，石决明 20g，川芎 10g，菊花 15g，龟板 15g，白蒺藜 15g，生地 15g，枸杞子 20g，五味子 10g，牡丹皮 10g，甘草 6g。以上方服六付痊愈。

案例十 姚某某，女，五十九岁，北京建设银行职工，一九八七年十一月五日来诊。主诉前几年患过肾炎，尔后又患肝炎，经某医院治愈后，经检查系澳抗阳性，一直未诊出结果，于一九八七年十一月五日来我处求诊。

望诊： 舌苔滑，身疲无力，有轻度浮肿，齿龈经常出血。

脉象： 沉缓无力。

辨证： 肝肾阴虚，脾阳失运。

治法： 暂拟滋肾养肝，补血扶脾化浊法。

用药： 茵陈 30g，龟板 20g，阿胶 10g，内金 10g，木香 10g，生黄芪 40g，沙参 12g，丹皮 15g，当归 15g，二芍各 15g，生地 15g，三七面 10g（分冲），砂仁 10g。

方解： 茵陈解毒化浊，龟板滋肾补血，阿胶补血和脾，内金健脾胃助消化，木香芳香化浊，生黄芪补气，保肝扶脾，沙参滋肾益气，丹皮润肾养肝，当归补血，二芍和肝理血，生地养阴和血，三七面止血，砂仁健胃和脾。

以上方服五付后，齿龈出血止，尚有轻度浮肿，又按上方加茯苓皮 20g，山药 15g，车前子 10g。服六付后浮肿消，齿龈出血未发作，自诉仍感腰疼（酸）沉困无力，又按原方吃数剂，自感一切情况都比较好，又去医院检查，澳抗仍系阳性，肝炎、肾炎不复存在。

一九八七年十二月七日来诊。

望诊： 舌淡无苔而滑。

脉象： 沉缓无力，右脉弦细。

辨证： 肝肾阴虚，脾阳失运，肾不养肝之象。

治法： 滋肾养肝，佐以扶脾法。

用药： 沉香 6g（等分冲），龟板 10g，阿胶 10g，鹿角霜 10g，五味子 10g，补骨脂 10g，山萸肉 10g，茯苓 15g，生黄芪 50g，白术 10g，党参 10g，当归 15g，白芍 20g，牡丹皮 15g，泽泻 10g。以上方服五付后，自诉身感有力已上班一周。

一九八七年十二月十七日来诊：余又按上方去党参，加力参 6g，生黄芪加 60g，服六付后令其去医院复查，澳抗阳性已不存在，病人很高兴。余恐其一次检查不准，过四五天又令其复查，经查后澳抗确属阴性，患者高兴，我也放心，患者仍恐复发，求余配丸药吃一时期，余从之，拟丸药方如下：生黄芪 100g，当归 30g，阿胶 20g，鹿茸 10g（无茸可鹿角霜代之，用量 30g），人参 20g，川断 10g，猪苓 20g，补骨脂 30g，砂仁 15g，鳖甲 30g，龟板 50g，山萸肉 40g，茯苓 30g，甘草 15g，泽泻 30g，山药 40g，丹皮 30g，二芍各 30g，白术 30g，草豆蔻 30g，沉香 10g，五味子 20g，黑附子 10g，肉桂 20g，车前子 30g，干姜 10g。以茵陈煎水冲服丸药，共为细粉蜜丸重 10g，上配丸药服一月后，复查澳抗仍阴性。

案例十一 杨某某，女，五十三岁，房山县南尚乐乡郑家庄人，一九八五年八月五日。风湿病已二年之久，经地方及北京各大医院多次治疗毫无显效，经医院检查系属类风湿，现在患者已卧床不起，周身关节疼痛，昼夜呻吟，全身沉困，卧床翻身困难，此时正值夏末秋初之际，身盖棉被仍感身冷不支。

望诊：面色苍白，周身关节肿痛，愁容面孔，食欲不佳，舌色淡红，苔薄白稍滑。

脉象：脉沉细无力。

辨证：湿伤脾肾，日久气血双亏，形成类风湿。

治法：温肾扶脾，益气活血渗湿法。

用药：生黄芪 150g，力参 6g，黑附子 6g，麻黄 6g，红花 15g，苍术 15g，干姜 6g，防己 10g，赤芍 15g，肉桂 10g，寄生 20g，茯苓皮 20g，细辛 2g，白芷 10g。引黄酒 3 两，葱胡 3 段，大枣 30 个。

方解：参芪补气，苍术、防己、苓皮理脾渗湿，赤芍、红花活血，附子、干姜、肉桂温肾扶脾，麻黄、细辛、白芷、寄生温经活络止痛，引用黄酒、葱胡引诸药达表，以解经络之久寒。唯恐表药过多伤中，以大枣维护脾土，并嘱病人服药后出汗过多，自觉体弱，酌服人参鹿茸丸 1～2 丸，以上方服三付。

八月十一日来诊，自诉身体不感沉困，疼痛大减，患者感快。

望诊：面容好转，舌质浅红而滑。

脉象：弦滑无力。

辨证：服前药第二付身出大汗，经络通寒湿解。

治法：再如上法去酒葱及大枣。

用药：生芪 150g，力参 10g，黑附子 10g，干姜 10g，防己 15g，赤芍 15g，红花 15g，茯苓皮 20g，薏苡仁 15g，沉香 4g 等分冲，鹿茸粉 2g 分冲，山萸肉 15g，麻黄 6g，细辛 2g。以上方服六付。

八月十八日来诊，患者自诉周身关节已不痛，关节肿象也消。

治法：再拟温肾阳以益气血，扶脾土以渗寒湿法。

用药：苍术 15g，黑附子 6g，干姜 6g，肉桂 10g，茯苓皮 15g，薏苡仁 15g，桑白皮 15g，寄生 20g，山萸肉 15g，生黄芪 60g，赤芍 15g，防风 15g。以上方服六付体态一切正常，行动自如，为了巩固体质，避免发作，配丸药以善其后，丸药配方：黑附子 20g，干姜 15g，肉桂 30g，力参 10g，生黄芪 150g，山萸肉 20g，巴戟天 20g，防己 15g，茯苓 20g，苍术 20g，薏苡仁 20g，白豆蔻 15g，五加皮 20g，赤芍 30g，红花 20g，狗脊 20g，吴茱萸 15g，泽泻 20g，黄柏 15g，沉香 10g，鹿茸 6g。以上共为细面水泛丸，每次 10g，早晚各一次。

《中医临床蹄涔集》

第五卷 论中风

东阜宝仁

一九九零年十月

今我论"中风"专以五志失节，素养不慎，久之机能渐衰，猝然口眼歪斜，左瘫右痪，重者猝然昏倒，口眼歪斜，不省人事，口开目合，肢挛遗尿，鼾睡汗出等。

生气通天论曰："风者百病之始也，清净则肉腠闭拒，虽有大风苛毒，弗之能害，此因时之序也。"这一段的意思是说，我们人生一切活动，无论是任何情况下，要有节制地去做，不使不及，不使太过，也就是不去妄为，这样就能够使人精神清净，清净则阳气（真气）固，肉腠密可以闭阖而拒阻外邪，虽有八风苛毒之重，也不能加害于清净之身，也就是应时顺序以应天气的道理。

上古天真论曰："上古之人其知道者，法于阴阳，和于术数，饮食有节，起居有常，不妄作劳，故能形与神俱，而尽终其天年，度百岁乃去，今时之人不然也，以酒为浆，以妄为常，醉以入房，以欲竭其精，以耗散其真，不知持满，不时御神，务快其心，逆于生乐，起居无节，故半百而衰也。"

古人论述这一段是说，古人知道养生的道理，能够运用五行阴阳，调和气血，知道五行生克制化，所以饮食有定时定量，起居有定时，工作不妄为，因此形健神充，天生应享之年百岁而逝，如今之人竟有不这样做的，饮酒不知节制，轻动妄为，习以为常，陶醉于淫欲之间，迫精妄泻于枯竭，耗散其天乙始生之真元，不知道精虽满而使不溢，不知道外不过劳，内不过思，不知道按四气而调节用神，尽求心快于一时，违背生活的规律，所以年度半百诸病丛生而寿命尽矣。

盖"风"我们究竟应该如何理解呢？古人讲风为百病之长，善行而数变，但是我们应该承认风是天地间之大气，阴阳寒热不断在大气间变化，这就是说水为阴，火为阳，火之能为热，水之能为寒，水流下润因热蒸而上泽，火炎上升因水吸而下温，水火交争则成膨胀之气为暑，水火其体，寒热其用，寒热交流鼓荡则成风，此理六气之义也。人在气交之中，无隙可避，脏腑偏盛，感而成疾，是理六气之变，古人因六气之变以立六经之证，此说专以中经之三阴三阳而论则可，如中太阳头疼脊强，中阳明鼻干目痛多热不得卧，中少阳胸满口苦，耳聋，往来寒热，中太阴自利腹痛或便难，中少阴口渴体倦，中厥阴囊缩，手足厥逆等。如上所述系属于伤寒门之风中六经也，从内不实表不固，邪有机可乘内侵而成病也，此属张仲景伤寒论之热性病乃耳。

今我论《中风》专以五志失节，素养不慎，久之机能渐衰，猝然口眼歪斜，左瘫右痪，重者猝然昏倒，口眼歪斜，不省人事，口开目合，肢挛遗尿，鼾睡汗出等。古人定为"真中"和"类中"。据此古人各持一说，如"类中风"刘河间举五志过极，动火而卒中，皆因热盛，故主乎火，治法以防风通圣，或以引火归原，如地黄饮子之类。李东垣以元气不足而邪凑之，令人猝倒如风状，故主乎虚，大法以补中益气汤加减。朱丹溪以东南气温多湿，湿生痰，痰生热，热生风，故主乎湿痰，大法以二陈汤加苍术、白术、竹沥、姜汁之类。又以"真中风"，又名"急中风"，猝然昏倒，口眼歪斜，不省人事，口开目合，肢挛遗尿，鼾睡汗出如油者死不治。

金匮仲师曰："寸口脉浮而紧，紧则为寒，浮则为虚，虚寒相搏，邪在皮肤，浮者，血虚脉络空虚，贼邪不泄或左或右，邪气反缓，正气即急，正气引邪，喎僻不逆，邪在于络肌肤不仁，邪在于经，即重不胜，邪入于腑，即不识人，邪入于脏，舌即难言，口吐涎。"

中风辨证和论治

脉象：浮大兼滑，忌沉小，浮迟者吉，急疾者凶。

原因：血虚气弱，情志不遂，内不实，表不固，邪有机可乘，内侵而成病也。

症状：中脏多闭九窍，唇缓舌强失音，鼻塞耳聋，目瞀便难。中腑多着四肢，内有便溺之阻，外兼表邪，半身不遂，左瘫右痪。中络（血脉）非表非里，邪无定居，口眼歪斜，或左或右，中经者，三阴三阳前篇已述，兹不赘。

中风治法

一、概论

根据前文所述，"真中"或"类中"，古人立论主治，各持一说，阅读各家之论，结合自己临床实践，实有商榷之必要，有论风者，有论痰者，有论火者，有论虚者，病本一体，何以立论不一，治法更非一致，给后人无所适从也。当然因症施治，此时彼时，各有可宜，姑不论也，今论"真中"或"类中"，虽不敢完全论古人之非，但在遵古不泥古情况下，应有一番新创或进一步深究之，当此科学昌明，解剖化验，种种条件，非古人所能比，但从"中风"证言之，一直停滞不前，实憾事也。

明朝张景岳比古人独出一格，而立非风之论，认为中风一证，一由于夙伤五脏之阴（生活无节），二由于内外过劳（七情劳倦）触损元气，三由于年迈体衰，气血将离。此论以东垣立论尚吻，清朝王清任立论以气血为主，其说为凡半身不遂之致因，由于气亏血滞，气不能率血而行，大法以大补元气，佐以通经活血化瘀。二前辈虽有独创立说，细究之仍各有偏见，尚缺尽致之处。

试观当今之世，年逾五十左右，左瘫右痪，卧床不起者有之，稍轻者，持杖颠簸行路者有之，严重者，猝然昏倒鼾睡不知人事者，抢救无效致死者有之。或问，此病何以其多，以致用中西二法兼治，很少获得显效，即使病变向愈能出入行路，但大部患者上臂或左或右而失去活动，与废人无异，其因为何？奈因五运六气有所更，世态居民有所变，清平之世多静，扰攘之世多动，加之不知养生之道，甘当"中风"魔鬼之俘虏，为医者当深究之。研究之法，首先入手于患者生活环境，个人体质性格，察证求因，辨证论治，余读经典不多，临床实践也少，从自己体会方面"中风"一证，患后虽未失治而达痊愈者少，谨就管见所及，患后既无良技，患前应该预防，是为必要之举。在未谈预防之前，先谈谈患者之致因。

发病原因：1.古人立论"真中风"和"类中风"，首先把半身不遂所出现的各种症状，"中风"二字当作病名而称，不要以风论治。2.凡属半身不遂，或左或右，口眼歪斜等，皆由脏腑受损，阴阳失调，久之血循失利，经脉瘀滞，营养不输，津液不布，渐之筋无以养，筋肉松弛，重者脑部停瘀（血栓）或充或溢。3.凡半身不遂，体不肥盛，语言清晰，神志正常者，皆属脏衰气亏，血循不利。4.本人性情暴躁，夙乏修养，由肝风内动，或有工作操劳过度，作息失调，精神失其内守，久之力竭神衰，引起此疾者有之。5.膏粱之士，贪食口欲，肌肉肥盛，恣意摄取高级营养，好逸恶劳，体内废物失其排泄之机，致使自家中毒，今谓高血压、血管硬化等，实由此引起者居多。6.各种中毒之危害也当提及，如经常接触化学药物，或经常浸淫水湿，久之体内代谢失宜，或嗜烟酒以及煤气中毒等。7.遗传素质也有一定关系，如患高血压、血管硬化等患者，追究其父母患此病者居多，如父母无此患者，后人虽有脏衰气弱等疾也不致诱发本病，或有之治之及时也易愈。说明此证与遗传也有一定关系。

二、病后治疗

柔润熄风为治中风之秘法，喻嘉言以加味六君子汤、资寿解语汤、地黄饮子等在类中风分别酌用有效而稳妥，以熄风之中兼填空窍，空窍者内虚也，使空窍满外邪不能入之义也。治有八法：

一、开关　阳脏之人，血多上郁于脑，而不省人事，宜稀涎散、却风至宝丹、安宫牛黄丸之类。

二、固脱　阴脏之人，夙多内寒，神经松弛，目合口开尿出，痰声漉漉，宜三生饮、芪附汤之类。

三、泻火邪　身体不收，口不能言，昏冒不知，痛拘急，不能转侧，宜防风通圣之类。

四、转大气　血行沉困，邪遂乘虚入中，宜生芪汤之类。

五、逐痰涎　痰涎壅塞，气道不通，交流不利，清气停输，宜三因白散、二陈汤加减及涤痰汤类。

六、除风热　阳脏之人，风从热化，风火交煽，血遂上逆，宜白虎竹叶石膏汤之类。

七、通经隧　痰气相结，经隧不通，神昏脉滑，宜却风至宝、苏合丸、风引汤，如属血分者则以活血逐瘀之类为治。

八、针俞穴　风邪骤中之气失舒活，药力迟缓，急用艾灸俞穴，更宜分别刺合谷、夹车、肘髎等穴为治。

治法已述，按八法施治，至于临证立方，各因所宜加减之。

在治法上我另有些看法，当我在初学时期，我的老师也遇过此病，肥盛体胖者，猝然昏倒，不省人事，立即针灸，随即投以安宫、至宝，继之以大剂清热化痰开窍剂，三日后即清醒，虽语言不利，投数剂后可行动，而后一边针灸，一边服丸药调理，很少落成残废。如患者体瘦，忽患半身不遂，或左或右偏瘫，但语言清晰，神志尚清，除当即针灸外，急投补阳还五汤，虚甚者加参附之类以救之，致残者少。如今遇有此病，当即送往医院输液，这方面比过去又前进一大步，但我有一些看法，为什么净输液而不用中医针灸及中药与输液并举？其曰："医院输液一周后再行针药。"其实那就晚了。因此多数患者愈后虽出院，落个上肢或左或右不会动弹，这一点我认为抢救不及时，也就是说失于不及时，我不反对去医院输液，我反对净输液观察，而不施针药治疗，如一周后再施针药那就失于抢救时机了。

根据我恩师教导和我近些年治疗经验，在半身不遂一症问题上有以下几点体会和意见：凡患者此症愈后，大多数或左或右胳膊不能活动，有的瘫软无力，有的弯曲不能伸，肩部肩胛肌及韧带松弛；有的下垂间隔指许，有的间隔寸许，其肩肌及韧带松弛之原因，即该肩肌及韧带部经脉血循不畅，从而就影响了整个残肢神经的传导。如果当时在输液的同时，配合上肢针风池穴、风府、肩髃、曲池、天府、手三里、合谷、内外关，下肢环跳、阳陵泉、足三里、昆仑、照海等穴，健患侧交替施治的同时，并用中药辨证施治，如法三周后，大部可达理想好转，三月至半年可达痊愈。

根据上述情况，不过属于半身不遂之致因和治疗，但也不够全面，希同道高明者指正。

三、半身不遂之预防

一、大力推行体育锻炼。五十岁以上者更有必要，此外更须自觉地早晚室外活动，如跑步练拳等。

二、私生活之节制，作息协调，自觉戒烟，乐观处世，达观对人。

三、凡有高血压者更须提前预防，一别馋，二别懒，多作体力活动，不过忧过虑。

四、肥盛体质者，节制过食肥甘，多食糙粮，古人称五谷杂粮，为仙人食也。同时肥盛之人更须多作体育活动，增强代谢，软化血管，实在必要。

五、临床凡遇脏器衰者，如心、肝、脾、肾等有衰败之象者，为防患于未然，向病人多讲应注意什么，应该经常服用什么药酌加预防。有高血压者，多从心、脑、肾着手。

六、此病多与神经系统有关。如郁闷、暴怒，经云：大怒则形气绝而血菀于上，使人薄厥。此者容易脑部充血（也称血栓或瘀血），更宜慎防，宜经常针灸以防未然之患也。

四、临证医案

今将我的临床治疗体会，分别介绍在下面，以供参考，并希指正。

案例一 一九七二年三月，杨老太太，六十七岁，三河城内。身体瘦弱，忽患半身不遂，口眼稍歪斜，头眩晕，血压偏高，语言尚清，舌苔白腻，脉滑。

治法：宜以补气活血化湿法。

用药：生芪60g，当归15g，赤芍15g，桃仁10g，川芎10g，地龙15g，苍术10g，陈皮15g，党参10g，桂枝10g，防风15g。服十付而愈。

案例二 一九七三年四月，程某某，男，六十岁，农民。体质中等，素健，血压稍高，因家务生点气，忽感右半身沉困，能行走，语言自感吃力，神志尚清，脉弦滑。

治法：宜以平肝补气活血剂

用药：生芪 60g，当归 10g，川芎 10g，地龙 15g，赤芍 15g，防风 15g，桃仁 10g，红花 10g，沉香 6g 等分冲。服三付而愈。

案例三 一九八二年三月十四日，牛某某，男，七十三岁，住朝阳区居民区。于十四日上午十时许突然昏倒，不省人事，昏迷，左侧瘫痪，痰声漉漉。目闭昏迷，口紧，右侧针划刺有知觉，左侧则无，血压 200 /120mmHg，瞳孔等大。脉弦滑微数。

辨证：痰气相结，经遂不通。

治法：却风行气化痰，通经开窍法。

用药：胆星 6g，杏仁 10g，菖蒲 10g，防风 10g，黄芩 15g，赤芍 15g，生地 15g，川芎 10g，生石膏 30g（先煎），甘草 6g。安宫牛黄丸 1 丸。

针灸：双侧合谷、颊车、足三里、风池、曲池、地仓，人中。

照上法针药三次，患者清醒，能言而不利，右侧上下肢能动，左侧下肢仍不能动。

三月十七日往诊，神志清醒，舌苔黄厚腻，语言仍不利，有痰能咯出。血压 180/100mmHg。

脉象：弦滑。

辨证：痰热稍解，（心）包邪尚在。

治法：再拟化痰涎，开窍通经络法。

用药：胆星 6g，杏仁 10g，生地 15g，元参 15g，寸冬 20g，黄芩 15g 红花 10g，赤芍 15g，川芎 6g，甘草 6g。牛黄清心丸 2 丸，早晚各一丸，随汤药服之。汤药五付。

针灸：同前，照上法连五次。

四月二十一日往诊，上述症状明显好转，右手能自己进食，二便少，大便稍干。舌苔薄不黄而腻，能言而涩，左上肢能抬，针划有知觉。

脉象：微弦而滑。

辨证：心窍开，痰消，经络通，但正气虚。

治法：再拟柔肝熄风法。

用药：石斛 20g，寸冬 20g，菖蒲 10g，远志 15g，生地 15g，赤芍 15g，苁蓉 20g，五味子 10g，桂枝 10g，红花 12g，杏仁 10g，薄荷 6g。照上方三付。

针灸：双侧风池、曲池、合谷、颊车、足三里、阳陵泉，患侧环跳。

针药后搀扶能下地行走，患者心情感快，以后照上方（地黄饮子加红花、赤芍）连服六付，自己能扶桌案行走，语言利，饮食稍增。

四月二十八日往诊，患者大部分恢复正常，血压 140/95mmHg，脉象滑，舌薄白。

针穴：双侧风池、肩髃、曲池、足三里、阳陵、颊车，患侧天府、环跳。

心脑康 1 瓶，每次 3 粒，日二次，如法针药月余，患者恢复正常，自己能上街购物，针停后仍嘱其经常服心脑康。

案例四　一九八四年二月，李某，男，六十二岁，东郊黄杉木店人。忽患左侧半身不遂，邀余往诊。

望诊：舌苔白滑微厚，血压 170/110mmHg，左侧手不能动，腿不能动，语言尚清。

脉象：弦涩而滑。

辨证：肝肾不足，气郁瘀滞（因生气忽患此症）。

治法：滋肾柔肝，佐以活络化瘀法。

用药：熟地 15g，石斛 20g，山茱萸 15g，五味子 10g，菖蒲 10g，苁蓉 20g，寸冬 20g，远志 15g，赤芍 20g，防风 15g，红花 15g，石决明 30g。

针穴：双侧合谷、颊车、风池、曲池、足三里、阳陵泉，患侧环跳。

照上方服三付，针二次。

二月十六日往诊，据诉针药后，腿仰卧能抬，左肩也能动。

望诊：舌苔薄白，血压略有下降，160/110mmHg。

脉象：弦涩，右有力。

辨证：仍属肾虚肝旺，经脉瘀阻。

治法：再拟滋肾养肝，佐以化瘀法。

用药：石决明 30g，熟地 15g，五味子 15g，菖蒲 10g，寸冬 20g，石斛 20g，山茱萸 15g，远志 15g，苁蓉 20g，生芪 90g，赤芍 15g，红花 15g。照上方五付。

针穴：同前。

二月二十五日往诊，患者能下地，搀扶能行走，患者肩部能抬，肘以下及指仍不能动，为了治疗便利，嘱其来我院治疗，家人陪床，到院后隔日一针，照上方每天一付，经月余能行走，手也能动，以后配合心脑康，每次三片，一日两次，汤药未断，两月后能上、下二层楼，出院。

案例五 一九八四年三月，张某某，女，六十七岁，朝阳区六里屯人。由一九八四年三月上旬忽患中风不语，当即去朝阳医院抢救输液，据医院检查结果为脑血栓，患者一直昏迷不语，二便失禁，经医院输液七天，仍无好转，据家人代诉，在医院曾服安宫牛黄丸四粒，也无转机，家人认为无救，索性回家准备善后，到家后因未停止呼吸，也不能坐视待毙，于是邀余往诊。

望诊： 体质瘦型，目闭昏迷，每食牛奶时，则用刀柄撬开牙关灌之，血压90/60mmHg，二便失禁，瞳孔等大，用针划上下肢有知觉。

脉象： 沉细微弱。

辨证： 夙体弱，因生气而气脱，非脑血栓之证，实属血行沉困，邪随乘虚入中（脱症）。

治法： 急宜补正固脱法。

用药： 生芪90g，党参15g，云苓15g，白术10g，甘草6g，黑附子6g，肉桂10g，干姜4g，当归10g，五味子10g，红花10g，山茱萸10g，阿胶10g。照上方两付。

方解： 用参、芪、苓、术扶脾土益中气，附子、干姜、肉桂温肾阳，五味子、山茱萸滋肾阴，当归、阿胶、补血，佐以红花活血，甘草和诸药。

三月十二日往诊，据家人代诉，连服两剂后能睁眼，发出低声语言，二便能知，随拉、随尿已止，自己能小活动，六脉明显有力，但仍现滑象，再照上方黄芪120g，党参20g，黑附子10g，阿胶15g，其他不变，如法服三付。

三月十五日往诊，精神大有好转，自能起卧，语言恢复正常，纳食也佳，二便通顺，但自诉仍感身体疲惫，六脉沉滑有力，舌中淡，尖边红，仍属心血不足之象。

治法： 再拟温肾阳以益气血，扶脾土和肝胃之法。

用药： 生芪120g，黑附子6g，肉桂10g，干姜6g，云苓15g，白术10g，当归10g，鳖甲10g，阿胶10g，党参15g，远志15g，枣仁15g，五味子10g，二芍各15g，甘草6g。照上方连服五付，患者基本恢复正常。

案例六 一九八六年三月初，常某某，男，六十三岁，房山县南尚乐乡卫生院。患者病程四个月，即一九八六年三月初，突然跌倒昏迷，经当地治疗无效，患后五六天即送房山县医院，经输液打针，稍有缓解，但仍不能张口纳食，二便失禁昏睡，县医院最后诊为脑血栓形成，住院一个半月只以输液维持，此时我在南尚乐乡医院门诊负责医疗工作（每星期去三天），患者家人与本院院长同我共商，将患者接来本院观察治疗，我应之，一九八六年七月八日来院治疗，经观察仍系昏迷状态，体瘦如柴，能少量进食。

望诊：两目不睁，二便失禁，体瘦，肌肤无弹性，舌质绛中有薄黄苔，瞳孔等大，用针划刺两脚心有同等反应。血压 80/60mmHg。

脉象：六脉沉细无力。

辨证：脾阳不振，肾阴亏损之脱症。

治法：急投回阳固脱，并配合输液。

用药：除输液外用参附汤加减。生芪 100g，红参 10g，五味子 15g，寸冬 20g，川芎 10g，甘草 10g，当归 15g，菖蒲 15g，黑附子 10g，肉桂 10g，干姜 6g，白芍 20g，枣仁 15g，枸杞子 30g，丹皮 10g。

方解：用参芪扶脾，补中气，姜、归、附回阳，归、芎、芍补血，五味子、寸冬、枸杞子、丹皮敛阴，枣仁、菖蒲宁心开窍，甘草和诸药，照方一付，煎好分四次服。

七月九日复查，照上方服一付后，无异常反应，症状无明显好转，服药后比较平稳，再照上法原方不动，连服两付。

七月十五日上午十一时复查。

望诊：舌质深红，中薄白苔，有点精神，用针划刺各部反应灵敏，手也能动，但仍昏睡，二便失禁。

脉象：沉细稍有力。

辨证：心、脾、肾三脏不足。

治法：继续输液，用大剂固脱投之。

用药：生芪 100g，红参 10g，白术 15g，五味子 15g，当归 15g，川芎 10g，白芍 20g，熟地 15g，黑附子 10g，肉桂 10g，干姜 6g，枸杞子 30g，甘草 15g，柏子仁 20g。照上方三付。

七月二十日复查，近三天情况尚好，能睁眼说话，食量加多，二便仍失禁，据家人代诉，这两天净打呃逆（考虑上方用熟地关系，因熟地逆胃）。

望诊：舌尖红绛，中根薄白苔，食量加多。

脉象：由沉细转弦滑。

辨证：服前药虽有好转，但仍不足恃，因二便失禁未已，仍属心、肝、肾三脏不足之象。

治法：以王清任可保立苏汤加减投之。

用药：党参20g，生芪90g，故纸10g，枣仁20g，白术10g，当归15g，白芍20g，甘草10g，五味子10g，枸杞子30g，石斛20g，远志15g，诃子肉10g，桂圆肉15g，阿胶10g，胡桃1个（连壳捣碎同煎）。照上方六付。

方解：参、术、芪扶脾，归、芍、胶养血，枣仁、远志、桂圆肉补心气，故纸、五味子（代山茱萸）、石斛、枸杞子益肾，诃子、胡桃固涩止滑泄，甘草和诸药。

服上药六付患者大有好转，食量增加，呃逆已除，大便日一次稍成形，小便黄少仍有遗尿，因能纳食，输液暂停。

七月二十七日复查。

望诊：舌质由绛变红，有少量痰能自咳出。

脉象：滑而微弦。

辨证：正气好转，但仍不足恃。

治法：再拟温肾阳，扶脾土，补心血法。

用药：生黄芪90g，党参20g，沙参15g，枣仁15g，故纸12g，当归15g，白芍20g，甘草10g，石斛15g，白术10g，五味子（代山茱萸）12g，枸杞子30g，菖蒲10g，肉桂15g，黑附子6g，干姜6g，胡桃1个（连壳捣碎，共煎）。照上方六付。

八月三日复查，服前药六付精神渐佳，大便成形日一次，小便也能控制，两手能搔痒，惟说话不欲出大声（这点与心肾不足有关）。

望诊：神志清醒，问话能答，两手同等有力，舌质红，食量增加。

脉象：滑而有力。

辨证：仍属心肾不足，脾阳不振。

治法：再拟温肾扶脾强心法。

用药：生芪60g，党参20g，故纸10g，枣仁15g，白术10g，当归10g，白芍15g，

甘草 10g，山茱萸 10g，枸杞子 10g，菖蒲 10g，肉桂 6g，胡桃 1 个。用法同前照方七付。

八月五日复查，据家人代诉，近两天精神不太好，神志发呆，诊得六脉沉细，舌质红，两目不欲睁，仍属心肾不足之象，余按上方原味不动另加附子 6g、干姜 6g、沙参 12g，取五付与前药共煎服之。

八月十日复查，前方服完后，精神好转，自己能起卧，二便能控制，但仍有时呃逆（胃虚）。并嘱其家人，虽然能进食，但要控制，以少吃、勤吃为主。拟方如下：生芪 90g，当归 10g，白术 10g，白芍 15g，党参 20g，甘草 10g，山萸 12g，枸杞 20g，故纸 10g，枣仁 10g，黑附子 6g，干姜 6g，肉桂 10g，砂仁 6g，草蔻 10g，云苓 15g，胡桃 1 个。照上方七付。

八月十七日复查，近几天精神大好，食欲大增，二便正常，能下床搀扶行走，稍有咳痰，脉滑，仍属元气不足，拟方如下：生芪 90g，白术 10g，当归 10g，白芍 15g，党参 15g，甘草 6g，山萸 10g，故纸 10g，黑附子 6g，干姜 4g，肉桂 10g，枸杞子 10g，肉蔻 4g，阿胶 10g，寸冬 15g，五味子 12g。照方七付。

八月二十五日复查，近几天能外出活动（家人稍搀扶），二便饮食均正常，另据人介绍，昼夜睡觉不实（仍属虚象）。舌质浅红，脉弦滑，尚有咳痰，仍属肺阴不足，脾阳不振，湿痰为患。再拟滋阴润肺，理脾化湿法理之。方用：沙参 10g，砂仁 6g，枸杞子 15g，陈皮 10g，元参 10g，桔梗 10g，甘草 6g，杏仁 10g，阿胶 10g，当归 10g，法夏 6g，贝母 10g，寸冬 15g。另取蜂王浆一盒酌情服之，照上方五付。

八月三十一日复查，咳嗽见轻，精神渐复，能自己下床活动，但睡眠仍昼多夜少，此系心肾不足之象，脉弦滑无力，舌质浅红。再拟滋肾养肝、补心宁神法。五味子 10g，山茱萸 10g，丹皮 10g，甘草 6g，枸杞子 15g，当归 10g，牡蛎 15g，龟板 15g，寸冬 20g，白芍 15g，珍珠母 15g，阿胶 6g。照上方六付，另取牛黄清心丸，早晚各半丸，与汤药隔开服之。

九月八日最后复查，患者一切全恢复正常，令其出院，并嘱取鹿茸人参丸 20 丸，每日早晚各半丸，温开水送下。

案例七 一九八六年，赵某某，男，七十五岁，第一机床厂工人。该患者于一九八六年初冬患右侧半身不遂，几年前因工伤右臂截肢，右腿不能动，语言困难，经针药稍有好转，突然食物不能咽下，饮水即呛，继之吃物饮水不会咽，于一九八六年十二月六日去北京医院。经医院检查，系属脑血栓形成，咽部萎缩，只可作鼻饲观察治疗，约住该院两个半月一直鼻饲，每天经西医大夫施行针灸，也未见好转，病人痛苦非常，之后经人介绍邀余作为亲友探视，于一九八七年二月九日同其家属去医院观察。患者悲痛万分，亲友探视即哭，诉该院西医大夫谈，咽部已经萎缩，只可以鼻饲维持。

望诊：面容憔悴，不能发音，咽部不会活动。

脉象：因右臂截肢，只可取左脉参考，其脉象弦涩无力。

辨证：气滞血瘀，津枯液亡，既然始于脑血栓，咽部也能形成瘀阻，微循失运。

治法：活血化瘀，因病久气伤脾胃失健，佐以补中气。

用药：生芪60g，当归15g，生地15g，桃仁12g，红花15g，川芎10g，甘草6g，防风10g，柴胡10g，桔梗12g，怀膝10g，枳壳10g，赤芍15g，草蔻10g。暂取两付，由家人煎好装瓶，送医院以鼻饲服之。

方解：原方血府逐瘀汤以平肝活血化瘀为主，另外加黄芪60g、防风15g、草蔻10g，因病久正气大伤，以防风、黄芪补中气、升阳（黄芪补中气，防风升阳），以防风助黄芪之不足，并有和肝熄风之功，用草蔻以调脾胃。

服两剂后病人未见明显反应，家人与我商议，我又令其家人照原方不动再服三付。

二月十七日家人来谈，病人由昨天能会咽唾沫，并能饮少量水，我又另一方如下：生芪100g，防风15g，赤芍20g，红花15g，归尾15g，甘草10g，党参20g，桔梗10g，白芷10g。

方解：患者鼻饲两个多月，除用牛奶外一直没吃到营养食物，因此形成脾虚胃弱、中气大亏无疑，用参、芪补中健脾胃，防风助以升阳，红花、赤芍、归尾活血化瘀，桔梗利咽喉，白芷香窜开窍，引活血药走经络（白芷可以代麝香），甘草和诸药，照方四付。

二月二十日，家人代诉，患者能饮水，吞咽很顺利，家属问我能否出院回家继续治疗，我同意，次日我往诊，观察患者比在医院精神大好，但鼻饲管仍保留，临出院大夫说七日后再来医院换管，我令其家属去掉，如不能进食再议。结果饲管抽出后以匙食药或吃流食，能自动咽下，患者精神感快，我再拟方如下：生芪120g，防风15g，赤芍20g，红花15g，归尾15g，桔梗10g，甘草10g，党参20g，白芷

10g，川芎6g，生姜3片，大枣7个。三付。方意仍以大补中气，健脾胃，佐以通络活血法施治。

配以针灸：双侧风池、足三里、阳陵泉，风府、哑门，因右上肢截肢，取左侧合谷，由此隔日一针。

三月十八日，其他情况尚好，但仍语言不利，大便秘结，方用：生芪90g，赤芍20g，防风15g，苁蓉20g，照方五付，针穴同前。

四月二日往诊，语言不利，仍属肾不荣于舌本，再拟滋肾养肝活血法。方用：归尾15g，赤芍15g，川芎10g，熟地15g，五味子10g，山茱萸10g，菖蒲10g，桃仁12g，红花15g，防风15g，生芪60g。照方五付，针穴同前。

五月六日往诊，语言已有好转，慢说话能听清楚，余再拟补气活血，佐以滋肾法理之，针穴：双侧风池、足三里，左侧曲池、合谷，风府、哑门。每周一、三、五来我处针灸，现在行动遛弯随便。

根据该患者由于脑血栓未痊愈的时候，突然发现饮水即呛，继之不能咽物进食，送北京医院住院，经西医大夫诊为脑血栓后遗症，致使咽部麻痹萎缩，只以输液鼻饲和针灸观察治疗，经两个半月病情仍无好转，据家人诉说，西医大夫经多方面检查，认为咽部坏死，只有用鼻饲暂维生命，最后家人邀余治疗，现在已基本恢复，从上述情况看，我有以下几点意见：

1. 遇这种慢性病人，明知是脑血栓后遗症形成，脑部既有血栓，那么其他各部以至咽部就不能存在有血栓形成吗？所谓血栓不就是中医所论的瘀血吗？

2. 所谓麻痹萎缩，也就是由于血管不通，不通就是瘀阻，咽部瘀阻就不能活动，因局部神经和肌肉缺乏营养的关系。总结以上七个案例来看，第一、二案例系属瘦体型，血压不甚高，初患者半身不遂以补阳还五汤为主，第一案例夹湿，佐以化湿而愈，第二案例因有肝气，佐以平肝药而愈。

在本人二十几年的经验上体会到，凡属瘦型、血压不甚高者，用王清任的补阳还五汤是有一定的疗效的，但凡属血压高、体胖者，不但无效反而起到相反作用，因此我们可以客观地分析王清任的补阳还五汤，它绝不是照《医林改错》所列治的半身不遂的专方，更可以说明在清王朝王清任的时代，是民生贫困，营养不良受生活上营养不良的困扰形成的半身不遂，而用补阳还五汤是有一定疗效的。而当今之世生活优越，世态扰攘，患此病用此药实非所宜。因此我在这几年来遇到的偏瘫

（大部分肥盛者居多），我给命名为生活优越病。

第二案例，牛某某，突然昏迷，痰声漉漉，以清痰热开心窍法收效。第四案例，李某凤有肝肾不足，气郁瘀滞，以滋肾柔肝活血化瘀法收效。第五、六、七案例根本就谈不上有脑血栓形成，余均按脱症处理而收效。兹将古人治半身不遂（中风）部分方剂，分别摘录列后，后人可以酌情选用之。

小续命汤：主治正虚邪侵，昏瞀不知，半身不遂，口眼歪斜。方用：麻黄，人参，黄芩，川芎，白芍，甘草，杏仁，防己，桂枝，黑附子，生姜。

地黄饮子：主治类中风，肾虚火不归源，舌强不能言，足废不能行，经本人在临床应用体会到，对各类半身不遂用之比较稳妥，尤其对于滋肾柔肝熄风、稳定血压等有一定的应用价值。方用：熟地，山萸肉，远志，巴戟天，石斛，石菖蒲，五味子，苁蓉，肉桂或桂枝，麦冬，黑附子，云苓，薄荷少许。肝木盛者加沉香、石决明，气虚有痰者加生芪、赤芍、防风、红花，胃弱者去熟地，加砂仁，但肥盛多痰者非宜。

资寿解语汤：主治半身不遂，口眼歪斜，语言謇涩，口角流涎，大便干燥，小便频数，遗尿，脾缓舌强不语，此方与地黄饮子同义，但彼重在肾，此重在脾也。方用：黑附子，防风，天麻，枣仁，羚羊，肉桂，羌活，甘草，竹沥，姜汁。喻嘉言治肾气不荣于舌本，加枸杞、首乌、生地、菊花、天冬、石菖蒲、元参。

补阳还五汤：主治半身不遂，口眼歪斜，语言不利，口角流涎，大便干，小便频，遗尿等。方用：生黄芪四两，归尾，赤芍，地龙，川芎，桃仁，红花。

此方是王清任治半身不遂有名方剂，前列诸方我都没写用量，惟此方生黄芪一味，我写上用四两，这是为了说明王老先生对半身不遂一证，以大补元气为主，以活血为辅，但他在此方的基础上稍有补充，如患者用寒凉药过多，加附子四五钱，用散风药过多加党参四五钱，这只是说病后经治发生的意外，而补充的药物，不过在他的补阳还五汤的基础上一味着重于气虚血滞、肝脾肾或湿痰等老先生并不谈及，这是不够全面的，如肝风内动，体胖，内外俱实，属于膏粱之士高血压者，则完全不能采用补阳还五汤，我同意《医林改错》评注，辨证论治，各因所宜，才是科学的治疗原则。

泼墨成书非等闲

2022 年中秋，欣闻陈勇老大夫新书《陈勇临证随笔录：漫步杏林六十载》付梓出版，并邀我为本书题跋。漫步杏林六十载，细细想来，这几个字分量很重，意义很大，涵义很深。

我与陈勇老大夫相交、相识、相知几十年，真可谓莫逆之交，且我对陈老的为人与行医、医德、医术都很了解。陈老幼承庭训，师父关幼波，岳父焦树德都是享誉当代的大国医。这样的传承背景，在中医界也是相当少见的，可谓得天独厚。在北京市中医医院工作期间，由其承担主持的关幼波电子计算机诊疗系统的研发，获得北京市科技进步二等奖，开传统中医与电子计算机结合之先行。六十多年来，陈老始终以继承肝病泰斗关幼波学术思想为己任，时刻不离临床，可谓学验俱丰。古稀之年，陈勇老大夫大开门庭，为来自祖国各地的莘莘学子无偿地传授宝贵的中医学术知识。许多门人弟子，已成为当地乃至国内颇具影响力的中医骨干。退休之后，耄耋之年的陈勇大夫老骥伏枥，依然在中医临床事业中发挥余热。他支持爱女陈咏梅创建了北京树德堂国医馆，组建陈门弟子中医团队，筹建焦树德学术专业委员会。为弘扬树德学术思想，继承发展中医药事业，不遗余力地奉献自己的力量。2022 年，陈勇老获得北京中医药管理局颁布的"耕耘杏林 50 年"荣誉称号，实至名归，可喜可贺！

十年树木，百年树人。中医药的发展离不开优秀人才的代代相传，薪火相承。新中国成立之后，党和国家高度重视中医药的发展建设，从 1956 年始建北京中医药大学开始，各类中医院陆续建校，并呈现出多种形式的发展。伟大的中医药人用自己的勤劳汗水，为健康中国这一宏大战略做出了卓越的贡献。习近平总书记强调，要遵循中医药发展规律，传承精华，守正创新。《陈勇临证随笔录》这本书，不仅是陈勇老大夫六十余年个人临床经验与学术思想的总结，更是新中国成立后，一代中医人为理想与信仰不懈追求、探索的见证，作为中华文化的瑰宝，中医在时代的大背景下，必须要跟上时代的步伐，推陈出新，而中医在新时代的发展与进步，离不开陈勇老大夫这一辈中医人的承前启后，薪火相传。

"儒乃达儒，医是明医"——陈勇老大夫每每谈起师父关幼波的家训，总是滔滔不绝，激动万分。这个"明"字，是陈老数十年恪守的行医与为人准则，耄耋之年的他，时刻教导弟子们，为医者，不仅要明医理，明病理，更要明事理，明情理。陈勇老中医，为人谦和，率性耿直，达观乐天，淡泊名利，他择一业而倾其一生，潜心医理，精研岐黄，集三大中医国手学术之大成，六十余年在临床为患者服务。其医术和医德，医风医貌都是老中医中的杰出代表，堪称明医中之明医，是真正用疗效说话的中医大师！

衷心祝贺《陈勇临证随笔录》付梓出版，愿此书成为中医后辈励志修身、精研岐黄的典范，为中医事业推波助澜，再立新功！

李俊德

2022 年 9 月 1 日

出版说明

　　本书为陈勇主任医师六十载中医路的回顾与智慧结晶，经陈勇主任与其弟子汇编、整理，形成了这部集临证医案、遣方用药心得与学术思想于一体的著作。第一部分为陈勇主任撰写，回顾其六十载历程；第二部分为陈勇主任临床验案、验方及心得，加之众弟子的整理、学习心得等；第三部分附录收录了陈勇主任之父，陈宝仁老先生的中医临床手稿——《中医临床蹄涔集》。陈宝仁老先生行医数十年，所留手稿体量大，跨度长，非一时、一部之功。陈勇主任及其弟子们经过悉心整理，按照行文时间梳理其内容，编排成册，统一冠名。恰逢本书出版之际，遂将老先生心血之精华奉献给读者。鉴于成文的时代背景所限，手稿中的病历、诊断、对疾病的认识等并不能完全符合当今的认识，为展现老先生的治学、行医风貌，让广大读者能借此书更了解前辈的漫漫历程，故尽可能地保留了手稿原貌。

　　特此说明。

编者

2022 年 10 月 18 日

图书在版编目（CIP）数据

陈勇临证随笔录：漫步杏林六十载 / 陈勇，程燕主编. --北京：华夏出版社有限公司，2023.1

ISBN 978-7-5222-0399-7

Ⅰ. ①陈… Ⅱ. ①陈… ②程… Ⅲ. ①随笔－作品集－中国－当代

Ⅳ. ①I267.1

中国版本图书馆 CIP 数据核字（2022）第 148555 号

陈勇临证随笔录：漫步杏林六十载

主　编	陈　勇　程　燕	
责任编辑	梁学超　辛　悦	
出版发行	华夏出版社有限公司	
经　销	新华书店	
印　刷	河北宝昌佳彩印刷有限公司	
装　订	河北宝昌佳彩印刷有限公司	
版　次	2023 年 1 月北京第 1 版	
	2023 年 1 月北京第 1 次印刷	
开　本	787×1092　1/16 开	
印　张	18	
插　页	8	
字　数	315 千字	
定　价	89.80 元	

华夏出版社有限公司　　地址：北京市东直门外香河园北里 4 号　　邮编：100028

网址：www.hxph.com.cn　　电话：（010）64663331（转）

若发现本版图书有印装质量问题，请与我社营销中心联系调换。